Whisper in a Bottle

Band 2 – Brennende Welt

Any Cherubim

Verlag:
Zeilenfluss
Implerstraße 24
81371 München
Deutschland

ISBN: 978-3-96714-130-6

Texte: Any Cherubim
Covergestaltung: Marie-Katharina Becker; Wolkenart Media Design; www.wolkenart.com
Lektorat/Korrektorat: Anja Horn, Dr. Andreas Fischer
Satz: André Piotrowski

Whisper in a Bottle

Brennende Welt

Any Cherubim

ZEILENFLUSS

Prolog

Mad

Im Inneren der Bibliothek wütet das Feuer. Es tanzt bedrohlich, verschlingt Stoffe und Möbel, nichts und niemand ist vor ihm sicher. Auch mein Vater nicht. Seine Hand drückt sich an die Glasscheibe. Wie paralysiert starre ich auf seine verkohlte, undefinierbare Kleidung, die sich mit nackter Haut zu einer schwarzen Masse vereint hat. Dazwischen rotes, wulstiges Fleisch, das kocht und Blasen wirft und an mehreren Stellen aufgeplatzt ist. Ich sehe seine nässenden Wunden, Dampf, und schwarzverbranntes Haar, das wie feuchter Teer am Kopf klebt, seine Lippen, die wie bei einer schrecklichen Fratze nach hinten gezogen sind und die Sicht auf das Gebiss freigeben. Er ist grausam entstellt, unnatürlich und doch so vertraut. Ich blicke in seine Augen, die mich voller Entsetzen und gleichzeitig leer anstarren. Ich bin wie versteinert.

»Vater!« Mein eigenes Flüstern ist wie ein Donnerschlag …

Die Druckwelle reißt mich von den Füßen, und ich knalle auf den Steinboden. Schmerz schießt durch meinen Körper, es piepst in meinen Ohren, die Flammenzungen lodern aus dem Höllenloch, wo vorher noch mein Vater gestanden hat, und ich weiß, dass jede Hilfe zu spät kommt. Ich kann ihn nicht mehr sehen. Die Feuersbrunst hat ihn in Asche verwandelt. Überall ist Rauch, und ich muss husten. Es raubt mir den Atem, mein Blickfeld verschwimmt, und ich bin bereit, in die Dunkelheit hinabzugleiten, deren Flügel mich einhüllen und für immer in die Hölle aufnehmen.

Ich bin von allumfassender Schwärze umgeben, gefangen in der ewigen Unterwelt, wo nur Finsternis herrscht. Es ist kalt. Ich zittere, und mit jedem Atemzug entweichen kleine Dunstwolken. Mein Keuchen durchbricht die Stille. Und mit dem Wummern meines Herzens erfüllt es das Nichts, in dem ich mich befinde. Ich bin verdammt und ergebe mich meinem Schicksal.

Ich hebe meinen Blick, als ich in weiter Ferne ein Licht erkenne. Es ist nur ein heller Punkt, aber instinktiv weiß ich, dass ich dorthin laufen muss. Schwerfällig komme ich auf die Beine, ignoriere die Schmerzen in meinen Gliedern, die Kälte in den Knochen. Mit jedem Schritt wird die Lichtquelle größer, und ich frage mich, ob das der Himmel ist, der auf mich wartet. Ist das meine Erlösung, meine Rettung aus den Tiefen der Dunkelheit?

Ich gehe darauf zu, werde immer schneller und schöpfe neue Hoffnung. Pulsierende Energie erfasst mich, pumpt sich durch meine Adern, und mein Herz schlägt aufgeregt.

In einiger Entfernung halte ich inne und erkenne mein Elternhaus, das in Flammen steht. Ich sehe mich selbst, wie ich hilflos versuche, die Glasscheibe mit einem Gartenstuhl einzuwerfen, und den verbrannten Körper meines Vaters, bevor er zu Asche zerfällt. Plötzlich strömt schwarzer Rauch aus ihm, vereinigt sich zu einem Strom und kommt direkt auf mich zu. Vor mir sammelt sich der Qualm, umkreist mich, und ich höre die Schreie der Toten, die in ihm wohnen, ehe sich eine Gestalt daraus formt. Das Gesicht meines Vaters ist vom Feuer zerfressen. Verkohlte Fleischstücke hängen an seidenen Fäden, seine Augen liegen in dunklen Höhlen und starren mich vorwurfsvoll an. Ich kann durch seinen Körper hindurchsehen. Er ist nicht real, und doch spüre ich, wie große Macht von ihm ausgeht und er nach mir greifen will. Sofort weiche ich einen Schritt zurück.

»Vater?«

Sein Mund formt sich zu einem bösen Lächeln. »Du hast versagt, weil du kein McKinley bist, Maddox.«

Seine Stimme klingt dämonisch und fremd. Mit seinem stechenden Blick und der Kälte, die aus seinen Worten spricht, sieht er auf mich herab. Seine Macht greift nach mir und zieht mich in ihren Bann. Ich will mich ihm widersetzen, aber mit Leichtigkeit drängt er mich, zur lodernden Villa zu schauen.

Dort drüben stehe ich, keuche, ringe um Atem, als ich mit ansehe, wie er verbrennt. Er hat recht. Ich bin die Ursache des Übels. Ich habe versagt. Die Last auf meinen Schultern wiegt Tonnen, und das Gewicht zwingt mich in die Knie. Ich taumle, kann die Schuld gerade noch tragen und will ihn anflehen, mir zu verzeihen.

Er lacht höhnisch. Plötzlich verwandelt er sich, seine Züge verschwimmen, werden zarter und weiblicher. Die Gestalt hat mit einem Mal kurzes blondes Haar, und ich erkenne meine Mutter.

Unaufhaltsam laufen Tränen über ihre Wangen. In ihren Augen lese ich Schmerz und den stummen Vorwurf, ihr den Mann genommen zu haben. Ich bin ein Mörder, habe meinen eigenen Vater auf dem Gewissen. Das ist der Moment, als die Last mich auf die Knie zwingt. Ich sacke zu Boden, aber in meiner Verzweiflung strecke ich die Hand nach ihr aus, will auch sie um Verzeihung bitten, doch die Explosion in der Villa lenkt uns beide ab.

Wir schauen zu, wie mein Körper durch die Druckwelle von den Füßen gerissen wird und wie ich sterbe. Mom lacht, sieht darin meine gerechte Strafe. Bevor ihr Gesicht verschwimmt und ihre langen Schatten sich verwandeln, kommt ein gleißendes Licht auf mich zu, das den Strom aus Rauch zurückweichen lässt.

Ich kneife die Augen zusammen. Ein Strahlen geht von einem Engel aus, den ich erst jetzt erkenne. »Enna?«

Ihre Haut ist rosig, und in ihrem Gesicht liegt nichts als Güte. Sie hat dieses sanfte Lächeln, nach dem ich mich sehne.

Sie legt ihre Hand auf meine Wange. »Steh auf, Maddox. Lerne dein Chaos zu beherrschen. Nur wenn du selbst brennst, kannst du das Feuer kontrollieren und vielleicht einen Funken in anderen entfachen.«

Ich verstehe ihre Worte nicht, aber Hoffnung steigt in mir auf, und mit einem Mal kann ich mich trotz der Last aufrappeln.

»Komm mit mir, mein Junge.« Sie streckt mir ihre Hand entgegen, und ihre schwebende Erscheinung führt mich fort. Der Strom aus Rauch folgt uns, versucht mich zu fangen, doch von Enna geht etwas aus, das mich schützt und das ich nicht zu benennen vermag.

»Wohin?«

»Zurück, Mad. Deine Zeit ist noch nicht gekommen.«

Sie bleibt stehen und deutet in die Ferne zu einem Lichtstrahl. Dort auf dem Boden liegt ein lebloser Frauenkörper. Die Erkenntnis trifft mich bis ins Mark. Emily. Sie ist auf der Seite der Finsternis, jenem Teil der Hölle, in dem auch ich gewesen bin. Tiefer, unendlicher Schmerz durchbohrt mein Herz in dem Augenblick, als ich erkenne, dass sie tot ist.

Kapitel 1

Mad

Mit einem gierigen Atemzug fülle ich meine Lungen und reiße erschrocken die Augen auf. Das Piepen einer Maschine und Tageslicht zerren mich aus der Bewusstlosigkeit, und im ersten Moment weiß ich nicht, wo ich bin. Ich sehe kahle Wände, einen Apparat, aus dem Kabel und Schläuche zu meinem Körper führen, und eine Atemmaske, die mich mit einem zischenden Geräusch mit frischem Sauerstoff versorgt. Mein Schädel brummt, und ich habe Halsschmerzen.

Emily! Der Gedanke an sie holt mich endgültig aus der Benommenheit.

Eine zarte Berührung lenkt meine Aufmerksamkeit zur Seite des Bettes. Die Frau ist schön, wie immer etwas übernächtigt und hat gerötete Augen.

»Mom?«

»Du bist in Sicherheit, alles wird gut, Mad.«

Erleichtert und erschöpft sinke ich in die weichen Kissen. Sie weint, lächelt und hält meine Hand. »Gott sei Dank. Wir dachten schon, wir hätten dich verloren. Du kannst dir nicht vorstellen, welche Sorgen ich mir gemacht habe.«

Ich will mich aufrichten, am liebsten aus dem Bett steigen, doch nicht nur Mom drückt mich zurück, sondern auch mein geschwächter Zustand. Kopfschmerzen stechen wie

Nadeln bei jeder Bewegung, und das leise Brennen in meiner Lunge tut weh.

»Wo ist sie?«, frage ich durch die Maske. »Wo ist Emily?«

»Es geht ihr gut, Mad.«

»Ich will zu ihr.«

»Nein, noch nicht, du bist viel zu schwach. Sie liegt nur ein paar Zimmer weiter und wird versorgt. Sie erholt sich, genau wie du. Die Ärzte sind zuversichtlich. Oh Mad, um ein Haar hätten wir dich verloren.«

Sie lebt, schießt es mir durch den Kopf. Erleichterung befällt mich, und im Geiste rufe ich ihr Gesicht herbei. Ihr Lächeln wärmt mich, schenkt mir etwas Frieden, aber die Erinnerung daran, als wir im Feuer gefangen waren, sie verzweifelt ihre Hand nach mir ausgestreckt hat und ich ihr nicht helfen konnte, verengt meine Brust. Ich hätte es mir niemals verzeihen können, wenn sie es nicht geschafft hätte.

»Und der Club?«

»Er ist vollkommen abgebrannt. Die Feuerwehrleute konnten euch in letzter Minute aus den Flammen retten. Ihr hattet einen Schutzengel.«

Ich erinnere mich, dass ich aus dem Gefängnis freikam, im *Angels Share* ein wenig gefeiert habe und Emily am Ende im Vorratskeller vorfand. Ich schüttle die Erinnerung ab. »Was ist passiert?«

»Jemand hat Feuer im *Angels Share* gelegt. Es war Brandstiftung, Mad. Aber Genaueres wird noch untersucht. Wer in aller Welt tut uns so etwas an? Alec und dein Großvater haben mich über die Vorfälle in der Firma aufgeklärt.«

Ich denke an die Anschläge in der McKinley-Destillerie, die verschwundenen Macallan-Flaschen, an Hurleys Ermordung und den Brand im Club. An dem Abend haben wir meine Freilassung gefeiert. Erst als ich Emilys Wagen auf dem Parkplatz sah, wusste ich, dass sie noch hier sein musste. Ich fand sie im Keller, und nachdem sie mich verführt hat, entdeckte ich, dass die Metalltür abgeschlossen war. Jemand hat uns eingesperrt, Feuer gelegt und wollte uns umbringen.

»Mad, ich ertrage das nicht länger. Ich weiß nicht, in welchen Schwierigkeiten du steckst, aber das muss aufhören.« Mom starrt mich an, und ich höre ihren Vorwurf. Meine eigene Mutter glaubt, dass ich dafür verantwortlich bin. Haben das mein Großvater und Alec ihr eingeredet?

Ich starre zur Decke und verspüre den Drang, das Bett zu verlassen. Ich muss hier raus. Aber als ich die Atemmaske abziehe und mich aufzusetzen versuche, überkommt mich Schwindel, und ich fühle, wie geschwächt ich bin. Frustriert gebe ich auf. Blanker Hass wallt in mir auf, wenn ich daran denke, dass Emily hätte sterben können. Ich will herausfinden, wer hinter all diesen Anschlägen und Manipulationen steckt.

»Schlaf jetzt, Mad. Du musst gesund werden. Ich sehe später wieder nach dir.« Mom streicht liebevoll eine Haarsträhne aus meiner Stirn, küsst mich und verlässt leise das Zimmer.

Ich erwache und bin allein. Die Halsschmerzen haben ein wenig nachgelassen, und die Kopfschmerzen sind abgeklungen. Eine Schwester kommt herein, fummelt am Infusionsständer und lächelt. »Wie fühlen Sie sich?«

»Ganz okay.«

»Haben Sie Schmerzen?«

»Nein. Wann kann ich hier raus?«

»Das wird der Arzt entscheiden, aber erst mal müssen Sie Bettruhe halten. Ich lass Ihnen etwas zu essen bringen.« Sie geht aus dem Zimmer, und ich bleibe genervt zurück.

Ich schließe die Augen, und Emilys Gesicht taucht auf. Erleichtert, dass es ihr gutgeht, entspanne ich mich und muss bei der Erinnerung an sie schmunzeln. Die Hexe hat mich voll im Griff, meine Gedanken werden ausschließlich von ihr beherrscht. Ich stelle mir vor, wie ihre Brüste sich in meinen Händen angefühlt haben. Früher waren sie klein, jetzt sind sie geradezu perfekt. Dafür war ihr Hinterteil schon immer gut proportioniert, und die Art, wie sie ihr langes, braunes Haar über die Schultern warf, hat nicht nur mich verrückt gemacht. Ihr verführerischer Mund und das Bild, wie sie mich angebettelt hat, lassen mich hart werden. Verdammt!

Erneut werden meine Fantasien unterbrochen, als zwei Krankenschwestern hereinkommen. Ich stelle mich schlafend, in der Hoffnung, dass sie gleich wieder verschwinden.

»Ich glaube, du bist zu wählerisch, Tracy«, flüstert eine der beiden. »Du solltest Brad eine Chance geben. Gut, er ist nicht so attraktiv, aber er hat bestimmt andere Vorzüge.«

Etwas wird auf den Rollwagen neben meinem Bett abgestellt.

»Wenn Brad wenigstens so aussehen würde wie dieses Prachtexemplar hier, dann würde ich sofort Ja sagen«, erwidert die andere Stimme.

»Pst, nicht so laut. Wenn er dich hört.«

»Er schläft tief und fest. Das müssen ja wilde Träume sein«, tuschelt sie kichernd.

Mein Laken ist verrutscht, weshalb die Frauen freien Blick haben.

»Wow! Er ist ziemlich groß.«

»Wenn Brad so bestückt wäre, würde ihn niemand von der Bettkante schubsen.«

»Doch: Oberschwester Augusta.«

Sie prusten los, und ich fühle mich geschmeichelt.

»Schwester Tracy, Schwester Avery?« Eine frostige Stimme, die von der Tür zu hören ist, lässt sie verstummen. »Zimmer sieben und acht warten auf ihr Essen.«

»Jawohl, Oberschwester Augusta«, kommt es prompt aus ihren Mündern.

In der Hoffnung, wenigstens einen kurzen Blick auf die Krankenschwestern zu werfen, öffne ich die Augen, doch stattdessen ist da ein strenges und ausdrucksloses Gesicht direkt über mir. Fuck! Sofort erschlafft mein Penis und will sich ängstlich verkriechen. Erschrocken weiche ich tiefer in die Kissen.

Sie verzieht mürrisch den Mund, nimmt das Laken und deckt mich ordentlich zu. »Ich bin Oberschwester Augusta.«

»Hallo, ich bin Maddox McKinley.«

»Ich weiß, wer Sie sind. Ihr Essen steht bereit, eine Schwester holt das Tablett in fünfzehn Minuten ab. Auf meiner Station ist ab zwanzig Uhr Ruhe.« Sie hat eindeutig etwas von einem Feldwebel, der ein strenges Regiment führt. Ich war nie wählerisch, was Frauen betrifft, aber mit so einer hatte ich noch nie zu tun.

»Schön, Sie kennenzulernen«, antworte ich freundlich und ziehe das Laken weiter herauf. »Wann kann ich aufstehen?«

Sie kontrolliert den Medikamentenzugang in meinem Arm. Dabei sehe ich ihren leichten Bartschatten. Ihr Haar hat sie fest im Nacken zu einem Knoten gebunden, was sie autoritär wirken lässt. »Wenn der Arzt es Ihnen erlaubt. Essen Sie.«

Sie macht auf ihren orthopädischen Schuhen kehrt und verlässt das Zimmer, worauf ich erleichtert ausatme.

Ich schiele zum Tablett, und mein Magen knurrt, aber als ich den Deckel anhebe und die dünne Suppe und den Zwieback erkenne, vergeht mir der Appetit. Das Wasser läuft mir im Mund zusammen, wenn ich an Conchitas Steaks denke. Ich muss hier raus.

Wie versprochen holt eine junge Krankenschwester das

Geschirr nach fünfzehn Minuten ab. »Sie haben ja gar nichts gegessen.«

»Ich will ein Steak und würde alles für einen Whiskey geben«, murre ich.

Grinsend schaut sie zur Tür, um sich zu vergewissern, dass der Stationsdrache nicht mithört. »Ich weiß, dass das Essen hier keine Hausmannskost ist. Mit Steaks und Whiskey kann ich Ihnen leider nicht dienen.«

Sie lächelt mitfühlend.

»Wie heißen Sie?«

»Britney.«

»Ein schöner Name für eine hübsche Frau.«

Sie errötet. »Aber ich könnte in der Küche mal nachsehen, was ich finde.«

Ist das zu fassen! Sie flirtet mit mir.

»Wunderbar, ich wäre Ihnen dankbar, wenn Sie mir feste Nahrung besorgen könnten.«

»Ich versuche es.«

Eine halbe Stunde später ist mein Magen mit Keksen, einem Apfel und ein paar Crackern gefüllt. Nicht gerade meine Lieblingsspeise.

Es dämmert bereits, als der Drache erneut hereinkommt. Mit einem Lächeln hält sie mir eine Bettpfanne vor die Nase. »Einfach klingeln, dann helfen wir Ihnen.«

»Sie glauben doch nicht im Ernst, dass ich …«

»Sie haben Bettruhe verordnet bekommen, Mr. McKinley. Natürlich werden Sie Ihr großes Geschäft hierein verrichten«, sagt sie streng. Ich kann mir nicht helfen, aber die Oberschwester genießt ihre Machtstellung. Wir taxieren einander.

»Ich bin ein Mann, der durchaus in der Lage ist, sich selbst darum zu kümmern. Ich werde definitiv nicht in eine Pfanne kacken. Ich will Sie nur davor bewahren, schwer tragen zu müssen.«

Sie hebt die Brauen, und ich bin mir nicht sicher, ob sie sich über meine direkte Art brüskiert oder weil ich ihr widerspreche. »Mr. McKinley, Sie brauchen sich nicht zu schämen, ich habe schon vieles gesehen in meinem Leben und –«

»Aber *meines* bestimmt nicht.«

Ihr Piepser unterbricht ihren Einwand. »Entschuldigen Sie mich, wir unterhalten uns noch.«

Eilig geht sie, und ich lehne mich grinsend in die Kissen.

Kaum ist die Tür zu, richte ich mich auf und verheddere mich mit den Kabeln. Ich befreie meinen Körper von den Elektroden und laufe auf wackligen Beinen einige Schritte. Langsam kehren meine Lebensgeister zurück, und ich schaffe es zur Tür.

Im Krankenhausflur ist alles ruhig. Auf einem Stuhl direkt vor meinem Zimmer entdecke ich Silent. Er hat den Kopf tief auf seine Brust gesenkt und hält mit verschränkten Armen ein Nickerchen. Wir sind wie Brüder, und so, wie ich ihn kenne, ist er nicht von meiner Seite gewichen, seit man mich ins Krankenhaus gebracht hat. Vorsichtig stupse ich ihn an. Silent zuckt zusammen, und als er mich erkennt, werden seine braunen, übernächtigten Augen groß.

»Heilige Scheiße«, entfährt es ihm, und er steht auf.

»Du siehst beschissen aus, mein Freund«, sage ich scherzend. Verdammt, ich liebe diesen Bastard.

»Hast du mal in den Spiegel geschaut, Boss?«, kontert er grinsend, und wir umarmen uns. Ich spüre die Waffe, die er in seiner Jacke versteckt, und weiß sofort, dass er hier Wache hält. Wie ein Schatten hat er mich schon immer beschützt, doch jetzt bemerke ich Sorge in seinem Blick, die ich so noch nie bei ihm gesehen habe.

»Was ist los? Ist etwas mit Emily?«

Er schüttelt den Kopf.

»Gut. Führ mich zu ihr und erzähl, was passiert ist«, bitte ich ihn.

Während wir langsam den Flur hinunterlaufen, bringt er mich auf den neusten Stand. Bisher wissen die Detectives nicht, wer Hurley ermordet hat, wer für die geplatzten Geschäfte, die verunreinigte Maische und den Ausfall der Abgasanlage im McKinley-Werk verantwortlich ist. Die Macallan-Flaschen sind nach wie vor verschwunden, und im Grunde weiß ich, dass viele Leute dafür infrage kommen. Im McKinley-Werk gibt es über sechshundertfünfzig Mitarbeiter, ich selbst beschäftige mehr als einhundertzwanzig, und selbstverständlich haben wir alle Feinde – Alec und Großvater genauso wie ich. Das riecht nach etwas Persönlichem und bedeutet, dass jeder Mensch, der mir nahesteht, in Gefahr sein könnte. Niemand ist mehr sicher.

»Schick ein paar Männer zu Ennas Haus. Sie sollen es rund um die Uhr bewachen.«

Silent nickt, während ich zu Emilys Krankenzimmer schaue. »Hast du was von Stan und dem Chip gehört?«

»Nein, nichts. Popcorn kümmert sich um die anderen Clubs.«

»Trotzdem muss ich so schnell wie möglich hier raus«, murmle ich.

»Etwa so?«, fragt Silent amüsiert und deutet auf mein dünnes Krankenhaushemdchen. »Ich besorg dir Kleidung«, lenkt er dann grinsend ein.

»Gut, ich schreibe dir, sobald du mich abholen kannst. Ach, und kein Wort zu niemandem. Ich muss mir einen Überblick verschaffen, wem ich noch vertrauen kann.«

»Klar, Boss.« Er lässt mich vor Emilys Zimmer allein und geht.

* * *

Ich öffne die Tür einen Spalt, und mein Blick fällt auf das wunderschöne Dornröschen, das schlafend im Bett liegt. Schuldgefühle wallen in mir auf, ohrfeigen mich für jeden vergifteten Atemzug, den sie genommen hat. Nie hätte ich mir verziehen, wenn sie im Feuer umgekommen wäre. Mein Herz zieht sich krampfhaft zusammen bei dem Gedanken.

Kurz zweifele ich an meinem Entschluss, aber ich darf nicht egoistisch sein. Ich habe keine andere Wahl. Was würde ich geben, um all den Mist in ihrem Leben ungeschehen zu machen. Ich werde dem Arschloch die Fresse zu Brei schlagen, sobald ich ihn gefunden habe. Dafür brauche ich allerdings Zeit und muss wissen, dass alle Menschen, die mir etwas bedeuten, in Sicherheit sind.

»Du? Was zum Teufel willst du hier?«, unterbricht Aiden meine Überlegungen. Ihn habe ich am Fenster nicht wahrgenommen. »Verschwinde, sie will dich nicht sehen«, faucht er mich leise an, stellt eine Tasse auf den Tablettwagen beim Bett ab und kommt auf mich zu.

»Ich muss wissen, wie es ihr geht«, erwidere ich ruhig und trete näher.

»Das fragst du noch? Sie liegt im Krankenhaus, wegen dir. Das Ganze wird ein Nachspiel haben. Diesmal bist du zu weit gegangen, McKinley.«

»Mad?«, hören wir sie schlaftrunken.

»Schlaf weiter, Schwesterchen. Er wird dich nicht länger belästigen, dafür sorge ich.« Erstaunlich, wie schnell Aidens Stimme sanft wird, sobald er mit ihr spricht. Er geht zu ihrem Bett und versucht sie vor mir abzuschirmen, aber da hat er die Rechnung ohne Emily gemacht.

»Mad.« Sie setzt sich auf. Als sich unsere Blicke treffen, streckt sie die Hand nach mir aus. Es tut gut, sie lächeln zu sehen.

Aiden lässt die Schultern hängen und tritt beiseite, ich laufe zu ihr und greife nach ihren Fingern. Sofort ist da dieses süße Gefühl, das mich mit ihr verbindet, und ich widerstehe dem Drang, sie zu küssen. Soweit ich das beurteilen kann, ist sie wohlauf, und ich entspanne mich. »Es tut mir leid, was passiert ist, Em.«

Sie schüttelt den Kopf. »Es ist nicht deine Schuld.«

»Oh bitte!«, mischt sich Aiden garstig ein. »Wir wissen alle, dass er dafür verantwortlich ist.«

»Halt die Klappe und hör auf zu motzen, Aiden«, fährt Emily ihm über den Mund, was ihn verstummen lässt. Immerhin hat sie ihren Biss nicht verloren. Ich schmunzle.

»Bist du übergeschnappt, Em? Hast du vergessen, was die McKinleys uns angetan haben? Du wurdest von Alec geschlagen, von Mad erpresst und wärst gestern beinahe in dem Feuer umgekommen. Nach alldem willst du dich doch nicht ernsthaft mit ihm abgeben? Herrgott noch mal, du wärst fast gestorben, Emily. Inzwischen solltest du kapiert haben, dass diese Familie gemeingefährlich ist.«

Ich runzle die Stirn. Was sagt er da? »Moment. Was hat Alec getan?«

Verdutzt schaue ich abwechselnd zu den Geschwistern.

»Tu nicht so, als würde dich das überraschen«, knurrt er mich an. »Dein Bruder hat meine Schwester angegriffen, sie grün und blau geschlagen. Er kann von Glück reden, dass wir die Polizei noch nicht eingeschaltet haben.«

»Aiden, ich kläre das«, unterbricht sie ihn streng.

»Ist das wahr, Emily?«, frage ich vorwurfsvoll.

Sie seufzt schwerfällig. »Aiden, lass uns bitte einen Moment allein.«

»Vergiss es«, wehrt er entschieden ab.

»Ich will mit Mad allein sprechen. Zieh Leine!«

Mit zorniger Miene erwidert er ihren Blick, fügt sich jedoch ihrem Wunsch und verlässt unter lautem Protest das Zimmer. »Aber ich lasse die Tür auf, nur zu deiner Sicherheit.«

Sie rollt mit den Augen.

Ich schiebe einen Stuhl heran und setze mich. »Was war da los, Em? Was hat mein Bruder getan?«

Sie nimmt meine Hand und berichtet von seinem Besuch, während ich hinter Gittern saß. Innerlich zermalme ich ihn wie eine Made. Von Wut berauscht kann ich es kaum erwarten, ihm meine Faust in sein dämliches Gesicht zu schlagen.

»Er war betrunken und bereut es sicher. Ich denke, wir haben im Augenblick größere Probleme. Der Mörder von Hurley ist irgendwo da draußen, und vielleicht steckt er auch hinter dem Brand.«

Jetzt kann ich Aidens Haltung mir gegenüber nachvollziehen.

»Du brauchst dir keine Sorgen zu machen. Ich werde mich darum kümmern, versprochen.« Alec ist ein Idiot, manchmal ein echter Arsch. Hass kann vieles bewirken und verändern. Ich erinnere mich, wie er ihr die Schuld gab, dass er seine Footballkarriere an den Nagel hängen musste. Das konnte er nie überwinden. Auch wenn mein Großvater stets gegen eine Profikarriere war, war das damals Alecs großer Traum.

»Es wird alles gut werden«, verspreche ich und ziehe langsam meine Hand aus ihrer.

»Mad, ich …«, flüstert sie und sieht mir in die Augen. Ich weiche ihr aus, indem ich auf die Bettdecke starre und befürchte, dass sie mein Vorhaben erkennt. Es fällt mir schwer, ihr gleich wehzutun, aber es ist besser so.

Ich schaue sie an und suche nach den passenden Worten. Schon hundertmal habe ich kurzen Prozess mit den Weibern gemacht, und ich hatte nie ein Problem. Aber bei ihr ist das anders. Fuck! Ihre Augen funkeln, und sie spürt, wie ich auf Distanz gehe. »Hör mal, Emily, vielleicht sollten wir uns eine Weile nicht sehen. Wir hätten nicht …«

Sie wird misstrauisch und ahnt, was kommt. »Scheiße, Mad. Was tust du?«

»Etwas beenden, das ich gar nicht erst so weit hätte kommen lassen dürfen. Es war nett, aber mehr wird es zwischen uns nicht geben. Es ist besser für uns beide.«

Sie schluckt, und ich sehe den Schmerz in ihrem Gesicht. »Nett?«

Ich stoße den Atem aus, weil es mehr als nett war, es mich sogar eiskalt erwischt hat, aber das kann ich ihr nicht sagen.

»Du machst Schluss?« Ich senke den Blick und nicke. Sie keucht aufgebracht. Eisige Kälte vertreibt die Wärme in ihren Augen, und obwohl ich es liebe, wenn sie wütend ist, fühle ich mich jetzt wie ein räudiger Köter. »Nach allem, was wir zusammen durchgemacht haben, lässt du mich wie deine anderen Weiber fallen?«, bricht es sauer aus ihr hervor.

Bedeutungslos zucke ich mit den Schultern. »So bin ich nun mal. Du hast das gewusst.« Sie wird zornig und macht es somit für uns beide leichter. »Es tut mir leid. Es ist besser, wenn wir es gleich beenden, bevor du dich zu sehr in mich verliebst.«

Sie hält inne, und ich sehe ihr an, wie es in ihrem hübschen Kopf arbeitet. »Du hast mich belogen und die ganze Zeit nur benutzt?«, sagt sie mit dünner Stimme, doch dann bricht der kleine Vulkan in ihr aus, den ich schon immer an ihr gemocht habe. »Du arrogantes Arschloch! Du bist wirklich das Letzte, McKinley. Du –«

»Du hast recht«, unterbreche ich ihren Wutanfall. »All das bin ich und noch so viel mehr. Es tut mir leid, aber glaub mir, es ist besser für uns beide.« Ich erhebe mich und laufe zur Tür, während sie leise etwas vor sich hinmurmelt.

»Wir sehen uns bei Gelegenheit«, schieße ich nach, und gerade kann ich mich noch ducken, bevor mich Aidens

Tasse trifft. Sie fällt klirrend zu Boden. Es fliegen noch mehr Gegenstände, Flüche und Verwünschungen, was Aiden aufmerksam werden lässt.

»Was hast du getan?«, fragt er mich.

»Das, was man von mir erwartet. Viel Spaß, die kleine Furie gehört jetzt ganz dir.«

Kapitel 2

Emily

»Hier, die werden dir helfen«, meint Kim auf der Rückbank im Auto, als meine Cousinen mich vom Krankenhaus abholen. »Der Arzt hat gesagt, du sollst viel trinken und Halsbonbons lutschen.« Sie streckt die Packung nach vorn.

Obwohl der Brand nur wenige Tage zurückliegt, komme ich erstaunlich gut klar. Ich habe mit Albträumen, Panik- und Angstattacken gerechnet, aber all das bleibt aus. Vielleicht ist mein psychischer Zustand stabiler, als ich vermutet habe. Selbst meine innere Diva hat sich den Ruß und die Asche von den Schultern geklopft.

»Ich fasse nicht, dass er dich einfach so abserviert hat«, sagt Teach. Sie steuert den Wagen durch den dichten Verkehr, der in Elisabethtown nur zu Festivalzeiten ein solches Ausmaß annimmt.

»Die Eier sollte man ihm dafür abschneiden«, meint Kim vom Rücksitz. »Sei froh, dass du ihn los bist.«

Ich schweige, weil ich keine Lust habe, über ihn nachzudenken, doch wie so oft lassen meine Cousinen nicht locker.

»Es scheint dir mehr auszumachen, als du zugibst, oder?« Für einige Sekunden schaut Teach zu mir rüber.

»Ich bin nicht doof und weiß, dass er das nur aus einem Grund gemacht hat: Er glaubt, in seiner Nähe wäre ich in

Gefahr.« Grübelnd knabbere ich am Daumennagel. Ich bin wütend und komme mir benutzt vor, weil er mich genauso mies wie seine anderen Weiber behandelt hat. Er hätte es definitiv verdient, wenn ihn die Teetasse am Kopf getroffen hätte. Warum hat er mir das alles nicht sagen können? Wir hätten eine Lösung gefunden. Jetzt fühle ich mich wie ein alter Stiefel, der ausgedient hat. Wobei der Vergleich hinkt, da wir uns nur einmal in der Brandnacht richtig nahe waren. Ich wollte noch mal mit ihm reden, musste aber feststellen, dass er das Krankenhaus sang- und klanglos verlassen hat.

»Es war zu erwarten, dass er dich irgendwann fallen lässt. Das macht er mit allen«, meint Kim.

»Halt an, Teach«, sage ich energisch, als wir durch die Einkaufsstraße fahren.

»Was?«

»Anhalten, bitte.«

»Ist dir etwa schlecht?« Teach ist völlig überrumpelt, aber sie bremst ab und fährt galant in eine große Parklücke.

»Nein, ich muss etwas besorgen.« Noch bevor Teach weiterfragen kann, steige ich aus und laufe einige Meter zu dem Laden zurück, den ich beim Vorbeifahren gesehen habe. Ob meine Cousinen es albern finden oder nicht, aber ich habe das Gefühl, dass es keinen besseren Zeitpunkt gibt als jetzt. Ich betrete den einzigen Esoterikladen in ganz Elisabethtown. Neben Reiki werden Buddhafiguren, Räucherstäbchen in allen Varianten und Aromen, Kerzen, Bücher, Duftlampen und tausend andere Dinge angeboten. Der Laden ist ziemlich vollgestopft mit allem möglichen Kram, und es riecht süßlich nach Marihuana. Bei der bunt gekleideten Verkäuferin frage ich nach einer Voodoopuppe, und der Spaß kostest mich stolze dreißig Dollar. Mit der Tüte in der Hand geht es mir schon deutlich besser. Nur wenige

Minuten später komme ich zu meinen Cousinen zurück und steige zufrieden ein.

»Was hast du gekauft?«, will Kim neugierig wissen. Sie beugt sich vor, um einen Blick zu erhaschen.

»Nur etwas für meinen Seelenfrieden.«

Damit habe ich auch Teachs Aufmerksamkeit. »Und was?«

»Eine Voodoopuppe.«

Schweigen herrscht im Wageninneren, bis Teach und Kim gleichzeitig lachen. Auch ich muss schmunzeln.

»Wenigstens ist dein Humor nicht in den Flammen aufgegangen.« Kopfschüttelnd und immer noch kichernd startet Teach den Wagen und fädelt sich wieder in den Verkehr ein.

Kim greift nach der Tüte, lehnt sich zurück und betrachtet den Inhalt. »Du willst das Ding ernsthaft benutzen?«

»Du hast keine Ahnung, wie oft ich so eine Puppe hätte gebrauchen können.«

»Wann landet deine Mom?«, will Teach wissen.

Ich schaue auf meine Armbanduhr. »In einer halben Stunde.«

»Dann gib Gummi, Teach. Sonst schaffst du es nicht rechtzeitig, sie vom Flughafen abzuholen.« Kim reicht mir die Tüte.

»Sag das den Trödlern vor uns«, murrt Teach und hupt. Mom war außer sich vor Sorge, als Aiden ihr von dem Brand erzählte. Selbst als ich ihr später am Telefon versicherte, dass es mir gutginge, ließ sie sich nicht davon abbringen, nach Elisabethtown zu fliegen.

»Übrigens, ich wollte mich noch bei euch bedanken, dass ihr Aiden und mir das Geld für die Standgebühr ausleiht. Sobald es eine Möglichkeit gibt, zahlen wir es euch sofort zurück.«

»Ich bitte dich, Em, das ist doch selbstverständlich. Vielmehr finde ich es sehr nett von den Carters, dass sie die Standmiete für das Holzhäuschen mit euch teilen«, bemerkt Kim.

Unsere Destillerie ist so abgebrannt, dass Aiden sich dieses Jahr den Messeauftritt nicht hätte leisten können. Er war daher ganz aus dem Häuschen, als Teach ihm die Nachricht überbrachte.

»Ja, das stimmt. Natürlich werde ich mich noch persönlich bei ihnen bedanken. Wie kam es überhaupt zu dem Angebot? Kennst du die Carters näher, Teach?«

»Ich unterrichte Matthew Carters Sohn Mike. Wir kamen beim Elternsprechtag ins Plaudern. Er erzählte mir, dass seine Geschwister und er die Carter-Destillerie erst vor drei Jahren gegründet haben. Damit die Kosten überschaubar bleiben, suchen sie andere Firmen, um sich die Standmiete zu teilen. Das ist für die kleinen und mittelständischen Unternehmen eine gute Alternative. Und da ich mitbekommen habe, dass Aiden dieses Jahr auf ein Holzhäuschen verzichten wollte, und ich aber weiß, dass die Firmenpräsenz auf dem Festival wirklich wichtig ist, dachte ich, ich frage mal nach.«

»Danke, das ist sehr lieb von dir.«

»Kein Problem, Em. Wir sind eine Familie und helfen uns.«

Zu Hause angekommen fährt Teach gleich weiter zum Flughafen, Kim bleibt bei mir, und gemeinsam warten wir auf meine Mom. Sie lässt mir Badewasser ein. Ich bin ungeduldig, den Schmutz des Feuers und den Krankenhausgeruch von mir abzuwaschen.

Leise stöhne ich auf, als das warme, duftende Wasser meinen Körper umspült, was meine Cousine, die am Wannenrand sitzt, zum Schmunzeln bringt.

»Kommst du mit dem neuen Handy klar?« Kim hat mir ein Telefon besorgt.

»Ja, danke. Die Kontakte habe ich schon eingepflegt und allen meine Nummer mitgeteilt.«

Sie lächelt und senkt den Blick. »Hör mal, Em, ich habe mir was überlegt. Aiden wird in den nächsten Tagen nicht viel Zeit haben. Vormittags wird er sich um die Probleme der Firma kümmern. So wie ich es verstanden habe, hat er mehrere Termine mit einem Insolvenzverwalter, und nachmittags wird er im Carter-Team bei den Spielen dabei sein.«

»Ja, ich weiß.«

»Was hältst du davon, wenn wir gemeinsam Standdienst machen?«

Ich mustere sie. Kim will freiwillig am Stand versauern, während auf dem Festival das Leben tobt? Zumindest hat sie es früher gehasst, wenn mein Vater uns Mädels dazu verdonnert hat. Teach hat mir erzählt, dass sie seit dem Feuer im *Angels Share* ungewöhnlich still und nachdenklich ist. Hurleys Tod hat sie definitiv verändert, und ihr Vorschlag ist vielleicht ein Zeichen, dass sie Ablenkung braucht. Das ist gut und hilft ihr, über ihn hinwegzukommen. »Das ist die beste Idee seit Langem.«

Wir lächeln uns an.

»Teach wird, je nachdem, wann sie Schulschluss hat, auch kommen.«

»Ja, das hat sie mir gesagt«, erinnere ich mich und sehe sie forschend an. »Wie geht es dir, Kim?«

»Gut.« Sie weicht meinem Blick aus, und ich habe das Gefühl, dass sie etwas bedrückt.

»Bist du sicher?«

Sie lächelt gequält. »Ja.«

»Ich weiß, jetzt kannst du es dir nicht vorstellen, aber irgendwann wirst du jemand Neues kennenlernen und wieder lachen können. Hurley hätte sich das bestimmt gewünscht.«

Ihre Augen verraten mir, dass sie etwas auf dem Herzen hat. Ihre Pupillen bewegen sich schnell hin und her, sie scheint nachzudenken. »Em?«

»Ja, Liebes?«

Sie öffnet den Mund. »Ich überlege seit einiger Zeit, ob ich mir einen Job suchen soll. Ich meine, ich würde gern etwas tun, etwas, das mir Spaß macht.«

Ich werde hellhörig. »Und was?«

»Keine Ahnung, eventuell nehme ich einen Modeljob an.«

Interessiert setze ich mich auf. »Du hast ein Angebot? Von wem?«

»Von einer Agentur, die im Auftrag für einen Modedesigner Models für eine große Werbekampagne sucht. Ich habe mich dort vor ewigen Zeiten mal beworben und jetzt eine Anfrage erhalten.«

Ich bin erstaunt darüber und kann meine Freude nicht verbergen. Kim hat früher schon mal hier und da gemodelt, es aber nie ernster genommen. Vielleicht hat sie durch ihre Trauer das Bedürfnis, ihr Leben in die Hand zu nehmen. »Das ist ja wunderbar.« Ich strahle sie an, aber richtig glücklich sieht sie nicht aus. »Freust du dich denn nicht?«

»Doch, aber das würde bedeuten, dass ich länger fortgehe. Das Projekt könnte ein paar Monate dauern.«

»Weiß Teach davon?«

»Nein, niemand. Ich habe mich noch nicht entschieden.«

»Okay. Also, ich bin begeistert. Es lenkt dich ab, und wer weiß, wohin es dich führt. Viele junge Frauen träumen davon, als Model zu arbeiten, und du hast diese Chance. Es könnte dir definitiv guttun.«

»Stimmt, andererseits würde ich euch mit allen Problemen alleinlassen. Außerdem ist der Mörder noch nicht gefasst und ...«

»Darüber mach dir keine Gedanken. Die Polizei wird

ihn finden, und vielleicht ist es ganz gut, wenn du nicht hier bist. Welche Agentur ist denn das, und für welchen Modedesigner sollst du arbeiten?«

In dem Moment hören wir Teach, Aiden und Mom von unten.

»Deine Mom ist da. Ich sag ihr, dass du gleich fertig bist.« Eilig steht sie auf und geht hinaus. Mir kommt es fast wie eine Flucht vor, aber ich bin froh, dass Kim endlich nachdenkt, etwas aus ihrem Leben zu machen.

Nach dem Bad fühle ich mich wieder wie ein Mensch. Der Schmutz ist von mir abgewaschen. Eingecremt, mit frischem und seidig glänzendem Haar verlasse ich das Badezimmer, als ich Mom entdecke.

»Emily?« Sie ist gerade angekommen, lässt ihre Taschen plumpsen und läuft mit Tränen in den Augen und weit geöffneten Armen auf mich zu.

»Mom!« Wir fallen einander innig um den Hals.

»Gott! Kind! Ich habe mir solche Sorgen gemacht.« Sie mustert mich, schaut mich von Kopf bis Fuß an, um sich zu überzeugen, dass mir wirklich nichts fehlt. Dann sieht sie mich an. »Ich denke, ihr müsst mir jetzt endlich die Wahrheit sagen.«

Ich presse die Lippen aufeinander und schiele zu Aiden und Teach, die im Türrahmen stehen.

»Willst du dich nicht lieber ausruhen?«, versuche ich Zeit zu schinden, worauf Mom warnend eine Braue hochzieht. »Schon gut. Es wird dir aber nicht gefallen.«

»Es kann kaum schlimmer sein als die Nachricht, dass meine Tochter beinahe bei einem Brand ums Leben gekommen wäre, oder?« Sie dreht sich zu Aiden. »Teach, könnt ihr Kaffee machen? Ich denke, wir sollten alles im Salon besprechen.«

»Natürlich, Tante Kendra.«

Eine halbe Stunde später sitzen wir alle im Salon und

haben ihr das Desaster mit der Westham-Destillerie so schonend wie möglich beigebracht. Von den früheren finanziellen Schwierigkeiten hat sie bereits gewusst, aber sie kannte nicht das ganze Ausmaß. Gleich zu Beginn ihrer Ankunft ist ihr aufgefallen, dass einige Einrichtungsgegenstände fehlen, aber mit der aktuellen Situation hat sie nicht gerechnet. Schlimmer war für sie zu erfahren, dass ihr Sohn sich strafbar gemacht hat, weil er Firmengelder veruntreut hat. Ich ergänze Aidens Bericht, dass Maddox McKinley den fehlenden Betrag zwar beglichen, aber einen Deal eingefordert hat. Mom ist fassungslos und den Tränen nahe, als Aiden sie einen Blick in die Unterlagen werfen lässt, und sie begreift, dass uns nur ein Wunder retten kann.

»Dann müssen wir Maddox McKinley sogar dankbar sein, dass er das Geld aufgebracht und dich nicht verraten hat«, sagt sie, als sie über alle wichtigen Dinge im Bilde ist.

»Dankbar?«, begehrt Aiden unwirsch auf. »Er erpresst mich, hat mich in der Hand, Mom, und ich werde ihm sicherlich nicht die Füße küssen.«

»Hör auf zu jammern, Aiden. Das verlangt ja niemand«, mische ich mich ein.

»Pf …«, zischt er abfällig. »Tut mir leid, Em, aber wenn du erwartest, dass ich dir meinen Segen gebe, hast du dich geschnitten.«

Verwundert schaut Mom zwischen ihm und mir hin und her. »Segen? Was meinst du damit?«

Ich senke den Blick, dafür ist mein Bruder ganz versessen darauf, sie aufzuklären. »Emily ist eine Verräterin.«

»Aiden!«, ermahnt ihn Mom.

»Vielleicht wechselt sie ja die Seiten. Sie hat eine Affäre mit ihm. Obwohl sie weiß, dass …« Er bricht ab, als ihm Judy und Mads Verhältnis auf den Lippen liegt. Das hat er nur mir anvertraut, und offensichtlich bringt er es nicht fertig, es unserer Mutter zu sagen.

Mom schaut mich mit großen Augen an, aber ich sehe darin keine Kritik, sondern Überraschung. »Ist das wahr?«

Tausend Dinge gehen mir durch den Kopf, die ich erklären könnte, aber Aiden würde alles infrage stellen und hat keine Ahnung davon, was ich inzwischen über Mad weiß und mit ihm erlebt habe.

»Eigentlich ist Mad ganz in Ordnung, Tante Kendra«, versucht Teach mich zu unterstützen.

»Bis auf die Tatsache, dass er gleich Schluss mit ihr gemacht hat, nachdem sie eine Nacht mit ihm verbrachte«, erwidert Kim.

Muss Kim das nun ausgerechnet vor meiner Mom so ausbreiten?

»Halt die Klappe«, fährt Teach ihrer Zwillingsschwester über den Mund.

»Aber es ist die Wahrheit«, protestiert sie. »Er ist nicht gut für sie. Und sie ist in seiner Nähe in Gefahr.«

»Was soll das, Kim? Du weißt, dass er nichts dafür kann.«

»Mädels, hört auf zu streiten. Das bringt uns jetzt auch nicht weiter.«

Bevor es zu weiteren Diskussionen kommt, erhebe ich mich. »Wir sollten uns lieber um die Probleme unserer Destillerie und das Festival kümmern. Es gibt jede Menge zu erledigen.«

Aiden und Mom ziehen sich in Dads altes Arbeitszimmer zurück, sodass Kim, Teach und ich uns kurz absprechen, was wir für unsere Standhälfte organisieren müssen. Aiden hat kein Wort mehr mit mir gesprochen, was mir ganz recht ist. Zum Glück hat die *Westham Distillery* in den vergangenen Jahren einen guten Vorrat an Probefläschchen, Prospektmaterial und kleinen Giveaways aufbewahrt, den wir jetzt nutzen können. Nachdem ich meine Cousinen verabschiedet habe, rufe ich die Carters an. Tim Carter ist wirklich nett. Er schlägt vor, dass ich gegen Vormittag zum

Festivalgelände kommen soll, er und seine Brüder würden den Aufbau übernehmen.

* * *

Als ich mich an diesem Abend endlich in mein Zimmer zurückziehen kann, führt mich mein erster Weg zu meinem Handy. Ich bin enttäuscht, dass Mad mir keine Nachricht hinterlassen hat. Ich stehe am Fenster und starre in die Dunkelheit. Viel ist in den letzten Tagen und Wochen geschehen, und mein Leben hat sich vollkommen verändert. Von der Karrierefrau, die ich in New York werden wollte, ist nichts übrig, und ich frage mich, wie es jetzt, nachdem ich sogar mein Herz an einen Macho verloren habe, weitergehen soll.

Es ist nicht die Tatsache, dass Mad Schluss gemacht hat, sondern vielmehr die Art, wie er es tat. Das hat mich verletzt. Er hat mich behandelt wie eine seiner Tussis. Ich bin mir sicher, dass all die Dinge, die er mir in unserer gemeinsamen Zeit anvertraut und gebeichtet hat, der Wahrheit entsprechen. Schon klar, dass er mich vor der drohenden Gefahr schützen will, aber dafür hätte er nicht so ein Arsch sein müssen, sondern es einfach erklären können. Außerdem weiß ich nicht, wie es jetzt mit dem Deal, den er mit Aiden abgeschlossen hat, weitergeht. Hat sich das nun auch erledigt, oder will er immer noch, dass ich für ihn putze oder die Bardame in einem anderen Club spiele?

Trotz allem stehe ich hier und denke an ihn, bin wütend und vermisse ihn. Meine innere Diva sieht mich mitleidig an, weil sie meinen Herzschmerz wahrnimmt. Sie kann Mads Entscheidung nachvollziehen. Die Sache ist ernst, dennoch sollte ich ihm klarmachen, dass Vertrauen etwas ist, das auf Gegenseitigkeit beruht.

Angestachelt von der Enttäuschung und einer Menge Gefühle, die ich nicht einordnen kann, schleiche ich mich hinaus, steige in Dads alten Wagen und fahre zu Mads Villa, auch wenn ich mich in Gefahr begebe und zu Hause bleiben sollte. Ich weiß, dass Mom von mir eine Erklärung haben will, aber das muss warten. Heute Abend muss ich dringend einiges loswerden, sonst platze ich.

Aus Mads Garage ist Musik zu hören. Ich laufe um das Gebäude, schiebe das Tor ein Stück auf und spähe hinein. Silent bemerkt mich sofort und stemmt sich mit den Armen an einer offenen Motorhaube ab. Er trägt ein verschmutztes Unterhemd, seine Beanie, und aus der hinteren Hosentasche lugt ein Schraubenschlüssel heraus. Einen weiteren Mann, dessen Beine unter dem Auto hervorragen, erkenne ich nicht. Aber ich schätze, es ist Milow. Meistens schrauben die beiden gemeinsam.

»Hey, ist Mad da?«

Silent nickt mir zu, und wie erwartet schiebt Milow sich unter dem Wagen hervor. Sein Gesicht ist ganz schmutzig. »Hi Emily. Ich weiß nicht, wo er ist.«

»Probleme?«, fragt Silent in seinem typisch rauen Ton.

»Nein, es ist alles in Ordnung. Ich will nur mit ihm reden.«

Ohne eine Erwiderung wendet er sich wieder dem Wagen zu. »Geh nach Hause, Emily. Du solltest nicht hier sein.«

»Genau, und schon gar nicht allein«, ergänzt Milow.

»Ich muss aber mit ihm reden. Ist er in einem seiner Clubs?«

Silent richtet sich auf, wischt sich die schmutzigen Hände an einem Lumpen ab und wirft ihn über seine Schulter. Mit seinen dunklen Augen sieht er mich eindringlich an. »Geh. Nach. Hause. Em.«

Für einen kurzen Moment freue ich mich, denn so viel hat Silent noch nie mit mir gesprochen und mich schon gar nicht bei meinem Spitznamen genannt.

»Wo. Ist. Er?«, frage ich mit dem gleichen Nachdruck.

Bestimmt glaubt er, ich bin eine der Frauen, die nicht lockerlassen können und Mad heulend nachlaufen, nachdem er Schluss gemacht hat. Ich kann mir vorstellen, wie nervig das sein muss, aber das ist mir schnuppe.

»Wenn du mir nicht sagst, wo er ist, dann pfeife ich auf die Gefahr und werde alle seine Clubs abklappern, bis ich ihn gefunden habe«, flüstere ich drohend, und sofort habe ich Silent in die Enge getrieben. Böse blickt er auf mich herab, sieht zu Milow, der auch nicht weiß, was er darauf antworten soll, und wendet sich wieder mir zu.

»Ich sage ihm, dass du ihn sehen willst«, murrt Silent und glaubt, mich damit zufriedenzustellen.

Ich verschränke die Arme und lasse nicht locker. »Wo, Silent?«

Er schnauft, tritt von einem Bein aufs andere und reibt sich mit den Fingern durch seinen Bart. Es dauert, aber schließlich verrät er es. »Bei Enna.«

»Geht doch. Danke«, säusele ich zuckersüß und mache mich sofort auf den Weg.

Als ich bei Ennas Haus ankomme, brennt Licht, und plötzlich bin ich mir nicht mehr sicher, ob ich klingeln und Mad eine Szene machen soll. Ich ermahne mich, ruhig zu bleiben, ein vernünftiges Gespräch mit ihm zu suchen und meinen Standpunkt klar dazulegen. Ich muss es wenigstens loswerden.

Langsam bewegt sich mein Finger zur Klingel, ich will den Knopf drücken, da öffnet Alma mit einer Gießkanne in der Hand die Tür. Sie zuckt kurz erschrocken zusammen. Im ersten Moment versucht sie mich einzuordnen. »Emily?«

Unsicher lächle ich. »Ja, Emily Westham. Bitte entschuldigen Sie die Störung.«

»Du störst doch nicht, komm herein, meine Liebe.« Ehe ich etwas erwidern kann, zieht sie mich in den Flur. »Wir freuen uns immer, wenn jemand zu Besuch kommt.« Sie stellt die Kanne auf einen kleinen Schemel ab.

»Eigentlich will ich zu Mad. Ist er da?« Vorsichtig werfe ich einen Blick zu den anderen Zimmern, aber die Türen sind alle geschlossen.

»Mad? Nein, der ist vor wenigen Minuten gegangen.«

Mist! Hat ihn etwa Silent vor mir gewarnt? Jetzt komme ich mir dämlich vor.

»Wenn du schon mal da bist, kannst du gern bleiben. Sie hat Fieber, und ich bin froh, wenn noch jemand bei ihr ist.« Sie merkt, dass ich geneigt bin zu verneinen. »Ich habe Muffins gebacken«, fügt sie lächelnd hinzu, was ich als süß verpackte Bestechung auffasse. Das Angebot klingt verlockend, und als ich in ihrem Gesicht den Drang nach Gesellschaft erkenne, wird mir klar, dass die Krankenschwester, die auch Ennas Freundin ist, einsam sein muss. Es ist bestimmt schwierig, den ganzen Tag Enna und das Haus zu versorgen. Es ist ein Fulltime-Job.

Was Mad betrifft, sieht alles danach aus, dass er vor mir geflohen ist. »Na gut.«

Alma strahlt. »Soll ich dir einen Tee machen?«

»Gern.« Sie führt mich zu Ennas Tür und öffnet sie für mich. »Geh nur, sie ist ein wenig unruhig.«

»Ist gut.« Leise trete ich ein. Genau wie beim ersten Mal liegt die alte Dame im Bett und hat die Augen geschlossen. Sie hängt an einem Tropf, unzählige Medikamente stehen auf einem Nachttisch, auch eine Schüssel mit Wasser und einem Waschlappen. Ich beobachte Mads früheres Kindermädchen. Enna hat körperlich noch mehr abgebaut, seit ich sie das letzte Mal gesehen habe. Ihre Brust hebt und senkt sich unregelmäßig, ihre Stirn ist mit Schweißperlen benetzt, und sie bewegt stumm ihre Lippen.

Unsicher werfe ich einen Blick zu Alma, aber sie erkennt meine Sorgen. »Wir haben ihr, bevor Maddox gegangen ist, etwas gegen das Fieber gegeben, es wird bald sinken. Meinst du, ich kann dich kurz alleinlassen? Ich setze Teewasser auf. Erzähl ihr irgendwas. Sie spürt, wenn jemand da ist.«

»Natürlich.«

Als Alma geht, greife ich zum Waschlappen, wringe ihn aus und tupfe den Schweiß von Ennas Stirn.

»Alles wird gut«, murmele ich leise und wische behutsam über ihre Wangen und ihr Dekolleté. Ich nehme ihre Hand in meine, streichle ihren blassen Handrücken und setze mich auf den Stuhl, der neben ihrem Bett steht.

»Nein …«, nuschelt sie wie abwesend, reißt aber sogleich die Augen auf. Ihr Blick ist vom Fieber glasig, und sie wirkt orientierungslos.

»Sch … Alles wird gut, Enna. Sie sind zu Hause«, versuche ich sie zu beruhigen. Sie scheint mit offenen Augen zu träumen, was ich früher als Kind auch oft getan habe, wenn ich krank war.

Sie dreht ihren Kopf und folgt meiner Stimme. Ich bin mir nicht sicher, ob sie wirklich wach ist oder weiß, wer ich bin. Sie zittert, und ihre Pupillen wandern über mein Gesicht. »Emily …«

»Ja, richtig«, sage ich erfreut. »Sie erinnern sich an mich. Alma hat Ihnen etwas gegen das Fieber gegeben. Es wird Ihnen bald besser gehen.«

In ihrem Fieberwahn beginnt sie wirre Sachen zu flüstern, die ich nicht verstehe. Ich beuge mich zu ihr vor, und ihre Finger in meiner Hand verkrampfen sich. Fest drückt sie zu.

»Du wirst ihn nicht finden … Niemand wird das.«

Ich runzle die Stirn. »Wen werde ich nicht finden?«

Einen Moment schweigt sie und atmet schwer.

Kurz werfe ich einen Blick zur Tür und hoffe, dass Alma bald wiederkommt.

»Tom«, sagt sie plötzlich klar und deutlich.

Ich erstarre, zerre an meinem Verstand und überlege, ob ich mich verhört habe. »Wie bitte?«

Ich halte die Luft an.

»Der Bluegrass Forest ... Er hat ihn ... Die gelben Schuhe ... Atme, Tom, atme!« Enna schnauft schwer, und ihr Kopf ruht wieder in den Kissen. Seufzend sinkt sie in einen Schlummer, während ich mit offenem Mund dasitze und verzweifelt zu kapieren versuche, was sie gesagt hat.

Ein eiskalter Schauer fährt mir den Rücken hinunter, und ich starre entsetzt auf den schlafenden Körper der alten Frau. Es ist absolut still im Zimmer, doch in mir höre ich tausendfach ihre Stimme. *›Der Bluegrass Forest ... Er hat ihn ... Die gelben Schuhe ... Atme, Tom, atme!‹*

Sekunden vergehen, und in mir bricht ein Gedankensturm los. Wie ist das möglich? Gerade hat sie mich noch erkannt! Sie hat meinen Namen gesagt, als sie mich ansah. Sie hat den Bluegrass Forest erwähnt, doch wen meinte sie mit ›er‹?

Alte Panik greift nach mir, als sich die Bilder von damals in mein Sichtfeld schieben.

* * *

Emily, 16 Jahre

Eben haben noch die Vögel gezwitschert, und der Wind hat in den Baumwipfeln geraschelt, doch mit einem Mal ist es totenstill. Hektisch lasse ich meinen Blick über die Bäume schweifen, über das Grün der Büsche und suche verzweifelt das leuchtende Rot von Toms T-Shirt. Ich höre meinen Atem und spüre, wie eine eiskalte Faust nach meinem Herzen greift und es zusammendrückt – Angst.

Meine Nackenhaare stellen sich auf, mein Puls rast, und gleichzeitig nehme ich etwas hinter mir wahr. Instinktiv weiß ich, dass es nicht Tom ist, wenn ich mich umdrehe. Ich schlucke und reiße mich zusammen. Atme, Emily, atme ...

Langsam drehe ich mich um, vernehme ein Schnaufen, erkenne Beine, ein Shirt, einen Hals und schließlich ...

Plötzlich dröhnt ein scharfer Schmerz auf, mein Blick verschwimmt. Ich fasse an die pulsierende, brennende Stelle am Kopf, fühle etwas Feuchtes – eine offene Wunde. Tom! Tom! Übelkeit kriecht in mir hoch, und mein Sichtfeld wankt, meine Beine geben nach, und bevor die Schwärze mich einhüllt, sehe ich etwas Gelbes. Gelbe Männerschuhe.

* * *

Keuchend zupfe ich an meinem Notarmband, bis die Haut überreizt ist und mich in die Realität zurückholt. Verzweifelt halte ich das Bild vor meinen Augen fest, will das Gesicht aus den Tiefen meines Unterbewusstseins bergen. Ich zerre daran, presse die Zähne zusammen, doch es löst sich schneller auf, als ich es halten kann. Unzählige Male habe ich es versucht, immer mit dem gleichen Ergebnis. Es blieb mir stets verwehrt.

»Emily! Um Gottes willen, Kind. Ist dir nicht gut?« Alma kniet vor mir, rüttelt ängstlich an meinem Arm, während ich mich bemühe, meinen Herzschlag zu beruhigen. Ich starre zu Enna, die friedlich schläft. Meine Gedanken wirbeln wild durch meinen Kopf, ich sehe Tom, spüre die Angst und habe das Gefühl, dass sich der Knoten in meiner Brust nicht lösen will.

»Ich ... Ich muss gehen.« Ruckartig stehe ich auf und stürme aus dem Haus. Erst draußen am Geländer kann ich tief einatmen, lasse den Sauerstoff in meine Lungen und werde endlich klar. Ich schaffe es zu meinem Auto, bemerke, wie Alma das Treppengeländer erreicht, aber ich bin zu aufgewühlt, um ihr eine Erklärung zu geben, und fahre los.

Kapitel 3

Mad

Es ist Abend, als Silent und ich durch Elisabethtown fahren. In der ganzen Stadt hängen Werbeschilder für das Kentucky-Festival, das Event des Jahres, bei dem ich auf keinen Fall fehlen darf. Meine Termine während der Festwoche wurden zum Glück noch nicht abgesagt, obwohl ich nach meiner Verhaftung damit gerechnet habe. Die Kneipen sind voll mit Menschen. Auf den Straßen finden sich viele Autos mit fremden Kennzeichen. Die Hotels der Stadt sind ausgebucht, wie immer vor dem Festival. Ich ziehe die Kapuze des Sweatshirts tiefer in mein Gesicht und halte den Blick gesenkt – je weniger Leute mich erkennen, desto besser. Ich muss verhindern, dass das Arschloch weiß, dass ich schon aus der Klinik raus bin. Das verschafft mir etwas mehr Zeit.

Silent hält in einer Seitenstraße nahe dem Einkaufszentrum.

»Bis gleich«, sage ich und schleiche im Dunkeln hinüber zum Parkplatz, wo ich Runleys Wagen sofort entdecke. Wieso suchen Bullen sich immer einen auffälligen Ort aus für ein Treffen? Ich steige auf der Beifahrerseite ein.

»Verdammt, McKinley!«, flucht er, weil er mich nicht bemerkt hat und ihm der Donut aus der Hand fällt, in den er gerade beißen wollte.

»Ich freue mich auch, Sie zu sehen, Detective.«

»Sind Sie noch ganz bei Trost?«, motzt er mich an, greift nach dem Donut auf seinem Schoß und stopft ihn sich in den Mund.

»Sie bedienen wohl jedes Klischee eines Bullen, was? Fahren Sie den Wagen in die Seitenstraße da vorne. Mitten auf einem leeren Parkplatz eines Supermarktes, wo man uns von allen Seiten sehen kann, ist schon sehr auffällig.«

Mürrisch kauend tut er wenigstens, was ich sage.

»Wir werden verfolgt«, stellt er durch einen Blick in den Rückspiegel fest.

Ich schaue nach hinten. »Keine Sorge, das ist Silent, der gehört zu mir.«

Er schaltet den Motor aus, als der Schatten des Gebäudes uns endlich von der Bildfläche verschwinden lässt.

»Schön zu sehen, dass Sie den Brand überlebt haben.« Er wischt sich Krümel von den Mundwinkeln.

»Ja, finde ich auch. Haben Sie etwas herausgefunden?«

»Nein. Wer immer der Kerl ist, er ist sehr gewissenhaft. Es war eindeutig Brandstiftung, und er hat keine Spuren hinterlassen.«

»Fuck!«

»Sie sagen es. Zumindest weiß er, dass sein Plan, Ihnen den Mord von Hurley Scaroll anzuhängen, nicht aufgegangen ist. Deshalb sollten Sie vorsichtig sein. Er wird es bestimmt noch einmal versuchen.«

»Und was tun wir jetzt?«

»Wir warten, beschatten alle infrage kommenden Personen, und sobald wir seine Identität kennen, schlagen wir zu. Hört sich leicht an, ein Spaziergang wird das trotzdem nicht.«

Ich denke an Emily, meine Mutter und Enna. Durch sie bin ich angreifbar. Sie sind meine Schwachstellen.

»Hören Sie, ich komme sowieso schon in Teufels Küche, weil ich Sie in die laufenden Ermittlungen einbeziehe und mich damit weit aus dem Fenster gelehnt habe. Mein Chef hat das nicht so gern, deshalb wäre es gut, wenn wir ihm bald Ergebnisse liefern und keine weiteren Katastrophen geschehen.«

»Na, an mir liegt das ja nicht.«

Aus einer Papiertüte holt er einen zweiten Donut, beißt hinein und kaut bedächtig. »Ich sagte neulich, dass Sie auch Personen aus Ihrer Familie in Betracht ziehen sollten. Das ist zwar nicht angenehm, aber wichtig. Vielleicht fällt Ihnen etwas ein. Halten Sie mich auf dem Laufenden, Maddox, und spielen Sie um Gottes willen nicht den Helden.«

»Geht klar.« Ich muss unbedingt bei Stan nach meinem Mikrochip fragen. Vielleicht hat er die Aufnahmen, die Mr. Wick in der Galanacht gemacht hat, inzwischen aufbereiten können. »Gut, dann hören wir voneinander.« Ich steige aus.

Sobald ich bei Silent sitze, startet er den Wagen. Fragend sieht er ein paarmal zu mir rüber. Ich berichte ihm kurz von Runleys Ausführungen. »Wir haben nichts. Verdammt!«

Diese Situation ist für Silent genauso frustrierend wie für mich, denn wir sind in der Zwischenzeit kein Stück weitergekommen. »Das Einzige, was sicher ist: Es war definitiv Brandstiftung.«

Wütend schlägt Silent gegen das Lenkrad. »Er hat Hilfe.«

»Das denke ich auch.«

»Willst du nach Hause?«

»Ja, aber nur kurz. Ich muss dringend noch etwas erledigen.«

Zu Hause angekommen dusche ich und werfe mich in einen Smoking.

Wie ich erwartet habe, befinden sich etliche Limousinen und Sportwagen vor der Villa meiner Familie. Das alljährliche Einstimmen auf das Festival feiern sie seit jeher mit einem Treffen der Whiskey-Mächte. Da darf ich auf keinen Fall fehlen.

Ich parke meinen Wagen und betrete die Villa. Drinnen verschluckt der rote Teppich das Geräusch meiner Schuhe. Beim Vorbeilaufen bleibe ich kurz an der leeren Bibliothek stehen. Der Anblick erinnert mich jedes Mal an jene Nacht, in der ich meinen Vater verlor. Zwar hat Alec den vom Feuer zerstörten Bereich wiederherstellen und renovieren lassen, dennoch habe ich stets das Bild meines sterbenden Vaters vor Augen. Ein dumpfes Gefühl macht sich in mir breit, und mein Magen verknotet sich. Ich konzentriere mich auf mein Vorhaben. Endlich kann ich meiner unterdrückten Wut freien Lauf lassen. Der Zorn schießt durch meine Adern und bringt mein Blut in Wallung.

In der Eingangshalle kommt mir Mom entgegen. Aus dem großen Salon höre ich fröhliches Geschnatter. Sie sieht wie immer gut aus, trägt einen schicken, pfirsichfarbenen Hosenanzug, der sie jugendlich wirken lässt.

»Mad!«, entfährt es ihr, und augenblicklich bleibt sie stehen. »Was machst du denn hier? Durftest du das Krankenhaus schon verlassen?« Sie umarmt und küsst mich zur Begrüßung.

»Ja, mehr oder weniger. Ich muss mit Alec sprechen. Wo ist er?«

»Im kleinen Salon, aber …« Sie betrachtet mich sorgenvoll. »Geht es dir gut?«

»Ich komme schon klar. Volles Haus?«, frage ich, um sie vom Thema abzulenken.

»Du weißt doch, nach dem Essen wollen die Herren meist über langweilige Themen reden. Deshalb ziehen wir Frauen uns zurück und besprechen die letzten Einzelheiten, bevor das Event startet. Wie jedes Jahr. Komm und sag ihnen kurz Hallo.«

Eigentlich steht mir nicht der Sinn danach, von gelangweilten Millionärsgattinnen begafft und angeschmachtet zu werden, aber ich tue ihr den Gefallen. Die Damen der feinen Gesellschaft sitzen im Wintergarten an einem Tisch, den meine Mutter wie üblich reich mit allerlei süßen Köstlichkeiten und unserem hauseigenen Sherry gedeckt hat.

»Meine Lieben, Maddox wurde bereits aus dem Krankenhaus entlassen und möchte euch begrüßen.« Moms Freundinnen unterbrechen ihr Gespräch und schauen interessiert auf, als wir hereinkommen. Sie setzen ihr schönstes Feiertagsgesicht auf. Mich erstaunt es immer wieder, auf wie viele unterschiedliche Arten eine Frau lächeln kann. Von falsch bis freundlich, überrascht oder lasziv bis zu verführerisch und zügellos. Alles ist an diesem Tisch vertreten, und daran trage ich zum Teil selbst die Schuld. Mit manchen der Millionärsgattinnen habe ich schon einige Nächte verbracht. Aber bisher hat keine mich so angesehen wie Emily.

»Meine Damen«, grüße ich höflich.

»Hallo schöner Mann. Ich freue mich, dass du wohlauf bist.« Es amüsiert mich, wie Sharon mit ihrer Stimme spielt, sich ins Zeug legt, um meine ungeteilte Aufmerksamkeit zu erhaschen. Ihre Augen wandern über meinen Körper, und ein leichtes Lächeln umspielt ihre Lippen.

Ich räuspere mich, weil ich den erstaunten Blick meiner Mutter wahrnehme. Normalerweise hätte ich keine Gelegenheit ausgelassen, den Damen die richtigen Signale zu senden, doch ich habe null Interesse. Was total untypisch für mich ist. Doch ich weiß, woher meine neuerliche Abstinenz rührt.

»Mad, wie schön, dass Emily und du gerettet werden konntet. Wo ist sie? Wirst du deine Herzensdame am letzten Abend des Festivals zur Abschlussparty mitbringen?«, erkundigt sich Mrs. White, und ich bin mir ziemlich sicher, dass sie diese Frage absichtlich gestellt hat, um ihre Freundinnen daran zu erinnern, dass es eine Frau in meinem Leben gibt.

»Sie meinen Emily Westham?«

»Richtig. Ich war voller Sorge, als ich von dem Feuer hörte. So ein nettes Mädchen. Findet ihr nicht auch, dass die beiden ein wunderschönes Paar abgeben?« Sie schaut in die verdrießlichen Gesichter der Damen.

Sharon zuckt gelangweilt mit den Schultern. »Ich dachte, sie vögeln nur?«

Mrs. White zieht echauffiert die Luft ein. »Sei nicht so vulgär, Sharon. Das geht uns schließlich nichts an.«

Ich schmunzle.

»Ich habe sie noch nicht gefragt«, antworte ich und muss daran denken, wie wütend Emily war, als ich es beendet habe. Es war die richtige Entscheidung.

»Aber das hast du doch vor, oder?«

Ich blicke erneut in die Runde und merke, wie alle Augen gespannt auf mich gerichtet sind. Ich muss etwas sagen, egal was, Hauptsache, die Damen geben Ruhe. »Vielleicht.«

»Oh, das solltest du unbedingt, Mad. Dabei fällt mir ein, du hast dich für die Spiele mit einem eigenen Team angemeldet?«

»Korrekt, Ma'am.«

»Das wird dein Bruder aber bestimmt nicht gutheißen. Beim McKinley-Team hast du immer für die Siege gesorgt.«

»Siegen will ich diesmal auch, nur mit meiner eigenen Mannschaft. Trotzdem geht es hauptsächlich um den Spaß, oder nicht?«

»Da hast du recht, mein Lieber.«

»Ich wünsche einen schönen Abend«, sage ich galant, küsse meine Mutter auf die Wange und gehe, bevor sie mir noch mehr Fragen stellen.

Das Westham-Team wird dieses Jahr wahrscheinlich nicht antreten, zumindest habe ich gehört, dass sie keine Mitarbeiter dafür haben. Eigentlich schade. Ich habe es gemocht, mich mit Aiden zu messen.

Ich laufe zum kleinen Salon, wo für gewöhnlich die Ehemänner der Damen Zigarren rauchen, Whiskey trinken und sich über Politik unterhalten. Als ich eintrete, hängt der Zigarrenrauch schwer in der Luft, und die Gespräche verstummen, als die Herrenrunde mich erblickt.

»Gentlemen«, sage ich grüßend und sehe zu Großvater, der wie üblich in einem Ohrensessel sitzt, eine dicke Havanna zwischen den Fingern hält und den Whiskey in seinem Glas leicht kreisend schwenkt. Seine Gäste, allesamt angesehene Persönlichkeiten aus der Upperclass, haben es sich auf den ledernen Sofas gemütlich gemacht. Großvater hievt sich aus dem Sessel mithilfe seines Stocks. »Maddox, du hier?«

»Ja, ich durfte das Krankenhaus verlassen.«

»Meine Herren, bitte entschuldigen Sie meinen Enkel und mich für einige Minuten«, sagt er und kommt langsam auf mich zu. »Gehen wir ins Büro«, bestimmt er und deutet mit seinem Stock in Richtung der gegenüberliegenden Tür.

* * *

Großvater betritt sein Arbeitszimmer, geht zu seinem Schreibtisch und setzt sich. Ganz der Geschäftsmann sieht er mich abwartend an. Ich ziehe es vor, stehen zu bleiben, und bediene mich an der Bar. Erst als ich das vertraute Aroma unseres McKinley Malt schmecke und das Brennen mir Sicherheit schenkt, erwidere ich seinen Blick.

»Wo ist Alec?«, frage ich und trete näher.

»In seinem Büro. Warum?« Abschätzend kneift er die Augen zusammen. »Du verschweigst etwas. Hat die Polizei herausgefunden, dass du den wahren Mörder gedeckt hast?«

Ich runzle die Stirn. »Wovon zum Teufel sprichst du?«

»Na, von diesem Hurensohn Silent. Er ist der Mörder, habe ich recht?«

Ich lache. Früher hätte ich mir auf die Zähne beißen müssen, um nicht wütend zu werden. Jetzt lasse ich mich nicht mehr so schnell aus der Ruhe bringen. Er weiß auch so, wie sehr ich ihn verachte. »Es ist mir egal, was du über mich sagst oder denkst, aber rede nie wieder so von Silent. Du kennst ihn nicht. Und ... nein, er ist nicht der Mörder.«

Ungerührt verschränkt Großvater die Arme. »Ich verstehe nicht, warum du immer wieder für diesen Kerl in die Bresche springst. Das hast du schon als kleiner Junge getan.«

»Er ist treu, loyal und ehrlich, was ich von meiner Familie nicht behaupten kann.«

»Rede keinen Blödsinn. Du warst des Mordes verdächtigt, unser Anwalt hat dich da rausgeboxt und verteidigt, oder etwa nicht? Es gab mehrere Pressemitteilungen, deine Mutter hat sogar –«

»Pressemitteilungen, richtig.«

»Ein Dankeschön wäre das Mindeste.«

Lachend schüttle ich den Kopf. »Nicht zu vergessen eure Besuche und die vielen Stunden, die du händchenhaltend an meinem Krankenbett verbracht hast, weil jemand versucht hat, Emily und mich zu ermorden.«

Großvaters Mund verengt sich zu einem schmalen Schlitz. »Du bist so undankbar, wie dein Vater es damals war.«

»Rede nicht über ihn«, murre ich zurück. »Ich schulde dir einen Dreck, Großvater. Du weißt nichts – gar nichts.« Ich mache auf dem Absatz kehrt und gehe zur Tür. Im selben Augenblick kommt Alec herein, und einen Moment taxieren wir uns.

»Ach, sieh mal einer an. Der Mann aus den Flammen ist aus der Höllengruft auferstanden«, sagt er amüsiert. Mal wieder hat er getrunken, aber diesmal nehme ich keine Rücksicht. Wut kocht in mir hoch, die ich nicht zurückhalten kann, als ich mir vorstelle, wie er sich an Emily vergreift. Ich packe ihn am Kragen, dränge ihn grob in den Gang hinaus, stoße ihn so hart gegen die Wand, dass er laut aufstöhnt.

»Du mieser Scheißkerl«, brülle ich, und es ist mir egal, dass die Gäste im Salon und im Wintergarten alles mitbekommen.

»Maddox!«, höre ich meinen Großvater schreien, der zu langsam ist, um mich aufzuhalten. Ich hole aus und entlade meine ganze Wut mit der bandagierten Faust in Alecs beschissene Visage. Er geht zu Boden, und roter Rotz läuft aus seiner Nase. Jammernd wie ein Maikäfer auf dem Rücken liegt er da, während die Herren zusammenlaufen, um zu sehen, was los ist. Auch die Freundinnen meiner Mutter kommen neugierig aus dem Wintergarten. Das interessiert mich nicht, ich habe nur Augen für den Mann, der mein Mädchen geschlagen hat. Neuer Zorn wallt in mir auf, als ich an sie denke, blitzschnell bin ich über Alec und zimmere unnachgiebig meine Faust in sein Gesicht, bis die Frauen aufschreien, weil Blut spritzt. Niemand hält mich auf.

»Um Gottes willen, Mad! Hör auf!«, ruft Mom, aber ihre Worte ignoriere ich und schnappe Alec erneut am Kragen. »Wenn ich dich in Emilys Nähe erwische, du sie oder irgendeine andere Frau noch mal schlägst, dann schwöre ich dir, bringe ich dich um«, zische ich voller Inbrunst. »Hast du mich verstanden?«

Alec ist ziemlich lädiert, er röchelt verletzt.

»Hast du mich verstanden«, brülle ich wiederholend.

»Ja«, japst er.

Keuchend lasse ich von ihm ab und erhebe mich. »Ihr solltet dringend etwas gegen sein Alkoholproblem unternehmen«, murre ich Richtung Mom und wende mich an meinen Großvater. »Tolle Familie, ein Mörder und ein Frauenschläger. Du kannst stolz sein. Schönen Abend noch.«

Erst jetzt spüre ich den Schmerz in meiner verletzten Hand. Hinter mir höre ich, wie die Gäste flüstern und tuscheln. Meine Mission ist erledigt, ich verlasse das Haus.

Kapitel 4

Emily

Übernächtigt frühstücke ich eine Kleinigkeit und mache mich dann auf den Weg zur Westham-Destillerie, wo ich den beladenen Transporter mit den Sachen für das Festival abhole. Es geht mir schon besser, nach dem Schock von gestern Abend. Immerhin haben Mom und Aiden offensichtlich nicht mitbekommen, dass ich das Haus verlassen habe. Mom hätte auf mich gewartet und mir angesehen, wie aufgewühlt ich war. So bleiben mir wenigstens die Fragen erspart. Doch mir ist klar, dass sie alles wissen will, was zwischen Mad und mir vorgefallen ist. Zumindest habe ich mit dem heutigen Tag noch einen Aufschub.

Was Enna betrifft, bin ich hin- und hergerissen. Sie ist schwerkrank, wird bald sterben und hat in ihrem Fieberwahn von Dingen gesprochen, die sie damals aus den Zeitungen und dem Fernsehen aufgeschnappt haben könnte. Überall in der Presse wurde von Toms Verschwinden berichtet, unsere Fotos mehrfach gezeigt. Jeder kannte die Geschichte, bestimmt auch Enna. Als sie mich gestern Abend sah, hat sie vielleicht eine Verbindung dazu geknüpft. Es muss so sein. Das ist die einzig logische Erklärung, die ich mir immer wieder wie ein Mantra ins Gedächtnis rufe, während ich den Transporter zu Kim steuere. Das alles, nur um das seltsame Gefühl in mir zu vertreiben, dass sie mehr wissen könnte. Ich ermahne mich, wie albern das ist, klammere mich an Logik und gesunden Menschenverstand, doch die Ahnung keimt weiter in mir, dass die alte Frau mehr weiß.

Mein Handy klingelt. Ich fahre an den Straßenrand und greife nach dem Telefon. Mein Herz macht einen Satz, als ich sehe, wer mir eine Nachricht geschrieben hat.

> **8. 31 Uhr Häuptling**
> Emily, ich weiß, es war nicht fair von mir, so Schluss zu machen, aber ich kann nicht anders. Ich habe unsere Zeit genossen, trotzdem ist eine Beziehung nichts für mich. Du kennst mich. Deshalb steht mein Entschluss fest. Akzeptiere das und unterlasse jeglichen weiteren Kontakt zu mir. Du verdienst etwas Besseres, und ich brauche meine Freiheit.
>
> Es tut mir leid.

Was für ein Arsch! Er meint es tatsächlich ernst. Es tut weh, und gleichzeitig macht es mich wütend. Das ist nicht der Mad, den er mir gezeigt hat, und in meinem Herzen weiß ich, dass das nicht seine wahren Gefühle sind. Zu viel habe ich durchgemacht, um mich so von ihm abspeisen zu lassen. Solange ich glaube, dass das eine Lüge ist, werde ich mich nicht geschlagen geben.

Eine Weile starre ich auf mein Telefon und überlege, ihm eine passende Antwort zu schreiben, alles, was ich zu tippen beginne, hört sich wie das Gejammer einer liebeskranken Idiotin an, die von ihm abserviert worden ist.

Gefrustet stecke ich das Handy in meine Handtasche zurück und setze meine Fahrt fort. Ich will zum *Angels Share*, oder zu dem, was davon übrig ist. Teach hat mir erzählt, dass ein Großteil der Straße während der Löscharbeiten abgesperrt war, doch jetzt ist sie wieder freigegeben, und man kann sich den Ort des Geschehens von der anderen Straßenseite ansehen. Ich parke und gehe die wenigen Meter zu Fuß.

Je näher ich komme, desto langsamer werden meine Schritte, und mir steht der Mund offen. Der Brand hat das gesamte Bauwerk zerstört, zum Teil sind die Flammen auf die Nachbargebäude übergesprungen und haben auch dort Schaden angerichtet. Zum Glück wurde niemand verletzt.

Ein Absperrband hindert die Passanten daran, den Gefahrenbereich zu betreten, und ein Schild weist auf die Einsturzgefahr hin. Von dem Waschsalon mit dem geheimen Zugang zum *Angels Share* ist nichts mehr übrig außer dunkler Zerstörung, Geröll und Asche. Die Fenster wirken wie schwarze Höhlen, und man erkennt an der restlichen Außenfassade, wie Ruß und Qualm sich während des Brandes einen Weg gefressen haben. Ich bin fassungslos. Alles ist verbrannt. Das *Angels Share* gleicht einer Ruine. Hier wären Mad und ich beinahe gestorben, wenn man uns nicht gerettet hätte. Der Anblick löst Erinnerungen aus, schockt mich und macht mir klar, welches Glück wir hatten. Zum ersten Mal fühle ich Angst meinen Rücken hochkrabbeln. Jemand wollte Mad und mich töten. Wie viel Hass muss man empfinden, so weit zu gehen?

»Emily?«

Ich bin so ergriffen von der Erkenntnis, dass ich die Berührung an meiner Schulter zuerst nicht wahrnehme. Ich schaue auf und blicke in hellgraue Wolfsaugen, die mich voller Erleichterung und Mitleid ansehen.

»Popcorn«, flüstere ich und mache mir nicht einmal die Mühe, meine Tränen fortzuwischen.

»Ich wusste nicht, dass du schon aus dem Krankenhaus entl…« Er bricht ab, als er sieht, dass ich weine, und umarmt mich. Er hält mich fest und gibt mir den Trost, den ich in diesem Moment brauche.

»Es war so furchtbar, Popcorn. Ich ...« Ich schluchze, kralle mich an das Revers seines Jacketts und lasse mich von ihm umarmen.

»Sch ... Alles ist gut. Es ist vorbei, du wurdest gerettet«, sagt er liebevoll und streichelt mir sanft über den Kopf. Ich schmiege mich an ihn, und langsam beruhige ich mich. Undamenhaft ziehe ich die Nase hoch, aber Popcorn reicht mir mit einem verständnisvollen Blick ein Taschentuch. Dankbar nehme ich es und schnaube die Nase. Gemeinsam schauen wir zur Brandstelle, dabei legt er einen Arm um meine Schulter.

»Leider ist das *Angels Share* Geschichte. Es war einer der besten Clubs, in denen ich je gearbeitet habe«, sagt er ehrfürchtig. Ich höre die Traurigkeit in seiner Stimme, während er auf das zerstörte Gebäude schaut. »Aber wann wurdest du entlassen? Ich wollte dich heute Nachmittag besuchen. Dir geht es doch gut, oder?«

»Ja. Entschuldige meinen Ausbruch.«

»Mach dir bitte darüber keine Gedanken. Du glaubst gar nicht, wie froh ich bin, dass du wohlbehalten vor mir stehst.« Er lächelt mich voller Mitgefühl an. »Ich war zweimal im Krankenhaus, aber jedes Mal wurde ich abgewiesen.«

»Schon in Ordnung. Ich wurde entlassen, und es geht mir gut. Wir hatten verdammtes Glück. Das muss aufhören«, flüstere ich betroffen. »Erst Hurley und jetzt ... Die Polizei muss den Verantwortlichen finden.«

»Das werden sie. Hast du eine Aussage gemacht?«

»Ja, im Krankenhaus, aber ich weiß nicht, ob das den Detectives helfen wird. Ich habe nichts gesehen, und mir ist an dem Abend auch nichts aufgefallen. Ich weiß nur, dass Mad und ich eingesperrt waren und wir ...« Ich breche ab, nehme tief den frischen klaren Sauerstoff in meine Lungen auf, um neue Tränen zu unterdrücken.

Er zieht mich näher zu sich. »Sie werden ihn finden, Liebes, da bin ich mir ganz sicher.« Er küsst mich aufs Haar, dann schaut Popcorn zur anderen Straßenseite, wo ein Wagen einparkt. »Hör mal, da kommt gerade mein Termin. Ich treffe mich mit einem Gutachter und dem Menschen von der Versicherung. Hast du Lust, mich zu begleiten? Wir könnten anschließend irgendwo zu Mittag essen gehen, und du kannst mir dann alles in Ruhe erzählen.«

Popcorn ist so verständnisvoll und mitfühlend, dass ich nur zu gern Ja sagen würde. »Das ist wirklich lieb von dir, aber ich muss gleich Kim abholen. Wir haben das Angebot einer Destillerie angenommen, uns an ihrem Stand einzumieten.«

»Ihr seid also dieses Jahr doch vertreten?«

»Ja, ganz spontan. Teach hat es uns vermittelt.«

»Das freut mich und ist bestimmt auch eine gute Ablenkung.«

Ich lache. »Ja, das brauche ich jetzt. Komm doch mal vorbei.«

Er verzieht den Mund zu einem Schlitz. »Das würde ich wirklich gern, aber dafür habe ich leider keine Zeit. Während Mad sich um das Festival kümmert, hat er mir die Überwachung der anderen Clubs übertragen, und ich habe haufenweise Termine. Ich werde das kaum schaffen.«

»Schade.« Enttäuscht senke ich den Blick.

Popcorn lächelt und hebt mit einem Finger mein Kinn an. »Nicht traurig sein, Emily. Sobald das Festival vorbei ist, habe ich meine Termine hinter mir und wieder mehr Zeit. Vielleicht kannst du über meine Frage nachdenken, die ich dir neulich gestellt habe.«

Ich runzle die Stirn und überlege, was er meint.

»Ob du mit mir ausgehst«, hilft er mir auf die Sprünge. Er sieht mich so lieb an, dass mir ganz warm wird, und mir fällt auf, dass er immer, wenn es mir nicht gutgeht, mit seinen feinen Antennen und seiner verständnisvollen Art ein offenes Ohr für mich hat. Er verdient dieses Date, auch wenn Mad das nicht passen wird.

»Abgemacht, ein Abendessen.«

Noch nie haben seine grauen Wolfsaugen so gestrahlt wie in diesem Moment. »Du glaubst nicht, wie viel mir das bedeutet, Emily.«

»Ich unterhalte mich gern mit dir. Das war schon immer so.«

»Das Gleiche kann ich zurückgeben«, sagt er lächelnd und wirft einen Blick zur anderen Straßenseite, wo ein Mann im Anzug und mit einer Aktentasche auf ihn wartet. »Ich muss leider los.« Popcorn greift nach meiner Hand und haucht einen zarten Kuss darauf. »Dann bis bald.«

»Ja, bis dann.«

Er schenkt mir ein Lächeln und läuft über die Straße zu seiner Verabredung. Auch ich gehe zum Transporter, schaue zurück zur Brandstelle und schließe innerlich mit dem *Angels Share* ab. Es war ein besonderer Club mit besonderen Menschen. Der alte Schmerz bricht in mir auf, wenn ich an Mad denke. Noch ist das letzte Wort zwischen uns nicht gesprochen.

»Du siehst schrecklich aus, Em«, stellt Kim fest, als sie kurze Zeit später zu mir in den Lieferwagen steigt.

»Jeder hat mal eine schlaflose Nacht, oder?«

»Das schon, aber in deinem Fall sind es gleich mehrere Dinge, die dich belasten und dir den königlichen Schlaf rauben. Du siehst aus, als hättest du geweint. Ist alles gut?«

»Ich war am *Angels Share*, das hat mich ein wenig aus der Bahn geworfen.«

Mitfühlend legt sie eine Hand auf meinen Arm. »Ja, das ist furchtbar. Man kann sich gar nicht vorstellen, welches Glück ihr hattet.«

»Wenn man die Trümmer sieht, grenzt das an ein Wunder.«

Wir fahren durch Elisabethtown, und man merkt deutlich, dass der Verkehr in der Stadt zugenommen hat. Überall sind Autos mit auswärtigen Kennzeichen, und mehr Menschen als sonst laufen durch die Straßen.

»Hast du schon ein Kleid für das Abschlussfest?«, frage ich, als wir an den Boutiquen vorbeifahren. Kim spricht immer gern über Mode, und damit will ich sie vom Thema ablenken.

»Nein.«

Erstaunt werfe ich einen Blick zu ihr. »Wieso nicht? Das ist normalerweise das Erste, worum du dich kümmerst.«

»Weil ich nicht hingehe«, antwortet sie leise und richtet ihren Blick geradeaus. »Hurley hatte mich gefragt, ob ich ihn begleite, und jetzt … ist er tot. Ich werde den Abend zu Hause verbringen.«

Augenblicklich fühle ich mich schlecht. Ich dumme Gans habe daran gar nicht mehr gedacht. Sie trauert natürlich immer noch. »Es tut mir leid, Kim. Verzeih mir meine Gedankenlosigkeit. Ich dachte nur, die Abschlussfeier lenkt dich ab und könnte dir guttun.«

»Ich weiß noch nicht. Es fühlt sich irgendwie seltsam an, dort hinzugehen ohne ihn.«

Das kann ich absolut verstehen, aber gerade deshalb sollte sie dabei sein. Diese Überlegung verschweige ich ihr, weil ich mir sicher bin, dass Kim noch etwas Zeit braucht, um das zu erkennen.

Schweigend fahren wir auf das Festivalgelände. Ich war eine Jugendliche, als ich das letzte Mal da war. Verändert hat sich nicht viel. Es ist ein riesiges Wiesenareal mit einem See, einem Souvenirladen und einem Diner. Wie jedes Jahr fährt ein bunter Bummelzug durch das Gelände, befördert die Gäste zu den verschiedenen Stationen, damit sie die ganze Strecke nicht zu Fuß zu gehen brauchen.

Als wir ankommen, sind die Vorbereitungen in vollem Gange. Auf den Parkplätzen werden Lastwagen und Transporter ausgeladen, unzählige Leute schleppen Kartons und Kisten, und auch die beliebten Fahrgeschäfte werden startklar gemacht.

Kim und ich steigen aus. Sie faltet einen Plan auseinander.

»Mal schauen, wo wir hinmüssen. Ah, hier ist Stand 7A. Das ist gegenüber der Haupttribüne«, murmelt sie hochkonzentriert, während ihre Nase in dem Standplan steckt, den die Carters uns per Mail geschickt haben.

Die Tribüne hat seit Jahren den gleichen Platz direkt am See. Auf ihr werden Reden gehalten, Livemusik gespielt, auf dem Bereich davor getanzt und die Sieger der Kentucky-Spiele prämiert. Wir laufen über die Wiese, wo die Aussteller damit beschäftigt sind, ihre Stände aufzubauen. Es gibt Zelte, improvisierte kleine und größere Häuschen und fantasievolle Buden, die wie riesige Whiskeyflaschen aussehen, aus denen Getränke und Essen verkauft werden. Als Kind fand ich die am coolsten.

»Da ist es.« Kim deutet auf ein Holzhaus, auf dem seitlich die Kennziffer 7A markiert ist. In einiger Entfernung stehen Kim und ich schweigend davor und lassen den Anblick auf uns wirken. Es gibt Strom, einen Wasseranschluss, Sitzbänke, zwei längliche Tische und einen kleinen Tresen. Über dem Eingang ist ein Firmenschild angebracht, daneben haben die Carters für unseres noch Platz gelassen. Innen werden die beiden Tische gerade von einer jungen Frau gesäubert, während drei Männer damit beschäftigt sind, die Bar aufzubauen. Gemeinsam wuchten sie die massive Platte der Theke auf die Stützen.

Kim neigt ein wenig den Kopf, bevor sie mir einen zweifelnden Blick zuwirft. »Es ist … klein.«

»Und eng«, ergänze ich. In den vergangenen Jahren war unser Stand deutlich größer. Es war Dad immer wichtig, mindestens genauso viel Quadratmeter zu haben wie die McKinleys, aber auf das hier hätte er sich nie eingelassen. Es ist definitiv anders und wird die Gerüchte über uns Westhams weiter anheizen. Dennoch gefällt es mir. »Wir können von Glück reden, dass die Carters uns die Möglichkeit bieten und wir dieses Jahr noch mit dabei sind. Also sollten wir nicht jammern und ihnen dankbar sein«, bemerke ich achselzuckend und laufe darauf zu.

»Du hast recht.« Kim folgt mir.

Direkt vor dem Häuschen bleibe ich erneut stehen. »Hi, ich bin Emily Westham. Das ist meine Cousine Kim. Kommen wir ungelegen?«

Die Männer unterbrechen ihre Arbeit.

»Ganz und gar nicht. Willkommen. Ich bin Tim Carter.« Ein großer, schlanker Typ tritt auf uns zu und streckt mir die Hand entgegen. Tim ist mir auf Anhieb sympathisch. Die Kombination aus blondem, etwas längerem Haar und dem Grün seiner Augen lässt mich sofort an einen Surfer denken. Er hat ein einnehmendes Lächeln. »Das sind meine Brüder Matthew und Patrick, und da hinten ist meine Schwester Anna.«

Sie nicken uns zu, und abgesehen von dem Vollbart der beiden, können alle drei Carters ihre Verwandtschaft nicht leugnen. Anna ist die weibliche Version mit warmen braunen Augen, honigblondem Haar und rosigen Wangen.

»Ich zeig euch alles.« Tim führt uns ins Innere. »Wir sind mit dem Aufbau fast fertig.«

»Mein Bruder lässt sich entschuldigen, er kommt später nach, aber beim Abbau werden wir euch selbstverständlich helfen.«

»Das passt schon. Es ist bestimmt nicht so groß, wie ihr

es gewohnt seid, aber ich denke, wir bekommen das hin. Wir teilen uns einfach den Platz.«

»Das glaube ich auch. Toll, dass ihr uns die Möglichkeit gebt. Wir wissen das zu schätzen.« Ich lächle dankbar.

»Keine Ursache. Patrick hatte damals die Idee. Es ist eine gute Alternative für kleinere Unternehmen. Mittlerweile machen das einige. Die Standmiete für ein Holzhaus ist teuer, und viele können sich das nicht leisten.«

Ich spüre seine unterschwellige Frage, weshalb sich eine so große Destillerie wie Westham plötzlich bei einer kleineren einmietet. Doch er sagt nichts und will vielleicht nicht indiskret sein.

»Die Miete allgemein war schon immer unverschämt«, meint Kim, und Anna nickt zustimmend.

»Da hast du recht, aber es ist eine gute Gelegenheit, Neuheiten einzuführen, Werbung zu machen und Kontakte zu knüpfen. Habt ihr eure Ware dabei?«

»Natürlich. Im Transporter.«

»Gut, dann könnt ihr mit dem Einräumen beginnen.« Er deutet zur kleinen Bar, an deren Rückwand sich ein Regal für die Whiskeyflaschen und Gläser befindet. Er zeigt uns den winzigen Abstellraum, in dem wir die Vorräte für die Woche lagern können. »Braucht ihr Hilfe beim Abladen?«

»Nein, das ist kein Problem. Wir kriegen das schon hin«, sage ich und laufe mit Kim hinaus.

»Der Wagen ist voll, Em, wir hätten gar nicht alles mitzunehmen brauchen«, murmelt sie, als wir über die Wiese zurück zum Parkplatz gehen.

»Lieber zu viel als zu wenig. Wir konnten ja nicht wissen, dass das Holzhaus so klein sein würde. Wir stellen erst mal nur einen Teil rein, auffüllen können wir später noch.«

Wir machen uns daran, die Kartons mit den Whiskeys, die Giveaways, das Prospektmaterial und das Westham-Firmenschild auf einen Rollwagen zu laden, und schieben alles quer über das Festivalgelände, was sich als schwierig erweist. Wir haben Mühe, den vollbeladenen Wagen auf dem unebenen Weg zu halten, ohne dass Kartons herunterfallen.

Völlig abgekämpft kommen wir am Stand an, und ich bin Tim und Matthew unendlich dankbar, dass sie uns die Arbeit abnehmen und alles hineintragen. Nach einer kurzen Verschnaufpause beginnen Kim und ich sofort mit dem Auspacken.

Eine Stunde später sind wir fertig und befestigen unser Firmenschild. Das heißt, Kim und ich geben Patrick Anweisungen, und er rückt es millimetergenau an Ort und Stelle. Plötzlich schallt laute Musik zu uns herüber. Wir drehen die Köpfe, und da steht er.

Mad telefoniert vor dem größten Stand, den ich je gesehen habe. Warum ist mir der vorher nicht aufgefallen? Er befindet sich direkt neben der Tribüne und ist mit den gleichen Lounges wie im *Angels Share* und einer langen Bartheke ziemlich auffällig. Silent und Milow bringen gerade das überdimensionale Barschild an, auf dem in großen schwarzen Buchstaben ›Whisper in a bottle‹ geschrieben steht. Ganz nach Mads Stil ist alles exquisit. Es ist klar, dass er mit dieser Festivalpräsenz viel Aufmerksamkeit auf sich ziehen wird. Im Inneren des Standes sind Dave, Teddybär, Chris und Jeff mit dem Aufbau beschäftigt. Nur Popcorn fehlt.

»Was für ein Angeber«, murrt Patrick kopfschüttelnd und schraubt unser Schild fest. Wir Mädels stehen da und beobachten den gutaussehenden Mann, der mein Herz gestohlen hat und auf den ich stocksauer bin. Seine Hand ist verbunden, aber sonst ist nichts mehr zu sehen von seinen Verletzungen. Sofort habe ich die Bilder aus der Flammenhölle vor Augen sowie unsere Liebesnacht. Mein Magen zieht sich krampfhaft zusammen.

Ich will zu ihm rübergehen, mit ihm reden, ihm endlich alles an den Kopf werfen, werde aber von Kim aufgehalten.

Sie greift mich am Arm. »Komm, wir sollten weitermachen.«

»Nein, ich muss mit ihm sprechen. Ich bin noch nicht mit ihm fertig.«

»Doch, das bist du. Du bist nicht eine seiner bettelnden Tussis. Ich bitte dich, Em. Das hast du gar nicht nötig.«

»Er ist trotzdem ein ziemlich interessanter Typ«, meint Anna, die zu uns stößt und Mad in Augenschein nimmt. Ein süffisantes Lächeln liegt auf ihren Lippen.

»Nichts für dich«, erwidert Kim. »Der spielt nur.« Sie schielt in meine Richtung. Argwöhnisch hebe ich eine Braue und schneide eine Grimasse.

»Ach so?«, fragt Anna.

Ich schüttle den Kopf. »Du kannst ihn haben, aber ich denke, du musst dich hinten anstellen.«

In dem Augenblick beendet Mad sein Gespräch und will wieder hineingehen, als eine blonde Frau auf ihn zuläuft. Sie ruft ihn, worauf er stehen bleibt. Wir beobachten, wie sie sich ihm an den Hals wirft.

* * *

Sie küsst ihn. Am liebsten würde ich ihr die billigen Extensions vom Kopf ziehen. Der Anblick der beiden versetzt mir einen Stich. Ich reiße mich zusammen, wende mich ab, um nicht länger hinsehen zu müssen. Mir ist übel, und ich könnte im Strahl kotzen.

»Es scheint kompliziert zwischen euch zu sein«, meint Anna, nachdem sie beobachtet hat, wie die Blondine ihre Zunge in Mads Hals steckt. Meinen Gesichtsausdruck deutet sie richtig.

»Unfassbar kompliziert sogar«, bestätigt Kim.

Um vor den vielen Leuten keine Szene zu machen, seufze ich und richte meinen Blick wieder auf unser Schild, das Patrick fertig angeschraubt hat. »Danke, es sieht gut aus.«

»Kein Problem.« Er klettert die Leiter herunter.

»Das nenne ich mal einen Stand.« Tim gesellt sich zu uns, und in seiner Stimme ist die Anerkennung deutlich herauszuhören. »Wetten, dass bei denen rund um die Uhr die Hölle los sein wird?«

»Schon möglich.« Mit einem gequälten Lächeln verschwinde ich in unser Häuschen und habe ständig die Blondine und Mad vor Augen. So ein Mistkerl! Er scheint den Schlussstrich wirklich ernst zu meinen. Habe ich mich so in ihm getäuscht? Mein Herz weigert sich das zu glauben.

Irgendwann höre ich von draußen Aiden und Teach, die es endlich geschafft haben, sich zu uns zu gesellen. Ich bin froh, dass ich etwas zu tun habe, das lenkt mich ab, auch wenn meine Gedanken immer wieder drüben bei Mad sind und ich gute Lust hätte, hinüberzulaufen, um ihm den Hals umzudrehen.

»Hey Em.« Teach kommt herein, umarmt mich und sieht sich um. »Es ist ...«

»Klein, aber fein«, ergänze ich. »Ist doch ganz gemütlich, findest du nicht?«

»Das auf jeden Fall.«

»Besser als nichts und die Carters sind wirklich sehr nett.«

»Ja, das sind sie.« Sie mustert mich. »Hast du *seinen* Stand gesehen?«

»Der ist ja kaum zu übersehen.«

»Das stimmt. Und sonst? Hast du mit ihm gesprochen?«

Angesäuert verziehe ich das Gesicht. »Nein. Er war mit Knutschen beschäftigt.«

Teach bekommt ganz große Augen. »Was?«

»Ich glaube, es ist wirklich Schluss.« Ich zeige ihr die Nachricht, die er mir am Morgen geschickt hat.

»Oh, Em.«

Teach will mich mitfühlend umarmen, aber das lasse ich nicht zu, schüttle schnell den Kopf und straffe die Schultern. »Nein, ist okay. Andere Mütter haben schließlich auch schöne Söhne.«

Sie lächelt. »Richtige Einstellung. Also ...« Sie krempelt die Ärmel ihrer Bluse hoch. »Wo kann ich helfen?«

Ich schaue mich um. »Ich würde sagen, du hast alles verpasst. Wir sind so weit startklar. Ach, die Prospekte hätte ich beinahe vergessen.« Aus einem Karton nehme ich einen Stapel heraus, lege sie auf die Bartheke und verteile noch welche auf den Tischen. »So, fertig. Sehen wir uns die Eröffnungsfeier an?«

»Klar, aber wir sollten vorher noch die leeren Kartonagen zum Wagen bringen.«

»Machen wir.« Teach und ich tragen sie hinaus.

»Hallo Bruderherz«, begrüße ich Aiden, der mitten im Gespräch mit den Carter-Brüdern ist.

»Hi Em. Mom kommt später nach, soll ich dir ausrichten.«

»Ist gut.« Wir lächeln uns an, aber hinter seiner Fassade spüre ich deutlich den Groll, den er immer noch gegen mich hegt. Unsere Meinungsverschiedenheit steht zwischen uns, dabei will ich mich nicht mit ihm streiten. Ich nehme mir vor, in einer ruhigen Minute mit ihm zu reden und unsere Probleme aus der Welt zu schaffen. Ich will meinen alten Bruder zurück, den, mit dem ich mich verstanden habe. Wehmütig sehe ich ihn an, wie er sich mit Tim unterhält.

»Kommt ihr mit?«, fragt Teach ihre Schwester und Anna. »Wir bringen die leeren Kartons zum Wagen, bevor es nachher losgeht.«

Zu viert schlendern wir über das Festivalgelände. So langsam füllen sich die Parkplätze, es kommen immer mehr

Besucher. Wir schauen uns die Holzhäuschen an, in denen kulinarische Leckereien und Getränke verkauft werden. Es dämmert bereits, die bunten, blinkenden Lampen werden eingeschaltet, und alles wird in ein farbenfrohes Lichtermeer getaucht. Als Teenager fand ich es cool, am Abend Zeit mit meinen Freunden an den schnellen Fahrgeschäften zu verbringen, die die lauteste Musik spielten. Ich erinnere mich, dass ich einmal Tom mitgenommen habe. Er hatte sich in den Kopf gesetzt, solange mit dem Karussell zu fahren, bis ihm schlecht wurde. Das Ergebnis seines Experiments war, dass er auf meine Schuhe gekotzt hat, die ich von meinem lange zusammengesparten Taschengeld gekauft hatte. Oh Mann, war ich sauer. Zwei Tage sprach ich kein Wort mehr mit ihm. Heute kann ich darüber schmunzeln. Ich würde alles dafür geben, wenn er noch mal über meine Treter spucken könnte.

Bevor der Gedanke an Tom mich zu sehr einnimmt, konzentriere ich mich auf die Holzhäuschen, in denen die Hauptattraktionen des Festivals vorgestellt und ausgeschenkt werden – die verschiedenen Whiskeys. Wie üblich sind alte, aber auch neue Marken vertreten.

Wir schlendern zurück. Mittlerweile ist vor der Tribüne kein Sitzplatz mehr frei, weshalb die Leute sich ringsherum versammeln. Musik ertönt aus den Lautsprechern, jede Minute wird das Festival eröffnet.

»Kommt, lasst uns von da drüben zuschauen.« Anna deutet zu einer menschenleeren Stelle. Wir folgen ihr und haben einen ausgezeichneten Blick über die Menge und zu Tessa, die in dem Moment die wenigen Stufen zur Bühne hochgeht. Applaus brandet auf. Sie sieht wie immer wunderschön aus mit ihrem grünen Sommerkleid, dem flotten blonden Kurzhaarschnitt und dem perfekten Make-up. Sie wirkt überhaupt nicht abgehoben oder arrogant wie der Rest ihrer Familie. Sie strahlt die Leute an, winkt jemandem aus dem Publikum zu und verneigt sich, bevor sie das Mikrofon aus dem Ständer nimmt.

»Liebe Besucher, liebe Gemeinde, liebe Aussteller und liebe Gäste, herzlich willkommen«, beginnt sie ihre Rede. »Ich bin sehr stolz, heute Abend das diesjährige Festival eröffnen zu dürfen.«

Mein Blick wandert zur restlichen McKinley-Familie, die beim Bühnenaufgang steht. Sogar Mr. McKinley Senior mit seinem Stock sieht zu seiner Schwiegertochter auf. Neben Alec, dessen Gesicht wirkt, als wäre er gegen eine Bordsteinkante geknallt, ist seine Freundin Synthia, und natürlich Mad. Diesmal allein.

»In diesem Jahr möchten wir ein wichtiges Projekt mit unseren Spenden unterstützen, das auch mir ganz besonders am Herzen liegt – die Kinder in unserem Land, die unter der Armutsgrenze leben.«

Eine Leinwand wird hinter ihr heruntergelassen und ein Kurzfilm gezeigt. In dem Beitrag ist sogar Tessa zu sehen, wie sie bedürftige Familien besucht und unterstützt. Ich vermute, dass es eines der Projekte ist, die sie selbst ins Leben gerufen hat.

Das Publikum applaudiert, als der Film zu Ende ist und sie wieder zur Mitte der Tribüne läuft.

»Jedes Kind hat Kleidung, Nahrung und Bildung verdient. Ein Einzelner kann kaum etwas gegen die Armut tun, aber gemeinsam können wir dafür sorgen, dass es unseren Kindern besser geht. Sind sie bereit dazu?«, ruft sie ins Mikrofon. Sie weiß genau, wie sie die Menge begeistern kann. Die Leute klatschen begeistert.

»Deshalb haben wir uns etwas Besonderes einfallen lassen, wie man Ihnen allen Geld aus der Tasche ziehen kann.« Die Besucher lachen. »Dieses Jahr wird es eine Dinner-Versteigerung geben. Ich rufe alle volljährigen Single-Ladys auf, sich für einen Abend für ein Dinner zur Verfügung zu stellen. Gleichzeitig bitte ich alle Männer, ihre Geldbörse weit zu öffnen, wenn sie mit einer Dame ihres Herzens ein Rendezvous wollen. Ich kann Ihnen jetzt schon versprechen, die Ladys werden jeden Cent wert sein.«

Allgemeines Raunen und Gelächter gehen durch die Menge.

»Habe ich schon mal erwähnt, dass ich diese Frau großartig finde«, meint Teach hingerissen. »Sie lässt sich jedes Jahr etwas Besonderes einfallen. Jedenfalls weiß sie, wie sie Geld sammeln kann.«

»Bevor wir Sie gleich mit unserer fantastischen Band zum Tanzen einladen, möchten wir uns bedanken. In diesem Jahr sind es so viele freiwillige Helfer, ohne die das Festival nicht möglich gewesen wäre. Ein herzliches Dankeschön und einen riesigen Applaus, bitte.«

Die Leute jubeln begeistert. Dann wendet sie sich wieder an die Zuschauer und wartet, bis der Beifall abgeklungen ist. Dabei wandert ihr Blick durchs Publikum, und als sie mich entdeckt, scheint sie sich zu freuen. Sie nickt mir zu. »Liebe Gäste, eben entdecke ich eine junge Frau, die erst vor Kurzem einen schrecklichen Unfall erlitten hat.«

Mein Lächeln friert ein. Gott! Redet sie etwa von mir? Wärme steigt in meine Wangen.

»Ich bin sehr froh, dass es dir wieder gutgeht und du heute hier sein kannst. Meine Damen und Herren, Emily Westham von *Westham Distillery.*« Applaus brandet auf, und alle Köpfe drehen sich in meine Richtung.

Okay, wieso tut sich der Erdboden nicht auf? Wo ist ein Loch, in das ich mich verkriechen kann? Das Publikum klatscht, und ich werde rot wie eine Tomate, aber ich reiße mich zusammen und winke lächelnd, dann will ich einfach nur die Flucht ergreifen.

»Das war aber nett von ihr«, meint Teach, als wir uns zu unserem Stand aufmachen.

»Mir war das unangenehm.«

»Ach was, die Leute mögen dich, Em.«

Zum Glück setzt Tessa ihr Programm fort, wird aber von Gemurmel und Gelächter in der Menge unterbrochen.

»Was ist denn das?« Anna bleibt stehen und schaut zur Tribüne. Wir folgen ihrem Blick.

»Was ist los?«, fragt Teach, als wir nicht verstehen, warum die Leute lachen und manche pfeifen.

»Da war gerade ein Nacktfoto auf der Leinwand«, platzt es aus Anna. »Was hatte das da zu suchen?«

»Wahrscheinlich irgendein Scherz«, meint Kim.

Im Stechschritt läuft Tessa hinter die Tribüne, und man hört durch das zugehaltene Mikrofon, wie sie aufgebracht redet.

Ich bin froh über die Ablenkung, weil meine Erwähnung damit in Vergessenheit gerät. Tessa entschuldigt sich beim Publikum und kündigt die Countryband an. Ich schaue zu ihr zurück. Sie tritt die Stufen der Bühne hinunter, und die Musikgruppe macht sich bereit. Kaum ist sie bei ihrer Familie angekommen, sehe ich, wie Mads Großvater mit seiner Schwiegertochter diskutiert. Neugierig recke ich den Hals, weil er wild mit seinem Stock gestikuliert. Ich wette, ihm passt es nicht, weil sie für den Namen Westham unverblümt Werbung gemacht und mich dabei besonders erwähnt hat. Oder er ärgert sich über das Foto.

»Ich brauch dringend Alkohol«, sagt Kim, die kreidebleich ist, und wir schieben uns eilig zwischen den Leuten durch. Ich gehe voran.

»Hoppla, nicht so stürmisch.« Ich pralle gegen eine harte Brust und blicke in vertraute Augen.

Kapitel 5

Emily

Ich brauche einen Moment, um das Gesicht einzuordnen. »Calvin? Calvin Musk?«

»Live und in Farbe«, antwortet er grinsend. »Schön, dich wiederzusehen, Emily Westham.«

Vor mir steht mein Jugendschwarm, der Kim und mir einen Sommer lang den Kopf verdreht und uns zu Konkurrentinnen gemacht hat. Ich bin total aus dem Häuschen.

»Calvin! Wie schön.« Teach und Kim begrüßen ihn freudig.

»Was machst du denn hier? Ich dachte, du fliegst durch die Welt«, frage ich und kann es nicht fassen.

»Das tue ich immer noch. Aber selbst ich brauche hin und wieder Urlaub. Ich besuche meine Familie für einige Tage. Wie viele Jahre haben wir uns nicht mehr gesehen? Vier? Oder fünf?«

»Viel zu viele«, antwortet Teach. »Los, stehen wir nicht so herum und halten den Betrieb auf. Gehen wir an den Stand und trinken etwas auf unser Wiedersehen«, schlägt sie vor.

»Aber ...«

»Keine Widerrede, Cal. Wir haben uns ewig nicht gesehen, und du musst uns von deinen Reisen erzählen. Ich bestehe darauf.« Niemand kommt gegen Teachs Befehlston an, auch Calvin nicht.

»Na gut.« Brav folgt er uns durch die Menge zu unserem Stand, wo er auf Aiden trifft. Sie waren Jugendfreunde, sind gemeinsam zur Schule gegangen, und Calvin war der süßeste Typ, in den jede verliebt war. Die beiden Männer umarmen sich, und endlich strahlt mein Bruder wie lange nicht mehr. Er stellt Calvin den Carters vor, und wir setzen uns. Er sieht gut aus, sogar besser als damals. Sportlich war er schon immer, aber jetzt ist alles Jugendliche von ihm gewichen. Wenn er lächelt, bilden sich kleine Fältchen an den Augenwinkeln, und der kurzgestutzte Bart steht ihm ausgezeichnet.

»Erzähl, wohin hat es dich verschlagen?«, will Aiden wissen.

»Och, mal hier mal da. Ich war öfters in Australien. Dort habe ich mir ein Haus gekauft. In letzter Zeit war ich oft in Afrika, China und Singapur.«

»Pilot müsste man sein«, stellt Tim mit einem Anflug von Neid in seiner Stimme fest.

»Man sieht wenig von Land und Leuten. Nach dem Flug geht man hundemüde ins Hotel, schläft ein paar Stunden und muss dann schon wieder los. Es kommt selten vor, dass ich mal länger als einen oder zwei Tage irgendwo bleiben kann.«

»Was ist mit einer Frau? Hast du inzwischen geheiratet?« Teach wirft mir einen Blick zu. Genau wie ich erinnert sie sich, wie Kim und ich uns seinetwegen gestritten haben. Ich war neidisch, auf ihre Oberweite, ihr freches Wesen und die Art, wie sie mit Jungs wie Calvin umging. Ich wollte auch so cool sein. Gott! War ich eifersüchtig. Wenn ich daran zurückdenke, komme ich mir echt albern vor.

Calvin schüttelt den Kopf. »Ich bin verflucht.«

Wir lachen.

»Jede ernsthafte Beziehung ist zum Scheitern verurteilt, ich bin ja selten zu Hause. Es gibt kaum eine Ehefrau, die das auf Dauer mitmachen würde. Zumindest bin ich noch keiner begegnet.«

»Du Ärmster«, säusele ich. »Mein Mitleid hält sich in Grenzen.«

»Du bist genauso sarkastisch wie früher, Emily.«

»Tja, manche Dinge ändern sich eben nie.«

»Das hört sich trotzdem stressig und einsam an.« Teach nimmt einen Schluck von ihrem Whiskey.

»Na ja, einsam bin ich ganz sicher nicht. Frauen gibt es schließlich überall.« Calvin zwinkert ihr zu. »Ich liebe meinen Job und kann mir nichts anderes vorstellen. Aber jetzt zu euch. Was treibt ihr? Ich habe gehört, dass euer Vater gestorben ist. Mein Beileid.«

»Danke.« Aiden seufzt schwer. »Wir durchleben nicht gerade rosige Zeiten.« Er hat sofort wieder den sorgenvollen Blick.

»Entschuldigt, ich bin spät dran. Habe ich etwas verpasst?« Mom kommt zu uns. Auch sie braucht einen Moment, um Calvins Gesicht einzuordnen, umarmt ihn aber erfreut, als sie ihn erkennt. »Das ist ja eine Überraschung.«

»Schön, Sie wiederzusehen, Mrs. Westham.«

»Kendra, bitte.«

Nach kurzem Smalltalk verabschiedet sich Calvin von allen.

Mom kramt in ihrer Handtasche. »Ach Mist! Ich habe mein Handy im Auto vergessen. Emily, wärst du so gut?«

Sie drückt mir ihren Wagenschlüssel in die Hand und erklärt mir, wo sie geparkt hat.

»Kein Problem, Mom.«

»Wenn es dir nichts ausmacht, begleite ich dich, Em. Mein Wagen steht auch in der Nähe«, schlägt Calvin vor.

»Gern.«

Heimlich, damit nur ich es sehen kann, zuckt Kim vielsagend mit den Brauen, worauf ich eine Grimasse schneide.

Blöde Kuh! Was interpretiert sie da hinein? Sie war die ganze Zeit ziemlich still und in sich gekehrt, und nun scheint sie aufzuwachen.

»Wollen wir?«, fragt er und reißt mich aus den Gedanken. Ich hake mich bei ihm unter, aber kaum haben wir unseren überdachten Holzstand verlassen, löse ich mich wieder von ihm, und wir schieben uns durch das Gedränge. Das Volksfest ist in vollem Gange, und erst als wir aus dem Pulk der Leute heraus sind und zu den Parkplätzen laufen, ist ein Gespräch zwischen uns möglich.

»Du bist zur Beerdigung deines Vaters hier, richtig?«

»Ja. Ich hatte zuvor einen Job in New York bei einer Werbeagentur angenommen, aber den habe ich abgesagt, nachdem ich von den Problemen in unserer Destillerie erfahren habe. Das hast du sicherlich auch schon mitbekommen.«

»Ja, meine Familie hat mir davon erzählt. Es tut mir sehr leid, Em.«

Ich seufze. »Ich helfe Aiden, so gut ich kann, aber es sieht nicht danach aus, als ob uns irgendetwas retten kann. Na ja, vielleicht sollte ich New York doch nicht ganz abschreiben.«

»Das kann man nie wissen. Manchmal geht das Schicksal verrückte Wege. Und privat? Gibt es da jemanden?«

Überrascht bleibe ich stehen. Dass ausgerechnet er mich das fragt! »Du bist aber neugierig.«

»Ein wenig vielleicht.«

»Ich habe niemanden Festes, falls es das ist, was du wissen willst.« Ich laufe weiter, und ein paarmal schaut er zu mir herüber.

»Aber du hast dein Herz an jemanden verloren, stimmts?«

Mist! Er ist ein verdammter Hellseher? Steht das auf meiner Stirn geschrieben?

»Wusstest du eigentlich, dass Kim und ich uns damals ziemlich in den Haaren lagen wegen dir?«

»Echt jetzt? Wieso?«

»Na, weil wir eifersüchtig aufeinander waren und gestritten haben wie die Kesselflicker, und das nur, weil jede von uns deine Auserwählte sein wollte. Dann hast du dich für eine aus der Oberstufe entschieden, was uns letztlich wieder versöhnt hat.«

Er lacht. »Du redest von Ashley Cooper. Ich war nicht lange mit ihr zusammen.«

»Du hast es nie lange mit einer ausgehalten«, korrigiere ich ihn und grinse. »Und das scheint sich bis heute nicht geändert zu haben.«

»Das stimmt. Manchmal denke ich schon darüber nach, aber mein Job als Pilot gibt mir kaum Gelegenheit, auf den Geschmack zu kommen. Vielleicht ändert sich das irgendwann.«

»Spätestens, wenn du der Richtigen begegnest.« Wir erreichen Moms Wagen. Ich hole ihr Handy aus dem Handschuhfach, schließe ab und lehne mich gegen den Kotflügel.

»Meine Mutter wäre begeistert, wenn ich anfangen würde, Babys in die Welt zu setzen. Sie liegt mir in den Ohren, dass es Zeit wird.«

»Dafür braucht man eine Frau, Calvin.«

»Sag das nicht mir, sondern meiner Mom«, erwidert er grinsend. »Ich soll sesshaft werden und eine Familie gründen. Kannst du dir das vorstellen? Ich als Daddy? Was wäre ich für ein Vater, der ständig unterwegs ist?« Er schüttelt den Kopf. »Nein, vorerst kommt das nicht infrage.«

»Soll ich dir was sagen, Calvin? Ich glaube, es ist nicht dein Job, der dich davon abhält, sondern du willst dich einfach noch nicht festlegen. Der ewige Junggeselle.«

»Da könnte etwas Wahres dran sein.«

Wir laufen zurück und bleiben bei einer Wegkreuzung stehen. »Mein Wagen ist gleich dort drüben. Soll ich dich zum Stand zurückbegleiten?«

»Nein, ist nicht nötig. Den Rest schaffe ich allein.«

Sekunden vergehen, während wir uns ansehen und unser Schweigen irgendwie seltsam ist.

»Dann mach es gut, Calvin. Es war schön, dich mal wiederzusehen. Komm noch einmal vorbei, bevor du zu deinem nächsten Flug musst.«

»Eventuell sehen wir uns ab jetzt täglich.«

Ich runzle die Stirn.

»Dein Bruder und die Carters wollen mich überreden bei den Spielen mitzumachen«, erklärt er und beobachtet meine Reaktion.

»Oh, das ist überhaupt die Idee!«, rufe ich begeistert aus. »Was überlegst du noch? Also, wenn du nichts Besseres zu tun hast, unser Team kann jede Menge Hilfe gebrauchen.«

Er lächelt. »Na gut, warum eigentlich nicht?«

»Sehr schön. Dann sehen wir uns morgen.« Ich umarme ihn zum Abschied und mache mich auf den Rückweg. Die Lichter der Fahrgeschäfte funkeln, Musik und das Kreischen der Teenager sind zu hören. Der Weg wird von Straßenlaternen beleuchtet, und ich glaube, etwas hinter mir wahrgenommen zu haben. Kurz bleibe ich stehen und schaue mich um. Da ist niemand, trotzdem habe ich das Gefühl, nicht allein zu sein.

* * *

Meine Begegnung mit Calvin hat mich für einige Zeit von meinen Problemen abgelenkt, die sofort wieder da sind und meine Gedanken beschäftigen, als ich zurücklaufe. Es war schön, ihn nach den vergangenen Jahren wiederzusehen, und ich freue mich, dass er unserem Team für die Spiele zugesagt hat.

Als ich fast unseren Stand erreicht habe, sehe ich, wie Teach zwischen unserem und dem Nachbarhäuschen verschwindet. Was treibt sie da? Neugierig folge ich ihr, bis ich erkenne, dass sie nicht allein ist.

»Was wolltest du mich fragen?«, sagt Teach sanft, und ich will mich sofort zurückziehen, um ihre Privatsphäre nicht zu stören, aber wenn ich jetzt aus dem Schatten trete, entdecken sie mich, was megapeinlich wäre. Also bleibe ich stehen und werde gezwungenermaßen Zeugin eines Gesprächs, das nicht für meine Ohren bestimmt ist.

»Ich bin nicht gut in solchen Dingen.«

Mir klappt der Mund auf. Das ist Silent. Ich erkenne seine dunkle kehlige Stimme und habe sofort ein Grinsen auf den Lippen.

»Gehst du zur Abschlussfeier?«, fragt er leise.

»Das hatte ich eigentlich vor.«

»Und ... würdest du auch ... mit mir ... da hingehen?«

Wie süß ist das denn? Er fragt meine Cousine, ob sie ihn zum Abschlussfest begleitet. Schon die ganze Zeit habe ich geahnt, dass Silent etwas für sie übrig hat, und ehrlich gesagt kann ich mir die beiden wirklich gut zusammen vorstellen. *Bitte sag Ja, Teach*, flehe ich sie in Gedanken an. Wieso antwortet sie nicht? Es folgt ein längeres Schweigen. Küssen sie sich etwa? Der Reiz, einen Blick zu ihnen zu werfen, ist groß, aber ich traue mich nicht.

»Ich würde sehr gern mit dir dort hingehen«, schnurrt sie wie ein Kätzchen. Ich balle eine Siegesfaust und freue mich. Ich gönne es ihr von Herzen. Ihre letzte Beziehung vor mehr als einem Jahr hat sie einige Nerven gekostet. Oliver war auf ihr Geld aus und Teach so verliebt in ihn, dass sie beinahe alles für ihn getan hätte. Sie hat endlich ein wenig Glück verdient, nachdem sie ihn in flagranti mit einer anderen im Bett erwischt hat.

Kurz schiele ich doch in ihre Richtung. Sie stehen in der Dunkelheit der beiden Holzhäuschen und reden leise.

Wenige Augenblicke später kommen sie aus der Nische heraus.

»Bis dann«, verabschiedet sich Teach von ihm. Wie üblich nickt Silent und geht. Aber ich habe Aufregung in seinem Blick flackern sehen. Ich schaue ihm nach, wie er zum Whisper-Stand zurückläuft.

»Du hast uns belauscht, Em.«

Ich trete aus dem Schatten. »Entschuldige, war keine Absicht, ich schwöre es.«

Teach lächelt verträumt. »Hast du gehört, wie süß er mich gefragt hat, ob er mein Begleiter sein darf?«

»Eigentlich habe nicht viel mitbekommen, so wortkarg wie er war«, ziehe ich sie auf.

»Stimmt gar nicht«, protestiert sie. »Für seine Verhältnisse hat er viel gesagt. Zumindest waren es ganze Sätze, was ihn Überwindung gekostet haben muss. Und wer weiß, am Ende werde ich noch froh sein, wenn er mal die Klappe hält.«

Ich lache, und wir schauen gemeinsam zum Whisper-Stand, worin Silent verschwunden ist. Tim hat recht behalten. Drüben ist es übervoll. Dicht an dicht sitzen die Besucher zusammen. Tonja und Vera bedienen die Leute, was mir einen Stich versetzt. Vor nicht allzu langer Zeit habe ich mal zu ihnen gehört.

»Geh rüber und versuche mit ihm zu reden.« Teach stupst mich mit der Schulter an.

»Ich weiß ja nicht mal, ob er da ist«, gebe ich zu bedenken, was Quatsch ist. Er *ist* da, ich kann ihn nur nirgends sehen.

»Mach schon, Em. Sonst bringe ich dich höchstpersönlich hin.«

»Warum liebe ich dich noch mal?«

»Sei keine Zicke.« Sie grinst und schiebt mich in Richtung Mads Stand.

Sie hat ja recht. Es wird höchste Zeit, dass ich Maddox McKinley ein paar Takte sage.

Mit klopfendem Herzen gehe ich hinüber, weiche den Besuchern aus, die meinen Weg kreuzen, und suche die Tische nach Mad ab. Popcorn ist auch nirgends, aber mir fällt ein, dass er gesagt hat, er würde zum Festival nicht da sein. Nach der letzten Aktion weiß ich nicht, ob Silent mir diesmal verraten wird, wo Mad sich rumtreibt. Vielleicht versteckt er sich ja vor mir.

Silent steht hinter der langgezogenen Bar und mixt Getränke. Sein Blick trifft mich. Wenn ich erwartet habe, dass er genauso griesgrämig wie gestern zu mir ist, dann habe ich mich getäuscht. Sein kleiner Ausflug rüber zu Teach scheint ihm beste Laune beschert zu haben. Fragend hebt er ein Glas in die Luft und will wissen, ob er mir etwas einschenken soll.

Ich stelle mich seitlich an die Theke, da sonst nirgends ein Platz frei ist. Er drückt mir einen Moonshiner Spezial in die Hand.

»Ich freue mich, dass du und Teach gemeinsam zur Abschlussgala geht.« Als mich sein irritierter Blick trifft, muss ich schmunzeln. »Mädchen reden untereinander – über fast alles«, erkläre ich amüsiert, genehmige mir einen Schluck und kneife dann abschätzend die Augen zusammen. »Wo ist er, Silent?«

Lange sieht er mich an, bevor er mit einer Kopfbewegung zum hinteren Teil des Standes deutet. Er öffnet die kleine Schwingtür an der Bar und gibt mir ein Zeichen, dass ich ihm folgen soll. Wir laufen in einen separaten Bereich, wo ich Mad an einem Tisch sitzen sehe. Ich erkenne ihn an seinem breiten Rücken und dem Unterarm, dessen Hemdsärmel er hochgekrempelt hat, sodass seine Tattoos frei liegen. Die Männer bei ihm sind mir unbekannt, aber nicht die Frau neben ihm. Wenn er damals ihren Verführungsversuch nicht abgebrochen hätte, wäre ich unter seinem Bett Zeugin geworden, wie er und Missy gepimpert hätten.

Sofort beiße ich die Zähne zusammen, um nicht zu fluchen. Schlimm genug, dass ich es mit anhören musste.

»Warte hier«, raunt Silent mir zu und läuft zu ihnen hinüber. Er beugt sich zu Mad hinunter und flüstert ihm ins Ohr. Mad dreht seinen Kopf in meine Richtung. Seine Gäste folgen seinem Blick.

Mad steht auf und kommt mit ausdruckslosem Gesicht auf mich zu. Sein Mundwinkel zuckt, und ich weiß nicht, ob aus Verärgerung oder Verwunderung. Ich sehe ihm entgegen. Nichts, absolut nichts kann ich in seinen Augen lesen.

»Emily, was machst du hier?«, fragt er rau.

Seine Stimme zieht mich in seinen Bann, ich falle in das Blau seiner Augen, sodass meine Knie weich werden und ich wie ein dummes Schaf vor ihm stehe und alles vergesse.

»Ist irgendetwas passiert?«

Ich schüttle den Kopf und suche verzweifelt einen Weg aus seiner Magie, die mich gefangen hält.

»Du solltest nicht hier sein.«

»McKinley? Wollen Sie uns Ihren Gast nicht vorstellen?«, ruft jemand aus der Runde.

Mad schnaubt und senkt den Blick, seine Wangenknochen mahlen, bevor er meine Hand nimmt und mich zu seinem Tisch zieht. »Meine Herren, das ist Emily Westham.« Die Männer nicken grüßend, nur Missy taxiert mich ungerührt. »Emily, das ist Missy Georg, eine Freundin.«

Ich kenne die Art Frau. Unter der dicken Schicht Make-up versucht sie ihre Falten zu verstecken. Die Konturen ihrer Lippen sind deutlich übermalt, wenn nicht sogar aufgespritzt. Ihr blondes Haar hat sie kunstvoll zu einer Hochsteckfrisur gefasst, und an ihren Ohren hängen lange Klunker, die bei der kleinsten Bewegung hin und her schaukeln.

Ich bin geschockt. Sie jetzt von Nahem zu betrachten, verstärkt mein Misstrauen. Verdammt! Sie könnte Mads Großmutter sein, aber ich verberge meine Gedanken mit einem Lächeln und besinne mich auf meine Kinderstube. »Hallo.«

»Guten Abend«, flötet sie, und ich vermute, dass die Abneigung auf Gegenseitigkeit beruht, so wie sie mich ansieht.

»Dann haben wir hier Mr. Belfort und Mr. Sanders, Geschäftsfreunde aus Texas.«

Ich wende meinen Blick ab und nicke den älteren Männern zu.

»Mr. Armstrong, ein Freund von mir, und Mr. Humphrey Dunhill, der Verwaltungsratsvorsitzende der *Brown Forman Corporation.*«

Der letzte Firmenname und das Gesicht von Mr. Dunhill sorgen dafür, dass mein Herzschlag sich beschleunigt. Er ist der Boss des größten internationalen Herstellers und Vertreibers von Spirituosen, mit dem mein Vater lange Zeit Geschäfte gemacht hat. Er saß bereits mehr als einmal mit ihm in seinem Arbeitszimmer, bei Whiskey und Zigarren. Wie könnte ich ihn je vergessen. Er hat ordentlich an Gewicht zugelegt, sein Haar ist inzwischen nicht nur grau, sondern weiß, und ich habe ihn schon damals gehasst. Hinter dem Rücken meines Vaters hat er mehrmals versucht mich anzugrabschen.

Sofort spannen sich meine Muskeln an, weil auch diesmal sein Blick langsam über meinen Körper gleitet. Schamlos wandern seine Augen zu meinem Dekolleté, zu meinen Brüsten und runter zu meinen nackten Beinen. Ekel steigt mir die Kehle hinauf, als er sich ungeniert über die Lippen leckt.

»Ms. Westham, Sie waren noch ein junges Mädchen, als ich das letzte Mal in Ihrem schönen Herrenhaus zu Gast war ... Mein Beileid wegen Ihres Vaters. Ein herber Verlust. Er war ein bemerkenswerter Mann.«

»Danke, Mr. Dunhill. Ich erinnere mich ebenfalls an Sie«, sage ich freundlich, aber zurückhaltend, und bei ihm fällt es mir noch schwerer, meine Abneigung zu verbergen.

»Setzen Sie sich und trinken Sie mit uns diesen fantastischen Moonshiner«, bietet er mir an und rutscht ein Stück auf der ledernen Bank beiseite. Mein Blick erfasst seine beringte Hand, die auffordernd auf den freien Platz neben ihm klopft.

Sofort will ich ablehnen, aber in einer Blitzsekunde kommt mir der Gedanke, dass er der Mann in der Runde ist, der *Westham Distillery* mit seiner Macht und seinem Einfluss auf einen Schlag retten könnte. Ich weiß, was dafür nötig wäre, und würde am liebsten im Strahl kotzen. »Vielen Dank für das Angebot, aber ich will nicht stören. Außerdem muss ich gleich weiter.«

»Wie schade.« Genau wie früher zieht er beim Sprechen Spuckefäden, die sich jetzt sogar weiß zwischen seinen Lippen spannen. Schmollend schiebt er die Unterlippe vor und leckt darüber, bis sein Mund glänzt.

Ich verbiete mir angewidert das Gesicht zu verzerren, und zwinge mich stattdessen, ihm in die Augen zu schauen.

»Ist *Westham Distillery* mit einem Stand vertreten?«

»Natürlich, Sir.«

»Gut, dann werden wir uns wiedersehen.« Er grinst selbstgefällig. Er weiß genau, in welcher Lage Aiden und ich uns befinden, und ich kenne bereits das Angebot, das er mir machen wird. Ich will mich nur noch übergeben.

Kapitel 6

Emily

Mads Augen flackern vor unterdrückter Wut, als er das Wort an seine Geschäftsfreunde richtet.

»Meine Herren, bitte entschuldigen Sie uns«, sagt er verkniffen, greift nach meinem Handgelenk und zieht mich zurück zur Bar. Keine Ahnung, ob es an Dunhills Versuchen liegt, die er mir durch die Blume zu verstehen gegeben hat, dass Mad so energisch ist. Mads körperliche Anspannung und seine Übellaunigkeit sind nicht zu übersehen. Silent schaut auf, als er uns bemerkt. Als würde er Mads Gedanken lesen können, öffnet er eine Tür neben dem Tresen, und Mad schiebt mich hinein. Es ist ein Abstellraum, allerdings verfügt dieser über deutlich mehr Fläche als unserer, sowie über einen Hinterausgang, durch den mich Mad ebenfalls drängt. Wir befinden uns in einem Hinterhof des Standes, wo sein Motorrad und die Autos seiner Männer parken. Ein kleines Stück des Millennium-Sees kann ich erkennen, dann die Rückwand der Tribüne. Wir sind allein, hören aber die Musik und das Gemurmel der Festivalbesucher.

»Tut mir leid, ich wollte deine Geschäftsbesprechung nicht stören«, entschuldige ich mich, aber Mad unterbricht mich.

»Was hast du hier verloren?«, kommt er sofort zum Thema. »Habe ich dir nicht klar gesagt, dass es aus ist?«

Wow! Er ist stinksauer!

Er seufzt. »Warum warst du bei Enna?«

»Woher weißt du davon?« Im selben Moment wird mir klar, dass Alma ihn informiert hat. »Ich wollte dich sprechen.«

»Und weshalb? Es ist alles zwischen uns gesagt.« Die Härte seiner Worte verletzt mich und macht deutlich, dass ich nicht auf sein Verständnis hoffen kann.

Deshalb schiebe ich sämtliche Emotionen beiseite, recke das Kinn und bringe genauso viel Kälte auf wie er. »Es gibt einiges, was du vergessen hast und worauf ich eine Antwort erwarte.«

»Und das wäre?«

Ich schlucke. »Was ist mit dem Deal? Du hattest an meinen Bruder eine Forderung, wolltest, dass ich für dich arbeite, bis jeder Cent bezahlt ist.«

Wir liefern uns ein Blickduell. Diesmal lasse ich nicht zu, dass das Blau seiner Augen mich einlullt, obwohl sie jetzt so dunkel funkeln, dass ich eine Gänsehaut bekomme.

»Das klären wir später«, weicht er aus.

»Oh nein! Entweder du redest Klartext, oder du kannst den Geldbetrag, den Aiden dir schuldet, zur Westham-Gläubigerliste hinzufügen. Wer weiß, vielleicht kann ich Dunhill dazu bringen, uns zu helfen, dann erhältst du dein Geld schneller zurück.«

»Emily«, murrt er warnend. »Du hältst dich von diesem Mann fern, verstanden?«

Er weiß also, wovon der Verwaltungsratsvorsitzende der *Brown Forman Corporation* geredet hat. »Was interessiert dich das? Ich dachte, wir sind fertig miteinander?«

»Fuck!«, flucht er laut, ballt die Fäuste und kommt drohend auf mich zu. Seine Augen sind kleine Schlitze, und die Lippen hat er fest aufeinandergepresst. Ein wenig beeindruckt gehe ich einen Schritt rückwärts, um den Abstand zu ihm zu vergrößern, aber das verhindert er, indem er mich gegen die Außenseite des Holzhauses drückt.

»Wieso bist du so verdammt dickköpfig, Emily?« Er hält mich zwischen seinen Armen gefangen, die er an der Hauswand abstützt. Er ist mir viel zu nah, sodass ich seine Anspannung spüre und wie sehr ich mich nach seinen Berührungen sehne. Sein Blick liegt auf meinen Lippen, und langsam scheint er ruhiger zu werden. »Ich will dich doch nur beschützen, ist das so schwer zu verstehen?«

»Du willst mich beschützen, indem du mich demütigst und mir wehtust?«

»Ich wollte dir nicht wehtun.«

Ich lache sarkastisch. »Das sagt ihr Kerle immer, und tut es doch.«

»Em …«, raunt er leise, spricht seine Gedanken aber nicht aus. Er steht so nah bei mir, dass ich sein Aftershave riechen kann und es leicht wäre, ihn zu berühren, doch ich wage es nicht.

»Nach allem, was zwischen uns war, kannst du mich nicht so abservieren, Mad. Du hast mich in dein Privatzimmer gelassen, in deine Geheimnisse eingeweiht. Du wolltest unbedingt, dass ich dir vertraue. Ich verstehe deine Intension, mich schützen zu wollen, aber deshalb musst du mich nicht behandeln wie deine Weiber und mich von dir wegstoßen.«

Er taxiert mich. »Du kennst meine Feinde nicht, Emily.«

»Du doch auch nicht, oder hast du inzwischen etwas herausgefunden?«

Er weicht meinem Blick aus und senkt erschöpft den Kopf.

»Vielleicht sitzt du mit einem gerade am Tisch und weißt es nicht?« Mit einer Kopfbewegung deute ich zu seinem Holzhaus.

Kurz schweigen wir, aber dann kann ich meine Eifersucht nicht länger zurückhalten. »Warum küsst du diese Blondine? Bist du wirklich so gefühlskalt?«

»Sie bedeutet mir nichts.«

»Und ich? Bedeute ich dir so wenig, dass du mich so verletzen musst?«

Er stößt den Atem aus. »Du weißt, dass das nicht stimmt. Bitte, Em … Rede nicht weiter.«

»Warum? Weil ich recht habe? Weil du glaubst, das ist der richtige Weg, um mich zu schützen? Du machst aber einen Denkfehler … Was ist mit dem da drin?« Ich zeige auf seine Brust, dort wo sein Herz schlägt.

Es vergehen Sekunden, in denen er schweigt, sämtliche Härte aus seinem Gesicht verschwindet, und etwas Sanftes an ihre Stelle tritt. »Em …«, raunt er leise, senkt langsam den Kopf, lehnt seine Stirn an meine und schließt dabei die Augen. »Du hast keine Ahnung, wie schwer es mir fällt, mich von dir fernzuhalten.«

Mein Herzschlag setzt für einen Moment aus, als sein Widerstand bröckelt und er das Geständnis endlich über seine Lippen bringt.

Ich sehne mich so sehr nach seinen Berührungen, seinen Zärtlichkeiten und Küssen, dass mein Atem plötzlich schneller geht und ich verrückt werde vor Verlangen.

»Dann tu es nicht«, flüstere ich.

Kaum habe ich die Worte ausgesprochen, spannen sich seine Muskeln an, ein Knurren dringt aus seiner Kehle, und er drückt mich sachte gegen die Holzwand. Seine Augen sind von dunkler Lust verhangen, und als ich endlich seine Lippen auf meinen spüre, habe ich das Gefühl, innerlich zu schmelzen. Sein Kuss schmeckt nach Verzweiflung, Sehnsucht und gleichzeitig nach Sternen, die er für mich vom Himmel pflücken will. Darunter liegt der wütend bittere Beigeschmack, der mich eiskalt erwischt und das Feuer in mir noch weiter anfacht.

Mit einem Mal haben wir es eilig, weil wir nicht genug voneinander bekommen können. Gierig presst er mich an sich, seine Zunge leckt und saugt über meine Haut, und als ich aufstöhne, öffnet Mad meine Hose, und seine Hand findet den Weg in meinen Slip. Ohne Vorwarnung dringt er in mich ein, worauf ich erregt aufschreie. Er schmunzelt und legt seine Finger auf meinen Mund. Gleichzeitig neckt er mich, indem er seinen Daumen genau auf meinen empfindlichsten Punkt drückt und damit meine Gier nach mehr steigert. Ich bin wie von Sinnen, will schreien, doch plötzlich schwingt die Tür auf, und Tonja kommt mit einer Kiste leerer Flaschen heraus.

»Scheiße«, entfährt es mir zwischen Lust und Scham. Sofort verspanne ich mich, doch Mad hebt lediglich den Kopf in ihre Richtung, grinst frech, lässt sich nicht stören und treibt seine süße Qual in mir weiter. Die Kellnerin bemerkt uns nicht und verschwindet so schnell, wie sie gekommen ist. Mad sorgt dafür, dass ich die kleine Unterbrechung vergesse, indem er das Spiel mit seinem Finger intensiviert. Augenblicklich fühlt sich mein Hirn wieder wie Kaugummi an, und ich fliege dem Höhepunkt entgegen.

»Komm für mich, Em«, spornt er mich an, als sich meine Muskeln anspannen. Beim nächsten Atemzug katapultiert er mich in den Himmel, und ich zerspringe in tausend Stücke.

Erschöpft sinke ich in seine Arme. Mad hält mich fest und wartet, bis ich zu Atem komme. Als sich mein Herzschlag beruhigt hat, sehe ich ihn an. Sanft küsse ich ihn, aber es fühlt sich nicht mehr wie eben an. Er weicht meinem Blick aus und tritt ein wenig von mir zurück. Warum tut er das, verdammt? Ich bemerke, wie er den Widerstand von Neuem hochfährt, was mich vollkommen verwirrt. Er beißt sich auf die Zähne.

»Wieso tust du das?«, flüstere ich gequält. »Wieder behandelst du mich wie eine deiner Bettgespielinnen.«

»So sollst du dich nicht fühlen, Em.«

»Aber das tue ich.« Der Schmerz, der um mein Herz schleicht, bringt mich dazu, wütend zu werden.

»Du sagtest doch, dass du dich nicht von mir fernhalten kannst.«

»Stimmt. Das ändert aber nichts an unserer Situation.«

Ich bin wie vor den Kopf gestoßen. Wie konnte ich mich nur so irren? »Mad, ich verstehe, dass die Lage ernst ist. Hurley wurde ermordet, wir beide sind beinahe bei dem Feuer im *Angels Share* umgekommen, alles, was in den letzten Wochen passiert ist, zeigt deutlich, dass es jemand auf dich und deine Familie abgesehen hat. Das ist schlimm, aber gerade jetzt sollten wir zusammenhalten. Wir beide können das gemeinsam überstehen.«

»Gemeinsam?«, sagt er nachdenklich, und ich höre genau, dass Traurigkeit in seiner Stimme mitschwingt. Er schluckt und ballt eine Faust. »Du weißt, ich bin kein Mann für solch eine Bindung. Das hast du von Anfang an gewusst.«

Der Dolch, den er mir mit diesen Worten ins Herz rammt, nimmt mir den Atem. Das kann er unmöglich so meinen. Was ist mit all den Dingen, die er mir anvertraut hat, was ist mit den Gefühlen, die ich angeblich in ihm wachrufe? War das etwa alles eine Lüge? Meine innere Diva schnauzt mich an, ich solle ihm das vorwerfen, sie verlangt, dass ich nicht aufgeben darf, aber ich habe alles versucht, und betteln ist nicht mein Niveau.

»Es ist besser, wenn wir nichts mehr miteinander zu tun haben, Em.«

Früher empfand ich die Abkürzung meines Vornamens aus seinem Mund wie eine Zärtlichkeit, doch jetzt verbinde ich damit nur den Schmerz, den er in mir verursacht.

»Nenn mich nicht so«, fauche ich.

Es folgt ein langer Blick, mit dem wir uns taxieren. Ich suche nach einem letzten warmen Flackern, einem winzigen Hinweis darauf, dass es da doch etwas zwischen uns gibt, aber ich lese nur Härte, Entschlossenheit und Kälte.

Meine Beine verselbstständigen sich, laufen einige Schritte rückwärts. So fühlt es sich also an, wenn das Herz bricht und in tausend Splittern zu Boden fällt. Wuttränen brennen hinter meinen Augen, doch ich lasse sie nicht zu und verberge sie vor ihm. »Du bist ein Scheißkerl, McKinley.«

Er nickt. »Ich weiß, Prinzessin.«

Blind vor Tränen renne ich aus dem Whisper-Stand, dränge mich an den Leuten vorbei, remple jemanden an, der mich anschnauzt. Ich habe das Gefühl, nicht atmen zu können, und hetze zielstrebig Richtung Parkplatz, wo ich allein bin. Dort stütze ich mich an einem Baum ab. Die Enttäuschung brennt wie Feuer in meiner Seele.

Atme, Emily, atme.

Ich brauche Zeit, um das Loch in meiner Brust notdürftig zu flicken, mir eine Maske aufzusetzen, um den restlichen Abend irgendwie zu überstehen. Ich habe erwartet, dass ich mit seiner Ablehnung umgehen könnte, doch es erschreckt mich, welche Macht Mad über mich hat und wie empfindlich ich darauf reagiere. Jeder fällt mal hin, das Aufstehen und das Krönchen-Richten liegen in meiner Natur, nur im Weiterlaufen bin ich ungeübt, aber genau dazu zwinge ich mich jetzt. Ich atme tief durch, wische meine Tränen fort und hebe das Kinn.

* * *

Irgendwie schaffe ich es, den Abend zu überstehen, ohne dass den meisten auffällt, dass mit mir etwas nicht stimmt.

Nur Teach kann ich nichts vormachen. Sie riecht den Braten zehn Meter gegen den Wind.

Auch meine Mom bemerkt meine Stimmung, und es wundert mich nicht, dass sie, kurz nachdem ich mich in mein Zimmer verzogen und geduscht habe, anklopft und ihren Kopf zu mir hereinstreckt. Ich stehe am Fenster und starre gedankenverloren in die Dunkelheit.

»Ich wollte nach dir sehen, bevor ich zu Bett gehe. Brauchst du irgendwas?«

»Nein. Alles gut.«

Sie kommt zu mir und mustert mich. »So schlimm?«

Ich zucke mit den Schultern, weil ich ihr noch nie etwas habe vormachen können. Sie hat mir alle Sorgen immer an der Nasenspitze angesehen.

»Geht es um den McKinley-Jungen?«

Ich senke den Blick. »Es ist aus, Mom. Er hat es endgültig beendet.«

Sie nickt nachdenklich und sieht mich mitfühlend an.

»Bist du auch der Meinung, dass ich eine Verräterin bin, so wie es Aiden neulich gesagt hat?«

»Ich verurteile dich nicht, Emily. Aber stell dir vor, wie sich das für deinen Bruder anfühlen muss. Er glaubt, nicht nur Judy an einen McKinley verloren zu haben, sondern auch dich. Abgesehen davon ist ein McKinley wie ein rotes Tuch für ihn.«

Ich schaue zu ihr auf. »Dann hat Aiden dir erzählt, dass er denkt, Judy und Mad hatten etwas miteinander?«

»Stimmt es denn?«, wirft sie ihre Frage zurück.

»Nein. Mad und Judy sind nur Freunde. Sie war todunglücklich, weil Aiden sie ignoriert und nur noch die Firma im Sinn gehabt hat. Mad dagegen hat ihr zugehört, er war ihr ein Freund in dieser Zeit. Er dachte, Aiden würde endlich aufwachen, wenn er von einer Affäre erfährt, stattdessen hat er sich wie eine beleidigte Leberwurst verhalten und alles nur noch schlimmer gemacht, worauf Judy ihn verlassen hat.«

»Ist das die Wahrheit, Emily? Kannst du dem McKinley-Jungen vertrauen?«

»Ja, ich glaube ihm.«

»Er ist ein McKinley, und nach allem, was ich über ihn erfahren habe, musst du verstehen, dass ich wirklich sehr besorgt um dich bin.«

»Maddox hat einen schlechten Ruf, und es kursieren immer wieder üble Gerüchte, aber sie sind nicht wahr, Mom. Er hat Judy nicht angefasst.«

Sie sieht mich an und nickt. »Gut, wenn du das sagst, glaube ich dir, auch wenn ich Bedenken habe.«

»Das musst du nicht.«

»Was deinen Bruder betrifft, scheint er ebenso ein Hitzkopf wie dein Vater zu sein. Du musst ihm die Wahrheit sagen.«

»Ich weiß, aber bisher fand ich noch keine Gelegenheit.«

»Du bist keine Verräterin, Emily. Du hast dich verliebt, das kommt vor. Die McKinleys sind attraktive Männer. Das waren sie schon immer.«

»Nicht deshalb habe ich mich verliebt, Mom. Anfangs habe ich geglaubt, dass Mad genauso überheblich und arrogant ist wie damals oder wie der Rest seiner Familie. Aber ich musste feststellen, dass alle Gerüchte und sein Ruf in Wahrheit nur eine Fassade sind. In den letzten Wochen habe ich einen anderen Maddox kennengelernt, einen, der fair ist, ein großes und gutes Herz hat und genau wie ich mit den Dämonen seiner Vergangenheit zu kämpfen hat.«

»Warum hat er eure Beziehung beendet?«

»Das ist kompliziert und eine ziemlich verzwickte Geschichte.«

»Erzähl es mir. Ich würde gern endlich alles erfahren. Natürlich nur, wenn du nicht zu müde bist.« Sie lächelt, und ich weiß, dass sie darauf brennt, und vielleicht kann ich mir alles von der Seele reden. Mom hatte immer ein offenes Ohr für mich und mich stets gut beraten.

»Ach, Mom. Ich bin so froh, dass du da bist.« Ich falle ihr um den Hals, und ihr vertrauter Duft erinnert mich an meine Kindheit, als alles noch unbeschwert und einfach war.

Sie löst sich und küsst mich auf die Stirn. »Du hast mich neugierig auf den jungen Mann gemacht. Los, unter die Decke mit dir.«

Es ist weit nach Mitternacht, als ich ende und ihr erzählt habe, was zwischen Mad und mir vorgefallen ist. Zugegeben, Mom war ein wenig schockiert, als ich ihr anvertraute, dass Mad den teuren Macallan-Whiskey seines Großvaters stiehlt, aber als ich ihr von Enna berichtete, war sie genauso gerührt wie ich. Trotzdem schweigt sie nachdenklich, und eine Sorgenfalte hat sich tief in ihre Stirn gegraben.

»Findest du nicht, dass Mad falschliegt?«

Mom setzt sich auf. »Ganz ehrlich, die Trennung ist vernünftig.«

Was? Damit habe ich nicht gerechnet, empört setze ich mich ebenfalls auf. »Das sagst du nur, weil du Angst um mich hast.«

»Was wäre ich für eine Mutter, wenn ich keine hätte? Ich will, dass es dir gutgeht, du in Sicherheit bist, und Mad möchte das offensichtlich auch. Es ist das Richtige, Em.«

»Aber Mom …«, protestiere ich, doch sie schüttelt energisch den Kopf.

»Ich verstehe, dass du Gefühle für ihn hast. Das respektiere ich, aber nach allem, was ich gehört habe, will ich, dass du dich von dieser Familie fernhältst. Die Probleme, die die McKinleys haben, sind ernst. Ich würde es nicht ertragen, wenn dir etwas zustößt.«

»Mom, ich –«

»Nein, Emily«, sagt sie streng, wird aber sofort wieder sanfter. »Versteh doch, ich habe schon ein Kind verloren, ein zweites Mal überlebe ich das nicht. Dafür habe ich nicht die Kraft.« Ihre Stimme vibriert, und es tut mir leid, dass ich den alten Schmerz in ihr hervorrufe. »Du musst seine Entscheidung akzeptieren. Denk darüber nach.« Sie haucht mir einen Kuss auf die Wange und steht vom Bett auf.

»Wir reden morgen weiter, wenn du willst. Okay? Gute Nacht.«

»Gute Nacht.« Frustriert werfe ich mich in die Kissen und starre zur Decke.

Am nächsten Tag übernimmt Kim die Schicht am Stand, sodass ich ausschlafen kann und erst zu den Spielen aufschlagen werde. Zu meinem Leidwesen bin ich trotzdem früh wach, wälze mich hin und her und stehe letztendlich auf.

Das Gespräch mit Mom und die Zurückweisung von Mad gehen mir nicht mehr aus dem Kopf. Ich habe das Gefühl, in einem Irrgarten festzustecken, der mich nie wieder freigeben wird.

Mies gelaunt frühstücke ich, schlurfe danach durchs Haus und komme an Dads altem Büro vorbei, dessen Tür offen steht. Aiden ist gerade damit beschäftigt, persönliche Erinnerungsstücke in einen Karton zu räumen, und hält nachdenklich ein gerahmtes Foto seiner Hochzeit mit Judy in der Hand. Ich erinnere mich, wie glücklich er an jenem Tag war. Ich sollte ihm endlich die Wahrheit sagen und kann so vielleicht dazu beitragen, dass es wenigstens für Aidens Liebesleben noch Hoffnung gibt.

Als er mich bemerkt, räumt er es zügig in den Pappkarton.

»Hey Bruder, was machst du da?« Ich laufe zum Schreibtisch, wo mein Blick auf einen Stapel Unterlagen fällt. Ich lese die Überschrift: ›Scheidungsantrag‹.

»Hey Schwester, ich miste aus. Ich habe noch etwas Zeit, bis ich zu einem wichtigen Geschäftstermin gehe.« Aiden nimmt den Karton und stellt ihn genau auf die Papiere, damit ich sie nicht einsehen kann. Verdammt! Er wird sich doch nicht ernsthaft scheiden lassen wollen. Ich muss es ihm endlich sagen, bevor er diesen Quatsch durchzieht, der ihn noch unglücklicher machen wird.

»Ein neuer Kunde?«

»Vielleicht. Mit ein bisschen Glück ...« Er lächelt schwach.

Ich nehme in dem Sessel Platz und ziehe die Beine an. »Können wir reden?«

»Klar, was gibts?«, sagt er und räumt weiter ein.

»Bitte, setz dich einen Moment zu mir.«

Seufzend stellt er eine Trophäe ins Regal zurück und kommt zur Sitzgruppe.

Ich grüble, wie ich am besten anfange, und sehe in den Becher in meiner Hand.

»Spuck es schon aus, Em. Was hast du auf dem Herzen?« Er lässt sich auf das Sofa plumpsen.

»Du machst einen Fehler, wenn du die Scheidung einreichst.«

Stöhnend wirft er den Kopf in den Nacken. »Lass es, Em. Ich habe mich entschieden. Das alles hat keinen Zweck mehr.«

Ich beuge mich vor und stelle die Kaffeetasse ab. »Du gibst auf? Warum?«

»Das fragst du noch? Ich hätte ihr alles verzeihen können, aber nicht ...«

»Und wenn ich dir sage, dass nichts zwischen ihr und Mad gelaufen ist?«

Er lacht kehlig. »Behauptet er das, oder was?«

Er sieht immer nur den Fehler bei anderen. »Sie hat dich verlassen, weil du zuerst gegangen bist.«

Er runzelt die Stirn und versteht überhaupt nicht, wie ich das meine. »Ich? Ich war doch die ganze Zeit hier, habe mich um den Mist mit der Firma gekümmert, Vaters Launen ertragen und versucht, das sinkende Schiff irgendwie zu retten.«

»Genau. Du hattest alles im Kopf, nur nicht deine Frau. Sie hat sich alleingelassen gefühlt, war vielleicht sogar einsam. Aber sie hat dich nie betrogen. Sie hat in Mad nur jemanden gefunden, der ihr zugehört hat.«

»Woher willst du das wissen? Hat McKinley dir dieses Märchen erzählt?« Sein Sarkasmus trieft, seine Skepsis kann ich verstehen. Hätte ich Mad nicht anders kennengelernt, würde es mir genauso schwerfallen, das zu glauben.

»Er hat sie nie angerührt, sie haben dieses Gerücht nur deinetwegen gestreut, weil Judy dachte, du würdest aufwachen und um sie kämpfen. Sie hat gehofft, dich aus der Reserve zu locken. Sie wollte, dass du sie nicht länger aus deinem Leben ausschließt. Mad mag ein Idiot sein, aber ich weiß, dass das die Wahrheit ist.«

Aiden schließt die Augen und beißt auf die Zähne. »Wenn das stimmt, warum hat sie nie mit mir geredet? Warum hat sie nie ein Wort darüber verloren? Sie hat sogar gesagt, dass der Sex mit ihm ...« Er stockt und behält den Rest für sich. »Sie hat mich betrogen, und sie war diejenige, die gegangen ist. Punkt. Aus. Ende.«

»Sei nicht so stur. Wie schnell sagt man etwas, wenn man wütend ist. Du kennst sie doch, Aiden. Denk nach. Wie oft hast du sie abgewiesen, wenn du mal wieder den Kopf mit den Westham-Problemen voll hattest?«

»Das ist noch lange kein Grund, sich in schwierigen Zeiten gleich dem Nächstbesten an den Hals zu werfen und mit ihm ins Bett zu gehen.«

»Zwischen Mad und ihr ist nichts in dieser Richtung gelaufen«, beharre ich.

»Wieso sollte ich das glauben? Weil McKinley es gesagt hat? Wach auf, Emily. Sein Hass auf unsere Familie muss so groß sein, dass er nichts unversucht lässt, uns zu zerstören. Der ganze McKinley-Clan ist davon besessen, und das seit Jahrzehnten.«

»Es ist aber die Wahrheit. Auch wenn Mad ein Arsch ist, diese Sache glaube ich ihm.«

Aiden lacht bitter. »Ich fasse es nicht, dass du ihm offensichtlich immer noch verfallen bist. Was ist mit dir los, Em? Hat er dich einer Gehirnwäsche unterzogen, oder sowas?«

Ich keuche aufgebracht. »Was erwartest du? Du warst schließlich derjenige, der mich in sein Haus schickte, der mich zwang, deinen Mist auszubaden. Ich sollte für dich herumschnüffeln. Es ist nur normal, dass ich ihn näher kennengelernt und Seiten an ihm entdeckt habe, die nicht so psychopathisch sind, wie du glaubst. Er ist vielleicht der einzige McKinley, der uns nichts Böses will.«

»Trotzdem ist er kein Heiliger.«

»Das sage ich auch nicht.«

»Und was ist mit der Erpressung?«

»Das ist vorbei. Er hat den Deal auf Eis gelegt.«

»Und wie sollen wir ihm das Geld zurückzahlen.«

»Keine Ahnung, das musst du ihn schon selbst fragen«, gebe ich zurück.

Misstrauisch mustert er mich. »Du heulst ihm doch nicht eine Träne nach?«

»Weißt du, Aiden, es verletzt mich, wenn du ständig so von mir oder ihm redest. Ich kann nun mal nichts dafür, dass ich so empfinde. Ich weiß selbst, in welchem Dilemma ich stecke, und es hilft mir nicht, wenn du mich deshalb niedermachst.«

Erstaunt reißt er die Augen auf. »Das tue ich nicht, Em.«

»Doch, genau das tust du.«

Endlich schleicht sich etwas in sein Gesicht, was ich schon so lange vermisst habe. »Setz dich mal zu mir, Em.«

Mit der Hand klopft er auf die freie Stelle neben sich. Ich tue ihm den Gefallen und sehe ihn erwartungsvoll an.

Er nimmt meine Finger und streichelt mich. »Hör zu, Schwesterchen. Ich liebe dich wirklich sehr, aber kannst du nicht verstehen, dass ich mir jemand Besseren für dich gewünscht habe?«

»Und wenn Mad das Beste ist, was mir je passiert ist?«

Er rollt mit den Augen und schüttelt den Kopf. »Sorry, aber selbst wenn es stimmt, dass er einen anderen Charakter hat, kann ich nicht vergessen, dass er meine Situation schamlos ausgenutzt hat.«

»Ist dir mal in den Sinn gekommen, dass er dich damit gerettet hat? Unsere Destillerie war schon vor Dads Ableben in finanziellen Schwierigkeiten. Als er starb, wurde die Lage immer schlimmer, und du warst so verzweifelt, dass du Firmengeld stiehlst und es im Casino verzockst, in der Hoffnung, zu gewinnen. Ist dir eigentlich klar, dass du dafür ins Gefängnis gehen könntest? Diese Vorstellung mag dir nicht gefallen, aber so ist es.«

Langsam nickt er. »Ich weiß nicht, was ich sagen soll, Em, außer, dass ich mich schäme. Ich habe diesen Druck nicht ausgehalten, und ich hasse mich dafür. Ich wollte dich nie da mit reinziehen, aber Mad war schließlich derjenige, der mir keine Wahl gelassen hat.«

Ich seufze. »Ja, dem muss ich zustimmen.«

»Manchmal wünschte ich, ich wäre so stark wie du, Em. Du warst schon immer diejenige von uns, die mehr aushalten kann. Selbst die Sache mit Tom hast du toll gemeistert.«

Traurig schaue ich meinen Bruder an und weiß, was er meint. »Du bist genauso stark, Aiden. Rede dir nichts ein. Während ich mit Mom nach New Orleans ging, dann aufs College und anschließend nach New York geflüchtet bin, bist du hiergeblieben, hast jahrelang den Druck und die Launen unseres Vaters ertragen, obwohl du andere Vorstellungen und Träume gehabt hast. Das erfordert Willen und Ausdauer, die weder Mom noch ich aufbringen konnte.«

»So siehst du das?«

»Natürlich. Ich bewundere dich dafür.«

Wir umarmen uns, und an der Art, wie fest er mich an sich drückt, spüre ich, dass dieses Gespräch längst überfällig war. Endlich sind wir uns ein Stück nähergekommen. Aiden mag seine Fehler haben, und er hat tatsächlich genug davon, aber er ist mein Bruder, der Verständnis verdient.

Sofort bin ich ganz euphorisch und löse mich von ihm. »Was hältst du davon, wenn wir ab jetzt das Thema McKinley meiden und über andere Dinge reden? Weißt du noch, als wir uns früher oft stundenlang über Kinofilme unterhalten haben? Oder wie wir zusammen gekocht haben?«

Er schmunzelt. »Natürlich erinnere ich mich. Ich vermisse das auch.«

»Lass uns das demnächst mal wieder machen.«

»Okay, aber keine Liebesschnulzen«, warnt er mich.

»Genau die könnten dir aber guttun.«

Er grinst. »Mal sehen.« Dann senkt er den Blick, und ich merke, dass ihm noch etwas auf der Seele brennt. »Sag mal, Em, wegen Judy. Bist du dir wirklich einhundert Prozent sicher, dass sie mich nicht …?«

Ich lächle triumphierend, weil ich es geschafft habe, dass er wenigstens nachdenkt, und vielleicht einen Nerv getroffen habe. »Ja, ich bin mir sicher. Du liebst Judy doch, also bitte, großer Bruder, gib dir einen Ruck, überdenke alles, und rede endlich mit ihr. Aber zuvor solltest du anfangen, mehr auf deine Gesundheit zu achten, und die Whiskey-Sauferei einstellen. Du brauchst jetzt einen klaren Kopf.«

»Du hast recht.«

»Dann mach etwas daraus.« Ich küsse ihn auf die Wange, bevor ich zufrieden aus dem Arbeitszimmer schlendere. Das Gespräch war für mich ein Erfolg, denn egal, was mein Bruder tun wird, ich habe gesehen, dass der alte Aiden noch in ihm steckt und ich ihn nicht verloren habe.

Kapitel 7

Emily

Am Nachmittag schlage ich auf dem Festival auf, und endlich kommt die Sonne heraus und vertreibt die Regenwolken. Auch meine Stimmung bessert sich. Die Spiele haben begonnen, die Mannschaften stehen in kleinen Grüppchen am Rand der Wiese, wo der Parkour für das Fassrollen aufgebaut ist. Das Publikum feuert die Teams an, während aus einem Lautsprecher der laufende Wettbewerb kommentiert wird.

»Entschuldigt meine Verspätung, es war kaum ein Parkplatz zu finden.«

»Da bist du ja endlich. Die erste Runde hast du versäumt«, meint Anna. Ich begrüße sie und Kim mit einem Küsschen auf die Wange und setze mich neben sie auf die Steinmauer. »Und? Haben wir eine Chance?«

»Bis jetzt sieht es gar nicht schlecht aus, zumindest werden wir diesmal nicht Letzter«, erklärt Anna. »Wir konnten uns drei Punkte sichern, aber nichts im Vergleich zum Whisper-Team. Sie führen die Tabelle an.« Sie deutet auf die große Punktetafel, die neben dem Leitungszelt angebracht ist. Mads Team steht auf Platz eins, dicht gefolgt von der McKinley-Mannschaft. Wir sind an sechster Stelle. Mein Blick wandert hinunter zu den Teilnehmern. Ich entdecke Aiden, Calvin, Tim und seine Brüder, die wohl darüber fachsimpeln, welche Technik die Spieler anwenden, um die mit

Wasser gefüllten Fässer über die Wiese zu rollen. Das ist nicht so einfach, da sie die Fässer am Ende des Parkours in einer bestimmten Anordnung aufreihen müssen. Wer am schnellsten die meisten Holztonnen aufgestellt hat, gewinnt. Jemand hebt die Hand, schaut in meine Richtung und will meine Aufmerksamkeit. Calvin. Ich lächle und winke ihm zu.

Ich suche das Whisper-Team, und mein Herz macht einen Satz, als ich Mad einige Meter weiter bei seinen Männern entdecke. Er sieht gut aus in seinem Sportdress. Das T-Shirt sitzt eng, und mir gefällt das Spiel seiner Muskeln. Sie stehen alle zusammen, Mad, Silent, Milow, Teddybär, sogar Tonja ist bei ihnen. Ich habe auch mal zu ihnen gehört. Die Tatsache, dass das nicht mehr der Fall ist, versetzt mir einen Stich. Ein wenig neidisch und enttäuscht wende ich den Blick ab. »Und wie ist der Vormittag gelaufen, Kim? Konntest du heute ein paar Flyer unter die Leute bringen?«

Sie scheint mit offenen Augen zu träumen und starrt in die Ferne. »Hey! Kim?« Ich wische mit der Hand direkt vor ihrem Gesicht. »Alles klar? Wo bist du nur mit deinen Gedanken?«

»Oh, was?« Sichtlich überrascht schaut sie mich an.

»Wie war der Vormittag? Haben uns neue Kunden den Stand eingerannt und Unmengen an Bestellungen dagelassen?«

Sie runzelt die Stirn. »Was? Nein, schön wäre es. Niemand war da. Und es war gar nicht so leicht, die Flyer unter den Leuten zu verteilen. Das Interesse ist leider nicht so groß.«

Das ist frustrierend, sogar sehr, und zum ersten Mal schießen mir Gedanken durch den Kopf, ob es nicht besser wäre, aufzugeben. Aiden arbeitet zwar auf diesen einen wichtigen Termin hin, der auf der Abschlussparty im Herrenzelt stattfinden soll, aber was geschieht, wenn sein Wunsch sich nicht erfüllt, dieser Geschäftsmann nicht in unser Unternehmen investiert? Aiden hat den Insolvenzantrag gestellt, und es ist eine Frage der Zeit, bis es offiziell ist und dann auch der letzte mögliche Investor in Kentucky Bescheid weiß. Ich sollte mich langsam an den Gedanken gewöhnen, auch wenn es unsagbar wehtut, denn eines ist sicher – die Zeit läuft gegen uns.

Meine Aufmerksamkeit wird auf das Spielfeld gelenkt, als das Whisper-Team und unsere Männer starten. Kaum ertönt das Zeichen aus den Boxen, springen Anna, Kim und ich auf und feuern Matthew an, der, so schnell er kann, das Fass über den Parkour rollt. Teddybär ist sein Gegner, dieser hat Mühe, bei der Geschwindigkeit mitzuhalten. Dadurch kann Matthew einen Vorsprung erzielen.

»Matthew, ja ... Du schaffst das! Weiter so«, schreit Anna völlig aus dem Häuschen. Um uns herum brüllen und heizen die Zuschauer die Teilnehmer ebenfalls an, und ich kann nicht sagen, für welches Team sie sind. Ich glaube, wir haben beim Publikum ein paar Sympathiepunkte aufholen können. Als allerdings Tim gegen Mad antreten muss, ist Mad klar der Favorit. Kraftvoll schafft er es, das gefüllte Holzfass so schnell ins Rollen zu bringen, dass er es vor Tim aufstellen kann und gewinnt. Ein Pfiff aus den Lautsprechern kündigt das Ende der Spielrunde an, und wir setzen uns, um der nächsten Mannschaft zuzuschauen. Als Mad sich von seinen Leuten feiern lässt, ist da wieder eine der Blondinen, die sich ihm aufdrängt. Sie umarmen sich, was ich nicht länger mit ansehen kann.

Ich schaue in die entgegengesetzte Richtung zu den Ständen.

»Was hat Teach mit Tessa zu bereden?«, frage ich neugierig, und die Mädels folgen meinem Blick.

»Keine Ahnung«, meint Kim.

Teach und Tessa küssen sich rechts und links auf die

Wange, bevor sie auf uns zukommt. Kim und ich sehen uns fragend an. Teach scheint sich über irgendwas zu freuen und hüpft sogar einmal. Sie begrüßt uns. »Ratet, welche Neuigkeiten es gibt.«

»Spuck es schon aus. So wie du aussiehst, platzt du fast vor Aufregung«, fordert Kim sie ungeduldig auf.

Teach grinst vielsagend und senkt ein wenig den Kopf. »Na gut. Ich habe uns vier soeben bei Tessas Dinner-Auktion angemeldet.«

»Was?!« Kims Gesicht friert ein.

»Mich etwa auch?«, fragt Anna und wirft mir einen unsicheren Blick zu.

»Ja, uns alle.«

Eigentlich hätte ich so eine Aktion eher von Kim erwartet. Zurzeit scheinen die Zwillinge aber ihre Rollen getauscht zu haben. Kim mimt die Zurückhaltende, Stille, während Teach aufgedreht und eine Spur zu quirlig ist. Ob das an Silent liegt?

»Ich finde, die Auktion ist die Gelegenheit, mal etwas Aufregendes zu erleben, und zusätzlich ist es Werbung für unsere Destillerien. Was sagt ihr?«

»Ohne mich. Du kannst mich von der Liste streichen.« Kim verschränkt abwehrend die Arme, als würde sie den Protest ihrer Schwester ahnen.

Teach runzelt die Stirn. »Aber wieso? Ich dachte, das wäre genau dein Ding?«

»Ist dir schon mal in den Sinn gekommen, dass mir nicht nach Feiern oder einem Dinner mit einem anderen Mann zumute ist? Hurley ist noch nicht mal …« Ihre Stimme bricht, und sie senkt ihren Blick.

Teach legt mitfühlend eine Hand auf ihre Schulter. »Entschuldige, ich war der Meinung, etwas Abwechslung würde dir guttun. Ich habe es nur gut gemeint, aber wenn du noch nicht so weit bist, ist das in Ordnung.«

Kim nickt zustimmend. »Genau, ich bin noch nicht so weit.«

Fragend schaut Teach Anna und mich an und wartet auf unsere Antwort.

»Tut mir leid, ich wollte euch überraschen.« Sie wischt sich über die Stirn, und ich weiß, dass ihr erst jetzt bewusst wird, dass sie uns vorher hätte fragen sollen.

»Ist schon okay, ich bin dabei«, versucht Anna mit einem Lächeln die Stimmung zu retten.

»Und du, Em?« Drei Augenpaare richten sich auf mich.

Auch wenn ich Kims Einwände verstehen kann, wundere ich mich über ihre knurrige Reaktion. Vielleicht plant sie schon ihre Abreise. Ich muss sie unbedingt danach fragen. Normalerweise ist sie genau für solche Aktionen Feuer und Flamme, aber mir wird klar, dass es ihr nach wie vor nicht gutgeht. Ob sie ihrer Zwillingsschwester von ihren Modelplänen erzählt hat? Hurleys Tod scheint viel tiefer auf ihrer Seele zu lasten, als wir bisher angenommen haben.

»Es ist ja nur ein Abendessen mit einer Person, die hoffentlich eine Menge Geld für einen guten Zweck bezahlen wird. Warum nicht«, stimme ich zu, was Teach endlich wieder lächeln lässt.

»Danke. Es wird bestimmt lustig.«

Aus dem Pulk auf dem Platz kommt Aiden zu uns. Er beißt in ein Steakbrötchen.

»Hi, na, wie sind die Gespräche heute Vormittag verlaufen?«

»Sie wurden abgesagt«, antwortet er kauend und wirft einen grimmigen Blick zum McKinley-Team, wo ich auch Alec stehen sehe, aber es freut mich, dass Aiden sich an unsere Vereinbarung hält und die Familie McKinley mit keinem Wort erwähnt. Allerdings frage ich mich, wieso Alecs Gesicht schon wieder aussieht wie eine kaputte Autobahn. Der scheint sich wirklich mit vielen Leuten anzulegen.

»Hey Aiden, wir treffen uns auf der Wiese dort drüben zur Teambesprechung«, ruft Tim und winkt uns zu. »Gleich steht das Tauziehen an, und wir sollten nochmals über unsere Taktik sprechen.«

Er nickt. »Ist gut, ich komme gleich. Also, dann wünscht uns Glück.«

Aiden nimmt seine Sporttasche, zwinkert mir zu und läuft zu seinem Team.

»Viel Glück«, rufen wir Mädels im Chor.

Die nächsten Mannschaften sind dran. Die McKinleys gegen die Porters. Als der Schiedsrichter den Startschuss gibt, die Menschen ihre Favoriten lautstark anfeuern, sind wir natürlich für die schwächere Truppe. Der Kampf um das Tau ist viel zu schnell vorbei, und die McKinleys haben gewonnen.

Jetzt sind wir an der Reihe, und Aufregung breitet sich in mir aus. Unsere Jungs gegen das Buckwam-Team.

Teach, Kim, Anna und ich machen für unsere Männer ordentlich Lärm. Den Buckwams gelingt ein Vorteil, aber die Carters geben nicht nach, und es sieht so aus, als würde eine kleine Sensation auf der Wiese stattfinden. Zum ersten Mal schaffen sie es, dem gegnerischen Team den Vorsprung wieder abzuluchsen, und machen sogar einige Zentimeter gut. Sie zerren, ziehen, lassen nicht locker und … gewinnen.

Wir können unser Glück kaum fassen, fallen uns hüpfend und kreischend in die Arme. Wir haben zum ersten Mal in der Geschichte des Festivals eines der Spiele gewonnen. Aiden, Calvin, Tim und seine Brüder feiern sich ausgelassen, und auch das Publikum bejubelt unsere Männer.

Runde um Runde wird weitergespielt, und am Ende stehen die letzten Teilnehmer fest.

Wie erwartet kämpfen die McKinleys gegen die Whispers. Ganz souverän läuft Mad mit seinem Team zum Tau. Sie machen sich bereit, nehmen die Position ein, und der

Schiedsrichter gibt den Startschuss. Beide Mannschaften geben ihr Bestes, ziehen, zerren mit aller Kraft, und es sieht so aus, als wären die Teams ausgeglichen stark.

In der Mitte des dicken Seils ist eine Markierung, diese gilt es fünfzig Zentimeter über die weiße Linie am Boden zu reißen. Die Menge jubelt, kreischt, und mich hält nichts auf meinem Sitzplatz. Ich forme meine Hände zu einem Trichter und rufe den Whispers zu. Ich hüpfe vor Aufregung und Spannung, klatsche und feuere sie an, doch dann halte ich den Atem an.

Völlig unerwartet lassen Mads Männer das Tau los, worauf das McKinley-Team wie Bowlingkugeln rücklings ins Gras fällt. Ein erstauntes Raunen dringt von den Zuschauern über die Wiese, und nach der ersten Verwirrung stehen die McKinleys wieder auf. Sie brüllen die Whispers an, diskutieren und bauen sich drohend vor den einzelnen Spielern auf. Das Publikum beschwert sich, und alle schimpfen durcheinander, der Schiedsrichter trillert in seine Pfeife, was keinerlei Effekt hat.

Aus einem unerfindlichen Grund geht Mad plötzlich auf seinen Bruder los.

»Was passiert da?«, fragt Teach auf Zehenspitzen, um besser über die Köpfe vor uns sehen zu können.

»Keine Ahnung.« Es herrscht eine aggressive Grundstimmung, die jederzeit kippen kann. Kaum zwei Sekunden später wird das Gebrüll auf dem Platz lauter, die Teammitglieder stoßen sich gegenseitig, und dann fliegen die Fäuste. Mad, Silent, Teddybär und Milow prügeln sich mit Alecs Team. Ordner rennen auf die Wiese, versuchen das Chaos zu bändigen, doch auch sie geraten zwischen die Fronten. Unter der Brüllerei der Leute eskaliert die Situation. Zuschauer laufen aufs Spielfeld und mischen mit.

»Verdammter Mist, was machen die denn?«, murmle ich, beobachte neugierig, wie aus dem Tumult auf dem Platz eine Massenschlägerei entsteht. Fieberhaft suche ich in der sich prügelnden Masse Mad, kann ihn aber nirgends entdecken. Immer mehr Streitlustige drängeln sich zur Wiese, teils weil sie mitmachen oder schlichten wollen. Aus den Lautsprechern schallen Durchsagen, die in dem Geschrei der Leute völlig untergehen.

»Wir sollten verschwinden«, meint Anna unruhig.

»Ja, lasst uns zum Stand zurückgehen«, schlägt Teach vor.

Es dauert, bis Ordner und Polizisten den Platz erreichen, doch schließlich bringen sie die Streithähne auseinander. Recht schnell ist die Situation zum Glück unter Kontrolle. Sorgenvoll schaue ich mich nach Aiden um. Zu unserer Erleichterung kommen die Carters mit meinem Bruder gerade zu uns.

»Das ist mal wieder typisch. Die McKinley-Brüder haben Streit, und daraus entsteht ein Skandal«, mault Aiden, und in dem Moment, als er merkt, wie missbilligend er sich angehört hat, verzieht er entschuldigend seine Miene.

In diesem Fall drücke ich ein Auge zu. »Hast du mitbekommen, was los war?«

»Alec hat Mad während des Wettbewerbs etwas zugerufen. Was, konnte ich nicht verstehen. Es muss heftig gewesen sein, sonst hätte nicht Mads gesamtes Team einfach losgelassen. Fakt ist, sie haben das Spiel unterbrochen. Das bedeutet, sie sind ausgeschieden, und das McKinley-Team hat gewonnen. Wegen der Schlägerei werden die McKinley-Brüder, wie es aussieht, noch mächtig Probleme bekommen.«

»Warten wir es ab«, sagt Tim.

Inzwischen ist die Prügelei unter Kontrolle, aber es befinden sich Sanitäter auf der Wiese, die Verletzte versorgen, und zahllose Zuschauer, die sich über die Vorkommnisse unterhalten. Für heute werden wohl keine Spiele mehr stattfinden. Ich könnte mir vorstellen, dass das Whisper-Team sogar disqualifiziert wird.

Mein Blick gleitet erneut auf der Suche nach Mad über die Wiese. Er sitzt am äußersten Rand auf einer Steintreppe. Silent, Teddybär und Milow sind bei ihm und seine Blondine, die sich um seine Verletzung kümmert. Daneben sind zwei Polizisten und ein Vorstandsmitglied, die ihn wahrscheinlich befragen. Wie gern hätte ich nach ihnen allen gesehen, aber ich sollte mich fernhalten. Nicht weil Mad das so will, sondern um mein Herz zu schützen.

* * *

Die Schlägerei ist das Top-Thema an diesem Abend auf dem Festival. Während Teach und ich am Eingang unseres Standes die Leute beobachten, wird kaum über etwas anderes gesprochen. Kim schenkt Whiskey hinter der Theke aus. Aiden und Mom sitzen seit zwei Stunden mit einem Geschäftsmann in Anzug und Aktentasche am Tisch. Ich weiß nicht, wer der Besucher ist, aber sie gehen irgendwelche Dokumente durch. Vielleicht ist er ein Berater oder so. Tim, Matthew und Patrick sind ebenfalls in Kundengespräche vertieft, weshalb Teach und ich den Paaren auf der Tanzfläche gegenüber der Tribüne zusehen. Anna ist nach Hause gegangen. Sie hatte für einen Tag genug.

Die Liveband spielt beliebte Countrymusik, überall wird gelacht, und die Leute haben Spaß. Es ist viel los, und alles ist festlich für diesen Abend geschmückt. Girlanden und bunte Lichter baumeln über der Tanzfläche, und in der Luft hängt der Duft von Zuckerwatte.

Ich kann nicht verhindern, dass ich ständig zu Mad schielen muss, der am Rand der Tribüne steht und mit seinen Männern feiert, als wäre nichts gewesen. Über seiner Braue klebt ein Pflaster, was wohl eine Verletzung verdeckt, die er während der Schlägerei abbekommen hat. Er amüsiert sich und flirtet, was das Zeug hält. Es scheint, als würde ihm die drohende Disqualifikation nichts ausmachen. Sein Blick verirrt sich nicht ein einziges Mal in meine Richtung, was mich trifft. Ich versuche das mit einem Schulterzucken abzutun, aber mein Stolz ist verletzt, um am liebsten würde ich ihm eins auswischen.

Ich wende mich ab.

Die Carter-Brüder verabschieden ihre Gäste und schlagen gegenseitig ein, als die beiden Geschäftsleute unseren Stand verlassen haben.

»Yeah! Das könnte großartig werden«, ruft Patrick und ballt die Siegerfaust.

»Gibt es etwas zu feiern?«, fragt Kim, kommt hinter der Theke hervor und bindet sich die Schürze ab. Neugierig schauen Teach und ich zu den Brüdern.

»Einen neuen Abnehmer – unser erster Großabnehmer«, erklärt Tim stolz.

»Es ist noch nicht spruchreif, die Verträge müssen aufgesetzt und geprüft werden, aber ich denke, wir können zuversichtlich sein«, ergänzt Patrick zufrieden.

»Leute, zur Feier des Tages, gebe ich einen aus.« Tim strahlt, und ich freue mich für sie.

»Herzlichen Glückwunsch, das ist wunderbar.« Ich helfe Tim, die Gläser und den Whiskey zu richten. Wir stoßen an.

»Auf den Erfolg«, ruft Tim mit erhobenem Glas.

»Auf den Erfolg«, stimmen wir alle mit ein.

»Und jetzt kommen wir zum gemütlicheren Teil des Abends. Emily, du musst mit mir tanzen.« Tim schnappt sich meine Hand. Ich kann gar nicht so schnell reagieren, da zieht er mich schon zur Tanzfläche. Ich bin überrascht, aber ich lache vergnügt.

Wir beginnen uns im Takt der Musik zu wiegen.

»Bist du immer so stürmisch?«, will ich von ihm wissen.

»Entschuldige, nach so einem harten Gespräch musste ich meinen Gefühlen einfach Luft verschaffen«, erwidert er.

»Na dann.«

Tim führt mich über die Tanzfläche, und ich schaffe es, ihm nur zweimal auf die Füße zu treten. Das geschieht, weil ich es nicht lassen kann und zu Mad und seinem Blondchen schiele. Sie kichert künstlich, während Mad ihr irgendwelche Dinge ins Ohr flüstert. So wie ich ihn kenne, nichts Jugendfreies. Mein Magen grummelt, und automatisch ziehe ich Tim näher zu mir.

»Wow! Emily!« Erstaunt sieht er mich an. »Es schmeichelt mir, wenn eine so schöne Frau Interesse an mir hat, aber ich will dir keine Hoffnungen machen.«

Was? Irritiert wende ich den Blick von Mad zu Tim und kapiere. »Keine Sorge, ich will nicht mit dir in die Kiste.«

Er lacht. »Gut, dann sag mir, um welchen Idioten geht es?«

Bin ich so leicht zu durchschauen? Schuldbewusst beiße ich auf die Lippen. »Es tut mir leid.«

Tim grinst. »Es stimmt demnach, was dein Bruder sagt. Der jüngste Spross der McKinleys also. Verstehe.«

»Es ist ziemlich kompliziert.«

»Das ist es immer, Süße. Okay, versuchen wir mal, seine Aufmerksamkeit zu erregen.« Er zieht mich an sich, legt eine Hand auf meine Taille und die andere auf meinen Po. Dazu führt er mich so galant Richtung Mad, dass dieser blind sein muss, um uns nicht zu bemerken.

Ich schlucke. Das hatte ich nun wirklich nicht erwartet. Tim ist ein ausgesprochen guter Tänzer, wir sind so eng umschlungen, als könnten wir es kaum erwarten, über uns herzufallen. Unser Schauspiel fällt auf, nicht nur bei Mad, sondern auch bei einigen Gästen.

Mit Genugtuung ertappe ich Mad, der mich mit seinem eiskalten Blicken straft. Endlich kann ich ihm zeigen, dass der Schlussstrich, den er gezogen hat, keine große Sache ist.

»Ich glaube, er wird mich umbringen«, murmelt Tim nahe an meinem Ohr.

»Mach dir keine Sorgen, vorher erschieße ich ihn.«

Tim muss laut auflachen. »Ich mag Frauen mit Humor. Sollen wir es auf die Spitze treiben?«

»Was willst du tun?«

»Ganz einfach, ich küsse dich.«

Mir wird heiß und kalt, aber Tim schmunzelt. »Du tust gerade so, als wäre ich eine schleimige Kröte.«

Ich schüttle den Kopf und kichere. »Ich mag Kröten, aber seltsam wird es sich trotzdem anfühlen, oder?«

»Bestimmt. Ich verrate dir ein Geheimnis. Siehst du den Don Juan, der dort drüben steht?« Er nickt zu einem hübschen jungen Mann, der am Rand der Tanzfläche verbissen in unsere Richtung starrt. »Fernando ist mein Lover, und ich schätze, bis ich ihm unsere Aktion erklären kann, hat er mich dreimal malträtiert und an den Füßen aufgehängt.«

»Du bist schwul?«, frage ich verwundert.

»Stockschwul.«

Wir grinsen, und jegliches Unbehagen, das sich eben noch in mir aufgestaut hat, verfliegt. Er ist schwul und mit einem Mann liiert. Perfekt. »Das könnte sehr schräg werden. Bist du sicher, dass du das tun willst?«

»Warum nicht? Etwas Aufregung in einer Beziehung, die ein wenig eingeschlafen ist, kann nie schaden«, gibt er zu und sieht mir in die Augen. »Bereit?«

Ich mag seine Abenteuerlust und nicke. Trotzdem klopft mein Herz wie verrückt. Die Intimität, die entsteht, ist tatsächlich komisch, und ich muss aufpassen, dass ich nicht anfange zu lachen. Tim ist sympathisch, und ich hoffe, dass sein Don Juan mich nicht killen wird. Dessen Blicke sprechen Bände.

»Dein Mad sieht zu uns herüber«, wispert Tim mir zu.

Ich freue mich diebisch, es ihm endlich mit gleicher Münze zurückzuzahlen. Jeden Augenblick werde ich Tims Mund auf meinem spüren, und insgeheim wünsche ich mir, dass Mad das verhindert. Sehnlichst, aus tiefster Seele, inbrünstig.

Uns trennen nur noch wenige Millimeter, ich kann seinen Atem schmecken. Kaut er etwa Kaugummi? Ich werde nervös. Soll ich die Augen schließen, um es authentischer wirken zu lassen, oder ist das zu übertrieben? Ich recke ihm mein Gesicht entgegen und öffne voller Erwartung leicht die Lippen.

Kapitel 8

Emily

Plötzlich werden Tim und ich auseinandergerissen, und ein wütender und aufgebrachter Latino Lover funkelt mich bitterböse an. »Hey Puta, das iste meine Freund! Was dir einfallen? Du haben keine Anstand? Er gehöre mir, Entendido?«

»Fernando, lass sie in Ruhe. Komm mit, ich erkläre dir alles«, versucht Tim sanft auf seinen Freund einzureden, aber Don Juan will auf mich losgehen.

»Ich auskratzen Augen«, zischt er und kommt drohend auf mich zu. Tim kann das verhindern und zieht ihn von der Tanzfläche.

»Tut mir leid, Emily«, meint er nur.

»Nein, mir tut es leid«, rufe ich ihm nach. Ich stehe da wie ein Trottel, bin wie vor den Kopf gestoßen. Die Leute tuscheln zwar, doch sie widmen sich der Musik und tanzen weiter. Ich sehe Tim nach und hoffe, dass er das wieder geradebiegen kann. Beschämt will ich zurück zum Stand, pralle aber gegen eine harte Brust.

»Lässt man dich eine Sekunde aus den Augen, schon handelst du dir Schwierigkeiten ein«, sagt eine vertraute Stimme, dicht gefolgt von einem Schnalzen.

Ich hebe den Kopf und schaue in Calvins amüsiertes Gesicht. Nach den Spielen ist er nach Hause gefahren und steht nun frisch geduscht und wie aus dem Ei gepellt vor mir.

Der Duft seines Duschgels steigt mir in die Nase. Es riecht lange nicht so gut wie das von Mad … Verdammt! *Das muss aufhören*, ermahne ich mich. Eigentlich habe ich Mad erwartet, dem es Spaß machen würde, mich wegen der Sache aufzuziehen, aber wie ich mit einem Blick in seine Richtung bemerke, hat er von der Aktion nichts mitgekriegt, oder er tut nur so, worauf ich mir noch dämlicher vorkomme.

»Halt die Klappe, Cal«, funkle ich ihn an, mehr aus Enttäuschung darüber, dass Mad mich völlig ignoriert und das ganze Theater umsonst war.

»Komm schon, Em. War nur ein Spaß. Tanz mit mir.«

»Na gut, aber tritt mir bloß nicht auf die Füße.«

Er lacht. »Was wolltest du damit bezwecken?« Amüsiert schaut er auf mich herab. »Wen willst du beeindrucken?«

»Niemanden«, lüge ich. Als ich Calvins Hand an meiner Hüfte spüre, er mich sanft an sich zieht und wir uns langsam im Takt der Musik bewegen, muss ich zugeben, dass es entspannend auf mich wirkt und sich die Röte aus meinen Wangen allmählich zurückzieht.

Er mustert mich. »Du siehst müde aus.«

»Es war ein anstrengender Tag.«

»Hör mal, Em. Kim hat mir erzählt, was in den letzten Wochen bei dir los war. Muss ich mir Sorgen machen?«

»Kim? Was hat sie dir gesagt?«

»Na ja, so einiges. Ich war ziemlich geschockt, als ich von dem Mord erfuhr und dem Feuer. Nach allem, was ich nun weiß, finde ich, du solltest nicht hier sein.«

Kim, die kleine Verräterin. Ich bin so perplex, dass ich kein Wort herausbekomme. Warum weiht sie ausgerechnet Calvin in diese Sache ein? Das geht ihn nichts an.

Er mustert mich. »Bist du jetzt sauer?«

»Na ja, das ist meine Angelegenheit, und Kim hatte kein Recht, es herauszuposaunen.«

Er nickt. »Das stimmt, aber jetzt weiß ich es nun mal.«

»Wieso glauben alle, zu wissen, was gut für mich ist? Ich …« Ich breche ab, will mich bei Calvin nicht ausheulen. »Können wir von etwas anderem reden?«

»Natürlich. Erzähl mir, an wen du dein Herz verloren hast und mit deiner Aktion eifersüchtig machen wolltest.«

Er schlittert von einem Themenchaos ins nächste. Innerlich rolle ich mit den Augen. »Wozu?«

»Damit ich entscheiden kann, ob ich eine Chance bei dir habe.«

Das entlockt mir ein Kichern. »Calvin Musk, du willst doch nicht mit mir flirten, oder?«

»Vielleicht. Kommt darauf an, wer dieser Mistkerl ist, der dir dein Herz gebrochen hat. Ich habe auch ein paar Muskeln. Ich muss schließlich wissen, ob ich körperlich in der Lage bin, mich ihm entgegenzustellen.«

»Erstens wird ihn das kaum interessieren, und zweitens bist du in wenigen Tagen fort und solltest deine Zeit nicht mit mir verschwenden. Hier auf dem Festival gibt es genug Frauen, die scharf auf eine kurze, heiße Affäre mit dir wären.«

»Meinst du?«

»Na klar, du bist ein attraktiver Mann und hast einen interessanten Job.«

»Und wenn ich auf keine kurze, heiße Affäre aus bin?«

Im Augenwinkel nehme ich Mad wahr, der einige Meter von mir entfernt steht. Das dämliche Kichern seiner Blondine geht mir ziemlich auf die Nerven. Ich zwinge mich, den Blick nicht von Calvin abzuwenden, lächle, und ehe ich wirklich verstehe, was ich tue, lege ich meine Arme noch enger um Calvins Hals. »Du verschwendest deine Zeit«, flüstere ich in sein Ohr. »Ich bin nicht die Richtige für eine Nacht.«

»Das kannst du nicht wissen. Was, wenn ich dir mehr bieten kann als das?« Ich runzle die Stirn. »Seit ich dich das erste Mal wiedersah, muss ich ständig an dich denken, Em.«

Mir wird ganz flau im Magen. »Tu das nicht, Cal. Bitte. Wir sind schon so lange befreundet. Sowas geht meistens schief.«

Ich bin froh, dass die Musik endet, und löse mich von ihm.

Eine Weile sieht er mich an, und Verständnis flackert in seinen Augen auf. Wir sind seit unserer Jugend Freunde, die Zeit, in der wir uns hätten ausprobieren können, ist vorüber.

Er hebt seine Hand und streicht mit den Fingern langsam über meine Wange. »Er hat dir wohl sehr wehgetan.«

Ich lächle. »Darin ist er wirklich gut, aber ich habe gewusst, worauf ich mich einlasse.«

Er nickt und versteht. »Lass uns wenigstens jetzt so tun, als gehörst du mir. Nur für diesen Song. Wenn er dann immer noch nicht reagiert, ist er ein Vollidiot, und du gibst mir eine Chance. Okay?«

Das ist süß von ihm. An einem anderen Ort und zu einem anderen Zeitpunkt hätte ich mich vielleicht in ihn verlieben können.

»Einverstanden«, sage ich, obwohl mir klar ist, dass sich an meiner Situation nichts ändern wird.

Calvin zieht mich so fest an sich, dass kein Blatt Papier mehr zwischen uns passt. Ich muss gestehen, dass es sich gut anfühlt. Er neigt seinen Kopf zu mir herunter, kommt mir nah und sieht mir grinsend in die Augen, ähnlich wie Tim es vorhin getan hat. Diesmal ist die Atmosphäre wirklich vertraut und könnte erotisch knistern, wenn ich es zulassen würde. Die langsame Musik ist perfekt, und meine innere Diva durchwühlt alle meine Seelenschubladen auf der Suche nach einem Rosenkranz zum Beten, damit Mad endlich aufwacht und zu uns herüberschaut, aber den Gefallen tut er mir nicht. Eng umschlungen tanzen wir, und ich fühle mich wohl in Calvins Armen.

Die Musik verstummt, und eine Pause wird angekündigt. Die Tanzpaare laufen von der Tanzfläche, doch Calvin hält mich immer noch nahe bei sich.

»Der Typ scheint ein größerer Idiot zu sein, als ich angenommen habe.«

Ich lächle. »Ja, da könntest du recht haben.«

»Dann werde ich morgen der Höchstbietende sein. Vielleicht ersteigere ich mir so ein Abendessen mit dir.«

»Hast du denn genug Geld?«

Er zuckt mit den Schultern. »Zur Not habe ich das Haus in Australien.«

Ich lache. »Spinner!«

Hand in Hand laufen wir zum Stand zurück.

Es ist das erste Mal, dass Teach der Mund offensteht und Kim übers ganze Gesicht strahlt. Beide brennen darauf, dass ich ihnen erzähle, was zwischen Calvin und mir plötzlich los ist. Aber ich bin froh, dass ich nicht dazu komme, solange Calvin noch hier ist und sich von den anderen verabschiedet, weil er noch mit Freunden verabredet ist.

Tim ist nicht wieder aufgetaucht, und ich hoffe inständig, dass unsere bescheuerte Tanzaktion keine größeren Probleme in seiner Beziehung verursacht hat.

»Du schuldest mir eine Erklärung, Emily Westham«, flüstert Teach mir zu, während ich Gläser spüle. »Habe ich etwas verpasst?«

Ich will den Mund aufmachen und sie mit einer knappen Antwort abspeisen, doch sie hält mitten in der Bewegung inne. Jemand betritt unseren Stand, und ich weiß, dass Teachs Herzschlag sich beschleunigt, als ich eine Beanie und einen mürrischen Blick erkenne, der mir gilt. Für einen winzigen Moment hoffe ich, dass Mad ihn geschickt hat, doch Silent hat nur Augen für Teach. Sein Gesichtsausdruck wird sofort weich, als sie ihn anlächelt, das Geschirrtuch beiseitelegt und zu ihm geht.

»Was läuft da, Em?«, flüstert Kim mir zu. Sie beobachtet ihre Schwester, wie sie sich mit Silent vor unserem Stand unterhält.

»Das musst du sie schon selbst fragen«, gebe ich schnippisch von mir und lasse sie stehen. Sie soll ruhig merken, dass ich sauer bin.

Aidens Gast erhebt sich, klappt seinen Aktenkoffer zu und schüttelt ihm und Mom die Hand.

»Wer war das?«, frage ich meinen Bruder, nachdem der Mann sich nickend von mir verabschiedet und den Stand verlassen hat.

»Unser Insolvenzverwalter«, antwortet er. »Du wirst ihn in nächster Zeit öfter antreffen.«

»Und was meint er?«

»Nicht viel«, brummt er ausweichend.

»Er muss sich erst einen Überblick verschaffen«, sagt Mom, die ziemlich erledigt aussieht.

»Heute hat er uns nur die Horrorszenarien aufgezeigt.«

»Und die wären?«

»Dass wir alles durch eine Versteigerung verlieren.«

»Zum Beispiel das Haus«, ergänzt Mom traurig. Sie nimmt meine Hand, und mir läuft es heiß und kalt den Rücken hinunter. So weit hatte ich noch nicht gedacht. Ich hatte unsere finanziellen Probleme höchstens mit dem Werk in Verbindung gebracht, aber nicht mit unserem Heim, in dem Aiden und ich aufgewachsen sind.

»Das Haus? Das können sie uns nicht wegnehmen, oder?«

»Doch, sie können und werden. Sobald alle Verbindlichkeiten und Schulden erfasst sind und Mr. Bienly sich eine Übersicht verschafft hat, wissen wir mehr.«

* * *

Es ist früh am Morgen und still, nur die alten Dielenbretter knarzen unter meinen Füßen, aber ich weiß noch genau, wo ich hintreten muss, um nicht gehört zu werden.

Aidens Worte geistern mir im Kopf herum, was mich um meinen Schlaf gebracht hat. Das dumpfe Gefühl, man könnte uns das Haus nehmen, schleicht wie Nebel durch mein Bewusstsein. Ich schaue den Flur hinunter, dort am Ende des Ganges ist Toms Zimmer. Seit seinem Verschwinden habe ich die Türschwelle nicht mehr überschritten, und der Gedanke, hier fortzumüssen, fühlt sich an, als würden wir den Rest von Tom auch noch verlieren. Meine Kindheit und Jugend habe ich hier verbracht, hier habe ich Weihnachten gefeiert, den ersten Zahn verloren, mich mit meinen Geschwistern gestritten und versöhnt und den Hausarrest mit Würde ertragen. Ich habe geweint, gelacht, und als ich mit Mom nach New Orleans ging, kam ich mit dem Herzen voller Heimweh zurück. Hier sind meine Wurzeln, und ich darf nicht zulassen, dass man uns des letzten lebendigen Restes Erinnerung an Tom beraubt. Davor habe ich Angst. Manchmal höre ich, wie er in seinem Zimmer Motorengeräusche eines Spielzeugautos nachahmt, oder wie er laut polternd die Treppe hinaufgelaufen ist, wenn Mom ihn mal wieder nach oben geschickt hat. Sein glöckchenartiges Lachen hallt wie ein Echo in meinem Kopf, wenn ich die Augen schließe. Wir alle lieben das Haus, es zu verlieren wäre der Worst Case.

Langsam weiß ich keinen Rat mehr. Die Idee, die Macallan-Flaschen, die Mad seinem Großvater gestohlen hat, zu suchen, um sie dann gewinnbringend auf dem Schwarzmarkt zu verkaufen, kommt mir jetzt albern vor. Das hätte bei Weitem nicht ausgereicht, um alle Schulden mit einem Schlag loszuwerden. Dafür bräuchten wir ein Wunder. Aber statt irgendeines Lichtblickes werden die Neuigkeiten nur noch schlimmer.

Zum ersten Mal seit der Beerdigung meines Vaters betrete ich den Friedhof. Ich will nach dem Rechten sehen, ihn besuchen und endlich mal an etwas anderes denken. Ich bin erleichtert, dass Mom heute den Standdienst übernimmt. So haben Teach und ich Zeit, um später ein Kleid für mich auszusuchen, das ich am Abend für die Versteigerung brauche. Ich bin froh, dass ich nicht schon wieder shoppen muss und sie mir eines borgen wird.

Ich schiebe das Gattertürchen auf und gehe den Kiesweg zur letzten Ruhestätte meines Dads. Der Himmel ist mit einer dichten Wolkendecke verhangen und passt zu meiner Stimmung. Es ist noch früh am Morgen, und allmählich kündigt sich der Herbst an. Fröstelnd ziehe ich meine Jacke enger um mich und biege in den Weg ab, der zu Dad führt.

Kaum habe ich den kleinen Pfad erreicht, bleibe ich abrupt stehen, als ich jemanden vor seinem Grabstein sehe. Schnell husche ich zur Seite hinter einen Busch und spähe zwischen den Blättern hindurch. Ich bin verwirrt und verstehe nicht, was *er* dort zu suchen hat. Mit seinem Hut, den er tief ins Gesicht gezogen hat, seinem Gehstock und dem weißen Bart erkenne ich ihn sofort. Mr. McKinley Senior. Was hat er am Grab meines Vaters verloren? Die Familie kam nicht zur Beerdigung – gut, das hat auch niemand erwartet –, aber sie haben noch nicht mal eine Karte geschickt. Sie erwähnten ihr Beileid kurz auf der Gala, weil es zur Etikette gehört. Regungslos steht Charles McKinley da und starrt auf den Marmorstein, in den der Name meines Vaters gemeißelt ist. Ich schaue mich um, wir sind allein.

Sekunden verstreichen, bevor ich die Schultern straffe und bereit für eine Begegnung mit ihm bin. Ich trete auf den Weg zurück. Erst als er meine Schritte hört und ich wenige Meter vor ihm stehen bleibe, schaut er auf. Er ist sichtlich überrascht, aber sagt kein Wort, mustert mich mit seiner überheblichen Art und seinem üblichen kalten Blick.

Ich verschränke die Arme. »Sie habe ich wirklich nicht erwartet. Was tun Sie hier?«

Zuerst scheint er verärgert über die Störung, doch dann wird der Ausdruck in seinen Augen sanfter. »Ich hatte noch keine Gelegenheit, mich von Ihrem Vater zu verabschieden.«

»Sie hätten zur Beerdigung kommen können.«

Er schmunzelt. »Nein, das hätte ich nicht.«

»Wieso nicht?«

»Ich glaube, das muss ich Ihnen nicht erklären, Ms. Westham.«

Wegen seiner Arroganz oder Eitelkeit? Oder weil es zu viele neue Gerüchte geschürt hätte? Es ist unnötig, die Gedanken auszusprechen, Mr. McKinley Senior erkennt an meinem Gesicht, wie ich über ihn denke.

Er grinst spöttisch. Beide Hände hat er auf den goldenen Knauf seines Gehstocks gelegt und sieht mich mit seinen eisblauen Augen geringschätzig an. »Ihr Westhams habt schon immer geglaubt, dass nur ihr Gutmenschen seid, aber die Welt ist weder schwarz noch weiß, Ms. Westham.«

Er will an mir vorbei, doch ich bin mutig genug, mich ihm in den Weg zu stellen. Erstaunt hebt er eine Braue, als ich ihn nicht durchlasse.

»Hartnäckigkeit scheint ebenfalls eine Westham-Manie zu sein. Ihr Großvater hat es an Ihren Vater weitergegeben, und er an Sie.« Er schüttelt kaum merklich den Kopf. »Nur Ihr Bruder wirkt nicht so, als wäre er mit diesen Attributen ausgestattet, was sich deutlich in seinen Bemühungen widerspiegelt, Ihre Destillerie vor dem Untergang zu bewahren.«

Ich lasse mich nicht provozieren, trotzdem schaffe ich es nicht, mir auf die Zunge zu beißen. »Und Sie sind genauso arrogant und selbstsüchtig wie Ihr Enkel.«

Er lächelt. »Er ist wie ich früher. Maddox ist ein Drache – mächtig, stark und gefährlich, nur weiß er noch nicht, wo sein Platz ist.«

»Ich denke, das weiß er genau. Sie unterschätzen ihn.«

»Wollen Sie mir etwa erzählen, nur weil mein Enkel sich eine Zeitlang mit Ihnen vergnügt hat, kennen Sie ihn besser?« Er lacht. »Sie waren nur ein Spielzeug für ihn, er wollte mich mit Ihrer Anwesenheit auf der Gala brüskieren, aber glauben Sie mir, Maddox wird schon bald wissen, wie sich ein echter McKinley zu verhalten hat.«

»Das tut er bereits«, gebe ich nüchtern von mir und verberge meine Enttäuschung. »Warum sind Sie hier, Mr. McKinley? Können Sie meinem Vater nicht mal im Tod Frieden schenken?«

Er senkt den Blick, tritt einen Schritt zurück und schaut auf den Grabstein. »Frieden?« Er lacht. »Sie haben ja keine Ahnung, was Sie da sagen.«

Er klingt verbittert, was die Frage nach dem Ursprung dieser Fehde in mir aufwirft. »Was ist damals zwischen Ihnen und meinem Großvater geschehen?«

Er schmunzelt und überlegt kurz. »Ich kannte ihn gut. Er war kein einfacher Mann, trotzdem waren wir einmal gute Freunde.«

Misstrauisch runzle ich die Stirn. »Sie und mein Großvater?«

»Das erstaunt Sie, nicht wahr? Hat Ihr Vater Ihnen das nie erzählt?«

»Nein.«

Er seufzt. »Sie wissen vieles nicht, mein Kind, aber jetzt ist auch Ihr Vater tot, und es spielt keine Rolle mehr.«

»Für mich schon«, widerspreche ich ihm.

»Es würde ohnehin nichts ändern. Die Dinge sind nun mal, wie sie sind.«

»Da täuschen Sie sich. Diese Fehde zieht sich seit Jahrzehnten durch unsere Leben. Sicherlich haben beide Seiten Fehler gemacht, aber wird es nicht Zeit, die Vergangenheit ruhen zu lassen und das Kriegsbeil endlich zu begraben?«

»Niemals«, wirft er scharf zurück. »Frieden kann es zwischen uns nicht geben. Nicht, solange ich lebe.« Er lässt mich damit stehen und geht an mir vorbei.

Ich bin erstaunt über seinen kleinen Ausbruch, er verstärkt aber meine Neugier, mehr zu erfahren. Ich drehe mich zu ihm um. »Und was ist mit den Nachkommen? Nur weil Sie sich mit meinem Großvater überworfen haben, bedeutet das doch noch lange nicht, dass wir uns alle hassen müssen. Was hat Sie so verletzt, Mr. McKinley? Oder sind Sie so empfindlich, dass Sie darüber nicht sprechen können?«

Abrupt bleibt er stehen, wendet sich mir zu und sieht mich an. »Ich bin nicht verletzt, Ms. Westham – ich habe es Ihrer Familie mit gleicher Münze zurückgezahlt. Das ist das Einzige, was mich zufrieden werden lässt.«

Langsam stöckelt er davon.

Kapitel 9

Emily

»Du musst mir alles erzählen, jedes noch so unbedeutende Detail. Wann hat es zwischen euch gefunkt? Was hat er zu dir auf der Tanzfläche gesagt? Und wann genau hat das überhaupt angefangen? Etwa auf dem Festivalparkplatz?« Kim quiekt vollkommen aus dem Häuschen, als ich gegen Mittag bei ihr auftauche. Aufgeregt zieht sie mich ins Haus und führt mich in den Salon. Sie redet ohne Punkt und Komma, ihre Augen leuchten, aber was mich besorgt: Sie hat über Nacht meine Zukunft mit Calvin geplant. Jetzt ist es offensichtlich, dass sie irgendein Problem haben muss. Entweder sie durchlebt gerade einen Nervenzusammenbruch, oder sie ist verrückt geworden.

»Kim«, versuche ich sie zu unterbrechen, aber sie scheint mich nicht zu hören.

»Klar, als Pilot wird er viel unterwegs sein, und du wirst ihn vermissen, oder aber – und die Idee finde ich genial – du reist mit ihm. Was sagst du dazu? Oh, Em, stell dir nur vor, an welchen Orten du sein könntest, Brasilien, Europa, China. Das wäre so cool. Vielleicht –«

»Kim!«, schnauze ich sie an, doch sie quasselt weiter, sodass ich sie an ihren Oberarmen packe und rüttle. »Kim!« Im selben Augenblick verstummt sie. »Verdammt noch mal, was ist mit dir los? Calvin und ich sind und werden nie ein

Paar sein«, erkläre ich gemäßigt und sehe sie eindringlich an.

Wie ein mit Luft gefüllter Gänsebraten fällt sie in sich zusammen und lässt die Schultern sinken.

»Wieso nicht?« Sie wirkt überrascht, beinahe so, als würde sie mir das nicht abnehmen.

»Weil ich nicht in ihn verliebt bin.«

»Das sah gestern aber ganz anders aus.«

Ich rolle mit den Augen. »Wir sind Freunde, mehr nicht. Keine Ahnung, was du da hineininterpretiert hast, aber Calvin und ich ... Das kannst du dir aus dem Kopf schlagen. Und warum hast du ihm von meinen privaten Problemen erzählt? Findest du nicht, dass das niemanden etwas angeht?«

Sie zuckt mit den Schultern. »Das ist doch keine große Sache. Er hat mich gefragt, und ich habe geantwortet. Es liegt doch auf der Hand, dass er an dir interessiert ist. Du musst dir nur einen Ruck geben.«

»Ich. Will. Aber. Nicht«, sage ich betont gereizt.

»Liegt das immer noch an Mad?«

Ich erwidere darauf nichts. Sie muss nicht wissen, wie es tatsächlich in mir aussieht. So viel Vertrauen kann ich ihr im Augenblick nicht entgegenbringen.

»Du darfst deine Zeit nicht länger mit ihm verschwenden. Du musst Mad vergessen. Lass deine Gefühle nicht mehr zu. Er ist nicht gut für dich, und das weißt du. Hast du nicht gesehen, wie er mit der Blondine rumgemacht hat?«

Alles, was sie sagt, stimmt.

»Wenn das so einfach wäre«, murmle ich traurig.

»Aber du musst«, fährt sie mich jetzt eindringlich an.

»Warum ist dir das so wichtig?«

»Nichts ... Es ist nur ...« Sie stammelt, was für sie gänzlich untypisch ist, aber dann schluckt sie und schaut mir fest in die Augen. »Hör zu, Em. Ich … Ich will mit ihm vögeln«, platzt es aus ihr heraus.

Das kommt so überraschend, dass ich im ersten Moment zwar erstarre, dann aber lachen muss. Normalerweise kann Kim sich nicht lange bei einem Joke zurückhalten, aber mir bleibt mein Gekicher im Hals stecken, als ich merke, dass sie es ernst meint. »Spinnst du?«

Sie hebt eine Braue, als hätte sie mir etwas völlig Belangloses mitgeteilt, und ich bin zu blöd, es zu kapieren. »Schau nicht so entsetzt. Ich will mit ihm schlafen, das ist nicht verboten. Ich fand ihn immer ziemlich heiß.«

In mir zieht sich alles zusammen, und für einen Moment unterdrücke ich den Impuls, ihr an die Gurgel zu gehen.

»Hey Leute, ich bin da!«, hören wir Teach, die gerade von der Schule nach Hause kommt, aber ich bin zu fassungslos, um sie begrüßen zu können.

»Stell dich nicht so an, was ist denn schon dabei?«, bekräftigt Kim ihr Vorhaben. »Ihr seid schließlich kein Paar mehr.«

Teach kommt herein. »Hey ihr zwei, wie war euer Tag?«

»Hi Schwesterchen.« Kim setzt ein Lächeln auf, aber Teach bemerkt sofort, wie angespannt ich bin, und wirft mir fragend einen Blick zu.

»Los, gehen wir endlich nach oben und schauen, welche Klamotten ihr heute Abend bei der Versteigerung tragen werdet.« Kim nimmt meine Hand und zieht mich mit sich.

Was für ein Film läuft hier? Hat sie das gerade ernst gemeint? Oder ist da schon etwas zwischen ihnen gelaufen, und ich habe es nur nicht gemerkt?

Während Kim mir nacheinander ihre schönsten Kleider anpreist, kann ich mich kaum konzentrieren. Tausend Fragen und mindestens eine Million Szenarien schießen mir durch den Kopf. Ist das der wahre Grund, warum Mad Schluss gemacht hat?

Ausdruckslos starre ich Kim an, aber sie tut so, als wäre alles in bester Ordnung. »Das Nachtblaue steht dir hervorragend, Em. Oder willst du lieber das Grüne?«

Prüfend legt sie die Kleidungsstücke an mich, um zu sehen, welche Farbe besser zu meinem Teint passt.

Innerlich brodelt es in mir, und ich spüre, dass ich gleich explodieren werde.

»Ich denke, du solltest vielleicht auch mal das Schwarze …«

Wütend fege ich mit einer Handbewegung die Fetzen von mir und stehe auf. »Erklär es mir, Kim«, herrsche ich sie an. »Du kannst mir nicht einfach so etwas um die Ohren hauen und dann zur Tagesordnung übergehen.«

Erstaunt über meinen Ausbruch schaut Teach auf. Sie war damit beschäftigt, einen Hosenanzug von Fusseln zu befreien.

»Spielt das eine Rolle? Ich werde mit ihm vögeln, na und? Da ist doch nichts dabei.«

»Vögeln? Wen? … Könntet ihr mich mal aufklären, worum es geht?«, mischt Teach sich ein.

»Genau, Kim, gib deiner Schwester mal ein Update.«

Kim schüttelt den Kopf. »Ich verstehe nicht, warum du so ein Drama machst. Mad hat Schluss gemacht und ist frei, also kann er mit jeder tun und lassen, was er will, auch mit mir. So schlagen wir zwei Fliegen mit einer Klappe: Du siehst, was für ein mieser Dreckskerl er ist, und ich kann für einige Stunden Hurley vergessen.«

Ich keuche aufgebracht. »Ist das dein Scheißernst? Du hast keine Skrupel, etwas mit dem Mann anzufangen, in den ich mich verliebt habe, ganz egal, wie ich mich dabei fühle?«

»Was erwartest du von mir, Em? Es ist doch nur Sex.«

»Sag mal, Kim, was zum Teufel ist in dich gefahren?«, stößt Teach hervor, sie ist genauso überrumpelt wie ich.

»Weißt du, wie sich das anfühlt? Das ist Verrat. Ich dachte, gerade du könntest das verstehen. Aber bitte, dein Weg ist frei. Schließlich hat er Schluss gemacht«, entgegne ich schnippisch.

»Bist du noch ganz bei Trost?« Teach hat die Hände in die Hüften gestemmt und funkelt ihre Schwester wütend an. »Emily und ich zermartern uns das Hirn, machen uns Sorgen, weil wir glaubten, dein Herz ist gebrochen wegen Hurley. Dabei bist du nur scharf auf den Ex deiner Cousine?«

»Es tut mir leid«, sagt Kim, aber davon kann ich in ihren Augen nichts erkennen.

»Das hätte ich niemals von dir gedacht. Sorry, das ist für mich ein No-Go. Ich denke, wir haben uns nichts mehr zu sagen, Kim.« Gekränkt und tief enttäuscht gehe ich aus dem Zimmer, höre, wie Teach mit ihrer Schwester streitet, aber darauf achte ich nicht. Das wird ja immer besser. Ich muss hier raus und brauche dringend frische Luft.

* * *

Als ich nach Hause komme, habe ich mich noch nicht abgeregt. Ständig habe ich Kim und Mad vor Augen und bin stinksauer auf meine Cousine. Das ändert sich auch nicht, als Teach am späten Nachmittag mit jeder Menge Kosmetik und den Kleidern bei mir auftaucht. Als ich ihr die Tür öffne, umarmt sie mich wortlos und folgt mir in die Küche.

»Es ist mir ein Rätsel, was plötzlich in sie gefahren ist. Ich wollte mit ihr reden, aber sie hat sich in ihr Zimmer eingeschlossen und sagt, ich soll sie in Ruhe lassen.« Abgeschlagen setzt sich Teach an den Küchentisch, während ich Teewasser aufstelle.

»Da gibt es nichts mehr zu besprechen. Es ist, wie es ist«, gebe ich gleichgültig von mir und hole den Tee aus dem Küchenschrank.

»Na ja, ich hätte gern ein paar Erklärungen.«

»Ich auch, aber du kennst sie. Sie ist bockig wie ein Muli.«

»Schon, aber irgendwie ist das doch komisch, findest du nicht?«

»Alles an ihr ist zurzeit seltsam.«

»Vielleicht sollten wir sie tatsächlich zu einem Psychologen bringen. Ich meine, sie sitzt den ganzen Tag zu Hause, bläst Trübsal und hat keine Perspektive.«

Nachdenklich setze ich mich Teach gegenüber an den Küchentisch. »Hat Kim dir nichts von einem Modelauftrag in Florida erzählt?«

Wie erwartet ist sie sichtlich überrascht. »Was für ein Modeljob?«

Ich kläre sie auf. Sie bekommt große Augen und ist ziemlich geschockt. »Mit keiner Silbe hat sie etwas erwähnt. Bist du dir sicher?«

»Ja, ich sauge mir sowas ja nicht aus den Fingern.«

»Sie erzählt mir doch sonst alles.«

»Deshalb wundere ich mich. Auch die Sache heute Nachmittag. Sie hat allen Ernstes angenommen, dass ich was mit Calvin anfange.«

Teach runzelt die Stirn. »Okay, gestern Abend hatte ich auch kurz den Eindruck, dass da mehr als nur ein Flirt zwischen euch entstehen könnte, aber im Grunde war es klar, dass du noch emotional an Mad hängst. So schnell lässt du dich nicht auf etwas Neues ein. Das konnte ich nach Oliver auch nicht.«

»Mir würde es nie in den Sinn kommen, mich an Silent heranzumachen, nur weil er gerade frei ist.«

»Na ja, manchmal kann sie schon ein Biest sein, aber das hätte ich ihr niemals zugetraut.«

Ich nicke, gebe die Teebeutel in die Tassen und gieße das heiße Wasser ein.

»Was sollen wir jetzt tun?«

Ich zucke mit den Schultern. »Keine Ahnung, ich werde die Sache mit Mad und ihr akzeptieren müssen, aber ob ich ihr das verzeihen kann, steht auf einem anderen Blatt.«

»Ich rede mit ihr. Das kann sie einfach nicht bringen. Und wegen dem Modeljob werde ich abwarten. Vielleicht ist, wie du gesagt hast, noch nicht alles in trockenen Tüchern, und sie will sich erst entscheiden.«

Kim hatte schon immer ihren eigenen Kopf, nimmt viele Dinge zu locker, aber dass sie so unsensibel ist, ist ein starkes Stück.

Als ich unseren Tee fertig zubereitet habe, nehmen wir die Tassen und machen uns daran, uns für die Auktion vorzubereiten. Die Lust auf die Versteigerung ist mir gehörig vergangen, und ich bin froh, dass Kim nicht dabei sein wird. Als mein Blick das dunkelblaue Kleid auf meinem Bett erfasst, pfeffere ich es missbilligend in eine Ecke. Sicherlich werde ich es heute Abend nicht tragen. Aus meinem Schrank ziehe ich das kleine Schwarze heraus, das ich bei der letzten Shoppingtour gekauft habe. Das wird ausreichen. Schließlich stand nirgends etwas von Abendkleidpflicht. Ich löse den noch verbliebenen Lockenwickler aus einer Haarsträhne und schüttle meine Mähne kopfüber aus. Anschließend schlüpfe ich in bequeme Ballerinas und werfe einen prüfenden Blick in den Spiegel.

Ich bin zufrieden mit meinem Äußeren, aber innerlich so aufgewühlt, dass ich am liebsten alles absagen würde. Kim will mit Mad vögeln, obwohl sie weiß, was zwischen ihm und mir gelaufen ist. Das ist nicht nur egoistisch, sondern auch völlig daneben. In einem Punkt muss ich meiner Cousine allerdings recht geben: Falls Mad sich auf sie einlässt, dann hat er in meinem Herzen nichts mehr verloren.

»Fertig?«, fragt Teach, die gerade aus dem Badezimmer kommt.

»Mit den Nerven, ja.«

»Bist du aufgeregt?«

»Ein wenig«, gebe ich zu.

Teach kommt neben mich, legt einen Arm um meine Schulter und schaut mich durch den Spiegel an. »Mach dir keine Sorgen, du bist wunderschön, und die Männer werden sich gegenseitig überbieten, um ein Abendessen mit dir zu ergattern. Und wer weiß, vielleicht ist ja dein Traumprinz dabei?«

Ich atme tief ein und aus. »Oder der größte Kotzbrocken. Hast du keine Angst, dass jemand für dich bietet, mit dem du niemals Zeit verbringen würdest?«

Sie grinst breit. »Silent wird jede Summe bezahlen. Das hat er mir zumindest versprochen.«

Zwanzig Minuten später kommen wir auf dem Festival an. Wie erwartet ist einiges los. Wir schauen bei unserem Stand vorbei, wo Mom uns nur flüchtig zuwinkt, da sie in einer Besprechung ist. Tim entschuldigt sich bei seinen Gästen und überlässt das Gespräch seinem Bruder. Er steht auf und kommt zu uns.

»Wo ist Anna?«, frage ich ihn.

»Sie ist schon vorgegangen und wartet hinter der Tribüne auf euch. Sie ist schrecklich nervös.«

»Das sind wir alle«, erwidert Teach. »Ich hätte nicht erwartet, dass so viele Leute kommen werden. Wirst du auch da sein?«

»Leider nicht, ich habe ein Date mit Fernando«, wendet er grinsend ein.

»Dann ist alles wieder in Ordnung zwischen euch?«, frage ich erleichtert.

»Ich sagte doch, ein wenig Aufregung in einer etwas eingeschlafenen Beziehung kann nie schaden.«

»Gott sei Dank, ich dachte schon, ich müsste mich zukünftig vor deinem Lover verstecken.«

Tim lacht. »Ganz und gar nicht. Es tut ihm inzwischen leid.«

Ich winke ab. »Quatsch, Hauptsache, es ist alles wieder okay.«

»Em, wir sollten los«, drängt mich Teach.

»Na dann viel Spaß«, ruft Tim uns nach. Wir bahnen uns einen Weg hinüber zum Treffpunkt. Bevor wir den Tribünenbereich erreichen, werfe ich einen kurzen Blick zum Whisper-Stand. Auch heute ist dort kein Platz frei, aber ich entdecke zwischen den Gästen Milow und Tonja hinter dem Tresen. Sofort spielt mir meine Fantasie einen Streich, und ich stelle mir vor, dass Kim bei Mad ist. Ich zwinge mich, mir solche Szenarien nicht auszumalen, und folge Teach durch die Menge. Auf der Tribüne wird ein Werbevideo für Tessas Hilfsprojekt abgespielt, und es ist sogar ein Auktionstisch mit einem Hammer aufgestellt. Die Sitzplätze sind hauptsächlich mit Männern besetzt.

Hinter den Kulissen treffen wir auf die Ware, die versteigert wird und nervös schnatternd auf ihren Auftritt wartet. Frauen jeden Alters sind vertreten, haben sich herausgeputzt, um einen möglichst hohen Preis für den guten Zweck zu erzielen.

»Da ist Anna«, ruft Teach. Wir folgen dem ausgestreckten Arm, der uns aus der Masse zuwinkt.

»Hi. Da seid ihr ja endlich. Ich dachte schon, ihr versetzt mich.« Anna sieht wunderschön aus. Ihr Haar hat sie kunstvoll hochgesteckt und trägt ein langes Abendkleid, das ihre schlanke Figur betont.

»Entschuldige, aber jetzt sind wir ja da.«

»Hier, das müsst ihr durchlesen, bevor es losgeht.« Anna drückt uns ein Stück Papier in die Hand. »Das ist der Ablauf für heute Abend.«

Ich werfe einen Blick darauf. »Erst drehen wir alle zusammen eine Runde auf der Tribüne, dann in kleinen Gruppen. Wir bekommen die Gelegenheit, etwas über uns zu erzählen, oder uns werden Fragen gestellt. Eigentlich nicht schwer.«

»Für dich vielleicht. Was, wenn ich stottere, hinfalle oder keinen Ton herausbekomme?« Anna zappelt unruhig mit den Beinen. Tim hat recht, sie ist wirklich ziemlich aufgeregt.

Ich nehme ihre Hand.

»Sei ganz locker, wir kriegen das schon hin«, sage ich gelassen, werde aber selbst nervös. Im Geiste verfluche ich Teach, weil sie uns das eingebrockt hat.

Musik dröhnt aus den Lautsprechern, und Tessa, die sich für den Auftritt bereitmacht, bekommt ein Mikrofon in die Hand gedrückt und steigt die wenigen Stufen zur Bühne hinauf. Das Publikum applaudiert, und spätestens jetzt kribbelt es in meinem Magen. Gott! Worauf habe ich mich nur eingelassen?

Etwas ruhiger werde ich, als ich mich an Calvins Versprechen erinnere.

Während Tessa die Gäste begrüßt und ihr Projekt für den guten Zweck noch einmal kurz umreißt, werden wir Teilnehmerinnen gebeten, uns in einer Reihe aufzustellen.

»Bitte lächeln und winken nicht vergessen«, erinnert uns der Assistent.

Trommelwirbel setzt ein, und Tessa kündigt uns an, als wären wir das Beste, was Elisabethtown zu bieten hat. »Meine Herren, hier sind die Schönheiten von Kentucky.«

Musik schallt aus den Lautsprechern, und die Zuschauer klatschen im Takt. Nacheinander laufen wir im Gänsemarsch auf die Tribüne. Als ich dort ankomme, blendet mich zuerst das Scheinwerferlicht, und meine Augen brauchen einen Moment, um sich daran zu gewöhnen. Wir drehen die Runde, lächeln und winken. Mein Blick huscht durch das

Publikum, und ich bin sehr erleichtert, als ich in der dritten Reihe Calvin entdecke. Er zwinkert mir zu, und irgendwie freue ich mich auf ein Dinner mit ihm.

Zurück hinter den Kulissen werden wir in kleinen Gruppen eingeteilt. Zu uns stoßen Mildred McQueen und Nina Parish. Mildred ist eine hochbetagte, aber aufgeschlossene, freundliche Frau. Ich mag sie auf Anhieb, weil sie überhaupt keine Berührungsängste hat und im Herzen jung geblieben ist. Nina dagegen ist eine alleinstehende Frau. Sie ist die Bedienung aus dem einzigen Restaurant in unserer Stadt. Sie ist um die dreißig Jahre alt und sucht noch den Mann fürs Leben.

»Meint ihr jungen Dinger, ich kann mich so vor den Mannsbildern zeigen?« Mildred klopft sich einen imaginären Fussel von der Schulter und streicht ihren Rock glatt. Sie trägt ein geblümtes Kleid, dazu eine hübsche Haarspange mit einer Feder und eine Perlenkette. Sie wirkt wie eine Lady aus den Vierzigern.

»Wäre ich ein Mann, würde ich versuchen, den Höchstpreis zu bieten. Ein Abendessen mit Ihnen ist bestimmt amüsant«, antwortet Anna, worauf Teach und ich ihr zustimmen.

»Das ist lieb von euch, Mädchen. Ich bin ein wenig nervös, weil ich lange nicht mehr zum Essen ausgegangen bin. Seit mein Mann Willi nicht mehr lebt, Gott hab ihn selig, habe ich mich einfach nicht mehr getraut, jemanden anzusprechen.«

»Dann wird es höchste Zeit«, meint Nina, und genau in dem Augenblick wird die erste Gruppe aufgerufen. Wir verstummen und schauen interessiert zu, wie die Frauen kurz vorgestellt werden und Tessa sie interviewt. Es sind die typischen Fragen: Wie sollte der Traummann aussehen, welchen Preis würden sie selbst bieten, und welche Charaktereigenschaften sollte ein Mann haben.

»Na ja, wer will schon einen hässlichen Zwerg«, gibt Anna von sich.

»Auch ein hässlicher Gnom kann seine Vorzüge haben, meine Liebe«, wirft Mildred ein.

Geboten wird für Mary Higgens, die schüchterne rothaarige Blumenverkäuferin. Irgendwie finde ich sie süß in ihrem rosa Kleid. Nervös knetet sie die Hände, während sie erzählt, wie sehr sie Blumen und Pflanzen liebt und dass sie von ihrem eigenen Blumenladen träumt. Das Anfangsgebot liegt bei zehn Dollar. Ein junger Mann hebt sofort die Hand, worauf Mary strahlt.

»Höre ich zwanzig Dollar für die bezaubernde Mary?«, fragt Tessa sich umschauend. Nach drei Sekunden fällt der Hammer, und Mary wird mit ihrem Traumprinzen ausgehen.

»Pst … Emily.«

Ich blicke zur Seite, wo Calvin mich angrinst. Ich laufe zu ihm. »Hi!«

Er sieht gut aus in seinem weißen Hemd, das offen steht, und mit der Sonnenbrille, die lässig aus der Hemdtasche heraushängt. »Nervös?«

»Solange du am Ende den Zuschlag erhältst, nicht.«

»Du siehst wunderschön aus, ich glaube, ich muss tief in die Taschen greifen, wenn ich mit der attraktivsten Frau der Auktion ausgehen will.« Er ist charmant, und seine Worte tun meiner geschundenen Seele gut. Er schaut gen Himmel. »Hoffen wir, dass das Wetter so lange noch mitspielt.«

Dicke Regenwolken bauen sich bedrohlich in der Ferne auf, und laut Prognose wird ein Unwetter erwartet.

»Wenn die Auktion abgebrochen wird, bin ich nicht böse.«

»Gehst du dann trotzdem mit mir essen?«

Nachdenklich schürze ich die Lippen. »Vielleicht.«

»Egal wie, du kannst das Restaurant schon aussuchen«, verspricht er verheißungsvoll.

»Du bist dir deiner Sache wirklich sicher, Mr. Musk.« Ich kichere über sein Selbstbewusstsein.

»Emily, wir sind gleich dran«, ruft Teach mir leise zu.

»Okay, ich komme«, antworte ich ihr und wende mich noch einmal Calvin zu. »Viel Glück.«

»Das habe ich eventuell schon gefunden«, raunt er ernster und sieht mir tief in die Augen, bevor er sich abwendet. Damit hinterlässt er ein seltsames Gefühl in mir, das ich sogleich fortwische.

»Wo zum Teufel steckt Silent? Er wollte für mich bieten.« Unruhig späht Teach ins Publikum.

»Vielleicht hast du ihn nur noch nicht entdeckt«, versuche ich sie aufzumuntern.

»Bitte begrüßen Sie mit uns die nächsten Damen. Anna Carter, Mildred McQueen, Nina Parish, Pamela Westham und Emily Westham«, ruft Tessa ins Mikrofon. Applaus brandet auf, als wir nacheinander die Bühne betreten. Auf dem Boden sind mit Klebeband Positionen markiert, an denen wir uns aufstellen sollen.

»Wie schön, dass ihr heute Abend dabei seid.« Tessa steht vor ihrem Auktionstisch und sieht wie immer fabelhaft aus. »Fangen wir mit Nina an. Stell dich vor das Mikro, damit wir dich alle hören können.«

Mit einem Schritt begibt sie sich vor den Mikroständer.

»Sehr gut. Ich glaube, vorstellen muss ich sie euch nicht. Die meisten werden sie von unserem Restaurant *Mels Dinner* kennen. Wie lange arbeitest du schon dort, Nina?«

»Neun Jahre?«

»Und macht der Job dir Spaß?«

»Natürlich, sonst würde ich ihn nicht machen.«

Das Publikum kichert, und Tessa nickt lachend. »Na gut, das Anfangsgebot liegt bei zehn Dollar.«

»Er ist nicht da«, flüstert Teach mir hinter Mildreds Rücken zu. Nach Nina ist Teach die Nächste. Während Ninas Preis verhandelt wird, schaue ich die Sitzplätze durch und suche in den hintersten Reihen nach seiner Beanie-Mütze, aber das Seltsame ist, dass überhaupt niemand aus dem Whisper-Team da ist.

»Das kann er mir doch nicht antun«, murrt sie leise neben mir, und der aufkommende Applaus, als Nina von der Bühne geht, reißt mich aus meinem Suchmodus. Mist!

»Alles in Ordnung?«, fragt Tessa meine Cousine.

Teach errötet verlegen. »Ja.«

»Du brauchst nicht nervös zu sein«, versichert sie ihr, aber Teach kann ihre Enttäuschung nicht verbergen.

»Ist sie nicht der Traum eines jeden Mannes? Pamela Westham ist nicht nur wunderschön, sondern auch Lehrerin.« Einige geben anerkennende Pfiffe ab, und bevor Teach irgendwelche Infos von sich preisgeben kann, schmettern die Bieter sich ihre Angebote um die Ohren.

»Da kommt man ja gar nicht mehr hinterher. Okay, der Herr im weißen Pullover. Einhundertneunzig Dollar zum Ersten, zum Zweiten und … zum Dritten.« Der Hammer knallt auf das Pult, und Teachs Dinnerkäufer jubelt auf, als er den Zuschlag erhält.

Teach bedankt sich freundlich und geht lächelnd von der Bühne, aber nur ich weiß, wie enttäuscht sie ist.

»Ein ganz besonderes Juwel ist unsere liebenswürdige Mildred McQueen, die schon für viele Hilfsprojekte aktiv ist.« Mit einer Handbewegung bittet Tessa Mildred vorzutreten. Die Leute und wir Mädels applaudieren.

»Guten Abend. Meinen Namen kennt ihr, mein Alter behalte ich für mich, aber ich verspreche, ein Dinner mit mir wird man so schnell nicht vergessen.«

»Zehn Dollar. Höre ich zehn Dollar?«

Es tut mir im Herzen weh, dass keiner der Männer den Mumm aufbringt, ein Handzeichen abzugeben. »Nanu? Ihr seid hoffentlich nicht eingeschlafen, oder? Wo sind die Herren, die mit einer Frau ausgehen möchten, die nicht nur ein gutes Herz hat, sondern auch etwas erzählen kann?«

Irgendwo in den hinteren Rängen hebt sich zögerlich eine Hand, was Tessa strahlen lässt.

Verdammt! Sie ist so viel mehr wert.

»Sie ist zu alt und zu runzlig«, ruft jemand.

»Also, ich muss doch sehr bitten«, tritt Tessa sofort für Mildred ein. »Niemand sollte wegen seines Alters oder seines Äußeren verurteilt werden.«

Die Menge schweigt, und ich kann das nicht länger mit ansehen. Ich hebe die Hand. »Einhundert Dollar.«

Getuschel und Gelächter dringen vom Publikum zu mir, aber das ignoriere ich. Ich habe zwar keine Ahnung, wie ich das Geld aufbringen soll, doch darüber zerbreche ich mir später den Kopf.

»Emily, das ist …« Selten habe ich Tessa sprachlos erlebt. »Meinst du das ernst?«

Ich grinse und trete vor. »Selbstverständlich, sofern das nicht gegen die Bestimmungen verstößt.«

Unsicher schaut Tessa zu ihrem Assistenten, der ratlos mit den Schultern zuckt.

»Entschuldigen Sie, es geht doch um einen guten Zweck, oder nicht?«

»Natürlich, aber …«

»Mit hundert Dollar kann man viel Nützliches kaufen. Es ist Ihre Veranstaltung, Ihre Regeln.«

Mildred nimmt meine Hand und tätschelt sie. »Da hast du wirklich recht, mein Kind. Nichts anderes zählt.«

In ihrem Gesicht lese ich Stolz und Zufriedenheit.

Tessa schaut ins Publikum, das sich langsam auf meine Seite stellt. Sie lächelt mich an, greift nach ihrem Hammer und klopft damit entschlossen auf das Holz. »Verkauft an Ms. Westham.«

Die Leute applaudieren und wollen gar nicht mehr aufhören. Manche stehen auf, die Standing Ovations sind mir sogar unangenehm.

»Danke, Emily. Ich freue mich auf unser Dinner, und anschließend werden wir auf den Putz hauen.«

Ich lache.

»Das sagt ihr jungen Leute doch so, oder?«

»Ja, wir werden einen unvergesslichen Abend haben.«

Sie umarmt mich, bevor sie von der Bühne geht. Jetzt bin ich dran. Okay, ich atme einmal durch und richte meine Aufmerksamkeit auf Tessa, die wartet, bis sich die Menge gesetzt hat. Anna streicht mir beruhigend über den Arm.

»Puh, welch überraschende Wende. Was hat dich dazu gebracht, mitzubieten, Emily?«, will Tessa wissen.

»Das ist ganz einfach, Tessa. Niemand von uns ist perfekt, wir haben alle einen Makel. Es war nicht fair, was der Mann dort aus dem Publikum gerufen hat. Solche Menschen kann ich nicht leiden. Das war respektlos, und keiner verdient es, so behandelt zu werden. Ich musste da einschreiten.«

Erneut klatschen die Leute, und Tessa nickt zustimmend. »Wahre Worte, meine Liebe. Dann wünsche ich dir mit Mildred einen schönen Abend.«

»Danke, den werde ich definitiv haben.«

»Gut, dann geht es jetzt um dich. Zehn Dollar ist wie immer das Anfangsgebot. Wer bietet mehr?«

Sofort geben zahlreiche Bieter ein Zeichen. Tessa hat alle Hände voll zu tun, und der Preis schnellt in die Höhe. Mitleidig schaue ich zu Calvin, der Arme wird ein kleines Vermögen für mich loswerden, wenn er mit mir essen gehen will.

»Dreihundert Dollar für die mutige und wunderschöne Emily Westham. Bietet jemand mehr?«, ruft Tessa und sucht bei den Zuschauern nach einem Handzeichen.

Ich bemerke, dass Calvins Schmerzgrenze langsam erreicht ist, aber diese Runde geht er noch einmal mit und hebt die Hand. Ich schenke ihm ein dankbares Lächeln, was sofort einfriert, als ich eine Stimme höre.

»Zehntausend Dollar.« Ein erstauntes Raunen dringt durch das Publikum, während mein Blick auf den Mann fällt, der diesen Wahnsinnspreis für ein Abendessen mit mir zahlen will. Mr. Dunhill leckt sich grinsend über den Mund, und mir dreht sich der Magen um.

»Wow! Das nenne ich mal eine Summe«, quietscht Tessa erfreut. »Bietet jemand mehr?«

Leichte Panik befällt mich, und ich schaue zu Calvin, der seine Lippen fest aufeinanderpresst, bedauernd mit dem Kopf schüttelt und mir damit zu verstehen gibt, dass seine Grenze endgültig erreicht ist. Enttäuscht erhebt er sich und verlässt die Auktion. Mein Herz wummert verzweifelt. Ich muss mit Humphrey Dunhill essen gehen. Gott! Das überlebe ich nicht.

Wie in Zeitlupe schwingt Tessa den Hammer, während ich voller Hoffnung durch die Menge nach einem anderen Bieter suche, der bereit ist, den Preis zu übertrumpfen. Ich habe mir gewünscht, Mad würde auftauchen, aber wie es aussieht, hat er Besseres zu tun. Die Summe ist völlig verrückt. Unermüdlich halte ich mir vor Augen, dass es für einen guten Zweck ist, trotzdem bin ich enttäuscht. Es beginnt in der Ferne zu donnern, und leise Regentropfen fallen vom Himmel. Ich zucke zusammen, als der Hammerschlag mein Schicksal besiegelt.

Kapitel 10

Mad

Ein Unwetter zieht auf, als ich den Laden meines Freundes Stan verlasse. In mir herrscht ein Gedankenchaos, nachdem er mir gezeigt hat, was er vom Mikrochip bisher wiederherstellen konnte. Es war nicht viel, aber genug. Eine leise Ahnung macht sich in mir breit, und die gefällt mir ganz und gar nicht. Ich sollte mich auf das Schlimmste gefasst machen, wenn sich das alles bestätigt.

Ich laufe zum Wagen, wo Silent auf mich wartet, und steige auf der Beifahrerseite ein.

»Wir müssen in die Villa. Am besten jetzt sofort.« Er sieht mich mit seinen dunklen Augen an, und ich weiß, was er fragen will. »Tut mir leid, mein Freund, du wirst es nicht zur Auktion schaffen. Schreib Teach eine Nachricht, sie wird es schon verstehen.«

Er nickt. »Was hat Stan herausgefunden?«

Ich balle die Fäuste und versuche mir einzureden, dass es eine harmlose Erklärung für alles gibt, doch mein Instinkt flüstert mir zu, dass ich Alec hätte näher in Betracht ziehen müssen. »Es könnte sein, dass mein Bruder in die Sache verwickelt ist. Ich muss das überprüfen, und solange alle auf dem Festival sind, habe ich eine Chance, mich in Ruhe in seinem Arbeitszimmer umzusehen.« Ich blicke auf die Uhr. »Fuck! Wir sollten uns beeilen. Die Auktion ist fast vorbei.«

Silent nickt, startet den Motor, und wir machen uns auf den Weg zum Anwesen meiner Familie.

Während Silent auf mich wartet, schließe ich das Tor auf und schleiche mich auf das Grundstück. Ich schaue zum Gebäude. Wie immer, wenn alle Familienmitglieder außer Haus sind, ist lediglich das Untergeschoss der Villa beleuchtet. Mom hat den Angestellten freigegeben, bis auf die beiden Wachleute, die meistens nur zur vollen Stunde ihre Runden drehen. Also kann mich ungestört auf die Suche machen.

Ich dringe durch die Kellertür ins Haus ein und gehe die Stufen hinauf, bis ich im Erdgeschoss bin. Wie erwartet ist niemand zu sehen. Ich hole Mr. Wick hervor und schalte die neue Kamera ein, die ich um seinen Rücken befestigt habe. »Ich warte auf dein Signal, falls dir jemand begegnet, kleiner Freund. Ach, und diesmal ohne ein stinkendes Mitbringsel, wenn ich bitten darf. Du hast genug Socken in meiner Villa versteckt, die üblen Geruch verteilen.«

Behutsam setze ich ihn ab und schaue ihm nach, wie er den Flur entlangläuft. Dann begebe ich mich zu Alecs Arbeitszimmer und beginne mit der Suche. Alec ist ein sehr ordentlicher Bürohengst, seine Unterlagen sind sorgfältig in Ordnern abgelegt. Ich gehe hinüber zu seinem Schreibtisch. Wie erwartet sind die Schubladen verschlossen. Aus der Innentasche meiner Jacke hole ich ein kleines Stemmeisen und mache mich daran, sie mit ein wenig Gewalt zu öffnen. Mein Handy vibriert, und ich werde mitten in der Arbeit unterbrochen.

22.32 Uhr Silent
Zwei Unbekannte sind in der Villa.

Zeitgleich empfange ich ein Signal von Mr. Wick, dass ich nicht länger allein bin, und schon im nächsten Augenblick wird die Türklinke langsam heruntergedrückt. Sofort lösche ich das Taschenlampenlicht und verstecke mich in einer Nische.

Jemand kommt herein. Es ist ein schwarz gekleideter Mann, dessen Gesicht unter einer Sturmhaube versteckt ist. Ich bin mir sicher, dass er kein Einbrecher ist, der auf wertvolles Diebesgut aus ist, sonst würde er sich nicht in Alecs Büro umsehen und eher die hochwertigen Gegenstände aus dem Flur mitnehmen. Er beginnt zu suchen, durchwühlt Schränke und wendet sich dann dem Schreibtisch zu. Als er dort mein Stemmeisen entdeckt, richtet er sich auf. Ich schiebe mich tiefer in den Schatten, als er sich umsieht.

»Es muss jemand vor uns hier gewesen sein«, sagt er in ein Mikro, das sich an seinem Handgelenk befindet. Er ist ausgestattet wie ein Profi. »Ja … Hier liegt ein Brecheisen.«

Fuck! Das ist der Moment, in dem ich mich entscheide zu handeln. Vorsichtig greife ich zu meiner Waffe, trete lautlos heraus und drücke ihm die Pistole an die Stirn.

»Und dieser Jemand hält dir jetzt ne Knarre an den Kopf. Los! Geh zum Stuhl und keine falsche Bewegung«, fordere ich den Kerl auf.

Er tut, was ich sage, läuft mit hocherhobenen Händen hinüber und setzt sich.

»Zieh die Sturmmaske ab, Arschloch«, verlange ich und leuchte mit der Taschenlampe in sein Gesicht. Ich will sehen, wer sich feige dahinter verbirgt. Doch bevor der Typ meiner Aufforderung nachkommt, schlägt mir jemand von hinten die Waffe aus der Hand, packt mich, und wir knallen ringend gegen den Tisch. Ich schaffe es, meinem Angreifer einen Hieb zu verpassen, sodass sein Griff nachgibt und ich freikomme. Erneut trifft mich seine Faust, und ich schwanke, während er sich eilig entfernt. Ich will ihm nach, doch im Augenwinkel nehme ich einen vertrauten Schatten wahr. Silent?

»Lauf ihm nach, Boss, ich halt den hier in Schach«, ruft er keuchend, woraufhin ich sofort loswetze. Ich stürme durch die Tür, verfolge ihn nach draußen, bis mir klar wird, dass ich in der parkähnlichen Anlage kaum eine Chance habe, den Kerl zu erwischen. Ich bleibe stehen und lasse ihn fliehen – vorerst. Zumindest hat Silent einen der Typen gefangen, und ich würde nicht Maddox McKinley heißen, wenn ich aus ihm keine Informationen herausbekommen würde.

»Meine Mutter sollte dringend das Wachpersonal austauschen. Die Penner scheinen einen tiefen Schlaf zu haben«, sage ich, als ich ins Arbeitszimmer zurückkehre. »Danke, Mann. Das war knapp.«

»Er ist bewusstlos«, meint Silent und deutet auf den Kerl im Stuhl.

Gerade will ich das Geheimnis lüften und dem Drecksack die Haube abziehen, da gleitet das Licht von Scheinwerfern durch den Raum. Ich spähe aus dem Fenster. »Meine Familie kommt. Los, hauen wir ab, und den nehmen wir mit.«

Silent wuchtet sich den leblosen Körper über die Schulter, und wir schleichen uns schnell und leise hinaus.

Genauso leicht, wie wir hineingekommen sind, können Silent und ich mit unserem Paket wieder verschwinden. Es ist unglaublich, wie schlecht die Villa bewacht wird. »Ich muss mit meiner Mutter ein ernstes Wörtchen reden. Sie haben eine Horde von Dilettanten engagiert.«

»Ja, Boss.« Am Wagen angekommen öffne ich den Kofferraum. Silent legt dem Kerl Fesseln an, durchsucht ihn, aber wie ich erwartet habe, hat er nichts bei sich.

Ich gebe Popcorn Bescheid, dass er zur Villa kommen und uns helfen soll. Dann schleiche ich mich noch mal zum Garten und sammle Mr. Wick ein.

Als wir auf meinem Anwesen eintreffen, geht Popcorn Silent dabei zur Hand, den bewusstlosen Typen in den Keller zu schaffen und an einen Stuhl festzumachen.

Popcorn tritt neben mich. Silent sieht mich abwartend an, bis ich ihm mit einem Nicken den Befehl erteile, dem Kerl die Maske abzureißen. Mit einem Ruck zieht er ihm die Sturmhaube vom Kopf, packt ihn am Schopf, sodass ich sein Gesicht sehen kann.

Welch Überraschung! Vor mir sitzt ein Mann mit honigblondem Haar, einem kurz gestutzten Bart, und abgesehen von der aufgeplatzten Lippe kenne ich die Visage genau. Er ist nicht nur der Arsch, der sich an Emily heranmacht, sondern auch der, der damals geglaubt hat, etwas Besseres zu sein. Calvin Musk.

* * *

Er war mir früher genauso unsympathisch wie heute. Seit ich ihn auf dem Festival mit Emily gesehen habe, habe ich instinktiv gespürt, dass mit dem Kerl etwas nicht stimmt. Damals war er schon ein verlogener Dreckskerl, und das hat sich sicherlich nicht geändert. Ich erinnere mich, wie oft ich seinetwegen bei Rektor Steamer saß, weil es der Mistkerl mit seinem Gelaber immer wieder schaffte, mir etwas anzuhängen. Jetzt will ich ihm nur noch die Scheiße aus dem Leib prügeln und wissen, was er in der Villa meiner Familie zu suchen hat.

»Weck ihn«, sage ich knapp.

Silent tätschelt grob seine Wange. Er stöhnt wie ein Mädchen und braucht eine Weile, bis er kapiert, wo er ist. Ich gebe ihm Zeit, um klar zu werden. Verwirrt schaut er zu Popcorn und Silent, bis sein Blick irgendwann auf mich fällt. Er merkt, dass er in der Falle sitzt, und versucht sich von seinen Fesseln loszureißen, was sinnlos ist.

»Calvin Musk, wenn ich mich nicht irre, richtig?«

»Was wollt ihr von mir?«

»Informationen.« Ruhig lehne ich mich gegen einen Unterschrank und überkreuze die Arme. Er ist der einzige Sohn der Familie Musk, ein verwöhnter, arroganter und durch und durch versnobter Vollidiot. Auch jetzt dringt seine typische Überheblichkeit durch.

»Wenn mein Vater erfährt, dass ihr mich hier gefangen haltet, dann ...«, fletscht er.

»Ich fürchte, dein Daddy wird dir nicht helfen können«, antworte ich amüsiert.

Demonstrativ presst er die Lippen aufeinander.

»Wer war dein Partner?«, will ich wissen.

Er schweigt.

»Wonach habt ihr im Haus meiner Familie gesucht?«

Erneut sagt er kein Wort, starrt mich nur an, weshalb ich denke, ihm einige grundlegende Dinge erklären zu müssen. Ich seufze und beginne die Ärmel meines Hemdes hochzukrempeln. »Wieso bist du hier? Bist du nicht Pilot und solltest irgendwo auf der Welt unterwegs sein?«

»Ich habe Urlaub.«

Ich ziehe eine Braue hoch. »Ah ... Und statt dir ein paar schöne Tage zu machen, brichst du in die Villa meiner Leute ein? Wonach habt ihr gesucht, und was willst du von Emily?«

Als ich ihren Namen erwähne, zuckt sein Mundwinkel. »Die Westham-Schlampe? Die werde ich ficken.«

Er grinst dämlich, und in mir legt sich ein Schalter um. Wut rauscht durch meinen Körper, und es kribbelt in meiner Hand. Für seine Antwort verpasse ich ihm einen so heftigen Schlag, dass seine Lippe erneut aufplatzt. Ich keuche angewidert, aber er lacht, und ich sehe mich gezwungen, seinem Gedächtnis auf die Sprünge zu helfen. Ich balle die

Faust und donnere sie ihm ins Gesicht. Und damit er noch länger was von dem Schmerz hat, zimmere ich gleich einen zweiten Hieb hinterher. »Rede, Arschloch.«

»Ich weiß nichts«, zischt er und spuckt Blut.

Meine Faust trifft diesmal seinen Bauch. Er keucht und röchelt, will sich krümmen, aber er schweigt weiter. Der Kerl scheint zäher zu sein, als ich dachte.

»Wer ist dein Partner?«, frage ich abermals, und als er immer noch nicht bereit ist, gebe ich Silent den Befehl, ihn loszumachen. Irritiert schaut er zu mir, versteht nicht, wieso er losgebunden werden soll.

»Man sagt mir nach, dass ich hart, aber fair bin. Also sollst auch du einen gerechten Kampf erhalten.«

Er runzelt die Stirn, während ich die Knöpfe meines Hemdes öffne und es ausziehe.

Unsicher steht Musk auf und reibt sich die Armgelenke. »Was soll das heißen?«

»Na, was wohl. Wir boxen, und wenn du gewinnst, darfst du gehen, und wenn nicht, überlasse ich dich Silent.«

»Aber, ich bin nicht so ... trainiert wie du.«

Ich grinse breit. »Eben, deshalb werde ich die Informationen bekommen. Ist ganz einfach.« Ich baue mich vor ihm auf. »Los, schlag zu. Du erhältst zwei Freischläge.« Ich deute mit dem Zeigefinger an meine Wange. »Na los, Schwachkopf. Genau hier mag ich es besonders.«

Unsicher schaut er von Silent zu Popcorn, die amüsiert schmunzeln, worauf er zögernd die Fäuste hebt und mich boxt.

Ich muss lachen. »Wie süß! Mehr hast du nicht drauf?«

Er beginnt zu tänzeln, und ich erlaube ihm näher zu kommen. Ich kann es kaum erwarten, endlich eine von ihm verpasst zu kriegen. Sein zweiter Boxhieb ist tatsächlich nicht so zart wie der vorherige, dennoch bin ich irritiert.

»Was soll das? Früher habe ich wenigstens etwas gespürt, aber jetzt …? Warte, ich zeig dir, wer hier wen fickt. Emily rührst du nicht an.«

Ich hole aus und treffe ihn so hart, dass er rückwärts in Popcorns Arme taumelt. Er stößt ihn lachend zurück, und Musk, der Idiot, versucht nochmals sein Glück, ohne Erfolg.

Empört lasse ich die Hände sinken. »Silent«, beschwere ich mich in kindlichem Ton! »So macht das keinen Spaß mit ihm.«

»Sorry, Boss. Vielleicht lieber foltern?«

»Ja«, pflichtet Popcorn ihm begeistert bei.

Ich strahle wie ein beknackter Psycho. »Eine geniale Idee, haben wir schon eine Weile nicht mehr gemacht. Aber erst sollte ich ihm zeigen, wie man richtig hart boxt.«

Ängstlich weicht Musk vor mir zurück, was ihm nichts nützt. Ich treffe ihn so heftig, dass er zu Boden fällt und Blut aus Mund und Nase strömt.

»Zum Glück habe ich mein Hemd ausgezogen. Sieh nur, was du angerichtet hast.« Ich deute verärgert auf meine Bauchmuskeln, die mit seinem Blut besprenkelt sind.

Ein weiteres Mal hole ich aus, aber bevor meine Faust erneut in seinem Gesicht landet, hält er schützend seine Hände vor sich und wimmert wie ein Baby. »Nein, bitte, ich habe verstanden. Bitte nicht weiterschlagen …«

Abrupt breche ich mein Vorhaben ab, da ich weiß, dass er endlich den Mund aufmachen wird.

»Wie heißt dein Partner?«, wiederhole ich die Frage.

»Ben. So nennt er sich. Ben Hopkins.«

Ich runzle die Stirn und schaue zu Popcorn und Silent. Ich kenne niemanden mit diesem Namen. »Wer soll das sein?«

»Ich weiß nicht, so hat er sich mir vorgestellt.« Musk schluckt mehrmals hart, traut sich aber nicht sich aufzusetzen. »Vor ein paar Wochen erhielt ich eine E-Mail.« Er verzieht das Gesicht und heult wie ein Kleinkind. »Gott, das alles war ein großer Fehler.«

»Rede«, knurre ich ihn an.

»Er köderte mich damit, dass er mir helfen könne, er würde mich dafür großzügig bezahlen.« Musk zögert, es ist ihm peinlich, doch dann erzählt er endlich weiter. »Er wusste einfach alles über mich. Er kannte die Wahrheit.«

»Wovon zum Teufel sprichst du?«, herrsche ich ihn ungeduldig an.

»Ich bin kein Pilot, ich war nie einer. Das habe ich nur meiner Familie gesagt, um ... Ich bin ein Spieler und habe Schulden. Das hat er irgendwie herausgefunden und ausgenutzt. Er traf sich mit mir in Cleveland und meinte, er hätte einen Job für mich, der mich aus meiner Lage befreien würde. Ich war so abgebrannt und in Not, dass ich keine andere Wahl hatte, als anzunehmen. Die Schuldeneintreiber saßen mir im Nacken.«

Lange sehe ich ihn an und gebe dann Silent ein Zeichen, dass er ihn auf seinen Stuhl zurücksetzen soll. »Was für ein Job war das?«

»Nichts Besonderes. Ich sollte mich im Hintergrund halten und ihm bei Kleinigkeiten helfen. Ein paarmal trat ich als Geschäftsmann auf, ein anderes Mal musste ... Na ja, ich habe eure Maische damals verunreinigt.«

Ein Knurren dringt aus meiner Kehle, und er weicht ängstlich vor meiner finsteren Miene zurück. »Was hat mein Bruder mit alldem zu tun?«

»Das weiß ich nicht, ehrlich. Ich habe das alles in seinem Auftrag gemacht, auch das mit der kleinen Westham.«

»Emily? Was habt ihr Scheißkerle vor?« Augenblicklich steigert sich meine Wut.

»Ich sollte sie angraben, sie für mich gewinnen, aber ich durfte sie nicht anfassen«, versichert er schnell, als er bemerkt, wie ich meine Faust balle. »Er wollte, dass sie dich fallen lässt.«

Also ist es tatsächlich etwas Persönliches. Sofort muss ich an all die seltsamen Dinge denken, die in den letzten Monaten geschehen sind. »Was ist mit dem Feuer in meinem Club. War er auch dafür verantwortlich?«

Vehement schüttelt er den Kopf. »Darüber weiß ich nichts, ehrlich.«

Er ist Abschaum der übelsten Sorte. »Was habt ihr heute Abend gesucht?«

»Er suchte irgendwelche Überweisungsbelege, keine Ahnung. So genau sagt er mir das nie.«

»Wer ist dieses Arschloch? Wie sieht er aus?«

Calvin schluchzt. »Das weiß ich nicht. Er trägt bei jeder unserer Begegnungen eine Maske.«

Ich runzle die Stirn. »Was für eine Scheiße willst du mir da verkaufen?«

»Das ist die Wahrheit, ich habe sein Gesicht noch nie gesehen. Ich schwöre es. Jedes Mal, wenn ich ihn treffe, trägt er die Dinger von Frankenstein, Spiderman oder was weiß ich.«

»Und wie nimmst du Kontakt zu ihm auf?«

»Gar nicht. Er meldet sich bei mir. Bitte, wenn er erfährt, dass ich geplaudert habe, dann bringt er mich um. Meine Familie darf auch nichts davon erfahren. Sie alle glauben, ich wäre ein angesehener Pilot, der um die Welt fliegt …«

Ich wende mich von ihm ab, sein Jammern ist so erbärmlich. Ich lasse ihn von Silent knebeln und fesseln und verlasse den Keller.

»Was machen wir mit ihm, Boss?«, fragt Popcorn, der mir nachkommt.

»Für diese Nacht bleibt er hier. Vielleicht übergeben wir ihn morgen an die Detectives.«

»Meinst du, er hat uns die Wahrheit gesagt?«

»Das lässt sich leicht herausfinden. Kümmert euch darum.«

Im Badezimmer wische ich mir das Blut von der Brust und schenke mir anschließend im Wohnzimmer einen Whiskey ein. Falls Musk die Wahrheit sagt, dann folgt Hopkins – ich bezweifle, dass das sein richtiger Name ist – einem ausgeklügelten und intelligenten Plan. Das erklärt auch, warum niemand sein Gesicht kennt, keine Spur zu ihm führt. Durch den Chip habe ich gehört, dass Alec mit jemandem telefoniert hat, und ich wette, er war es. Das wäre für mich auch der eindeutige Beweis dafür, dass Alec in dieser Sache mit drinsteckt.

Noch immer habe ich keine Antworten auf die Fragen, die mich schon so lange quälen. Seit einer Stunde betäube ich meine Sinne, in der Hoffnung, endlich abschalten zu können. Meine Gedanken hören nicht auf, und ich drehe mich im Kreis.

Erst als es an meiner Tür klingelt, schrecke ich hoch. Schläfrig wische ich mir übers Gesicht und raffe mich schwerfällig auf, greife nach der Waffe und spähe durch den Spion. Ich stutze. Kim Westham steht draußen. Sie ist völlig durchnässt vom Regen und hat schlotternd die Arme um sich geschlungen. Ich öffne ihr.

»Hallo«, sagt sie schüchtern lächelnd.

»Kim? Ist etwas passiert?« Ich lehne am Türrahmen und blicke ihr besorgt entgegen.

»Nein, alles gut. Darf ich hereinkommen?«

Ich schiebe die Tür auf und lasse sie eintreten.

»Ich hole dir ein Handtuch.« Aus dem Gästebad nehme ich eines vom Stapel und gebe es ihr.

»Danke.« Sich abtrocknend läuft sie ins Wohnzimmer. Ich folge ihr, ehe ich mich wieder meinem Whiskey widme und sie fragend ansehe. »Was ist los?«

Ich schenke ihr einen Drink ein und reiche ihr das Glas.

Sie nimmt es, kippt es in einem Zug herunter, geht hinüber zur Bar und schenkt sich nach.

»Du solltest langsam trinken, du bist den harten Alkohol nicht gewöhnt.« Ihre Augen sind gerötet, und sie wirkt irgendwie abwesend. Hat sie etwa geweint? »Ist wirklich alles in Ordnung?«

»Ja«, beeilt sie sich zu sagen, dabei gleitet ihr Blick über meine Brust, dann wendet sie ihn ab und schaut in ihr Glas.

Vielleicht braucht sie jemanden zum Reden, aber sehe ich aus wie ein verdammter Kummerkasten? Ich seufze, sie ist Emilys Cousine und die Freundin von Hurley. Obwohl mein Hirn sich nach und nach durch den Whiskey verabschiedet, reiße ich mich zusammen.

»Erinnerst du dich, als Teach und ich das erste Mal im *Angels Share* aufgetaucht sind?«

Ich schmunzle. »Natürlich. Die Westham-Zwillinge in meinen heiligen Hallen, da waren nicht nur meine Männer erstaunt.«

»Ihr wart misstrauisch.«

»Mit Recht, schließlich kannte ich euch nicht.«

»Und heute?«

Müde nicke ich. »Ich mag euch. Man könnte fast sagen, ihr seid mir ans Herz gewachsen, wenn ich eines hätte.«

Ich lache und nehme einen weiteren Schluck.

»Willst du den wahren Grund wissen, warum wir kamen?« Langsam tritt sie auf mich zu, während ich sie mustere. Etwas an ihr irritiert mich. Es ist die Art, wie sie auf mich zukommt und sich durch ihre blonde Mähne streicht. So sehen mich nur Frauen an, die auf Sex aus sind. Sie hebt ihren Kopf und bleibt vor mir stehen. »Nun, ich wollte damals unbedingt wegen dir ins *Angels Share.*« Mit ihrem Zeigefinger fährt sie lasziv über meine Haut.

»Was du nicht sagst«, entgegne ich verwirrt und beobachte, wie ihre Finger weiter abwärts gleiten.

»Ich fand dich schon immer ziemlich heiß, Mad.«

Was zur Hölle hat sie vor? Ehe sie mein bestes Stück erreicht, stoppe ich sie und packe ihr Handgelenk. »Was soll das, Kim?«

Zuerst beißt sie sich auf die Unterlippe, formt dann ein anrüchiges Lächeln und zieht ihr nasses Shirt aus. Sie öffnet ihren BH und schenkt mir einen Blick auf ihre wunderbaren Brüste. Meine Augen wandern über ihren Körper, und ja, verdammt, sie könnte mich für heute Nacht vergessen lassen.

»Ich will dich schon so lange, Mad. Und jetzt, da Emily und du –«

»Emily?« Ich runzle die Stirn. Ihr Name ist wie eine kalte Dusche, und sofort habe ich die Prinzessin vor Augen. Sie und diesen Musk … Meine Muskeln spannen sich an.

»Du bist frei, Mad, kannst tun und lassen, was du willst.« Sie tritt näher auf mich zu, bis ihre Nippel meine Haut berühren. Fuck!

Sie will mich küssen, doch ich halte sie auf. »Zieh dich an, Kim, und geh nach Hause.«

Ich merke, wie ihr Versuch, mich zu verführen, ins Wanken gerät. »Warum? Bin ich dir nicht attraktiv genug?«

Das ist untertrieben. Kim ist sexy, hat eine makellose Figur, einen tollen Hintern, und ich weiß, dass ich auf meine Kosten kommen würde. Sie und ihre Schwester haben damals meinen Männern den Kopf verdreht, und viele waren neidisch auf Hurley. Sie ist alles andere als abstoßend.

»Warum willst du mich nicht?« Verzweiflung zittert in ihrer Stimme, während sie sich ihr Shirt vor die Brust hält. »Mit jeder gehst du ins Bett, aber mich lässt du abblitzen?«

Ich bin mir nicht sicher, was genau ihr Plan ist, aber merke ihr an, wie verletzt sie ist. Seit Hurleys Tod habe ich sie kaum gesehen und weiß, dass sie Probleme mit der Trauer hat. »Ich bin kein Hurley-Ersatz, Kim.«

Sie blickt mich an, Tränen füllen ihre Augen, und sie schluchzt auf. Da habe ich wohl einen wunden Punkt getroffen. Sie presst ihre Hände vor ihr Gesicht und weint bitterlich. Fuck! »Hör zu, es tut mir leid. Ich verstehe, dass du ihn vermisst, aber …«

»Du weißt nicht, wie das ist. Ich fühle mich so allein.«

»Du bist nicht allein, Kim.«

Sie wird von einem Heulkrampf geschüttelt, was mich rührt. So kann ich sie nicht gehen lassen. Vielleicht ist sie auch nur eine zerstörte Seele, die nach Zerstreuung sucht. Tröstend ziehe ich sie an mich und halte sie im Arm. Sie lässt es geschehen, lehnt ihren Kopf an meine Brust und weint hemmungslos. Ich weiß genau, wie sich der Schmerz anfühlt, den sie gerade durchlebt. Behutsam streichle ich ihr Haar und versuche, klar zu denken, nicht schwach zu werden, aber der Alkohol macht mich willig. Ich spüre ihre Einsamkeit, und mein eigener Kummer will in mir emporkriechen, jenes Gefühl, das mich jede Nacht verschlingt und mich innerlich frieren lässt.

Sie beruhigt sich, und als ich ihre zarten Lippen an meinem Hals wahrnehme, schmilzt das Eis in mir, vertreibt die klirrende Kälte, die mich umgibt. Ihre Hitze weckt die Lust in mir. Ich bin zu betrunken, um stark zu sein. Als ich die Augen schließe, sehe ich Emily vor mir. Sie küsst mich, erst schüchtern, dann begierig, und mit einem schmerzlichen Knurren kann ich mich nicht mehr länger zurückhalten.

Kapitel 11

Emily

Mit Tessas letztem Hammerschlag hat das hereinbrechende Gewitter die Veranstaltung ziemlich schnell beendet. Die Leute rennen zu ihren Autos, flüchten nach Hause, was aber zu einem Stau auf den Zufahrtsstraßen führt. Teach und ich sitzen durchnässt und enttäuscht im Auto und warten, bis die Wege frei sind und der Regen endlich nachlässt.

»Warum glaubst du, ist Silent nicht gekommen?«, fragt sie traurig und trocknet ihr Gesicht mit einem T-Shirt, das sie von der hinteren Sitzbank holt.

»Keine Ahnung. Vielleicht kam ihm etwas dazwischen, oder er hat es vergessen.«

»Schade, ich wäre gern mit ihm essen gegangen. Jetzt muss ich mit diesem Fremden Zeit verbringen.«

»Du musst es nehmen wie ein Blind Date. Abgesehen davon, bin ja wohl ich diejenige, die zu bedauern ist. Ich muss mit einem sabbernden Lüstling ausgehen. Ich bin froh, dass es wenigstens in einem öffentlichen Restaurant stattfinden wird, wo ich nicht allein mit ihm bin.«

»Scheiße, ja, da hast du recht.«

»Hoffentlich erwartet er für diese Wahnsinnssumme nicht mehr.«

Ich bin mir ziemlich sicher, dass dem so ist. Bei dem

Gedanken, Dunhill gegenüberzusitzen und mir sein Geschwafel anzuhören, vergeht mir jeglicher Appetit.

Teach lässt Luft aus ihren Wangen. »Ja, du hast mein vollstes Mitgefühl.«

»Wenigstens freut sich Tessa über die Spenden.«

»Warst du enttäuscht, dass Mad nicht aufgetaucht ist, um für dich zu bieten?« Aufmerksam sieht sie zu mir herüber.

»Es war ernüchternd«, gebe ich zu. »Und hat mir gezeigt, was für eine dämliche und naive, liebeskranke Kuh ich bin.«

»Du solltest nicht so hart zu dir selbst sein, Em.«

»Ich ärgere mich eben, weil ich von Anfang an wusste, worauf ich mich einlasse. Im Grunde hätte ich damit rechnen müssen, aber er hat mir eine andere Seite offenbart, eine, die sich ehrlich und echt angefühlt hat. Jetzt muss ich erkennen, dass alles nur geheuchelt war. Aber was mich besonders verletzt, ist Kim …« Ich schlucke.

Sie legt eine Hand auf meinen Arm. »Du hast so viel durchgemacht in letzter Zeit und ein wenig Glück wirklich verdient. Deine Pechsträhne muss doch endlich mal aufhören.«

»Tja, irgendjemand scheint da anderer Meinung zu sein.«

»Es wird besser werden, bestimmt«, versucht sie mich aufzumuntern. Sie kramt ihr Handy aus ihrer Handtasche.

»Wen rufst du an?«

»Kim. Ich will ihr Bescheid sagen, dass wir auf dem Parkplatz warten, bis das Unwetter sich verzogen hat.« Sie beugt sich zur Windschutzscheibe vor und schaut in den Himmel. Es regnet immer noch, aber wenigstens lässt der Stau nach. »Seltsam, sie geht nicht ran.«

Kaum erwähnt sie ihre Schwester, muss ich daran denken, was Kim vorhat. Mad war den ganzen Abend nicht auf dem Festival, und jetzt ist Kim auch nicht erreichbar. Sie wird doch nicht … Hitzige Eifersucht schlängelt sich durch meine Adern, und der Gedanke, dass sie jetzt bei ihm sein könnte, nagt an mir. Ich trommele mit den Fingern gegen das Lenkrad und versuche mir nicht vorzustellen, dass Mad und Kim gerade zusammen sind.

»Bestimmt schläft sie, oder sie hat das Handy lautlos gestellt.«

Kim und ein lautloses Handy ist genauso paradox wie ein Mord ohne Leiche. Merkwürdig, dass Mad und Silent heute Abend auch nicht auf dem Festival waren. Und Kim geht sonst immer ans Handy. Mich beschleicht eine böse Ahnung.

Gereizt starte ich den Motor, schalte den Scheibenwischer an, lege den Rückwärtsgang ein und fahre aus der Parklücke heraus.

»Okay, versuchen wir unser Glück«, stimmt Teach mir zu.

Wir kommen gut vorwärts. Schneller als vermutet können wir das Festivalgelände verlassen und uns zügig auf den Heimweg machen – zumindest denkt das Teach.

»Wo fährst du hin? Hätten wir hier nicht abbiegen müssen? Du hast die Straße verpasst, Em.«

»Nein, wir sind richtig«, erwidere ich und fahre in das Villenviertel, wo Mad wohnt.

»Em«, ermahnt sie mich. »Du denkst doch nicht wirklich, dass ...«

»Glauben ist nicht wissen, Teach. Du sagst doch immer, ich soll auf mein Bauchgefühl hören, und genau das mache ich jetzt.«

Im Schritttempo steuere ich den Wagen durch die Straße und schaue mich nach Kims Auto um. Die Sicht ist nicht gut, der Regen tropft so dicht auf die Scheibe, dass die Wischblätter kaum hinterherkommen, doch als ich den roten kleinen Sportwagen vor Mads Haus entdecke, zieht sich in mir alles zusammen. Ich halte direkt neben ihm und werfe Teach einen Blick zu.

Ihr Mund steht offen. »Das gibt es doch nicht.«

Sie ist genauso fassungslos wie ich.

Eine Mischung aus Wut, Enttäuschung und tiefer Verletztheit breitet sich in mir aus, während ich aussteige und die Rufe meiner Cousine ignoriere.

Regen benetzt mein Gesicht, aber ich habe nur den einen Gedanken: Sie ist bei ihm. Kim setzt ihren Willen durch. Sie ist wirklich hier, obwohl sie weiß, wie es mir dabei geht!

Mein Blick liegt auf der Villa, dort wo das Licht im Wohnzimmer brennt und die beiden was weiß ich treiben. Zorn brodelt in mir, und das Blut rauscht in meinen Ohren.

»Was hast du vor? ... Em?« Teach steigt ebenfalls aus und kommt um den Wagen gelaufen. »Mach jetzt keine Dummheiten, hörst du? Du weißt nicht, ob sie –«

»... Sex haben?«, falle ich ihr ins Wort. »Sie hat es sogar angekündigt, und du kennst sie.« Ich bin so wütend, so sauer, dass ich etwas tun muss, um nicht zu explodieren. Ich schaue mich um, finde einen Stein, hebe ihn auf und laufe zielstrebig auf das Haus zu.

»Emily, tu es nicht!«

So fest ich kann, werfe ich den faustgroßen Brocken und höre, wie eine Fensterscheibe kracht und Scherben klirren. Es fühlt sich gut an, es ist befreiend. Ich will mehr davon.

Gleich darauf suche ich einen weiteren, aber Teach umschlingt mich mit ihren Armen und hindert mich. »Das bringt doch nichts, Süße. Lass uns gehen. Bitte.«

Sie drängt mich zum Auto, aber das Außenlicht der Villa wird eingeschaltet, und eine dunkle Gestalt kommt aus dem Haus. Ich weiß sofort, wer es ist. Mad sieht nach, was los ist. Er ist oberkörperfrei, und soweit ich es erkennen kann, trägt er nur eine Jeans. Dicht gefolgt von einer mir vertrauten Person mit langen blonden Haaren – Kim.

»Ich habe gesagt, du sollst drinbleiben, Kim«, schnauzt er sie an. Er begutachtet kurz das eingeworfene Fenster und wendet den Kopf zur Straße, dort begegnen sich unsere Blicke. Schweigend starren wir uns an, während der Regen auf uns niederprasselt. Diesmal lese ich Überraschung in seinem Gesicht.

»Emily?« Erst als Kim neben ihn tritt und er meinen verletzten Ausdruck bemerkt, scheint er zu begreifen.

Ich habe genug gesehen. Kim trägt zwar ihre Klamotten, aber das bedeutet noch lange nicht, dass sie vorhaben … Egal, ich habe hier nichts verloren, aber es tat gut, ihm wenigstens mit dem Stein etwas zurückzugeben. Ich steige in den Wagen, Teach folgt meinem Beispiel, und bevor sie die Beifahrertür schließt, höre ich, wie Mad nach mir ruft.

Ich trete das Gaspedal durch, lasse den Motor aufheulen, als Ausdruck meines inneren Kreischens. Das werde ich ihr nie verzeihen. Kim hatte schon immer einen Hang zur Arroganz, aber damit hat sie für mich eine Grenze überschritten.

»Em, ich verspreche dir, ich werde sie zur Rede stellen. Ich verstehe deine Wut, es würde mir nicht anders ergehen«, sagt Teach in der Hoffnung, mich zu beruhigen. Sie schüttelt den Kopf. »Tz … Ich fasse es nicht. Was ist nur in sie gefahren?«

»Na, der heilige Geist ganz sicher nicht«, zische ich sarkastisch und versuche mich auf die Fahrt zu konzentrieren.

Zwanzig Minuten später halte ich, und der Zorn, der mich eben noch beherrscht hat, ist einer tiefen unendlichen Traurigkeit gewichen.

»Möchtest du heute bei mir übernachten?« Teach sieht mich mitfühlend an.

»Nein, schon gut.«

»Bist du sicher?«

»Ich kann ihr nicht begegnen, ohne …« Ich schüttle den Kopf.

»Ich verstehe. Rufst du mich an, wenn du reden willst?«

»Natürlich, mach dir keine Sorgen, ich muss das nur irgendwie verdauen.«

»Okay, versuch etwas zu schlafen.« Teach küsst mich auf die Wange, bevor sie aussteigt und ins Haus geht.

* * *

»Emily? Bist du es?«, ruft Mom vom Salon, als ich nach Hause komme.

Erschöpft lehne ich mich gegen die Tür und schließe für einen Moment die Augen. »Ja, Mom.«

Ich höre, wie die Absätze ihrer Schuhe durch die Eingangshalle klackern. »Na? Bist du zufrieden über den Kaufpreis des Dinners?«

Das hatte ich längst erfolgreich verdrängt. »Tessa wird sich sicher darüber freuen.«

Mom legt ihren Kopf schief und sieht mich aufmerksam an. »Du bist ja völlig durchnässt.«

Mein Haar hängt in feinen dünnen Strähnen feucht an mir herunter.

»Es regnet, hast du das noch nicht mitbekommen?«, gebe ich flapsig von mir, und im selben Moment tut es mir leid. »Entschuldige, Mom. Es war ein harter Tag.«

»Schon gut. Was ist passiert?«

»Mom, ich kann jetzt nicht. Ich will nur ins Bett, okay?« Ich kenne ihr sorgenvolles Gesicht, sie will reden, aber das ist mir heute zu viel. Ich lächle müde. »Gute Nacht.«

Sie gibt nach und streichelt mir über die Wange. »Na gut, schlaf schön.«

Mit Moms nachdenklichem Blick im Rücken gehe ich in mein Zimmer und bin froh, endlich in meinen vier Wänden zu sein. Ich dusche, wasche den Schmutz des Tages und den Regen von mir ab und gönne mir noch einige Minuten länger unter dem wohltuenden Wasserstrahl, bevor ich in eine bequeme Jogginghose und ein einfaches T-Shirt schlüpfe. Es ist still im Haus, Mom und Aiden sind inzwischen zu Bett gegangen, als ich hungrig in die Küche laufe und mir etwas von dem Auflauf warm mache. Eine von Aidens Whiskeyflaschen steht auf der Anrichte. Nachdem ich meinen Teller in den Geschirrspüler geräumt habe, nehme ich sie an mich und gehe wieder hinauf. Ich komme nicht zur Ruhe, schleiche nachdenklich im Zimmer umher, während ich mir einen Schluck des Whiskeys genehmige. Ich trinke aus der Flasche und muss sie auch gleich wieder absetzen, als das Zeug wie Feuer in meiner Kehle brennt.

Aufräumen könnte ich auch mal wieder, aber ich bin noch zu wütend und schaffe es nicht, mich auf etwas zu konzentrieren. Ich ärgere mich über den gelebten Egoismus meiner Mitmenschen. Sie trampeln auf meinen Gefühlen herum, ohne darüber nachzudenken, was ihr Handeln für mich bedeutet. Ich habe es so satt, der Punchingball für sie alle zu sein. Wieso bemerken sie nicht, was sie mir damit antun?

Abrupt unterbreche ich meinen Spaziergang durchs Zimmer, weil mein Blick auf etwas fällt, das unter meinem Bett hervorlugt. Ich bücke mich danach und ziehe es mit spitzen Fingern hervor. Es ist eine bunt karierte, getragene Socke.

Wie kommt die hierher? Weder ich noch Aiden, geschweige denn Mom besitzen so ein ungewöhnliches Paar. Während ich das hässliche Ding betrachte, wird mir plötzlich heiß und kalt. Ich muss scharf die Luft einziehen, als mir etwas in den Sinn schießt. Mr. Wick! Die Vorstellung löst weiteren Zorn in mir aus. Darauf genehmige ich mir noch einen Schluck und stelle fest, dass der Westham Malt gar nicht so schlecht schmeckt. Meine Gedanken springen wie ein flacher Stein übers Wasser, und ich muss mich setzen. Hat Mad seinen Freund auf uns angesetzt? Er glaubt doch nicht etwa, dass wir mit den seltsamen Anschlägen auf die McKinley-Destillerie zu tun haben? Hat Mad mich die ganze Zeit belogen? Hat er nur deshalb mit mir geschlafen, weil er hoffte, er könnte mir Informationen entlocken? Dieser Mistkerl! Das würde bedeuten …

Ärger wallt in mir auf, als mir klar wird, dass ich recht haben könnte. So viel zum Thema Vertrauen, Maddox McKinley! Ich trinke weiter und spüre endlich die Wirkung des Alkohols. Mir wird warm und schwummrig.

Ein Geräusch holt mich aus dem Gedankenwirrwarr. Es regnet immer noch, aber gerade hat es sich angehört, als würde es hageln. Als ich den Blick auf die Socke in meiner Hand richte, wiederholt es sich deutlich lauter. Ich stehe auf, schiebe die Gardine beiseite und spähe hinaus in die Dunkelheit. Zuerst kann ich nichts erkennen, aber dann sehe ich *ihn*. Mad steht unten und wirft Kieselsteine. Tropfnass schaut er zu mir herauf, seine Lippen bewegen sich, aber ich kann ihn nicht verstehen. Ich öffne das Fenster.

»Komm runter, Em, ich muss mit dir reden«, ruft er gegen das Prasseln des Regens an. Seine Stimme klingt seltsam verwaschen, was sich aufklärt, als ich die Whiskeyflasche in seiner Hand entdecke.

»Verschwinde, wenn dir dein Leben lieb ist. Aiden hat eine Schrotflinte«, drohe ich, obwohl mir klar ist, dass mein Bruder gar nicht damit umgehen kann. Sauer wie ich bin, will ich wieder das Fenster schließen.

Er schwankt. »Em, verdammt, wenn du nicht zu mir kommst, finde ich einen Weg zu dir.«

»So was nennt man Hausfriedensbruch.«

»Mir egal, wir müssen miteinander reden«, nuschelt er undeutlich, aber so laut, dass ich befürchte, Aiden oder Mom könnten ihn hören. Ungeduldig läuft er auf die Eiche zu, die neben meinem Fenster steht, und macht sich daran, heraufzuklettern.

Der Kerl wird sich noch den Hals brechen. Für die Psychopathin in mir eine nette Vorstellung, aber für mein bescheuertes Herz ein Drama. Inzwischen kenne ich Mad ganz gut, wenn er sich etwas in den Kopf gesetzt hat, lässt er nicht so schnell davon ab.

»Mad! Verdammt! Ich komm ja schon«, zische ich fluchend, als er am unteren Ast abrutscht und zum Glück auf die aufgeweichte Wiese fällt. Eilig schlüpfe ich in meine Schuhe, husche aus dem Zimmer und renne so lautlos wie möglich die Treppe hinunter. Aiden und Mom schlafen hoffentlich tief genug und kriegen von den nächtlichen Aktivitäten nichts mit. Ich greife nach dem Schlüssel, ziehe einen Kapuzenanorak über und schließe leise die Tür hinter mir. Die Socke nehme ich mit, ich bin gespannt, wie der Mistkerl mir das erklärt.

Kühle Nachtluft und der Regen empfangen mich. Zielstrebig laufe ich zur Eiche, suchend schaue ich mich nach ihm um, aber dort ist er nicht. Genervt werfe ich die Arme in die Luft. Hat er es sich anders überlegt und ist gegangen? Enttäuscht will ich wieder ins Haus, bleibe am Treppenabsatz stehen, als auf dem Wiesenstück daneben etwas raschelt.

»Wo bist du hingelaufen, Babe?«, nuschelt er. »Hier bin ich.« Schwerfällig kommt er hinter einem Busch hervor. Er klopft Laubreste und Schmutz von seiner Jacke ab, bemerkt jedoch nicht, dass die meisten Blätter noch in seinen Haaren kleben. Ich muss ein Schmunzeln unterdrücken. Mit seiner Whiskeyflasche in der Hand tappt er schaukelnd auf mich zu. Er ist völlig durchnässt, aber das scheint ihn nicht zu stören.

»Du bist betrunken, Mad.«

»Vielleicht ein kleines bisschen, Schatz.«

»Was willst du? Wenn mein Bruder mitbekommt, dass du hier bist, dann bringt er dich um«, wiederhole ich meine Drohung.

»So viel Kraft hat er nicht«, meint er selbstsicher und nimmt einen Schluck aus seiner Flasche. »Hör mal, Em. Wieso hast du mein Fenster kaputtgemacht? Bist du irgendwie sauer?«

Aufgebracht keuche ich. »Das fragst du noch? Das weißt du ganz genau, McKinley, aber keine Sorge, ich werde das Glas ersetzen und dich und Kim nicht länger belästigen.«

»Hä? Kim? Aber Mäuschen, du darfst mich immer belästigen.« Er grinst breit, und ich erkenne, dass ein vernünftiges Gespräch kaum möglich ist.

»Mad, komm zur Sache. Was willst du hier?«

Er deutet mit dem Finger auf mich. »Reden. Du und ich.«

»Den Weg hättest du dir sparen können. Zwischen uns ist alles gesagt.«

Er lacht.

»Noch lange nicht, Süße. Es gibt einiges zu besprechen«, nuschelt er undeutlich.

Ich bezweifle stark, dass er in seinem Zustand klare Antworten geben kann, aber ich will es wenigstens versuchen. »Gut, dann erzähl mal, wie die hier in mein Zimmer kommt.«

Ich werfe ihm die buntkarierte Socke an die Brust. Wie erwartet ist seine Reaktion zu langsam, und sie fällt in die Pfütze vor seinen Füßen. Er beugt sich schwankend hinunter.

»Was ist das?«

»Eine Socke«, helfe ich ihm auf die Sprünge.

»Kariert? Bunt? Die ist hässlich und nicht mein Stil. Sehe ich aus wie ein verdammter Clown?«

»Du kennst die Socke also nicht und hast auch keine Ahnung, wie sie unter mein Bett gekommen sein könnte?«

Er runzelt die Stirn. »Du bist diejenige, die unter fremde Betten rutscht und andere Leute belauscht, nich ich.«

Dass er mich daran erinnert, hallt unangenehm in mir

nach. »Könnte es sein, dass dein Mr. Wick sie zufällig bei mir vergessen hat? Schließlich hast du mir erzählt, dass er eine Schwäche dafür hat.«

Ich verschränke die Arme und bin gespannt, wie er sich rausreden wird.

Mad zieht die Brauen in die Höhe, presst die Lippen aufeinander, ahmt an seinem Mund einen Reißverschluss nach, den er schließt, und grinst dümmlich, was ich als Bestätigung deute.

»Du hast ihn auf uns angesetzt? Was soll das?«

»Der Schlingel hat sie bestimmt bei dir vergessen, als er …« Er reißt die Augen auf und schlägt sich die Hand auf den Mund. »Ups! Jetzt habe ich mich verraten.«

»Dann gibst du also zu, dass du uns überwachen lässt?«

Er lacht. »Nee, nur dich, Prinzessin.«

»Mich?«

»Na, ich musste wissen, ob du diesen kriminellen Fake-Piloten vögelst, aber ich kann dich beruhigen, du warst brav.« Zufrieden grinst er mich an.

»Was redest du da für einen Blödsinn? Calvin ist ein Freund.« Wieso rechtfertige ich mich überhaupt? Ich sollte ins Haus gehen und den Typen im Regen stehen lassen.

»Der Kerl ist gefährlich, Em. Wirklich. Morgen bringe ich ihn zum Detective, Ehrenwort. Also, falls er wieder laufen kann«, fügt er hinzu.

Ich habe keinen blassen Schimmer, wovon er spricht. So betrunken ist keine vernünftige Unterhaltung möglich, aber Mad beugt sich neugierig zur Pfütze und will nach der Socke greifen, verliert dabei das Gleichgewicht und kippt um.

»Hoppla!« Er kichert. »Sorry, Em. Ehrlich, ich weiß nicht, wie …« Mit einem Mal hält er inne, reißt die Augen auf und dreht sich seitlich von mir weg. Dann höre ich, wie er sich übergibt.

Fluchend schlage ich die Hände in die Luft. Verdammter Whiskey!

»Entschuldige, Em. Mir war auf einmal übel«, presst er in einer Pause hervor. Erneut wendet er sich ab und spuckt einen Schwall seines Mageninhaltes auf dem Kiesweg aus.

Ist das zu fassen? Mr. Obercool kotzt sich die Seele aus dem Leib, weil er zu viel getrunken hat. Am liebsten würde ich ihn dort liegen lassen und gehen. In dem Zustand kann er aber nicht mal nach Hause fahren, schlimm genug, dass er sich so hinters Steuer gesetzt hat.

»Wo ist dein Wagen?«, will ich wissen und schaue mich auf dem Parkplatz um.

»Zu Hause.«

»Und wie bist du hergekommen?«

»Ich bin gelaufen.«

»Die ganze Strecke bei dem Wetter? Allein?«

»Nein, ich war nicht allein, ich hatte doch meinen Whiskey dabei«, sagt er, sich nach der Flasche umschauend. Er macht sich daran, aufzustehen, was ihm erst beim zweiten Versuch gelingt, aber er ist alles andere als sicher auf den Beinen, torkelt in meine Richtung, stolpert, krallt sich an mir fest und reißt mich mit sich. Wir fallen ins Gras. Kurz bin ich verwirrt, weil es so schnell ging und er halb auf mir liegt.

»Hallo, da unten«, raunt er grinsend. »Schön, dich zu sehen, Em.«

Ich rolle mit den Augen und will ihn von mir schieben.

»Aua! Mad!«, protestiere ich.

Er rutscht nur ein Stück, damit er nicht mit dem ganzen Gewicht auf mir liegt. »Weißt du, wie schön du im Regen aussiehst?«

»Halt die Klappe, Mad.«

»Aber es stimmt.«

»Wäh! Du stinkst wie ein Schnapsladen.« Ich verziehe das Gesicht.

»Wie mein *Angels Share*. Weißt du eigentlich, was der Name bedeutet?«

»Natürlich weiß ich das. Ich bin in einer Destillerie-Familie groß geworden, schon vergessen?«, gebe ich vor, habe aber keine Ahnung.

»Nein, aber ich erkläre es dir trotzdem. Das ist der Whiskey-Anteil, der bei der Lagerung im Fass verdunstet. Der Schluck für die Engel.« Er deutet mit dem Finger gen Himmel. »Ich liebe das, du nicht auch?«

Es ist echt süß, wie sein Gesicht diesen zärtlichen Ausdruck bekommt, auch wenn er betrunken ist und ich sauer auf ihn bin. Dass die Flüsterbar im Feuer zerstört wurde, muss ihn hart getroffen haben.

Endlich schaffe ich es, ihn mit einem Stoß von mir zu wuchten. Wie ein Käfer auf dem Rücken bleibt er auf der Wiese liegen und kreuzt die Arme hinter dem Kopf, als würde gerade die Sonne scheinen. Dabei murmelt er unverständliches Zeug und schließt die Augen. Fehlt nur noch, dass er sich einen Grashalm in den Mund steckt.

»Hey, du wirst doch jetzt nicht einschlafen. Geh nach Hause«, fordere ich ihn mit leichten Tritten in die Rippen auf.

Er blinzelt mit einem Auge. »Kommst du mit, Mäuschen?«

Ich schnaufe genervt und mache mich daran, ihm aufzuhelfen. »Sicher nicht. Los, steh auf.«

Murrend und nach seiner Whiskeypulle greifend, helfe ich ihm auf die Beine, wuppe seinen Arm auf meine Schultern und schleppe ihn zur Treppe. Mir ist selbst etwas schwindlig. »Ich komme zwar in Teufels Küche, aber wenn du versprichst, keinen Mucks von dir zu geben, nehme ich dich mit rein.«

»Das wäre wirklich nice, Prinzessin.«

Dass Männer sich immer so schwer machen müssen. Es ist für mich eine sportliche Herausforderung, ihn zum Hauseingang zu schaffen. Selbst als wir oben angelangt sind und vor der Tür stehen, ist es nicht so leicht, sie aufzuschließen und gleichzeitig darauf zu achten, dass er nicht umkippt.

»Weißt du, Mäuschen, eigentlich sollte ich dir den Hintern versohlen.«

»Wieso das?«

»Es war nicht nett von dir, mich mit diesem Tim und Calvin so zu verarschen. Ich meine, ich habe genau gesehen, was du da vorhattest. Ich habe auch Gefühle.«

Bevor ich den Schlüssel im Schloss umdrehe, halte ich inne. »Mir kommen gleich die Tränen, McKinley.«

»Nein, bitte keine Tränen. Davon habe ich für heute genug«, nuschelt er.

Ich schließe auf und ignoriere sein Geplapper. »Jetzt halt einfach mal für fünf Minuten den Rand. Okay?«

»Ich schweige wie ein Grab.«

Wir gehen hinein, und Mad schafft es tatsächlich, still zu sein. Ein paarmal will er etwas sagen, aber das kann ich im Keim ersticken, indem ich meine Hand auf seinen Mund lege. Wie ein übergroßes Paket platziere ich Mad am Treppengeländer, befehle ihm stehen zu bleiben und husche schnell ins Wäschezimmer, wo ich heute Morgen eine Jogginghose und ein T-Shirt von Aiden gesehen habe. Ich nehme beides an mich und eile zu Mad, der zum Glück noch steht.

Kapitel 12

Emily

Oben im Flur verursachen seine schweren Boots so viel Lärm, dass ich fürchte, jemand könnte davon wach werden. Ich schwitze vor Anstrengung, meine Wangen glühen, und ich bin völlig fertig, als wir endlich mein Zimmer erreichen. Sofort schließe ich hinter uns ab, drücke Mad gegen die Tür und streife mir den Anorak von den Schultern. Das Gleiche mache ich mit seiner Lederjacke.

Er schaut sich um. »Ah, mein Nachtlager für heute«, nuschelt er erfreut und deutet auf mein Bett. »Eine große Spielwiese, wie gemacht für uns beide.«

Ich ziehe eine Braue hoch. »Denk nicht mal dran. Deine Spielwiese steht dort drüben, und die hast du ganz für dich allein.«

Ich nicke zu meinem kleinen rosa Sofa, das in einer Ecke neben dem Schreibtisch steht. Beinahe muss ich über seinen Schmollmund lachen. Ich nehme seine Whiskeyflasche an mich, worauf er sofort protestiert. »Trink das, dann wirst du bald wieder klar im Kopf. Ich hole dir eben etwas zum Trocknen, du bist durchnässt, und deine Sachen sind schmutzig.«

Ich drücke ihm eine Wasserflasche in die Hand, während ich frech von seinem Fusel probiere.

Mad starrt verdutzt das Wasser an, als wollte ich ihn vergiften. Kichernd eile ich in das angrenzende Badezimmer, werfe die Jacken in die Wanne, reiße ein Frotteehandtuch vom Halter und komme gerade rechtzeitig, als Mads Beine nachgeben und er langsam zu Boden rutscht.

»Hey, nicht! Du bist viel zu schwer für mich allein.« Mit aller Kraft schiebe ich ihn wieder in eine aufrechte Position. Er bleibt tatsächlich stehen, hat seine Augen geschlossen, und sein Kopf hängt zur Seite herunter. Schmunzelnd betrachte ich ihn einen Moment, weil sein Anblick umwerfend ist. Er sieht aus wie ein Kalendermodel, seine dunklen Haarsträhnen, in denen feine Regentropfen schimmern, fallen ihm lässig ins Gesicht. Bei der Erinnerung, was dieser Mund mit mir angestellt hat, wozu diese Lippen fähig sind, bekomme ich eine Gänsehaut, und Hitze steigt mir in die Wangen. Mein Blick wandert zu seinen Tattoos, die sich unter dem nassen T-Shirt abzeichnen. Ein winziges Stück seines düsteren Drachen ragt aus dem Ausschnitt hervor. Schon damals hat mich dieses Meisterwerk fasziniert. Er ist unfassbar attraktiv. Das Dumme ist, der Mistkerl weiß das. Ich trinke noch einen Schluck. Sein Anblick entzückt auch meine innere Diva, laufe leise zum Schreibtisch, hole Aidens Kamera, die er mir vor ein paar Tagen ausgeliehen hat, und mache Nahaufnahmen von ihm, wobei er vom Knipsgeräusch aus dem Dösen erwacht.

»Ey, was soll das?«

Grinsend lege ich die Kamera beiseite. »Du solltest die nassen Sachen ausziehen.«

Ich helfe ihm und öffne den Gürtel. Da wird er munter und schaut mit einem schiefen Lächeln auf mich herab. »Emily, meine Süße, du weißt, ich kann eigentlich immer, aber ob ich jetzt noch dazu im Stande bin?«

»Krieg dich wieder ein, Mad. Du bist nicht der Nabel der Welt. Es gibt andere Probleme in meinem Leben, außer Sex«, funkle ich ihn an und ziehe seine Hose herunter.

»Ja, das kann man wohl sagen«, bestätigt er nickend und strampelt seine Füße aus den Boots und den Hosenbeinen. »Eines deiner Probleme heißt Calvin Musk. Von dem solltest du dich fernhalten.«

Er trinkt vom Wasser und verzieht angewidert das Gesicht.

Ich runzle die Stirn. Wieso sagt er das andauernd? »Von Calvin? Weshalb?«

Warum habe ich das Gefühl, ihm gefällt nur nicht, dass ein gutaussehender Mann Interesse an mir hat?

»Der Kerl ist nicht der, den du zu kennen glaubst. Er ist ein Betrüger, Em.«

»Vielleicht passt dir nur nicht, dass Calvin tatsächlich die bessere Wahl für mich sein könnte.« Finster funkelt er mich an, aber davon lasse ich mich nicht einschüchtern. »Wenigstens steigt er nicht mit meiner Cousine ins Bett«, ergänze ich schnippisch, ziehe ihm das T-Shirt vom Kopf und werfe ihm das Handtuch zu.

Bevor er sich das Haar trocken rubbelt, bilden sich zwei Furchen auf seiner Stirn. »Hä? Wieso Kim?« Sekundenlang denkt er nach, dann erhellt sich sein Gesicht, und ihm geht ein Licht auf. »Kim Westham. Ich mag sie, sie ist lebhaft und eine Partymaus, aber sie ist auch traurig.«

»Verschon mich mit ihren Vorzügen. Sie ist ein hinterhältiges Miststück.« Ups! Meine Entgleisung überrascht mich, muss wohl am Alkohol liegen. Trotzdem tut es gut, mir über meinen Zorn, was sie betrifft, Luft zu machen.

»Du bist wütend auf sie und … eifersüchtig, Mäuschen.«

Ich trete mit den Klamotten von Aiden nahe an ihn heran, bis ich nur noch wenige Zentimeter von ihm entfernt bin. »Du kannst sie ganz ohne schlechtes Gewissen vögeln, McKinley. Ich wünsch euch beiden alles Gute.«

Fester als nötig presse ich die Kleidung gegen seinen Bauch.

Er lacht. »Du gefällst mir, wenn du so Schaum vor dem Mund hast.«

»Leck mich, Mad.«

Sein Grinsen wird breit. »Gern.«

Ich rolle mit den Augen, aber ich kann nicht unterbinden, dass sich ein Kribbeln in meinem Schritt breitmacht und eine Lustwelle durch mich hindurchrauscht. Sofort schüttle ich das ab, worauf meine innere Diva eingeschnappt die Arme verschränkt und mir die Zunge herausstreckt, weil ich ihr den Spaß verderbe.

»Du bist sauer auf sie, das verstehe ich«, sagt Mad verständnisvoll. »Ihr Auftritt bei mir war seltsam. Ich habe keine Ahnung, was mit ihr los war, aber ich schwöre dir, da ist nichts gelaufen. Willst du wissen, warum nicht?«

»Lass mich raten, du hast deinen Häuptling nicht hochbekommen.« Ich kichere bei der Vorstellung, und als das Bild sich in meinem Kopf verfestigt, muss ich noch mehr lachen. Mit meiner Hand ahme ich leise ein Indianerkriegsgeheul nach.

»Das war fies«, sagt er, schlingt mit einem Mal seine Arme um mich und schiebt mich hinüber zum Bett. Ich quieke erschrocken und wehre mich, bin jedoch chancenlos, und wir fallen auf die Decke.

»Mad, nein! Du schläfst auf dem Sofa«, bestimme ich. »Mein Bett ist ausschließlich für mich bestimmt«, setze ich meinen müden Protest fort.

»Hier gefällt es mir aber besser.«

Wir rangeln kichernd, weil ich ihn von meinem Bett werfen will. Es ist der klägliche Versuch einer Jungfrau in Nöten. Na gut, das mit der Jungfrau ist vielleicht etwas übertrieben, aber der Rest kommt hin. Irgendwann schaffe ich es, ihn näher an den Bettrand zu schieben, aber leider bin ich es, die von der Matratze rutscht und hart auf meinem Hintern landet.

»Was machst du da unten? Das sieht nicht gemütlich aus.«

»Ha, ha.« Zu allem Übel setzt jetzt auch noch ein Schluckauf ein. Lachend krabble ich auf allen Vieren zum Whiskey. Ich muss zugeben, obwohl mein Tag mehr als beschissen verlaufen ist, gefällt es mir, welche Wendung er genommen hat. Der Alkohol entspannt mich so sehr, dass die Tatsache, mit dem ekligen Dunhill essen zu müssen und von meiner blöden Cousine hintergangen zu werden, viel besser zu ertragen ist.

»Hey Mäuschen, gleich bist du auch betrunken.« Mad rutscht vom Bett zu mir herunter.

»Und wenn schon, dadurch kann ich wenigstens vergessen.«

Wir teilen uns den Rest in der Flasche und sitzen nebeneinander auf dem Boden. Mad lehnt relaxt seinen Kopf gegen den Bettrand. »Und woran willst du nicht mehr denken?«

»Zum Beispiel an die dämliche Versteigerung und meine doofe Cousine.«

Interessiert hebt er den Kopf. »Die Auktion habe ich verpasst. Meine Mom wird mir die Hölle heißmachen. Wie ist sie verlaufen?«

»Für manche war sie gut und für mich ... unerfreulich.«

»Wieso das? Du hattest bestimmt die meisten Bieter.«

»Den Höchstbietenden, um genau zu sein«, nuschle ich, und Ärger steigt in mir auf.

»Wer ist denn der Glückliche?«

»Dunhill.«

»Fuck! Wie viel hat er geboten?«

»Zehntausend.«

Mad will einen anerkennenden Pfiff von sich geben, was kläglich misslingt. »Du gehst nicht mit ihm aus. Der Mann ist ein alter Bock, der jedem Mädchen an die Wäsche will.«

»Jup! Das ist er.« Alle paar Sekunden wird die Stille in meinem Zimmer durch meinen Schluckauf unterbrochen, worauf wir jedes Mal kichern.

»Und was ist mit Kim?«

Bei dem Thema wallt meine Eifersucht wie Nebel durch mein Herz. Ich stehe auf, zumindest versuche ich es, was nicht so einfach ist. Meine Beine fühlen sich wie Wackelpudding an, mir ist schwindlig, und in meinem Kopf dreht sich alles. Keine Ahnung, wie, aber ich schaffe es, zum Fenster zu torkeln, und öffne es. Wow! Das hätte ich vielleicht nicht tun sollen. Die kühle Nachtluft verstärkt den Alkoholeffekt, und ich muss mich festhalten, um nicht umzukippen.

»Du glaubst mir doch, dass ich nicht mit Kim gedingst habe, oder?« Mad steht auf und wankt mir nach.

»Ich weiß nicht«, gebe ich ehrlich zu.

Er intensiviert seinen Blick. Wenn er mich so ansieht, ist es noch schwieriger, hart zu bleiben. Mein Herz kommt ins Schlingern.

»Ich … kann keine andere Frau vögeln, seit du hier bist, Em. Keine interessiert mich, keine geht mir so unter die Haut. Egal, was ich anstelle, du bist überall in mir.« Er sieht kurz zur Seite, als überlegte er. »Ja, das trifft es«, murmelt er mehr zu sich selbst, bevor er sich mir wieder zuwendet. »Du bist wie ein Virus, hast dich in mir festgesetzt, dich breitgemacht und alles mit diesen Empfindungen infiziert, die ich nie zuvor gefühlt habe. Ich will nur dich, Em. Das ist die Wahrheit. Mit Kim ist nichts gelaufen. Ich schwöre es.« Er verknotet meine Finger mit seinen. »Glaubst du mir?«

Wie Honig legen sich seine Worte auf meine geschundene Seele. Wie immer, wenn er mich so ansieht, bröckelt meine Gegenwehr. Ich bekomme kein Wort heraus, nicke stattdessen.

»Gut.«

Ich weiß nicht, was plötzlich in mich fährt, aber seine Nähe, sein Duft und das Geräusch des Regens sorgen dafür, dass meine Lust übersprudelt, die ich vorhin unterdrückt habe. Ich lege eine Hand auf seine Brust und hauche kleine zarte Küsse auf seinen Drachen. Mad atmet schwer, und auch in ihm erwacht augenblicklich das Verlangen. Seine Zurückhaltung schwindet, er nimmt mein Haar in seine Faust und zieht, damit ich ihm den Kopf entgegenstrecken muss. Ein leises Knurren dringt aus seiner Kehle, bevor er mich verschlingt. Küssend torkeln wir gegen den Schreibtisch, während er es eilig hat, mich von meinen Klamotten zu befreien. Sie fliegen durchs Zimmer. Nur an meinem BH scheitert er. Keuchend warte ich darauf, dass er die Haken im Rücken endlich öffnet, aber seine Feinmotorik ist wohl dem Alkohol zum Opfer gefallen. Ungeduldig zerrt und flucht er, bis ich Erbarmen mit ihm habe, einfach aus den Trägern schlüpfe und ihn herunterziehe. Bei meinem Höschen fackelt er nicht lange, zerreißt es und hebt mich auf den Tisch. Er grinst, als ich nackt auf der Tischplatte liege, Zeitschriften und anderer Kram herunterfallen. Ich keuche erregt, als sein fiebriger Blick über meinen Körper wandert, jedoch ist meine Position ziemlich unbequem, weil mein Schreibtisch für eine Nummer zu klein ist. Außerdem pikst mich etwas unangenehm in den Hintern. Umständlich versuche ich mich von dem Störenfried zu befreien, verliere das Gleichgewicht und falle unsexy und unkoordiniert herunter.

»Aua!«

Überrascht von meinem Sturzflug schaut Mad zu mir hinab und hebt die Brauen. »Hey du da unten.« Amüsiert hilft er mir auf, hebt mich auf seine Arme und trägt mich schwankend zum Bett, während ich das Päckchen mit den Nadeln für die Voodoo-Puppe in meiner Hand finde. Verflixte Dinger! Endlich liege ich weich und gemütlich und will mich von dem Mann verschlingen lassen, der für diese Nacht nur mir gehört.

* * *

Mein Schädel brummt, als wäre ein Lastwagen darüber gefahren, mein Mund ist wie ausgedörrt, und ich fühle mich matt und abgeschlagen. Ich traue mich nicht, die Augen zu öffnen, aus Angst, das Sonnenlicht, das mir ins Gesicht scheint, könnte die Kopfschmerzen verstärken. Und dann dieser Albtraum ... Ich stöhne qualvoll.

Als ich einen warmen Atem auf meiner Haut spüre, ein frischer, herber Duft meine Nase kitzelt und ich deutlich bemerke, wie etwas Zartes meinen Hals entlangstreift, versteife ich mich und blinzle. Ich schaue auf eine nackte, tätowierte Männerbrust, und schlagartig fällt jede Schläfrigkeit von mir ab.

Oh Gott! Erschrocken reiße ich die Augen auf, und mich trifft Mads amüsierter Blick. Er hat sich seitlich zu mir gewandt und stützt mit einer Hand seinen Kopf ab. »Guten Morgen, Sonnenschein«, murmelt er. »Ich hätte nicht gedacht, dass du so friedlich aussiehst, wenn du schläfst.«

Ruckartig setze ich mich auf, ziehe das Laken eng an mich und bemerke, dass ich nackt darunter bin. Ach, du heilige Scheiße! Erinnerungen der letzten Nacht ploppen auf, während ich das Chaos in meinem Zimmer erfasse. So wie es aussieht, haben wir es ordentlich krachen lassen. Überall liegen Klamotten, mein zerfetzter Slip, die Zeitschriften, die leeren Whiskeyflaschen und andere Sachen, die vom Schreibtisch gefallen sind.

»Wir hatten völlig betrunken Sex«, entfährt es mir fassungslos.

»Oh ja, den hatten wir, Babe, und es war ziemlich hot, besonders als du ...«

Mir wird heiß und kalt, und Mad muss über mein Entsetzen lachen.

Eine Übelkeitswelle fegt über mich hinweg und treibt mir meinen Mageninhalt in die Kehle. Ich klatsche eine Hand auf den Mund und habe es plötzlich eilig. Gerade noch schaffe ich es mit dem Laken am Körper ins Badezimmer und übergebe mich schwallartig. Ich merke erst, dass Mad mir nachgekommen ist, als er mir das Haar zu einem Zopf zusammenhält und seine warmen Finger beruhigend über meinen Rücken streichen. Mein Magen entkrampft sich, und das Bedürfnis, den Mund auszuspülen, ist so übermächtig, dass ich mich gleich über das Waschbecken lehne, mit viel Wasser den ekligen Geschmack fortspüle und mein Gesicht wasche.

»Besser?«, fragt er besorgt.

Ich sehe ihn durch den Spiegel an, und sofort verstärken sich die Kopfschmerzen. Ein Blick zu mir und ... Oh Gott! Mein Haar steht zu allen Seiten ab, ich bin bleich wie eine Wand und fühle mich wie durch den Fleischwolf gedreht. Nur Mad ist wie aus dem Ei gepellt. In Boxershorts steht er vor mir, und sein Sixpack verursacht vom bloßen Hinsehen ein schlechtes Gewissen, weil ich ewig keinen Sport getrieben habe. Sein Haar ist feucht. Hat er etwa geduscht? Ich blinzle zur nassen Duschkabine, was meinen Verdacht bestätigt.

»Beruhige dich, wir können über alles sprechen.«

»Aber nicht hier, du musst gehen. Am besten sofort.« Ich schließe meine Zimmertür auf, damit er sich hinausschleichen kann.

»Was ist auf einmal dein Problem?«

Ich schnaube. »Was mein Problem ist? Ich bin immer noch stinksauer auf dich, McKinley. Gestern Nacht habe ich mich von dir einlullen lassen.«

»Inwiefern?«, will er wissen.

»Du knutschst öffentlich mit der Blondine herum, lässt mich eiskalt im Hinterhof deines Standes abblitzen, und dann kommst du stockbetrunken hierher und ... Was erwartest du? Weißt du, wie verletzend das ist? Aber wahrscheinlich kannst du das nicht verstehen, da du kein Herz besitzt.«

»Sag doch sowas nicht, das habe ich sehr wohl«, protestiert er und klemmt seine Hände unter die Achseln.

»So? Wie erklärst du dir dann, dass an der Stelle, wo bei normalen Menschen sich ein Herz befindet, bei dir nur ein toter Matschklumpen ist?«

»Hey, das stimmt nicht. Ich habe sogar ein großes Herz«, beschwert er sich.

»Du meinst den dunklen Ort, wo alle Weiber, die du flachgelegt hast, einen gemütlichen Platz haben? Hör zu, Mad, ich ertrage deine Spielchen nicht länger. Ich will entweder richtig oder gar nicht mit dir zusammen sein.«

Seine Züge entspannen sich. »Sag das doch gleich, Mäuschen.« Er zieht mich in seine Arme. »Es gab mehrere Gründe, warum ich gestern Nacht zu dir gekommen bin. Zum einen wollte ich dir sagen, dass du recht hattest. Ich musste sicherstellen, dass alle in unserem Umfeld wissen, dass ich das Interesse an dir verloren habe, so wie es von mir erwartet wurde und typisch für mich ist. Ich dachte, je glaubwürdiger ich das durchziehe, desto mehr bringe ich dich aus der Schusslinie. Es sollte echt wirken, und das konnte mir nur gelingen, indem ich so überzeugend wie möglich bin. Auch bei dir. Aber ich ... Es tut mir leid. Ich habe nicht bedacht, wie sich das für dich anfühlen muss. Damit wollte ich dich schützen. Und die zweite Sache ist, dass ich dich warnen wollte.«

»Vor wem? Etwa vor dir?«

»Nein. Vor Calvin Musk.«

Ich runzle verwirrt die Stirn. »Was ist denn das schon wieder mit Calvin?«

Mads Miene wird ernst. »Er wurde auf dich angesetzt, Em. Von *ihm*. Er ist auch kein Pilot, wie er allen erzählt. Er ist ein Spieler und ziemlich pleite.«

Das klingt irgendwie an den Haaren herbeigezogen, aber etwas in Mads Blick ist so eindringlich, dass ich zweifle. »Calvin ist ein Jugendfreund, er ...«

»Er sollte mit dir flirten, dir den Kopf verdrehen und dich von mir fernhalten. Ich hatte gleich ein seltsames Gefühl bei ihm, als ich euch zusammen gesehen habe.«

Mad scheint felsenfest davon überzeugt zu sein, aber mir will das nicht einleuchten. »Ich kenne Calvin schon lange, Mad. Das muss ein Missverständnis sein.«

»Es ist leider die Wahrheit.«

»Und wie hast du das herausgefunden?«

»Das ist eine längere Geschichte, die ich dir später erzähle. Ich muss ihn noch weiter verhören.«

»Dann ist er bei der Polizei?«

Mad grinst. »Noch nicht ganz, aber sicher bald auf dem Weg dorthin.«

Mir klappt der Mund auf, als ich kapiere, was er damit andeuten will. »Was hast du getan?«

»Nichts Besonderes. Ich habe ihn geschnappt und fühle ihm erst mal auf den Zahn.«

Mir fällt alles aus dem Gesicht. »Bitte, was?«

»Schau nicht so.« Er schnaubt. »Diesen Teil wollte ich dir gar nicht erzählen.«

»Du hältst ihn gefangen? Mad!« Ich bin vollkommen fassungslos.

»Beruhige dich, ich tue ihm nur ein wenig weh, zumindest nicht ernsthaft.«

Oh Gott! Was heißt das? Ich habe Mafiamethoden und unmenschliche Folterinstrumente vor Augen. »Das ist

Sache der Polizei. Du machst dich strafbar. Willst du etwa wieder ins Gefängnis?«

»Mäuschen, zerbrich dir nicht den Kopf. Ich regle das schon. Ich mache das nicht zum ersten Mal.«

»Das ist Freiheitsberaubung. Das ... Wo ist er?« Ich schnappe nach Luft, weil das Unrecht ist und sich alles in mir dagegen sträubt.

»Ich hätte ihr nichts davon erzählen dürfen«, murmelt Mad zu sich selbst und stemmt die Hände in die Hüften.

»Mad, verdammt! Wo hältst du ihn gefangen?«

»Bei mir zu Hause.« Er sagt das, als wäre das vollkommen normal.

Ich keuche über so viel Unverfrorenheit.

»Das kannst du doch nicht machen«, empöre ich mich. »Du lässt ihn augenblicklich frei, oder besser, du bringst ihn sofort zu den Detectives, falls er tatsächlich etwas mit den Anschlägen zu tun hat«, bestimme ich, dabei erinnere ich mich, dass Mad früher schon den Ruf hatte, nicht gerade zimperlich zu sein. Trotzdem kann ich das nicht akzeptieren.

»Das ist der Plan«, erwidert er.

»Gut.«

Wir starren uns an, und ich versuche zu verstehen, was in seinem Kopf vorgeht.

»Weißt du, was ich seltsam finde? Ich sage dir, dass Calvin in diese Sache verstrickt ist, und du verteidigst ihn. Für meinen Geschmack ist das zu viel der Nächstenliebe.«

Ich ziehe die Brauen hoch. Höre ich da Eifersucht heraus? »Ich habe etwas gegen Mafiamethoden, Mad. Außerdem ...« Ich halte inne. »Ich kann mir das nicht vorstellen, Calvin ist nicht so.«

»Er hat gestanden, Em«, beharrt er und sieht mich ernst an.

Ich will ihm ja glauben, aber sofort schießt mir der Gedanke durch den Kopf, dass schon einige Leute unter Druck oder Gewalt etwas zugegeben haben, weil sie Angst hatten. Mein Herz verkrampft sich, weil ich nicht will, dass Mad tatsächlich zu solchen Mitteln greift. »Tu das Richtige, bitte. Wenn das wirklich stimmt, bring ihn zur Polizei.«

»Wie Ihr befehlt, meine Königin.« Wie ein Soldat salutiert er grinsend. Nach einem langen mahnenden Blick ziehe ich mich ins Badezimmer zurück, schließe die Tür hinter mir und lehne mich dagegen. Endlich allein stoße ich die Luft aus. Ich muss meine Zähne putzen, da kann ich besser nachdenken.

Während ich die scharfe Zahnpasta in meinem Mund genieße, überschlage ich im Kopf alles, um die aktuellen Geschehnisse auf einen Nenner zu bringen. Erstens: Mad behauptet, Calvin sei auf mich angesetzt worden. Zweitens: Mad hat ihn in seiner Gewalt und verhört ihn … mit seinen Methoden. Drittens: Kim hat er abblitzen lassen, stattdessen hat er mir ein Liebesgeständnis gemacht, wohlgemerkt in betrunkenem Zustand. Viertens: Wir hatten Sex.

Ich spucke die Zahnpasta aus. Herr im Himmel, geht es noch komplizierter? Ja, das geht, wie ich im nächsten Moment feststelle.

Kapitel 13

Emily

Ich gurgle und verschlucke mich beinahe, weil ich erst einen Schrei und dann eine Stimme vernehme.

Sofort schließe ich das Badezimmer auf. Mein Blick fällt auf Mad, der es sich in meinem Bett gemütlich gemacht hat, und auf Mom, die mich sprachlos anstarrt. Noch bevor sie etwas sagt, sind Aidens Schritte im Flur zu hören, und die Katastrophe ist perfekt.

»Mom? Ist was passiert? Ich habe deinen Schrei gehört und ...« Aidens restliche Worte schaffen es nicht über seine Lippen, als er Mad in meinem Bett vorfindet.

»Guten Morgen, Aiden«, grüßt der ihn freundlich lächelnd. Einen provozierenden Unterton kann er sich nicht verkneifen.

Aiden wird rot vor Zorn wie ein Vulkan, der jeden Moment ausbricht. Er schaut mit zusammengepresstem Mund zwischen Mad und mir hin und her, doch zu meiner Verwunderung bekommt er keinen Wutanfall. Er schließt kurz die Augen und wendet sich dann an mich. »Wieso liegt meine Jogginghose in deinem Zimmer, Em?«

Es kostet ihn einiges an Mühe, jetzt nicht die Beherrschung zu verlieren.

»Mads Sachen waren vollkommen verschmutzt und nass«, antworte ich und erwarte wachsam, dass er ausrastet.

Aiden würdigt Mad keines Blickes. Seine Wangenknochen mahlen, und ich merke deutlich, wie er versucht, sich zusammenzureißen. »Okay, ich will sie aber gewaschen wiederhaben.«

Mit geballten Fäusten verlässt er mein Zimmer.

Irritiert über seine Reaktion sehe ich ihm nach.

»Würde mich mal jemand aufklären, was hier los ist?« Streng schaut mich Mom an. »Emily?«

Ich komme mir wie ein Teenager vor, der eine verbotene Party veranstaltet hat. »Mad kam gestern Nacht noch vorbei. Es war spät, und es hat geregnet, also ...«

Mir entgeht nicht, dass Mom auf die leeren Whiskeyflaschen stiert. »Mr. McKinley, es wäre nett, wenn ...«

»Mad«, verbessert er meine Mutter. »Nennen Sie mich bitte Mad. Emily hat recht, und ich hoffe, es macht Ihnen nichts aus.«

Mom seufzt. »Im Grunde geht mich das nichts an. Meine Tochter ist erwachsen, aber wenn Sie schon mal hier sind, Mad, möchte ich Ihnen das Gleiche mitteilen, was ich ihr auch gesagt habe. Es ist mir egal, mit wem Emily ein Verhältnis pflegt. Das ist einzig und allein ihre Sache, aber in diesem Fall ...«

»Mom, bitte«, murre ich.

»Nein, Em, unterbrich mich nicht. Ich will, dass er das ebenfalls weiß.« Ich verstumme, und Mom wendet sich wieder an ihn. »Verstehen Sie mich bitte nicht falsch. Ich bin ein loyaler Mensch, gebe jedem eine Chance, aber solange Emily bei Ihnen in Gefahr ist, kann ich eine Verbindung nicht gutheißen. Das geht nicht gegen Sie persönlich.«

»Verstanden, Ma'am«, versichert Mad ihr. »Im Grunde sehe ich das genauso. Ich habe nie gewollt, dass Ihre Tochter verletzt wird. Das müssen Sie mir glauben. Ich habe alles getan, um sie aus dieser Sache rauszuhalten.«

»Und warum liegen Sie dann hier in ihrem Bett?«

Mad senkt den Blick. »Das ist kompliziert, Mrs. Westham. Es hat sich herausgestellt, dass es für mich schwer ist, mich von ihr fernzuhalten.«

»In diesem Fall mache ich es Ihnen ganz leicht. Gehen Sie.«

»Mom! Bitte.«

»Schon gut, Em. Deine Mutter hat recht.«

Na toll, haben die beiden sich etwa gegen mich verschworen? Ich kann ja Moms Haltung verstehen, nach dem Feuer und all den anderen Dingen, die ich ihr erzählt habe, aber Mad sollte ihr nicht auch noch zustimmen.

Er schwingt die Decke von sich und steht auf.

»Und du, Fräulein, kommst bitte runter in den Salon. Ich will mit dir und deinem Bruder sprechen.« Ihr tadelnder Tonfall gefällt mir nicht. Bevor sie geht, bleibt sie bei mir stehen und wirft einen Blick auf Mad, der Aidens Jogginghose und T-Shirt überzieht. Sie schmunzelt und beugt sich zu meinem Ohr. »Er hat wirklich einen tollen Körper. In zehn Minuten unten, junge Dame.« Mit einem Grinsen eilt sie hinaus.

»Mom!«, entfährt es mir.

An der Türschwelle dreht sie sich noch einmal um. »Und räum dein Zimmer auf, Emily.«

Ich rolle mit den Augen und schiebe die Tür hinter ihr zu. »Na prima! Will sie mir jetzt Hausarrest aufbrummen?«

Mad schaut an sich herunter, und ich muss schmunzeln. Aidens T-Shirt sitzt eindeutig zu eng an seinem Oberkörper. Er zuckt gleichgültig mit den Schultern. »Würde dich das aufhalten?«

»Wohl kaum.«

»Deine Mom ist cool, Em.«

»Sie ist gegen dich, hast du ihr nicht zugehört?«

»Doch, das habe ich. Aus den gleichen Gründen, wegen denen ich mit dir Schluss gemacht habe. Sie wäre eine schlechte Mutter, wenn ihr egal ist, mit wem ihre Tochter verkehrt.«

Von draußen hören wir einen Wagen, der über den Kiesweg fährt. Ich werfe einen Blick aus dem Fenster und sehe Silent, der im Auto sitzt und wartet. »Ich glaube, dein Taxi ist gerade gekommen.«

»Gut. Ich muss los. Bis dann.« Er läuft zur Tür, und ich habe den Eindruck, dass wieder etwas zwischen uns steht.

»Mad!«, rufe ich ihn zurück, weil es sich falsch anfühlt, so auseinanderzugehen. Nach dieser Nacht …

»Was ist denn los, Prinzessin? Du wolltest doch, dass ich Calvin freilasse, oder?«

Ich nicke, aber ich wünsche mir ein Zeichen, eine Geste, irgendetwas von ihm, bevor er verschwindet, was uns beide verbindet. Aber wahrscheinlich bin ich zu durcheinander, um überhaupt klar zu denken.

»Bis dann.« Mad geht aus der Tür.

Ich muss mich erst mal aufs Bett setzen. Das alles ist mehr als verwirrend, und ich bin hin- und hergerissen, was ich tun soll. Was, wenn Mad sich getäuscht hat und die Sache mit Calvin sich als falsch herausstellt? Ich habe keine Ahnung, was ich davon halten soll. Fakt ist: Der Calvin, den ich kenne, wäre zu so etwas nicht in der Lage. Aber Menschen ändern sich, und immerhin habe ich ihn lange nicht gesehen. Mad erwähnte, dass er ihn gestern Abend erwischt hätte, aber das kann an der Geschichte nicht stimmen. Calvin war doch auf der Auktion.

Von unten höre ich Mom, die nach mir ruft. »Emily, komm runter.«

»Ja«, antworte ich und mache mich stöhnend auf den Weg. Als ich vor dem Salon stehe, diskutieren sie und Aiden.

»Ich bitte dich, Mom. Dad hat immer gesagt, wir dürfen den McKinleys niemals trauen.«

»Dein Vater hat seinen Hass an euch weitergegeben. Das

war stets ein Streitpunkt zwischen uns. Ich bin da völlig anderer Meinung.«

»Ich kann es nun mal nicht ertragen, dass Emily ...«

»Das ist ihre Entscheidung, und manchmal muss man eben über den Schatten springen, Aiden. Jedenfalls bin ich sehr erfreut, dass du dir Mühe gegeben hast und nicht ausgeflippt bist, als du Maddox in ihrem Zimmer entdeckt hast.«

»Ich habe die ewigen Streitereien mit Em satt und will sie nicht auch noch verlieren. Wir hatten ein Gespräch, und seither habe ich viel nachgedacht.«

»Das ist gut. Ich habe mir auch etwas überlegt und will mit euch beiden reden, aber warten wir, bis Emily hier ist.«

Das ist mein Stichwort, und ich betrete neugierig den Salon.

»Ist Maddox gegangen?«, fragt Mom, die mit Aiden an der Tafel sitzt und auf mich wartet.

Ich nicke und geselle mich zu ihnen.

»Gut.« Sie erhebt sich und läuft im Zimmer auf und ab. Dabei verknotet sie nachdenklich ihre Finger, und ich merke, dass sie etwas auf dem Herzen hat. »Ich habe mir lange Gedanken gemacht, nachdem ich erfahren habe, wie es um die Firma steht und welche Probleme wir haben.« Sie bleibt stehen und sieht uns an. »Ich bin dafür, dass wir die Westham-Destillerie aufgeben.«

Geschocktes Schweigen herrscht im Raum. Mit vielem habe ich gerechnet, aber nicht mit sowas.

»Was? Aber das ist Dads Vermächtnis. Er wollte –«, begehrt Aiden auf, doch Mom unterbricht ihn.

»Dein Vater ist tot, Aiden. Der Insolvenzberater hat uns eine geringe Chance eingeräumt, ohne einen Investor werden wir es nicht schaffen. Jeden Tag werden die Schulden größer. Erschwerend kommt hinzu, dass das Erbe eures Vaters euch beide unglücklich macht. Sieh nur, Aiden. Du hast Geld unterschlagen und dich damit strafbar gemacht.«

»Aber dann stehen wir vor dem Nichts, Mom. Wir müssen alles aufgeben, auch das Haus, einfach alles.«

»Jetzt bist du im Begriff, noch mehr zu verlieren – deine Ehe, deine Gesundheit und am Ende sogar dich selbst. Ich weiß, du gibst dein Bestes, aber wenn du ehrlich bist, wolltest du die Firma nie leiten. Du hattest andere Pläne, die dein Vater dir genommen hat, weil er dir einredete, es wäre deine Pflicht, das Familienunternehmen weiterzuführen.«

Aiden schweigt und senkt den Blick.

Je länger ich über ihren Vorschlag nachdenke, desto logischer erscheint er mir. Allerdings lasse ich die emotionale Seite außen vor. Auch mir bedeutet die Destillerie viel. Doch für Aiden muss dieser Schritt der Horror sein. Er kennt nichts anderes, hat seine Träume und Vorstellungen hinten angestellt, nur um in den Schuh zu passen, in den unser Vater ihn gezwängt hat. Aiden steht vor den wichtigsten Entscheidungen seines Lebens, und vielleicht sollte ich seinem Schicksal ein wenig unter die Arme greifen. Ich erinnere mich, dass Aiden früher mal den Wunsch geäußert hat, gerne Medizin zu studieren. Dad hat das damals als Flausen abgetan und ihn an seine Verpflichtung in der Destillerie erinnert.

»Ich finde, Mom hat recht, Aiden. Wir kämpfen gegen Windmühlen. Sind wir mal ehrlich, du bist nicht der begnadete Geschäftsführer. Du hast das nur aus Pflichtgefühl getan.«

Nachdenklich schüttelt Aiden den Kopf. »Nein, ich kann nicht aufgeben. Ich habe noch einen Termin auf der Abschlussgala.« Er schielt in meine Richtung. »Und Emily hat das Essen mit Dunhill, vielleicht kann sie etwas dabei herausschlagen. Das sind zwei Chancen, die uns bleiben.«

Sofort werde ich hellhörig. »Dunhill ist ein Schwein. Willst du wirklich mit so jemandem Geschäfte machen?«

Aiden fährt sich durchs Haar und sieht ziemlich mitgenommen aus. »Wenn wir alles hinwerfen, wird man über uns spotten. Vor allem die McKinleys werden dich und Emily kaum in Ruhe lassen. Du hast damals genug durchgemacht.«

»Befrei dich endlich davon, Aiden. Die McKinleys haben selbst Probleme. Diese dumme und sinnlose Fehde ist vollkommen hirnrissig.«

Ich schmunzle. »Da bin ich ganz deiner Meinung, Mom.«

»Das hat Vater anders gesehen«, murmelt Aiden.

»Na und«, erwidere ich. »Wir sind erwachsen genug, um das hinter uns zu lassen. Mad sieht das übrigens genauso«, füge ich etwas leiser hinzu, was mir einen mahnenden Blick von Mom einbringt. »Die Leute werden so oder so reden, aber das ist mir egal.«

»Ich weiß nicht, ich ... habe Angst.« Als Aiden das sagt, flammt Mitleid in mir auf. Natürlich fällt ihm der Schritt nicht leicht. Er muss loslassen. Unser Vater hat ihm sein Leben lang eingeredet, dass es nichts Wichtigeres gibt als die Destillerie. Nach dieser Maßgabe hat Aiden zu handeln versucht.

Mom bleibt vor ihm stehen und sieht auf ihn hinab. »Denk in Ruhe darüber nach. Wenn dein Termin bei der Abschlussgala klappt, gut, falls nicht, sollten wir die Reißleine ziehen. Ich glaube, das könnte gerade für dich ein Befreiungsschlag sein. Sieh es als Neuanfang.«

Sie küsst ihn auf den Scheitel, schenkt mir einen liebevollen Blick und schlendert hinaus.

* * *

Nach einem Minifrühstück, einer Kopfschmerztablette und einer Dusche tigere ich in meinem Zimmer umher. Die Sache mit Calvin geht mir nicht aus dem Kopf. Ich greife zum Telefon und will Mad eine Nachricht schicken, lösche sie aber wieder. Er würde alles schreiben, um mich zu beruhigen.

»Ich muss zu Mads Villa und mich selbst überzeugen«, murmle ich in Gedanken. Ich wähle Teachs Nummer, und während ich warte, dass sie rangeht, ziehe ich mich an. Ihre Bandansage springt an.

»Hey, ich bins. Ich wollte dir nur sagen, dass ich etwas später zum Stand komme. Ich fahre zu Mads Villa und will was klären. Und ja, bevor du fragst, wir hatten ein längeres Gespräch, also die ganze Nacht. Er war bei mir, mehr erfährst du nachher.«

Ich parke den Wagen am Ende der Straße, um sicherzugehen, dass man mich nicht gleich bemerkt. Meine Haare habe ich unter einer Baseballcap versteckt und eine Sonnenbrille aufgezogen. Ich komme mir wie auf geheimer Mission vor, als ich die Straße überquere. Die Brille nehme ich ab, als ich an der Haustür klingle.

»Cariño?«, begrüßt mich Conchita freudig, klatscht vor Überraschung in die Hände und ist ganz entzückt mich zu sehen. Wir umarmen uns, und sie will mich gar nicht mehr loslassen. »Ich dich schon lange nicht gesehen. Madre! Ich haben Senior McKinley gefragt, wann du wieder kommen. Seine Zimmer …« Sie schüttelt verständnislos mit dem Kopf und schnauft. »Diese Mann nicht gelernt Ordnung.«

Ich schmunzle. Wahrscheinlich sieht es oben aus, als wäre eine Bombe eingeschlagen.

»Wo ist er«, frage ich und schiele ins Wohnzimmer.

Sie macht ein enttäuschtes Gesicht. »No, er mit Senior Silent und Senior Popcorn unterwegs. Kommen bald.«

»War noch jemand bei ihnen? Wissen Sie, wo sie hinwollten?«

Erneut schüttelt sie den Kopf. Die arme Conchita hat bestimmt keine Ahnung, was vor sich geht. Sie zuckt mit den Schultern.

»Kann ich hier warten?« Sicherlich sind sie zur Polizei.

»Claro, ich wollen einkaufen. Heute ich mache Enchiladas. Senior McKinley lieben das. Du machen dir gemütlich oder können aufräumen, oben.« Sie lacht. »Nein, du können die Füllung probieren. Ist Spezialrezept aus meine Dorf.« Sie hebt begeistert die Brauen, und erst jetzt registriere ich ihren Einkaufskorb, den sie sich um den Arm geschlungen hat.

»Auch ich liebe Enchiladas.«

»Perfecto. Du essen mit«, sagt sie versonnen und erschrickt, als sie auf ihre Uhr schaut. »Madre, ich mich beeilen. Senior McKinley kommen bald.« Sie tritt zur Haustür hinaus und winkt fröhlich.

Als ich allein bin, führt mein Weg mich zur Küche, wo ich mich über Conchitas Topf hermachen will. Der Duft, der mir entgegenströmt, treibt das Wasser in meinem Mund zusammen. Mit einem Löffel probiere ich, dabei schließe ich die Augen und genieße. Conchita ist eine begnadete Köchin. Gerade gönne ich mir eine weitere Portion, da poltert etwas. Ich stocke und lausche. Das kam von oben. Bin ich doch nicht allein? Ich starre zur Decke und erinnere mich, dass Mads Schlafzimmer sich direkt über mir befindet. Das Geräusch wiederholt sich, und mir kommt Mr. Wick in den Sinn.

Neugierig durchquere ich das Wohnzimmer, steige die Treppe hinauf, die zum oberen Stockwerk führt. Hier ist alles still. Ich weiß ja, dass der kleine Kerl allerhand umwerfen kann, aber ich wundere mich, dass Mads Schlafzimmertür offen steht.

»Mr. Wick?«, rufe ich, laufe zur Tür und schiebe sie langsam auf. Ich schaue auf ein Wäschechaos, das Mad mal wieder veranstaltet hat. Abgesehen von seinen Klamotten und Schuhen, die überall herumliegen, muss ich über die

Kondompackungen schmunzeln, die Mad nicht von der Wand über seinem Bett abgenommen hat. Wie ein buntes Mahnmal wachen sie über seine Abstinenz.

Aber als mein Blick auf sein Bett fällt, rast mein Puls. Ich erstarre, kann mich plötzlich nicht rühren und ziehe scharf die Luft ein. Vor Schock patsche ich mir eine Hand auf den Mund, als Bilder vor meinen Augen flimmern. Mein Atem geht schnell, und ich sacke zusammen, habe keine Kraft in den Beinen. Ein Wimmern dringt aus meiner Kehle, und Tränen brennen. Je länger ich auf die gelben Schuhe starre, die auf dem Bett liegen, desto enger wird es in meiner Brust. Das Atmen wird schwer, ich keuche, und nackte Angst krabbelt durch meinen Körper. Eine Erinnerung drängt sich unaufhaltsam aus den Tiefen meines Unterbewusstseins empor.

* * *

Emily, 16 Jahre

Schmerz pulsiert durch meine Glieder, als ich aus der Bewusstlosigkeit erwache. Ich bin wie gelähmt und wage es nicht, mich zu bewegen, aber mein Hirn nimmt augenblicklich die Arbeit auf, als die Benommenheit abebbt und die Erinnerung zurückkehrt. Mein Herz will vor Angst zerspringen. Ich muss hier weg. Ich will zu Tom, aber ich zwinge mich, regungslos liegenzubleiben und keinen Mucks von mir zu geben, weil ich nicht allein bin. Ich höre ihn, spüre seine Anwesenheit mit jeder Faser meines Körpers. Meine Muskeln zucken, brennen, treiben mich an, aufzustehen und laut um Hilfe zu schreien, aber instinktiv weiß ich, dass ich Ruhe bewahren muss. Es kostet mich alle Kraft, stillzuhalten.

Ich registriere den Duft von Moos, feuchter Erde und Gefahr. Unmittelbar neben mir vernehme ich Schritte, die aufgeregt durch das Laub hin und her laufen, viel zu schnelle Atemzüge, die mehr ein Keuchen sind und in denen Panik mitschwingt.

Ich reiße mich zusammen, traue mich zu blinzeln, will einen Blick auf ihn erhaschen, aber ich sehe nur den Waldboden, Blätter, Äste und eine Ameise, die über meine Haarsträhne hinwegläuft. Für einen winzigen Moment treten gelbe Schuhe in den äußeren Rand meines Blickfelds, verschwinden jedoch wieder.

»Das wollte ich nicht. Das musst du mir glauben … Scheiße, ich weiß nicht, was ich tun soll. Hilf mir! Bitte. Ich will nicht ins Gefängnis …« Er klingt verzweifelt und völlig verwirrt, seine Stimme hat einen jammernden Tonfall. »Nein, sie liegt hier. Sie ist bestimmt auch tot … Ja, ich habe dir doch gesagt, dass der Junge keinen Herzschlag mehr hat. Er ist mausetot. Da ist nichts mehr zu machen.«

Fest presse ich die Augen zusammen, um nicht zu schreien. Tom ist tot? Nein! Nein! Nicht mein kleiner Bruder. Eine eiskalte Faust greift nach meinem Herzen. Stumm kreische, brülle und weine ich in mich hinein. Atme, Emily, atme …

Das Laub raschelt unter seinen Füßen, als er an mich herantritt. Dann ruhen zwei kalte Finger an meiner Halsschlagader, und ich schicke ein Stoßgebet gen Himmel, dass er nicht merkt, wie mein Herz zerspringt, dass ich wach bin und alles mit anhöre. Innerlich bebe ich, und Schauer fegen über mich hinweg.

»Ich spüre ihren Puls. Sie lebt. Soll ich einen Krankenwagen rufen?« Er keucht beinahe erleichtert, als minderte die Tatsache, dass ich am Leben bin, seine Schuld. Lange hört er dem Gesprächspartner zu. »Ich soll …? Bist du sicher?« Schwerfällig stößt er seinen Atem aus. »Ich will nicht …« Er zieht die Nase hoch, stöhnt gequält, und seine Stimme wird hart, als hätte er eine Entscheidung getroffen. »Okay, ich tue es.«

Was geschieht jetzt? Seine Schritte entfernen sich, und ich wage es, vorsichtig auszuatmen. Ist er fort? Langsam drehe ich mich zur Seite, um mich zu vergewissern, doch das Rascheln des Laubes und sein Schnaufen kehren in meine Richtung zurück. Ich sehe gelbe Schuhe, dunkle Hosenbeine, ein Shirt, einen Hals und … Erneut donnert ein Schmerz durch mich hindurch und stürzt mich wieder in die Dunkelheit.

Kapitel 14

Emily

Scharf schnappe ich nach Luft, als das Gummiband mich aus der Erinnerung befreit, die ich so lange tief in mir vergraben hatte. Panik krabbelt in mir hoch, droht mich zu verschlingen und raubt mir den Verstand. Ich kann nicht atmen, und jeder Versuch, um Hilfe zu rufen, scheitert kläglich und entzieht mir sämtliche Kraft.

Erst als ich mich zwinge von den gelben Schuhen wegzusehen, klärt sich in mir etwas und verschafft mir die Möglichkeit, mich ein winziges bisschen aus der Schockstarre zu lösen. Langsam sickert Sauerstoff in meine Lungen, aber die Angst ist ungebrochen. Er hat ihn getötet. Er hat ihn auf dem Gewissen, und er hatte einen Komplizen.

»Tom«, flüstere ich zitternd, und meine Augen füllen sich mit Tränen. Das ist der Moment, in dem unsäglicher Schmerz mein Herz wie eine Granate trifft. Wie aus einem defekten Motor schwappen Schmerzenslaute aus mir heraus. Ist er wirklich tot? All die Jahre habe ich diesen Gedanken aus meinem Kopf ausgesperrt, mir eingeredet, dass er irgendwo lebt, vielleicht sogar glücklich ist. Ich sehe ihn vor mir, mit seiner Zahnlücke, seinem frechen Lächeln und seinen Knopfaugen. Ich vermisse ihn so sehr.

Er hat ihn umgebracht, er hat ihn uns weggenommen – ein unschuldiges Kind. Meine Hände verkrampfen sich zu Fäusten, und ich will schreien.

Ich schaue auf die Schuhe, und mir wird klar, wo ich mich befinde. Mad. Einen kurzen Moment blitzt eine schreckliche Idee in mir auf. Hat Mad etwas damit zu tun? Er hatte Toms Gummiball, hat sich selbst als Mörder bezeichnet, er trägt so viel Dunkelheit in sich. Nein! Ich vertraue ihm. Warum sollte er die Schuhe, die beweisen würden, dass er in Toms Verschwinden verwickelt ist, einfach so auf dem Bett liegen lassen?

Ich muss hier raus. Sofort. Strauchelnd und immer noch nach Atem ringend komme ich auf die Beine, haste den Flur entlang, stürze die Treppe hinunter. Schnell weg, raus hier. Von Panik gepackt ist jeder Schritt, den ich hinter mich bringe, wie eine Erlösung. Kaum habe ich die Haustür aufgerissen, renne ich los. Wie ein gehetztes Tier gelange ich zur Straße. Tränen verschleiern mir die Sicht, aber mich hält nichts.

Eine Sekunde später reißen mich quietschende Autoreifen und eine Hupe aus meiner Beklemmung. Meine Hände knallen auf eine Motorhaube, und nur vage nehme ich den Fahrer wahr, der maulend eine Hand hebt.

Unbeirrt haste ich weiter, sehe von Weitem einen Park, den ich ansteuere. Erst jetzt bemerke ich, dass jemand hinter mir her ist, und die Angst, geschnappt zu werden, lässt mich schneller werden.

»Emily!«

Keuchend erreiche ich den Park, laufe und laufe, bis ich Stiche in den Seiten spüre und langsamer werde. Ich höre seine Schritte hinter mir, immer näher kommend, und plötzlich packt mich jemand und zwingt mich, stehen zu bleiben.

»Emily? Was ist denn los? Beinahe hätte ich dich überfahren. Bist du verletzt? Ist alles in Ordnung?« Graue Wolfsaugen sehen mich besorgt an, und erst jetzt kapiere ich, dass es Popcorn ist.

Ich zittere und ringe nach Atem. »Hilf mir, Popcorn. Er ist … Die Schuhe … Der Mörder meines … Bruders. Ich habe ihn gesehen, er hat … telefoniert … Sie sind auf Mads Bett.«

Er runzelt die Stirn. »Du hast einen Schock.« Sofort nimmt er mich in seine Arme und streichelt behutsam über meinen Rücken. »Beruhige dich. Sch … Niemand tut dir etwas. Es wird alles gut.«

Ich kann meine Tränen nicht zurückhalten und schluchze. »Tom … Ich will ihn zurück … Tom.« Meine Beine geben nach, doch Popcorns Arme halten mich.

»Emily!« Ich sehe in seine grauen Augen, die vor Schreck geweitet sind. Suchend schaut er sich um und trägt mich zu einer Parkbank. Fürsorglich setzt er mich dort ab, zieht seine Jacke aus und legt sie mir um die Schultern. Dann geht er in die Hocke und sieht mich sorgenvoll an. »Soll ich einen Krankenwagen rufen?«

Ich schüttle den Kopf und versuche mich zu beruhigen.

Er reibt meine kalten Hände und gibt mir die Zeit, die ich brauche. Langsam lässt mein Heulkrampf nach. »Wir müssen die Polizei alarmieren. Du … Du … musst mir helfen.«

»Ganz ruhig, erzähl mir, was passiert ist.«

Ich berichte ihm alles und kann neue Tränen nicht vermeiden. »Ich muss diesen letzten Teil im Wald verdrängt haben. Ich konnte mich nie an das Telefonat erinnern. Erst als ich die Schuhe auf dem Bett sah, wurde dieser Flashback ausgelöst. Wir müssen die Polizei informieren.«

Nachdenklich nickt er. »Bist du dir ganz sicher, dass es das gleiche Paar wie damals war?«

»Ja.«

»Und es war niemand im Haus?«

»Nein, ich war in der Küche, habe Conchitas Essen probiert und dieses Geräusch gehört. Deshalb bin ich rauf, und ich denke, jemand hat genau das provoziert.«

Er sieht mich wachsam an und neigt ein wenig den Kopf. »Du glaubst doch nicht etwa, dass Mad mit dieser Sache zu tun hat?«

»Nein, das hat er sicherlich nicht.«

»Gut. Mad mag einen eigenen Kleidungsstil haben, aber gelbe Schuhe habe ich bei ihm nie gesehen. Na ja. Er müsste auch jeden Moment zu Hause ankommen. Gehen wir zurück und sehen nach, dann klären wir alles. Außerdem frierst du, und ich will nicht, dass du krank wirst.«

Fröstelnd ziehe ich seine Jacke enger um mich. Meine Panik ist in Lauerstellung, und ich bekomme eine Gänsehaut bei dem Gedanken, in die Villa zurückzukehren, doch durch Popcorn fühle ich mich sicherer.

Als wir am Haus sind, biegt gerade Mad mit Silent in die Hofeinfahrt. Verwundert steigt er aus. »Emily? Was ist passiert?«

Popcorn schildert ihm, was geschehen ist, während Mad mich ausgiebig mustert. »Hey Prinzessin, alles okay mit dir?«

»Nein, nichts ist okay.«

Mad zieht mich in seinen Arm. Sein Duft ist tröstend. »Du zitterst, Em. Wieso bist du überhaupt hier?«

»Wegen Calvin. Ich wollte mich davon überzeugen, dass du ihn wirklich zu den Detectives bringst ... Und auch, ob das alles stimmt, was du mir erzählt hast«, räume ich ein.

»Neugierig wie immer«, meint er tadelnd. »Ich habe dir die Wahrheit gesagt. Er ist jetzt bei Runley. Sie prüfen, ob es für eine Anklage reicht. So lange bleibt er in Untersuchungshaft.«

»Okay ...« Mir fehlen die Worte.

»Wir sollten ins Haus gehen«, schlägt Popcorn vor und schaut sich um, »euch sollte niemand zusammen sehen.«

Mad nimmt meine Hand, und wir betreten die Villa. Mir ist mulmig bei dem Gedanken, die Schuhe noch einmal ansehen zu müssen. Zur Sicherheit zupfe ich an meinem Gummiband und bleibe im Flur stehen, während Mad die Tür aufschiebt und in sein Zimmer starrt. »Auf dem Bett, hast du gesagt?«

Ich nicke.

Mad kneift die Lippen aufeinander, reibt sich durch den Dreitagebart und dreht sich zu Silent und Popcorn, die ebenfalls einen Blick riskieren.

»Tut mir leid, Em. Da ist nichts.«

* * *

Ich stutze. »Das kann nicht sein«, entfährt es mir, und ich wage mich hinein. Tatsächlich befindet sich nichts auf dem Bett. »Das ist völlig unmöglich. Sie waren da, ich habe sie mit eigenen Augen gesehen.« Ich deute mit dem Finger auf die Stelle, wo sie vorher noch gelegen haben. »Genau hier.« Bestürzt schaue ich neben und unterm Bett nach, reiße die Decke von der Matratze und schüttle die Kissen. »Das gibt es doch nicht. Ich weiß, dass sie da waren.«

»Vielleicht hast du nur geglaubt, etwas zu sehen. Die Psyche kann einem schon mal einen Streich spielen, denk an den Flashback«, sucht Popcorn nach einer Erklärung.

Wütend werfe ich das Kissen auf das Bett. »Ich bin nicht verrückt«, fauche ich ihn an. »Ich weiß, was ich gesehen habe.« Verzweifelt dränge ich die Tränen zurück, die hinter meinen Augen brennen, und schaue nacheinander in die Gesichter der Männer. »Ihr müsst mir glauben.«

»Aber niemand war hier, Emily«, erwidert Mad. Im selben Moment blickt er zu Silent, und ich bemerke, dass ihm etwas durch den Kopf geht.

»Ruft die Detectives. Können die das nicht herausfinden?«

»Die Polizei kommt nicht wegen einem Paar verschwundener Schuhe.«

Verzweifelt zerre ich die Erinnerung zurück, auf der Suche nach etwas, das beweist, was ich gesehen habe.

»Ich bin doch nicht verrückt«, murmle ich, Tränen steigen auf, meine Hände zittern, und ich merke, wie hilflos ich mich fühle.

»Ich glaube, wir sollten sie hier rausschaffen«, höre ich Silent sagen, der mich mitleidig ansieht.

Mad tritt auf mich zu und legt einen Finger unter mein Kinn. »Süße, geht es dir gut?«

Kaum merklich schüttle ich den Kopf, weil nichts in Ordnung ist. Kopfschmerzen kündigen sich an, und ich bin vollkommen erschöpft.

»Sie hat einen Schock«, meint Popcorn. »Sie braucht einen Arzt.«

»Ich brauche keinen Arzt, ich ...« Ich hasse mich dafür, dass ich wie eine Heulsuse dastehe und mir wie eine Bekloppte vorkomme. Diese verdammten Schuhe sind weg, und ich kann nicht beweisen, dass sie wirklich auf seinem Bett lagen. Aber das ist lange nicht so schlimm wie die Tatsache, dass *er* ihn umgebracht hat. In meinem Kopf hallen diese Worte nach, und ich kann kaum an etwas anderes denken.

»Nehmen wir an, es stimmt, was Emily sagt«, überlegt Mad laut. »Dann hat sich jemand Zutritt zur Villa verschafft ... Ich Idiot ... Wieso bin ich nicht gleich darauf gekommen?«, entfährt es Mad. Er streift mit den Fingern am Schirm seiner Nachttischlampe, geht zum Regal hinüber, tastet den oberen Rand ab und wird fündig. Zwischen Zeigefinger und Daumen hält er ein winziges Ding in der Hand, das aussieht wie ein Knopf. »Was für ein Mistkerl. Wir müssen raus hier«, befiehlt er in strengem Ton.

Silent und Popcorn kapieren sofort, Mad nimmt mich am Arm und zieht mich behutsam aus dem Zimmer. Zielstrebig führt er mich zu den Garagen, wo Mad Anweisungen gibt. »Ruft einige Männer zusammen, sie sollen die Villa und auch die Clubs checken. Verstärkt die Wachen an Ennas Haus, und ich will über alles Ungewöhnliche informiert werden. Emily, du kommst mit mir.«

»Wohin?« Noch bevor Mad mir irgendwelche Fragen beantwortet, schiebt er mich in einen SUV. »Was hast du vor?«

Mad tastet den Innenraum ab, aber hier findet er nichts. »Wir werden abgehört, womöglich hat er auch Kameras versteckt. Jemand hat wahrscheinlich nicht nur mein Schlafzimmer, sondern das ganze verdammte Haus verwanzt. Fuck!«

Wütend schlägt er gegen das Lenkrad, und ich zucke erschrocken zusammen.

»Was hat das zu bedeuten?«

»Dass dieser Scheißkerl schlau und uns immer einen Schritt voraus ist.« Er zündet den Wagen und fährt los, während Popcorn telefoniert und Silent in die Villa zurückgeht.

»Wo bringst du mich hin?«

»Ins *Whisper*. Ich erkläre dir dort alles.« Er tippt etwas in den Bordcomputer. Die Freisprecheinrichtung ertönt, und Mad gibt per Sprachbefehl einen Kontakt an, mit dem er telefonieren will. Ein Freizeichen dröhnt durch den Innenraum, aber niemand nimmt ab. Wir fahren durch die Stadt und steuern zu meiner Verwunderung auf das Festivalgelände zu.

»Was hast du vor, Mad?«

»Wir sind gleich da«, erwidert er und sucht meine Hand. Er verschränkt meine Finger mit seinen, was Wärme in mir verbreitet und beruhigend auf mich wirkt.

Wenige Minuten später hält er neben den Privatparkplätzen beim Haupteingang des Festivals. Besucher strömen zu Fuß durch die Eingangstore, von irgendwoher ist eine Musikkapelle zu hören, und der Duft von Zuckerwatte hängt in der Luft. Nach dem Regen von gestern ist heute ein schöner Tag.

Wir steigen aus, und ich folge Mad zur kleinen Bummelzugstation.

»Was hast du vor? Etwa eine Spazierfahrt über das Festivalgelände?«, frage ich, als er meine Hand nimmt und mich auf eine Bank in einen Waggon zieht.

»Geduld, Prinzessin. Das wirst du schon sehen.«

»Seltsame Art, vor unserem Stalker davonzulaufen«, murmle ich und nehme in dem Bummelzug Platz.

Er lacht. »Ich zeige dir, woran ich die letzten Wochen gearbeitet habe. Vertrau mir.«

Er gibt dem Lokführer ein Zeichen, und obwohl die Bimmelbahn nicht voll besetzt ist, fährt er los.

Wir kommen am See vorbei, wo die Tribüne ist. Ich schaue auf die andere Seite und suche unseren Stand. Nur kurz kann ich einen Blick erhaschen, aber niemand Vertrautes ausmachen. Die Bahn zuckelt auf einen Hügel mit einem Tunneleingang zu, über dem aus bunten Blumen der Schriftzug ›Kentucky-Bourbon-Festival‹ gepflanzt wurde. Mittig der Anhöhe ist ein Aussichtsturm, und ich erinnere mich, dass wir früher nachts dort mit unserer Clique gefeiert haben, zumindest bis das mit Alec passierte. Der Zug tuckert gemütlich durch den schwach beleuchteten Tunnel und kommt mitten drin bei einem Notausgang zum Stehen.

Verwundert sehe ich mich um. »Warum geht es nicht weiter? Ist die Lok ausgefallen?«

Mad lacht. »Nein, das ist schon okay so. Hier ist für uns Endstation, Mäuschen.«

Wir steigen aus, ich schaue den Rücklichtern des Bummelzuges hinterher, und Mad öffnet die Notausgangstür. Dahinter verbirgt sich ein Korridor mit einer Treppe.

»Hier entlang.« Mad deutet zu einigen Steinstufen. An der Wand des Treppenplateaus ist ein Schild angebracht, auf dem in geschwungener Schrift ›Whisper in a bottle‹ geschrieben steht.

»Willkommen im *Whisper in a bottle.*« Mad lässt mich eintreten.

Warmes Licht und sanfte Musik empfangen mich, und vor Staunen bekomme ich den Mund nicht mehr zu. Die unterirdische Bar ist groß, die Theke erstreckt sich über die gesamte Länge und hat genauso gemütliche Sofas wie damals im *Angels Share.* In die Wände der rechten Seiten sind Aquarien eingelassen, deren Wasser türkisblau leuchtet, und unzählige bunte Fische, imposante Quallen und anderes Getier ziehen langsam ihre Kreise. Auf dem Grund liegen versunkene Flaschen und Glitzersteine. Ich bin entzückt, mit wie viel Liebe zum Detail hier gearbeitet wurde.

Ich werfe Mad lächelnd einen Blick zu, während ich tiefer in die Bar hineinlaufe. Ich stocke überrascht, als etwas unter meinen Füßen knirscht und ich mit meinen Schuhen auf weichen Untergrund trete. Ich sinke in Sand, feinen, weißen Sand. Augenblicklich bekomme ich Lust, barfuß zu gehen. Der leicht karibische Stil mit den Palmen und den hellen Farben zieht sich durch die gesamte Inneneinrichtung. Es erinnert an Sommer, Sonne und Sandstrände, und der Anblick der Flüsterbar lässt mich einen Moment vergessen, was heute Vormittag geschehen ist.

Mad begrüßt den Barkeeper, der Spirituosen in ein Regal einsortiert, einen Maler, der in einer Ecke Farbe an eine Wand anbringt, und zwei Männer, die damit beschäftigt sind, Lampen anzuschließen.

»Gefällt es dir?«

Ich kann kaum ein Wort erwidern. »Wow!«

»Wir sind in den letzten Zügen, bevor wir nächste Woche die Eröffnung feiern können«, sagt Mad, als müsste er sich für die Arbeiten, die gerade verrichtet werden, entschuldigen. »Komm, ich zeige dir noch etwas.«

Neben der Theke öffnet er eine Tür zu einem Gang, der zu den Toiletten und anderen Räumlichkeiten führt. Wir steigen einen schmalen Aufgang zu einer Tür hinauf, Mad holt einen Schlüssel aus seiner Hosentasche und schließt auf.

Ich trete in einen eleganten Wohnbereich mit einem Sofa, Fernseher auf der einen Seite, einem Esstisch mit Stühlen auf der gegenüberliegenden und wie in der Bar mit einem gigantischen Aquarium, das ebenfalls statt eines Fensters in die Wand eingelassen ist. Vom Hauptraum führen weitere Türen in mehrere Zimmer. Die hellen freundlichen Farben und die moderne Einrichtung erinnern mich an eine teure Hotelsuite.

»Was ist das hier alles?« Fasziniert deute ich durch den Raum und werde von dem bunten Wasserbecken angezogen.

»Das ist meine Wohnung, die ich als Gästezimmer nutzen werde. Gefällt es dir?«

»Ja, sehr.«

»Wir alle haben viel Arbeit reingesteckt, und ich finde, es hat sich gelohnt.« Langsam kommt er auf mich zu. »Du kannst hierbleiben.«

Fragend sehe ich ihn an.

»Du brauchst eine Pause, Em. Du bist bleich, und ich merke, dass dir der Schock noch in den Gliedern sitzt. Deshalb dachte ich, eine kleine Auszeit könnte dir guttun.«

Es rührt mich, dass er sich Sorgen macht.

»Was du heute erlebt hast, hat dich sehr mitgenommen. Außerdem muss ich sicherstellen, dass alle Wanzen und anderer Überwachungskram gefunden und eliminiert werden. Bis dahin können wir hierbleiben. Ich werde auch euer Haus überprüfen lassen. Der Scheißkerl hat etwas vor, und das beunruhigt mich. Aber hier bist du sicher.«

»Das ist wirklich lieb von dir, aber ich muss arbeiten, heute Nachmittag habe ich Standdienst, und morgen ist die Abschlussgala, es gibt noch so viel zu tun. Ich ...«

Mad schüttelt den Kopf. »Nicht heute, Em. Du bist aufgewühlt, und ich will sicher sein, dass es dir gutgeht.«

»Ich weiß nicht, Mad. Ich kann sie doch nicht einfach so alleinlassen.«

»Wieso nicht? Denk mal mehr an dich selbst. Das wird dir guttun.« Er zieht mich in seine Arme. »Ich werde mit deinen Cousinen sprechen, das wird kein Problem sein ... Bleib bei mir, Em.«

Seine Bitte ist süß und sein Blick so eindringlich, dass ich nicht widerstehen kann. Außerdem hat er recht. Nach dem Schock von heute Morgen fühle ich mich erschöpft, nicht im Sinne von Schläfrigkeit, sondern einer tiefen Ermattung, die sich mit jeder Minute mehr auf mein Gemüt niederschlägt. »Und was werden wir tun?«

Mad grinst breit. »Was du willst. Ich muss nur ein paar Telefonate erledigen, Josh kann uns etwas zu essen zaubern, wir können fernsehen, schlafen, und falls dich das alles nicht entspannt, fällt uns sicher etwas Interessantes ein.« Er zuckt vielsagend mit den Brauen, was Hitze in meine Wangen schießen lässt. Er wird wieder ernst. »Du solltest mir erzählen, was genau du gesehen hast.«

Mitfühlend streift er eine Haarsträhne aus meinem Gesicht. Wenn ich ihm alles sage, weiß ich, dass ich fallen werde, aber in seinen Augen lese ich das Versprechen, dass er mich auffangen wird.

»Okay«, flüstere ich und drücke mich an seine Brust.

Kapitel 15

Emily

Während Mad seine Telefonate führt, stehe ich vor dem Aquarium und nehme die beruhigende Wirkung vollkommen in mich auf. Es entspannt mich, aber meine Gedanken kreisen dennoch um den Täter, der mir meinen Bruder weggenommen hat, und um die Schuhe, die auf Mads Bett gelegen haben. Wie können diese beiden Dinge miteinander verstrickt sein? Ein seltsames Gefühl beschleicht mich, dass mein Unterbewusstsein mir noch nicht alles gesagt hat.

Kräftige Arme schlingen sich von hinten um meinen Bauch, und sanfte Küsse an meinem Hals bescheren mir eine Gänsehaut. »Woran denkst du, Babe?«

Ich lehne mich an Mads Brust und schließe einen Moment die Augen. »An nichts. Es ist schön hier. Wie hast du diese Räumlichkeiten gefunden?«

»Die Stadt wollte den Hügel für die Vergrößerungspläne des Festivalgeländes plattmachen, aber das gestaltete sich schwierig, weil es hier unterirdische Gänge gibt, die früher von Schmugglern zur Prohibitionszeit genutzt wurden. Also überzeugte ich Mr. Winterbottom mit exzellentem Whiskey und einer Stange Geld davon, die Abrissarbeiten einzustellen und mir stattdessen den Berg zu überlassen. Er ließ sich darauf ein, und ich erbaute hier unten das *Whisper in a bottle.*«

»Also, ich finde die Idee, das Konzept der Bar und überhaupt diesen geheimnisvollen Weg großartig. Was ist mit deinen anderen Bars? Ich habe nie gefragt, ob sie auch ein bestimmtes Thema aufweisen.«

»Nicht alle, nur die neueren. Sowas ist kostspielig und schluckt viel Zeit.«

»Ja, das sieht man. Ist das *Whisper in a bottle* dein Ersatz für das *Angels Share*?«

»Nicht direkt. Mit dem *Angels Share* konnte ich meinen Moonshiner das erste Mal an die Leute bringen. Die Bar war besonders.«

Ich nicke zustimmend, weil mir das *Angels Share* als etwas Kostbares in Erinnerung bleiben wird.

Er löst sich von mir. »Okay, was willst du essen? Du hast bestimmt Hunger.«

»Mir egal, irgendetwas.«

»Gut, wie wäre es mit Pizza?«

»Gern.«

»Zieh die Schuhe aus, Mäuschen, und mach es dir gemütlich. Ich bin gleich bei dir.« Mad läuft hinüber zu seinem Arbeitszimmer und telefoniert. Ich richte meinen Blick wieder auf das Aquarium.

›*Ja, ich habe dir doch gesagt, dass der Junge keinen Herzschlag mehr hat. Er ist mausetot. Da ist nichts mehr zu machen*‹, hallt es in meinem Kopf nach. Mein Puls rast, und der Schmerz, der mit einem Mal losgetreten wird, schwappt wie eine Flutwelle über mich hinweg. Mein kleiner Bruder ist tot. Er hat ihn umgebracht. Ich fasse mir an die Brust, weil mein Verlust so verdammt wehtut, dass ich am liebsten schreien will. Ein Beben durchdringt mich, ich zittere unkontrolliert, es fällt mir schwer, mich auf den Beinen zu halten. Mein Körper gerät außer Kontrolle, und auch meine Haut reagiert nicht auf das Schnippen des Gummibands. Dass ich weine, merke ich erst, als Mads starke Arme mich auffangen.

»Shit! Ich wusste, dass das passieren wird«, murmelt er, hebt mich hoch und läuft mit mir in sein Schlafzimmer. Sanft lässt er mich auf sein Bett herunter, zieht mir die Schuhe von den Füßen und deckt mich zu. Er legt sich zu mir, und als ich das lächelnde Gesicht meines Bruders vor Augen habe, werde ich von heftigen Schluchzern geschüttelt. Mad ist da, wie er es versprochen hat. Er hält mich, gibt mir die Zeit, die ich brauche, und flüstert mir beruhigende Dinge ins Ohr, die wie Balsam für meine Seele sind.

»Ich bin da, Em. Alles wird gut.« Er streichelt mich, wiegt mich wie ein Kind, und der Schmerz verringert sich auf ein ertragbares Level.

Erst als ich mich wieder im Griff habe, ziehe ich die Nase hoch und wische mir die Tränen aus dem Gesicht. »Entschuldige.«

»Das ist der Schock. Es war ein harter Morgen.«

Ich bin überrascht von der Reaktion meines Körpers und der Heftigkeit meiner Trauer. So einen Ausbruch hatte ich das letzte Mal, kurz nachdem Tom verschwunden war. Es ist Jahre her. Neben den beinahe schon gewöhnlichen Panikattacken hatte ich selten so einen Zusammenbruch.

»Er fehlt mir, Mad«, flüstere ich in die Stille.

»Ich weiß, Babe.« Er küsst mich auf die Stirn und zieht mich noch enger an sich.

»Weißt du, was mich erschreckt?«

»Sag es mir.«

»All die Jahre habe ich mir eingeredet, dass Tom am Leben ist, es ihm vielleicht sogar gutgeht. Jetzt erkenne ich, dass ich mir das nur vorgemacht und mich an eine Illusion geklammert habe, weil ich nicht wahrhaben wollte, dass er tot ist.«

»Es ist normal, dass man sich an so eine Hoffnung klammert, Em. Der Tod hat etwas Endgültiges. Davor wolltest du dich schützen.«

»Aber jetzt fühlt es sich irgendwie anders an. Ich habe keine großen Erwartungen, aber ich wünsche mir, damit abschließen zu können. Auch für meine Familie. Meine Mom … Sie trauert sehr um ihn.«

»Natürlich, dieser Schmerz wird sie für immer begleiten.«

Wie kann es sein, dass ausgerechnet Mad mich so versteht? Ich staune immer wieder, dass hinter seiner Machofassade ein so einfühlsames Herz schlägt. Wärme durchströmt mich, und ich fühle mich so sicher und geborgen wie schon lange nicht mehr. Ich kuschle mich noch näher an seine Brust, höre seinen gleichmäßigen Herzschlag und dämmere in einen leichten Schlaf.

Als ich erwache, bin ich allein. Es geht mir besser. Mad hat recht gehabt, die Auszeit tut mir gut und war genau das, was ich gebraucht habe. Ich schwinge mich aus dem Bett und laufe in den Wohnbereich. Dort finde ich die Pizza, die Mad bestellt hat, und einen Zettel, auf dem er mir handschriftlich eine Nachricht hinterlassen hat.

Bin bald zurück. Iss etwas und mach es dir bequem.

M.

Ich bediene mich, laufe kauend zu meiner Handtasche und überprüfe mein Handy auf eingegangene Nachrichten. Oh je! Siebzehn Anrufe in Abwesenheit von Mom, Teach und sogar Kim. Ich rufe Teach an, die sofort rangeht.

»Hey, ich bins«, sage ich betont lässig.

»Emily! Na endlich. Du bist ja schwieriger zu erreichen als die Queen.«

»Wieso? Ich dachte, Mad hat euch gesagt, dass ich bei ihm bin.«

»Schon, aber nachdem er mir erzählt hat, was geschehen ist, wollte ich selbst mit dir sprechen. Und überhaupt ... Du bist bei ihm?«

»Ja, ist ne längere Geschichte.«

»Ich bin ganz Ohr. Am Stand ist sowieso nicht viel los, alle sind schon in Galastimmung. Also?«

Seufzend berichte ich ihr, wie Mad mich gestern Nacht betrunken aufgesucht hat.

»Dann hat er nichts mit Kim?«, fragt sie entgeistert.

»Nein, und ich glaube ihm.«

»Okay, das hätte mich auch gewundert. Und weiter?«

Als ich ihr von den Schuhen und der neuen Erinnerung erzähle, schwillt der Kloß in meinem Hals an, und ich kann einen Moment nicht weitersprechen. Nachdem ich mich wieder gefangen habe, klingt meine Stimme wie die einer kleinen Maus, und Tränen sammeln sich in meinen Augen.

Teach weiß sofort, dass mir das nahegeht. »Scheiße, Em, sag mir, wo du bist, ich komme.«

»Nein, schon gut. Ich bin okay, ehrlich. Es ist nur diese Erinnerung ... Ich kann nicht fassen, dass ich sie all die Jahre verdrängt habe und sie beim Anblick dieser Schuhe wieder auftaucht.«

»Dein Unterbewusstsein hat das zurückgehalten, um dich zu schützen. Die Schuhe haben dich getriggert, Em. Mein Gott, das alles tut mir so leid. Ich wäre jetzt gern bei dir. Dann würden wir Eiscreme essen, und du könntest dir alles von der Seele reden.«

»Danke, das ist lieb. Mad hat mir eine Auszeit verschafft, und das hat mir geholfen. Aber was ist mit euch? Sind Mom und Aiden auch am Stand?«

»Ja«, beginnt Teach unsicher. »Sie wissen nichts von dem Vorfall heute Morgen«, flüstert sie. »Mad bat mich, den Mund zu halten und nur zu erklären, dass du dir einen Tag freinimmst.«

»Danke für die Warnung.«

»Okay. Es bleibt doch dabei, dass du morgen kommst und wir uns gemeinsam für die Abschlussgala richten?«

»Ja.«

»Gut. Stell dir vor, Kim hat sich entschieden doch mitzukommen.«

»So? Wieso das auf einmal?«

»Keine Ahnung. Ich blicke bei ihr nicht mehr durch. Übrigens, ich habe versucht wegen des Modelauftrags etwas herauszufinden.«

»Du hast ihr nachspioniert?«

»Ich weiß, das hätte ich nicht tun sollen, aber ich mache mir wirklich Sorgen. Jedenfalls glaube ich, dass sie gelogen hat. Ich habe ihre Mails gecheckt, es gibt kein Angebot für irgendwelche Aufnahmen einer Agentur. Es gab nur eine Bewerbung von ihr, aber eine Antwort hat sie nicht erhalten.«

»Was? Aber warum sollte sie so etwas erfinden?«

»Das verstehe ich auch nicht.«

»Hat sie etwas wegen Mad gesagt?«

»Nein. Sobald ich sie darauf anspreche, meint sie, wir sollen nicht so verklemmt sein. Sie tut gerade so, als wäre ihr Verhalten völlig normal. Ich habe schon ihr Zimmer nach Drogen abgesucht.«

Kims Benehmen ist wirklich seltsam, und ich frage mich, ob es nicht an der Zeit ist, eine Art Zwangsgespräch mit ihr zu führen. So kann es auf keinen Fall weitergehen.

Teach seufzt tief. »Jedenfalls werde ich dranbleiben. Ich finde schon noch heraus, was dahintersteckt. Also, Süße, dann genieß dein Paradies. Wir sehen uns morgen.«

»Ja, danke fürs Zuhören.«

»Du weißt doch, von all meinen Cousinen bist du mir die liebste.«

Ich lache. »Du hast doch nur mich.«

»Genau deshalb.«

* * *

Je länger ich allein bin, desto mehr denke ich über den Täter nach. Ich kann die Erinnerung nicht vergessen, und eiskalte Schauer fegen über mich hinweg. Ich muss hier raus, ziehe mich an und verlasse Mads Appartement.

»Hallo«, sage ich zu Josh, der über die Theke wischt.

»Hi, darf ich Ihnen etwas anbieten?«, fragt er freundlich.

»Eine Cola.«

»Gern.«

Ich setze mich auf einen Barhocker und schaue mich um. Die Lampen, an denen Mads Mitarbeiter gewerkelt haben, hängen inzwischen, und auch der Maler hat sein Werk vollendet und ist dabei, die Bodenabdeckung und eine Leiter hinauszutragen.

Der Barkeeper stellt einen Glasuntersetzer und mein Getränk vor mir ab.

»Danke.« Ich nehme einen Schluck und widme mich meinem Handy. Ich schreibe Mom, dass alles in Ordnung ist. Wohin Mad verschwunden ist, kann mir Josh nicht sagen, aber ich genieße die Bar und sauge ihre besondere Atmosphäre auf.

Erst als mich ein süßer blumiger Duft aus den Gedanken reißt, schaue ich auf. Eine Frau setzt sich zu mir. »Josh, mach mir einen Moonshiner Spezial, bitte.«

Die weibliche Stimme kommt mir bekannt vor, und als ich in Missys Gesicht blicke, spannen sich unwillkürlich meine Muskeln an. Wie kommt sie hier rein, und wieso weiß sie von der Bar?

Im Augenwinkel mustere ich sie. Missy ist attraktiv und hat ein sehr gepflegtes Äußeres. Heute trägt sie wieder eine komplizierte Hochsteckfrisur, einen Bleistiftrock mit Blazer, und an ihren manikürten Fingern blinken Goldringe. Diese Frau ist seltsam, und ich weiß nicht, wie ich sie einschätzen soll. Von Anfang an hatte ich das Gefühl, dass sie in mir eine Feindin sieht.

»Ms. Westham, richtig?«

»Ja, Mad hat uns neulich vorgestellt.« Ich nicke ihr grüßend zu.

»Schön, Sie wiederzusehen.«

Ich bin mir nicht sicher, ob sie das wirklich so meint, aber ich will nicht unfreundlich sein und lächle.

Wie eine Freundin lehnt sie sich verschwörerisch zu mir. »Ich kenne Mad schon sehr lange und bin eine enge Vertraute.«

Danke für die Aufklärung. Ich erinnere mich an die Intimität, die ich damals unter Mads Bett zwischen ihnen mitbekommen habe, und kämpfe gegen die Übelkeit an, die die Szene in mir auslöst. Mad hat gesagt, dass er keine Frau mehr angefasst hat, seit ich da bin. Demnach hat er sie fallen gelassen, und bestimmt ist sie deshalb tierisch eifersüchtig auf mich.

Ihr Blick schweift durch den Innenraum. »Wie gefällt es Ihnen hier?«

Ihr abrupter Themenwechsel ist merkwürdig, überhaupt ist diese Frau eigenartig.

»Gut«, gebe ich knapp zurück und überlege, doch wieder im Appartement auf Mad zu warten.

»Gut? Also, ich finde es großartig hier«, meint sie begeistert. »Das Konzept dieser Bar war ein hartes Stück Arbeit, und ich bin schon ein wenig stolz, dass manche meiner Ideen umgesetzt worden sind. Der Sand zum Beispiel. Es hat eine Weile gedauert, bis wir jemanden gefunden haben, der uns damit beliefern konnte. Ich wollte feinkörnigen Sand aus der Karibik. Wir haben lange danach gesucht, und das Endergebnis kann sich sehen lassen.«

Ich hebe die Brauen. Was hat sie mit der Flüsterbar zu tun? »Wir?«

»Ja, hat Mad Ihnen das nicht gesagt? Ich bin Teilhaberin dieser Bar. Mad und ich machen seit einigen Jahren Geschäfte miteinander.«

Überrascht halte ich inne. Sie hatten also nicht nur eine Affäre, sondern sind auch noch Partner? Das bedeutet, sie verbringen unweigerlich Zeit zusammen. Der Stachel der Eifersucht bohrt sich in mein Herz.

»Wie schön für Sie«, erwidere ich mit einem leicht schnippischen Unterton.

Sie schaut mich forschend an, während ich mich schweigend meiner Cola zuwende. »Gott, Kindchen!«, entfährt es ihr, dann lacht sie schallend und klatscht in die Hände. »Ach du meine Güte! Sie sind eifersüchtig! Auf mich!«

Ich fühle mich ertappt, und Hitze schießt in meine Wangen.

Sie legt ihre Hand auf mein Armgelenk. »Darf ich ganz offen sprechen?«

Wachsam hebe ich eine Braue. »Will ich denn hören, was Sie mir erzählen wollen?«

Erneut kichert sie. »Ich glaube, Sie haben einen falschen Eindruck von mir.«

»Sie sind eine von Mads Geliebten.«

Sie senkt den Blick. »Das war einmal. Und ich gebe zu, das war so, bis Sie aufgetaucht sind. Wissen Sie, Mad braucht eine Frau, die ihm ebenbürtig ist, jemanden, der in der Lage ist, mit seinem Charakter und seinen Dämonen umzugehen. Jemanden wie Sie.«

Meint sie das ernst? Das überrascht mich.

»Anfangs war ich skeptisch, ob ein junges Mädchen es schaffen könnte, ihn zu erden, aber ich bin inzwischen überzeugt, dass Sie die Richtige sind.«

Jetzt komme ich nicht mehr mit. Habe ich irgendetwas von unserem Gespräch verpasst?

»Schauen Sie mich nicht so an. Ich bin kein Männer

verschlingendes Ungeheuer. Ich mag Sie, Emily. Wirklich. Ich bin nicht Ihre Feindin. Im Gegenteil, Sie sind genau die Frau, die er braucht.«

Was soll ich davon halten? Sie sieht mich offen an. »Woher wollen Sie das wissen? Sie kennen mich doch nicht.«

Ein wissendes Lächeln legt sich auf ihre Lippen. »Ich habe Augen im Kopf, meine Liebe. Außerdem weiß ich, dass Sie auch ein Päckchen zu tragen haben. Sie und Mad sind vom gleichen Schlag. Sie sind beide starke Persönlichkeiten, Kämpfer, die sich nicht unterkriegen lassen, obwohl das Leben es nicht immer gut mit euch meint. Ich kenne Ihre Geschichte und die von Mad. Zusammen könnt ihr eure Seelenqualen heilen.«

Sprachlos starre ich sie an. Woher weiß diese Frau so viel von mir?

Sie lächelt sanft. »In Ihrem Gesicht kann man lesen wie in einem Buch. Ehrlich, Kindchen, ich bewundere Sie für die Energie, die Sie besitzen. Ich bin fest davon überzeugt, dass Sie in der Lage sind, Mad von seinen Dämonen zu befreien, und er sie.«

Es ist seltsam, dass eine Fremde das sehen kann, aber ihre Worte bestärken mich, denn sie hat recht. Mad hat heute genau gewusst, was zu tun ist, um mir aus meinem Dilemma zu helfen. Ich könnte ihr eine Chance geben. Vielleicht. Ich beuge mich zu ihr und lege genau wie sie zuvor meine Hand auf ihre. »Ich habe auch nichts gegen Sie, aber ich behalte Sie im Auge.«

Sie lacht. »Keine Sorge, Kindchen. Solange Sie Mad auf diesem Kurs halten, ist alles in Ordnung.«

Es dämmert, als Mad immer noch nicht zurück ist und ich schon fast die ganze Pizza in mich gestopft habe. In seinem Appartement gönne ich mir ein Bad. Ich lasse Wasser in die übergroße Wanne ein, bin mir sicher, dass sie noch nie benutzt worden ist. Was für eine Verschwendung. Ich steige hinein, und augenblicklich lockern sich meine Muskeln, als das warme Wasser meinen Körper umspielt. Es entspannt mich so sehr, dass ich beinahe wegdämmere.

»Emily?« Mad ist zurück, und ich höre, wie er durch seine Wohnung läuft und Türen öffnet. »Em?«

»Ich bin hier«, rufe ich, und kurze Zeit später stößt er die Tür auf.

Sein angespanntes Gesicht weicht einem zufriedenen Grinsen. »Du liegst in meiner Wanne?«

Er kommt herein und schließt die Tür.

»Ja, sie sah sehr einladend aus.«

Er setzt sich auf den Rand. »Wie geht es dir? Hast du gut geschlafen? Vielleicht sogar von mir geträumt?«

»Nein. Ich habe einfach nur friedlich geschlummert.«

»Das ist gut.« Er holt sein Handy aus der Tasche, legt es auf eine Ablage beim Waschbecken, knöpft sein Hemd auf und schlüpft aus seinen Schuhen.

»Wo warst du?«

»Bei Runley«, sagt er und öffnet seinen Gürtel, nachdem er das Hemd hat achtlos fallen lassen. Mein Blick liegt auf seinen Bauchmuskeln. Unfassbar, wie trainiert er ist.

»Hast du es ihm erzählt«, frage ich, während er seine Beine aus der Hose strampelt.

»Natürlich. Er meinte, wir sollen uns normal verhalten, nichts Ungewöhnliches unternehmen und ...« Als er seine Socken auszieht und kurz darauf seine Boxershorts folgt, halte ich den Atem an. Er steigt zu mir in die Wanne, setzt sich mir gegenüber und zieht mich an den Hüften zu sich. Das Wasser schwappt ein wenig über den Rand. »Er empfahl mir, mich zu entspannen. Voll und ganz.« Ein anzügliches Lächeln umspielt seine Lippen, bevor er mich küsst und seine Zunge in meinen Mund taucht. Mein Herz rast, als seine Finger über meinen Rücken gleiten und schließlich meinen Po umfassen. Ich sitze rittlings auf ihm und spüre seine harte Erektion unter mir. Lust überkommt mich, und ich kann nur daran denken, ihn endlich in mich aufzunehmen, ihm vollends nahe zu sein. Ohne Vorwarnung nimmt er meine Brustwarze zwischen die Lippen saugt und knabbert an ihr, bis ich stöhnend den Kopf in den Nacken lege und das Gefühl genieße. Sofort bin ich wie im Rausch, greife nach seinem Schwanz und bringe ihn in Position. Mad schließt die Augen und beißt sich auf die Lippen, als ich mich langsam auf ihn niederlasse.

»Fuck! Das ist das beste Gefühl der Welt, Em«, presst er hervor und krallt seine Finger in meine Pobacken. Wir beginnen uns zu bewegen, und die Lustwellen, die mir Mad schenkt, bringen mich schnell in Ekstase. Gott, ich liebe es, wie er mich nimmt. Gierig nach mehr erhöhe ich das Tempo, und es ist mir egal, dass wir das Badezimmer unter Wasser setzen. Mad küsst mich, verschlingt mich, raubt alles von mir, und als ich glaube, nichts könnte den Ritt noch steigern, legt er einen Finger auf meine Klit und beginnt sie kreisend zu massieren.

»Heilige Scheiße, Mad.« Ich keuche, worauf er teuflisch grinst. Ich habe das Gefühl, zu fliegen, zu schweben, und als ich zerspringen will, hört er abrupt auf, hält mich fest an sich gepresst.

Frustriert starre ich ihn an.

»Was soll das? Nicht aufhören«, beschwere ich mich.

»Sag, dass du mir gehörst. Nur mir«, fordert er mit dunkelblau verhangenen Augen. Ich bin ihm schon längst verfallen, und das mit Haut und Haaren. Ich erkenne Sehnsucht, unbändiges Verlangen und den Wunsch, nicht nur meinen Körper zu besitzen, sondern auch meine Seele, mein Herz, meine ganze Liebe. Er ist Himmel und Hölle und alles, was ich will, was ich brauche.

Mit den Fingern gleite ich über seine Lippen und sehe ihn an. »Ich gehöre nur dir, Maddox McKinley. Dir allein.«

Ein Knurren dringt aus seiner Kehle, und dann ist es, als hätten meine Worte ein wildes Tier in ihm freigelassen. Er setzt sein süßes, sündiges Spiel mit seinem Finger fort, schneller und intensiver. Gleichzeitig stößt er mich so hart gegen seine Lenden, dass ich nur wenige Augenblicke später über die Klippe springe. Ich schreie, kralle mich in seinen Haaren fest, während Mad sich in vielen Schüben und mit zusammengepressten Zähnen in mir ergießt. Erschöpft und atemlos sinke ich an seine Brust und lausche seinem pochenden Herzschlag.

»Du bist der Wahnsinn, Em«, raunt er an meinem Hals und bedeckt ihn mit kleinen Küssen. Er sieht mir in die Augen. »Es fühlt sich richtig mit dir an. So etwas habe ich noch nie empfunden.«

Ich lächle berührt von seinem Geständnis. »Ja, es ist, als wären wir zwei Puzzleteile, die sich perfekt ineinanderfügen.«

»Das bedeutet, dass wir zusammengehören, Em.«

»Ja«, flüstere ich, küsse ihn zart und fühle mich unglaublich geborgen. Wir sind endlich zusammen. Ich weiß nur, dass ich ihm gehöre, und nichts kann diese Verbindung trennen.

Nachdem wir uns gegenseitig gewaschen und noch einmal unter der Dusche geliebt haben, liegen wir völlig fertig und engumschlungen in seinem Bett. Mad streichelt zärtlich über meine Haut, während ich seine Nähe genieße.

Wir lächeln uns an, und ich verliere mich in dem Blau seiner Augen, bevor er sanft seine Lippen auf meine legt und mich küsst. Dann dreht er sich auf den Rücken, schiebt einen Arm unter meinen Nacken und zieht mich an sich. Ich dränge mich an seine Brust, spüre seine Wärme, und wie selbstverständlich bettet sich meine Hand auf seinen Oberkörper, als gehörte sie dort hin. Leicht hebe ich den

Kopf, um ihn anzusehen, und fahre zart mit dem Finger die dunkle Tinte seiner Tattoos nach.

»Mad?«

»Hm?«

»Welche Bedeutung hat der Drache?«

Er blinzelt mit einem Auge und schaut auf seine Brust herab. »Er steht für den Kampf, den ich mit mir selbst ausfechte. Der Drache ist ein seltsames, unberechenbares Wesen, das mit Feuer alles vernichten kann – so wie ich.«

Mein Herz setzt aus, weil ich sofort an die Unglücksnacht denke, in der sein Vater im Feuer umkam. So sieht er sich? Es ist sein persönliches Trauma, das er, wie ich meines, nie ganz verwunden hat. Er glaubt, schuld am Tod seines Vaters zu sein, weil seine Familie ihm das vorgeworfen hat. Das ist schrecklich und grausam. Es war ein Unfall. Mir wird übel, wenn ich überlege, durch welche Hölle er gegangen sein muss. Nachdenklich betrachte ich das Fantasietier und entdecke bei genauerem Hinsehen, was mir bisher verborgen geblieben ist. »Und warum hat er zwei unterschiedlichfarbige Herzen?«

Mad zieht die Decke über uns. »Eines für die Menschen, die ich liebe, und eines für die, die mich hassen.«

»Ich habe dich mal gehasst«, sage ich leise und senke den Blick.

»Und jetzt nicht mehr?«

»Nur manchmal.«

Er grinst, hebt mein Kinn und sieht mich eine Weile an. »Ich muss dir etwas erzählen, Em.«

Interessiert richte ich mich auf, sodass ich ihn ansehen kann. Er greift nach meiner Hand.

»Ich habe doch mal erwähnt, dass mein Großvater und Alec mich für den Tod meines Vaters verantwortlich machen.«

»Ja, das hast du mir nach der Gala bei Enna gesagt.«

Einen Moment hält er inne, bevor er weiterspricht. »Es sind in dieser Nacht noch mehr Dinge geschehen, über die ich nie gesprochen habe. Noch nicht mal mit Silent.«

Ich runzle die Stirn.

»Ich habe in dieser Nacht meinen Vater und Großvater belauscht und erfahren, dass ich kein echter McKinley bin.«

Ich hebe die Brauen. »Wie meinst du das?«

»Na ja, also, entweder stamme ich aus einer Affäre meiner Mutter oder ich bin ein Bastard meines Vaters.«

»Rede nicht so von dir, Mad. Du bist Maddox McKinley, ein genialer und sehr talentierter Moonshiner.«

Er lacht, wird dann aber wieder ernst. »Ich habe meine Mutter nie damit konfrontiert.«

»Wieso nicht?«

Er zuckt mit den Schultern. »Ich weiß auch nicht. Als ich es erfuhr, war ich wütend, habe ein paar Anspielungen bei meinem Großvater gemacht, aber mit der Zeit empfand ich es nicht mehr so wichtig. Außerdem … Hätte es etwas geändert? Anfangs tat ich mich schwer mit dem Wissen, aber irgendwann war es mir egal. Sie hatten mir ohnehin den Stempel des missratenen Sohnes aufgedrückt, also spielte es keine Rolle.«

»Aber wolltest du nie erfahren, wer der andere Elternteil ist?«

»Nein. Ich hatte genug mit dem Tod meines Vaters und mit der Schuld zu tun, die ich in dieser Nacht auf mich geladen habe.«

»Ich verstehe nicht, warum sie dich so behandelt haben. Es war ein schrecklicher Unfall, du ein Teenager. Wie kann man sich als erwachsene Person so verhalten?«

»Tja, ich war meinem Großvater schon immer ein Dorn im Auge.«

Eine Weile schaue ich zu, wie er die Form meiner Finger nachfährt.

»Ich habe damals meinen Vater in den Flammen gesehen, Em«, sagt er leise und mit belegter Stimme. »Er ist vor meinen Augen verbrannt, und ich konnte ihn nicht retten. Noch heute sehe ich seinen verzweifelten Blick und wie das Feuer ihn vollkommen verschlungen hat.«

Mein Gott! Wie grausam muss das für ihn gewesen sein. Ich erinnere mich, dass der Brand einige Wochen nach Toms Verschwinden geschah.

»Um das alles ertragen zu können, nahm ich Drogen, weil sie mir halfen, meine Schuld und die Bilder für ein paar Stunden zu vergessen. Danach hat es mich aufgefressen, und manchmal habe ich darüber nachgedacht, dem Ganzen ein Ende zu machen.«

Erschrocken richte ich mich auf.

»Mad«, entfährt es mir entsetzt.

»Schon gut, die Phase dauerte nicht lange. Ich hatte Enna.«

»Und wie ist das heute?«

»Ich würde schon ganz gern wissen, wer ich bin, woher ein Teil von mir stammt.«

»Dann solltest du deine Mutter fragen.«

Ich sehe Widerspruch in seinem Blick, den er nicht äußert. Mir ist klar, dass er Angst hat. Voller Mitgefühl nehme ich seine Hand. »Du bist nicht allein, Mad. Ich werde dir beistehen. Egal, wie ihre Antwort lautet, und egal, wie hart es sein wird, ich bin bei dir.«

»Das würdest du tun?«

»Hast du nicht vorhin gesagt, wir gehören zusammen?«, erwidere ich.

Er lächelt zärtlich.

»Der Brand war ein schrecklicher Unfall, Mad. Und ich finde es erbärmlich, dass dich deine Familie im Stich gelassen hat.«

»Nicht meine Mom.«

»Okay, aber dein Bruder und dein Großvater, und für meinen Geschmack hätte dich deine Mutter vehementer schützen müssen. Aber wer weiß, warum sie es nicht getan hat. Fakt ist: Niemand darf dir so eine Schuld aufladen. Ob du nun ein McKinley bist oder nicht. Ich sehe dich, Mad, ich sehe den Mann, der du wirklich bist. Du bist stark, mutig und voller Herzlichkeit. Du hast mir gezeigt, was du für Enna tust, und ich habe erlebt, wie großzügig du als Boss bist. Ich denke da an Tonja, sogar an Hurleys Schwester. Du kümmerst dich, aber vor allem habe ich erkannt, was für ein großes Herz du hast. Du bist so viel, Mad, mehr als ich jemals erwartet habe.«

Er zieht mich an sich. »Womit habe ich dich nur verdient, Em?«

Er besiegelt meine kleine Rede mit tiefen, leidenschaftlichen Küssen, und alles, was ich tun kann, ist ihm zu zeigen, wie viel er mir bedeutet.

Kapitel 16

Emily

Obwohl ich heute Nacht definitiv zu wenig Schlaf abbekommen habe, geht es mir erstaunlich gut, wenn man davon absieht, dass ich bei jeder Bewegung Mad noch zwischen meinen Beinen spüre. Ich taste das Laken entlang, auf der Suche nach seinem warmen Körper, aber meine Finger erfühlen nur einen kühlen, leeren Platz. Wo ist er? Ich recke den Kopf, horche, weil ich vermute, dass er unter der Dusche steht, aber es ist mucksmäuschenstill im Appartement. Vielleicht ist er in der Bar. Schnell springe ich aus dem Bett, dusche und ziehe mich an. Mit feuchtem Haar betrete ich das *Whisper in a bottle.* Hinter dem Tresen ist heute ein anderes männliches Gesicht. Der Typ ist dunkelhaarig, groß und schlank und schenkt einem Mann mit einer Beanie-Mütze Kaffee nach.

»Guten Morgen, Ms. Westham«, begrüßt der Barkeeper mich, worauf Silent kauend den Kopf hebt und mir zunickt.

»Morgen. Emily reicht vollkommen«, erwidere ich.

»Ich bin Miles. Frühstück?« Er streckt mir seine Hand entgegen, die ich freundlich annehme.

»Nur einen Kaffee, bitte.« Ich setze mich neben Silent. »Was machst du denn hier?«

»Auf dich warten«, sagt er ungerührt zwischen zwei Bissen.

»Auf mich? Wieso? Wo ist Mad?«

Genau in dem Augenblick trudelt eine Nachricht von Mad ein.

> **8.03 Uhr Häuptling**
> Hey Mäuschen, leider muss ich mich um ein paar dringende Geschäfte kümmern. Dafür freue ich mich umso mehr auf heute Abend. Frühstücke in Ruhe, Silent wird dich nach Hause fahren. Die Häuser sind sauber. Mad

Eine halbe Stunde später sitze ich neben Silent im Wagen. Nicht mal das Radio ist eingeschaltet, und deshalb herrscht eine merkwürdige Stille.

»Was habt ihr alles gefunden?«, will ich wissen, da Mads Männer gestern den ganzen Tag mit der Suche nach dem Agentenkram beschäftigt waren.

»Wanzen, Minikameras«, antwortet er monoton und macht nicht den Eindruck, dass er Lust hat, weiterzusprechen.

Ich seufze. »Gut, dass man jetzt wieder seine Privatsphäre hat.«

Silent zum Sprechen zu bringen, ist verdammt schwierig, da er der wortkargste Mensch ist, den ich kenne. Vielleicht kann ich ihn aus der Reserve locken, wenn ich das Thema auf etwas lenke, das ihm wichtig ist. Ich schmunzle, als ich eine Idee habe.

»Hast du Teach heute schon gesehen?«, frage ich beiläufig.

Es freut mich, dass sein Mundwinkel zuckt. »Nein.«

»Sie begleitet dich heute zur Abschlussgala, richtig?«

Er nickt kurzangebunden.

»Und hast du schon alles vorbereitet?« Ich beiße mir auf die Lippen, um nicht bei seinem fragenden Gesicht loszulachen.

»Was meinst du mit ›alles‹?«

»Na, die Blumen, deinen Smoking und das Geschenk.«

Er hält inne, und ich presse fest die Lippen zusammen und kichere in mich hinein.

»Du hattest doch schon eine Verabredung und weißt, wie das abläuft, oder?«

Er ist so süß, wenn er keine Ahnung hat, wovon ich spreche. Regungslos starrt er durch die Windschutzscheibe, und ich bemerke, wie unsicher er wirkt. Mein Lächeln friert ein, als ich plötzlich kapiere. Er hatte noch nie ein Date. Ich kann ihn nur fassungslos ansglotzen. Wie ist das möglich? Ein so großer und cooler Typ war noch nie mit einem Mädchen aus? Ich bin sprachlos, und sofort habe ich ein schlechtes Gewissen. »Okay, vergiss alles, was ich eben gesagt habe. Ich habe nur versucht, einen Spaß zu machen. Du brauchst kein Geschenk. Nur den Smoking, den solltest du tragen. Du hast doch so etwas, oder?«

Er nickt, und nach einer Weile wirft er mir einen Blick zu. »Was ist noch wichtig? Ich meine, worauf muss ich achten?«

Er errötet leicht, weshalb ich mich erst recht mies fühle. Er bittet mich um Ratschläge. Das ist … echt süß. Ich überlege. »Vielleicht bringst du ihr ein Blümchen. Teach mag Blumen.«

»Welche?«

»Auf keinen Fall einen riesigen Strauß. Etwas Kleines wäre schön. Und du solltest nett und freundlich sein, indem du ihr zum Beispiel die Tür aufhältst und Komplimente machst.«

Er nickt mal wieder und biegt in die Straße zu meinem Haus ein. Wir parken davor. Zu meiner Überraschung stellt er den Motor aus, als würde er unsere Unterhaltung weiterführen wollen. Das allein ist schon ein Kreuzchen im Kalender wert. Silent. Will. Reden. Abwartend sehe ich ihn an.

Er wendet sich mir zu. »Was noch?«

»Lächeln. Ich finde, du lächelst viel zu wenig. Das kannst du doch, oder?« Ich habe ihn wirklich noch nie lachen gesehen. »Komm schon, zeig mir deine Zähne. Das ist wichtig. Woher soll Teach sonst wissen, ob du Spaß mit ihr hast, wenn du immer so ernst und grimmig schaust?«

Langsam dreht er seinen Kopf zu mir, und seine Mundwinkel zucken. Wie in Zeitlupe versucht er die Lippen zu heben, was ehrlich gesagt gruselig ausschaut. Um ihm zu helfen, knuffe ich ihm in die Seiten, in der Hoffnung, dass er kitzelig ist. Er zuckt zusammen, worauf ich ihm gleich noch mal in die Rippen tippe. Tatsächlich bringt er ein winziges Lächeln zustande.

»Ja, genau so.« Ich frage mich, wieso ihm das so schwerfällt. Von Mad weiß ich, dass er keine einfache Kindheit hatte, aber ich bezweifle, dass jemand ihn zum Reden bringt. Mit Ausnahme von Teach. Ihr traue ich das zu.

»Ich mag deine Cousine. Ich … will nichts falsch machen«, sagt er leise.

»Das wird nicht geschehen. Teach ist kein komplizierter Mensch. Außerdem musst du sie nicht mehr beeindrucken, das hast du schon längst. Sei du selbst, Silent. Dann wird alles gut.« Ich öffne den Wagen. »Danke fürs Nachhausebringen.«

Er nickt, und ich steige aus.

»Em?«

Mein Herz macht einen Satz, weil er mich bei meinem Spitznamen ruft. Das ist ebenfalls eine herzerwärmende Premiere. »Ja?«

»Danke.«

»Sehr gern.«

* * *

Aiden ist schrecklich nervös. Heute findet auf der Abschlussgala das wichtigste Geschäftsgespräch statt, das über die Zukunft unserer Destillerie entscheidet. Er hat kaum geschlafen und will sich gut auf den Termin vorbereiten, weshalb er im Arbeitszimmer über Unterlagen brütet und sich Notizen macht. Alles hängt davon ab. Ich weiß, dass ein negatives Ergebnis ihn in eine noch größere Krise stürzen könnte.

Als ich an seinem Zimmer vorbeigehe, bleibe ich kurz stehen, weil ich etwas entdecke, das ich nicht erwartet hätte. Aiden hat ein Bild von Judy auf seinen Nachttisch gestellt. Das ist für mich der Beweis, dass er tatsächlich noch nicht mit ihr abgeschlossen hat. Ich nehme mir vor, dem Schicksal mit einem Schubs in die richtige Richtung auf die Sprünge zu helfen, und greife nach meinem Handy, als ich in meinen vier Wänden bin. Ich suche Judys Kontakt und rufe sie an. Gleich beim zweiten Klingelzeichen nimmt sie ab. »Hallo?«

»Hi Judy, ich bins, Emily.«

»Em? Gott! Ist etwas passiert?«

»Ja … Nein … Können wir reden?«

»Klar. Geht es Aiden gut?«

Ich stocke. »Hör mal, ich will mich bei euch nicht einmischen, aber … ehrlich gesagt, ihm geht es beschissen.«

Kurz erzähle ich ihr, was sie wissen muss, worauf auch sie mir ihr Herz ausschüttet.

»Oh, Emily!« Sie schluchzt. »Ich habe gehofft, er würde mich suchen, wir könnten uns aussprechen und versöhnen, aber je mehr Zeit vergeht, desto mehr habe ich Angst, dass er ernsthaft über Scheidung nachdenkt.«

Vor meinen Augen sehe ich die Papiere, die Aiden auf dem Schreibtisch liegen hat. Davon erwähne ich sicherheitshalber nichts.

»Weißt du was? Ich denke, es wäre am besten, wenn du herkommst.«

»Glaubst du, er hört mir zu?«, fragt sie schluchzend.

»Ich trete ihm in den Hintern, falls er es nicht macht. Er braucht dich, Judy. Wann kannst du da sein?«

Im Hintergrund ist lautes Hundegebell zu hören. »Aus!«, faucht sie streng, und augenblicklich ist es wieder still. »Entschuldige bitte die Unterbrechung. Die Hunde meiner Mutter machen mich noch wahnsinnig. Also, wenn ich den nächsten Flieger erwische, könnte ich heute Abend irgendwann da sein.«

»Perfekt. Wir sind auf der Abschlussgala des Kentucky-Festivals, also komm im Abendkleid. Ich werde Aiden nichts sagen.«

»Gut, dann buche ich gleich den Flug. Ich freue mich, dich wiederzusehen.«

»Ich mich auch, Judy. Also, bis später.« Als ich auflege, hoffe ich inständig, dass die beiden endlich alle Missverständnisse aus der Welt schaffen können, und richte ein paar Sachen, die ich zu Teach und Kim mitnehmen werde.

Bevor ich mich auf den Weg zu meinen Cousinen mache, schreibe ich Mad eine Nachricht. Es kribbelt in meinem Magen, als ich an letzte Nacht zurückdenke. Ich bin so verliebt in ihn und kann es kaum erwarten, dass wir uns heute Abend wiedersehen. Meine Mitteilung wird nur zugestellt. Ungeduldig starre ich auf die Häkchen, in der Hoffnung, dass sie sich blau färben, aber das tun sie nicht. Wahrscheinlich ist er beschäftigt.

Als ich bepackt mit meiner Tasche den Flur entlanggehe, muss ich an Toms Zimmertür vorbei. Früher war er beim Spielen laut zu hören, doch seit er fort ist, herrscht gespenstische Stille. Nie wieder habe ich das Kinderzimmer betreten, und wenn ich mir jetzt vorstelle, dass wir wegziehen, dann werden wir die Erinnerungen und alles, was wir mit Tom verbinden, verlieren. Ich weiß nicht, ob ich dafür bereit bin. Betrübt wende ich den Blick ab und laufe die Treppe hinunter.

»Emily, gehst du schon los?« Mom steht mit einem Arm voller Ordner im Eingangsbereich.

»Ja, du weißt doch, wie lange die Schönheitsprozedur immer dauert.«

»Ja«, meint sie lächelnd, sieht mich aber forschend an. »Alles in Ordnung? Du hast nichts von gestern erzählt.« Sie spielt auf die Auszeit an, die Mad mir auferlegt hat. Jetzt bin ich froh, dass Teach ihr nichts von dem Vorfall mit den gelben Schuhen gesagt hat. Ich weiß nicht, wie Mom diese Nachricht aufnehmen würde, und traue ihr zu, dass sie mich aus Angst in mein Zimmer einsperren würde.

»Ja, mir geht es gut. Ich brauchte eine Pause, musste über einiges nachdenken, worüber du gesprochen hast.«

»Wegen der Firma?«

»Auch. Du hast recht, womöglich ist die Westham-Destillerie ein Gefängnis für Aiden.«

Sie nickt. »Für dich aber ebenso.«

»Nicht so sehr wie für ihn.«

»Ich weiß, das ist ein großer Schritt. Warten wir einfach ab, ob Aiden bei dem Termin etwas erreichen kann.«

»Das machen wir. Okay, Mom, ich muss los. Wir sehen uns dann heute Abend auf der Gala.« Ich drücke ihr einen Kuss auf die Wange und verlasse das Haus.

Die Stimmung zwischen Kim und mir ist verhalten, als sie mir wenige Minuten später die Tür öffnet. Sie sieht müde aus und wird jede Menge Concealer brauchen, falls sie wirklich zur Abschlussgala mitgehen will.

»Hallo Kim«, grüße ich sie unterkühlt.

»Emily.« Sie schiebt die Tür auf und lässt mich herein. Es ist seltsam, ohne ihr übliches fröhliches Geschnatter an ihr vorbeizugehen. Ich beachte sie nicht weiter und laufe die Treppen hinauf.

»Hi«, rufe ich, als ich nach einem Klopfen Teachs Reich betrete. Sie sitzt an ihrem Schreibtisch und hat einen Stapel Hefte vor sich. Im Gegensatz zu Kims Zimmer ist hier alles aufgeräumt und ordentlich.

»Du bist ja schon da. Wie schön.« Sie steht auf und begrüßt mich mit einer Umarmung. »Und? Hat sie etwas erwähnt?«, fragt sie neugierig.

»Du meinst Kim? Kein Wort, aber das ist mir egal, ich behandle sie wie Luft.« Ich stelle meine Tasche auf ihrem Bett ab und fische die Pflegeutensilien, Schuhe, Lockenwickler und all den anderen Kram heraus. »Hast du dir Arbeit mit nach Hause genommen?« Ich deute mit einem Nicken auf den Stapel Hefte.

»Ja, ich sehe mir die Hausaufgaben der Kinder an, aber ich bin fast fertig. Sollen wir loslegen?«

Ich seufze, denn besonders große Lust habe ich nicht. »Bringen wir es hinter uns.«

Ich setze mich vor ihren Schminktisch, der nur halb so voll beladen ist wie Kims. Während Teach mein Haar auf Lockenwickler aufdreht, schreibe ich Mad mehrere Nachrichten, die alle unbeantwortet bleiben. Langsam mache ich mir Sorgen. Das ist wirklich ungewöhnlich. Aiden tippe ich auch eine Kurznachricht. Heute Abend wird sich die Zukunft unserer Destillerie entscheiden.

Direkt nach dem Dinner finden im Herrenzelt die üblichen Verhandlungen der Whiskey-Branche statt. Neue Verträge werden ausgehandelt, Partnerschaften beschlossen und natürlich Whiskey ein- und verkauft.

Es klopft zaghaft an Teachs Tür, und Kim streckt ihren Kopf ins Zimmer. »Hey Em, können wir miteinander reden?«

Sie kommt herein und schließt die Tür hinter sich.

»Ich wüsste nicht, was wir beide noch zu besprechen hätten.«

Ich ernte einen mahnenden Blick von Teach.

»Also …« Kim knetet nervös ihre Finger. »Es tut mir leid, okay? Ich … Können wir nicht für einen Abend Frieden schließen?«

Ich drehe mich zu ihr um. »Nur für einen Abend? Wozu?«

»Weil ich dir gern alles erklären will, und dafür reicht die Zeit nicht. Wir müssen uns für die Gala fertig machen, und sowas bespricht man nicht zwischen Lockenwickler und Wimperntusche.«

Da muss ich ihr recht geben. Allerdings kommt ihre Einsicht etwas spät.

»Bitte, Em. Das alles ist ohnehin schon kaum zu ertragen, und ich will …« Sie bricht ab, und dicke Tränen rollen über ihre Wangen.

Bin ich zu hart mit ihr gewesen? Unsicher schiele ich zu Teach. Kim hat Probleme, und wir wissen immer noch nicht, was in ihr vorgeht.

»Bitte, Em. Morgen werde ich alles erklären.«

Sie ist ziemlich labil, und ich will nicht für einen Zusammenbruch verantwortlich sein. Ich bemerke, wie ihre Hände zittern, und vielleicht sollte ich meinen Groll bis zu unserem Gespräch zur Seite schieben. Verdammt! »Na gut, für heute Abend ist Frieden zwischen uns, aber morgen erwarte ich, dass du uns endlich sagst, was los ist.«

Sie nickt sichtlich erleichtert. »Versprochen.«

»Halleluja, wurde auch Zeit«, erwidert Teach seufzend und hält den Kamm und eine Lockennadel gen Himmel.

Kim wischt sich die Tränen vom Gesicht. »Danke. Das bedeutet mir wirklich viel.«

Ich bin gespannt, was in ihrem hübschen Köpfchen vorgeht, und kann meine Neugier gerade schwer zurückhalten.

* * *

Geduldig lasse ich mich von Teach schminken, und als sie fertig ist, schlüpfe ich in mein Kleid und trete vor den großen Spiegel. Mein braunes Haar liegt in weichen glänzenden Wellen über meinen Schultern. Das schulterfreie, lange Abendkleid, das ich im Secondhandladen gefunden habe, sitzt wie angegossen, und das Make-up betont meine Vorzüge. Obwohl ich nicht der Typ für so ein Outfit bin, fühle ich mich erstaunlich wohl. Wenn nur die High Heels nicht so schwindelerregend hoch wären, aber Kim hat beim Kauf damals kein anderes Paar Schuhe zugelassen.

»Wow! Em! Du siehst aus wie eine Prinzessin.« Teach betrachtet mich von Kopf bis Fuß. »Das Kleid steht dir so gut.«

»Ja, sie war schon immer eine Schönheit«, meint Kim, während die beiden mich begutachten.

»Du kannst ruhig sagen, dass ich mich diesmal übertroffen habe«, meint Teach und knufft ihrer Schwester in die Seite.

»Großes Lob, Schwesterchen. Wenn ich eines Tages heirate, darfst du mich auch so schön machen, aber bei mir musst du etwas tiefer in den Farbtopf greifen.«

Ist das zu fassen? Plötzlich blitzt die alte flippige und quirlige Kim aus ihr heraus. Wo hat sie nur die ganze Zeit gesteckt? Auch wenn ich sie vermisse und es meinem Herzen einen Stich versetzt, bleibe ich zurückhaltend, denn noch ist nichts geklärt.

»Wir haben es beide sehr gut gemacht«, antwortet Teach. »Also, falls die Westham-Destillerie heute Abend in den Boden gestampft wird, können wir uns überlegen einen Schönheitssalon zu eröffnen.«

»Dazu wird es nicht kommen«, versucht Kim meine trüben Gedanken zu vertreiben, als ein Schatten über mein Gesicht huscht.

»Hoffen wir, dass Aiden heute die besten Verhandlungen seines Lebens führt.«

Teach, Kim und ich halten einen Moment inne, weil wir wissen, was auf dem Spiel steht. Kim ist die Erste, die sich aus der angespannten Stimmung löst und uns beschwörend ansieht. »Wann kommt Silent?«

»Er müsste jeden Augenblick da sein.«

»Dann sollte sich dein Don Juan beeilen. Wenn wir nicht zu spät kommen wollen, sollten wir los.«

Wir warten, und mit jeder verstreichenden Minute, während der er nicht auftaucht, wird Teach unruhiger. Sie tigert mit ihrem Handy hin und her und kann Silent nicht erreichen. Merkwürdig. Auch Mad hat meine Nachrichten immer noch nicht gelesen.

»Vielleicht hat er es vergessen?« Kim steht am Fenster und kommentiert jedes Auto, das am Haus vorbeifährt.

»Nein, das hat er sicher nicht«, antworte ich, und ein dumpfes Gefühl macht sich in mir breit. Hoffentlich ist nichts passiert.

»Wir sollten los, das Essen beginnt bald.«

Hilflos wirft Teach mir einen Blick zu. Sie tut mir so leid. *Verdammt, Silent! Wo steckst du?*

Nach weiteren sinnlos verstrichenen Minuten machen wir uns mit einer besorgten Teach auf den Weg. Wir fahren mit Kims Wagen zum Festivalgelände. Diesmal parken wir bei den großen, weißen Zelten, die zu allen Seiten einsehbar offen sind. Alles ist festlich beleuchtet und wunderschön mit zahllosen Blumen arrangiert. Es sind schon viele Gäste da, alle in eleganter Kleidung.

Bewundernd lassen wir unseren Blick über das Festzelt schweifen. Das Orga-Team hat sich mal wieder selbst übertroffen. Prunkvoll gedeckte Tische, aufwendige Blumenarrangements, tolle Beleuchtung, eine Bühne, auf der eine Band Livemusik spielt, ein Tanzparkett und eine Bar bilden einen würdigen Abschluss für das Festival. Bekannte Gesichter nicken uns grüßend zu, während wir zwischen den Leuten hindurchlaufen und auf den Tischen nach unseren Namen Ausschau halten. Manche Gäste haben ihre Plätze gefunden, aber die meisten stehen in kleinen Grüppchen zusammen. Kellner teilen Sekt aus, und leise Musik untermalt die glanzvolle Szenerie. Ich entdecke Mom, die sich mit Mrs. Winterbottom und den anderen Schnatterweibern von Elisabethtown unterhält. Wir winken uns zu, und sie deutet zu dem Tisch, an dem wir gemeinsam sitzen werden. Durch ein lautes Lachen von der gegenüberliegenden Seite des Zeltes werde ich auf die McKinleys aufmerksam. Tessa, Mads Großvater und Alec mit seiner Freundin. Man sieht Alec noch deutlich die Spuren der Massenschlägerei an, aber das stört ihn kaum, er scheint bester Laune zu sein. Ich hoffe, er erstickt an dem blöden Champagner, von dem er gerade nippt. Tessa spürt meinen Blick, entschuldigt sich und kommt auf uns zu.

»Emily, meine Liebe, du siehst wunderschön aus.« Sie greift nach meinen Händen und lächelt liebenswürdig, als wären wir Freundinnen.

»Danke, Sie auch.« Sie trägt ein rotes, bodenlanges Abendkleid mit einem tiefen Ausschnitt. Sie kommt mir wie eine Filmdiva vor, ist perfekt geschminkt, ihr kurzes blondes Haar ist top gestylt und ihre Ausstrahlung so einnehmend, dass man sie nur bewundern kann. Wie schafft die Frau es, immer so fantastisch auszusehen? Sie begrüßt meine Cousinen und beugt sich dann zu mir. »Weißt du, wo Mad steckt? Er sollte längst hier sein.«

Mein Magen krampft. Mad meldet sich nicht, und Silent ist auch verschwunden. Das kann nichts Gutes bedeuten. »Nein. Ich habe ihn heute noch nicht gesehen und auch nicht gehört.«

Eine Sorgenfalte bildet sich auf ihrer Stirn. »Ich habe Mad mehrfach angerufen, aber er reagiert nicht.«

»Genau wie bei mir.«

»Machen Sie sich keine Sorgen, Mrs. McKinley, er wird sicher bald auftauchen«, versucht Teach sie zu trösten. Dabei sehe ich ihr an, dass sie selbst verunsichert ist.

»Danke, das hoffe ich. Nun ja, ich bin gespannt, wann mein Sohnemann endlich erscheint.« Sie ist verärgert, was ich gut verstehen kann. »Ich wünsche euch einen schönen Abend. Bis später.« Sie drückt meine Hand und wird einige Meter weiter bereits wieder in ein Gespräch verwickelt.

Während wir zu unserem Tisch gehen, tauschen Teach und ich besorgte Blicke aus. Wir spüren beide, dass etwas faul ist.

Ich beiße mir auf die Unterlippe. »Warten wir ab oder schlagen wir Alarm?«

»Ich weiß nicht.«

Unsicher schauen wir zum Eingang. Immer mehr Gäste betreten das Zelt, aber von Mad oder seinen Männern ist nichts zu sehen.

»Üben wir uns noch in Geduld«, beschließe ich. »Vielleicht gibt es eine einfache Erklärung.«

Teach nickt. »Okay, einverstanden.«

Die Carters gesellen sich zu uns. Tim hat Fernando im Schlepptau, und ihm ist anzumerken, wie unangenehm ihm die Begegnung mit mir ist. Es war neulich meine Schuld, dass er glaubte, ich würde mich an seinen Freund heranmachen, weshalb ich den ersten Schritt auf ihn zu mache, um uns beide ein peinliches Gefühl zu ersparen.

»Hi, ich hoffe, du verzeihst mir die Aktion auf der Tanzfläche letztens. Es war niemals meine Absicht, den Eindruck bei dir zu erwecken, dass ich an Tim interessiert bin.«

Verwundert sieht Fernando auf. Er lächelt schüchtern. »Du dich entschuldigen? Bei mir? Ich mich unmöglich aufgeführt haben. Tim mir alles klären.« Er klatscht sich an die Stirn. »Ich missverstanden. Du mir vergeben.«

»Ist schon geschehen«, versichere ich ihm und strecke ihm die Hand entgegen, die er sofort ergreift. Fernando ist wirklich nett, und je länger ich mich mit ihm unterhalte, desto besser verstehen wir uns. Ein eifersüchtiger Latino, der mich den ganzen Abend mit Blicken töten will, hätte mir gerade noch gefehlt.

»Hey ihr Zauberwesen«, ruft Aiden seltsam gutgelaunt und kommt zu uns. »Emily, wow! Du siehst unglaublich aus.«

Er lächelt mich an und begrüßt uns mit einem Kuss auf die Wange. Seine blendende Laune nehme ich ihm nicht ab. Seine Augen sind gerötet, seine Hände zittern, die er sofort in seiner Hosentasche verschwinden lässt, als er meinen irritierten und fragenden Blick spürt. Ich ziehe ihn zur Seite, um mit ihm allein zu sprechen. »Was ist passiert?«

Zuerst versucht er es zu verbergen, aber er weiß, dass er mir nichts vormachen kann. Er greift mich am Ellenbogen und zieht mich aus dem Zelt. Er schaut sich um und überzeugt sich, dass wir keine Zuhörer haben, dann atmet er tief aus.

»Aiden, verdammt! Sag mir endlich, was los ist.«

Er schluckt schwer und ringt mit sich. »Wir sind erledigt, Em. Wir sind bankrott.«

»Was?«

Er fährt sich erschüttert durchs Haar und weiß nicht, wie er es mir erklären soll. »Der Investor, von dem ich dir erzählt habe, der meine größte Hoffnung war, ist kurzfristig abgesprungen. Er rief mich vor einer Stunde an und teilte mir mit, dass er heute Abend nicht kommen wird. Er will in ein anderes lukrativeres Unternehmen investieren. Wir haben verloren, Em. Wir sind zahlungsunfähig. Es ist vorbei.«

In mir toben die widersprüchlichsten Gefühle, aber am schwersten wiegen die Enttäuschung und Angst. »Wir finden noch eine Lösung, Aiden.«

Traurig schüttelt er den Kopf. »Es war der letzte Hoffnungsschimmer. Ich wünschte, ich könnte dir etwas anderes sagen. Am Montag werde ich es offiziell machen.«

Ich denke an Toms Zimmer, die alten Brennanlagen und die Mitarbeiter, die wir jetzt endgültig entlassen müssen. Mir wird übel, und ich wende mich von Aiden ab, um es einen Moment sacken zu lassen.

Mitfühlend berührt er mich am Arm. »Vielleicht hat Mom recht, und es ist besser so.«

»Es tut trotzdem weh.«

»Ja, das stimmt. Hör mal, Em. Ich wollte mich bei dir bedanken, nicht nur, dass du in Elisabethtown geblieben bist und mir geholfen hast, sondern auch, dass du mich trotz allem unterstützt hast, egal wie fies und gemein ich zu dir war. Ich war ein Idiot. Die einzige Erklärung, die ich dir geben kann, ist, dass das gerade die schlimmste Zeit meines Lebens ist und ich mich habe gehen lassen«, sagt er mit tränenreicher Stimme.

Ich schaue meinen Bruder an, er ist mit den Nerven am Ende, so habe ich ihn noch nie gesehen. Schweigend umarmen wir uns, aber weinen kann ich nicht.

»Du hast alles versucht«, rede ich ihm gut zu. »Sieh es so, wie Mom gesagt hat, als eine Chance für einen Neuanfang.«

Wir lösen uns.

»Ja, vielleicht hat sie recht«, erwidert Aiden.

»Und bitte betrink dich jetzt nicht.«

»Ich habe seit dem Gespräch mit Mom keinen Tropfen mehr angerührt. Ich krieg das hin.«

Ich nicke. »Es ist auch keine Schande, sich Hilfe dafür zu holen. Mom und ich werden immer für dich da sein.«

»Das weiß ich.«

Ich schenke ihm ein trauriges Lächeln, und Aiden schleicht mit hängenden Schultern ins Zelt zurück. Eine Weile bleibe ich an der frischen Luft, schaue in den Himmel und muss die Neuigkeit erst mal verdauen. Es fällt einem viel leichter, von einem drohenden Bankrott zu sprechen, als ihn zu erleben. Was wird nun aus uns? Wo werden wir wohnen? Finden wir eine Arbeit? Mein Gott! Ich hätte niemals geglaubt, dass es mal so weit kommen würde. Das Erbe, das unser Vater hinterlassen hat, ist zerstört. Tränen brennen hinter meinen Augen, als ich daran denke, mein Zuhause endgültig zu verlieren. Ich habe Angst, dass die Erinnerungen an Tom verblassen werden, wenn wir nicht mehr im Haus sind, nie wieder durch die alten Brennstätten und Lagerhallen schleichen.

Ich ziehe die Nase hoch, raffe die Schultern und dränge meine Trauer zurück. Heute Abend soll niemand merken, dass die Westham-Destillerie am Ende ist.

Kapitel 17

Emily

Als ich zurück im Zelt bin, suche ich die Toiletten auf. Ich brauche noch einen Moment, bis ich mich gefangen habe. Ich bin allein, als ich meine Hände wasche und mir die kühlen Finger in den Nacken lege.

»Oh, da bist du«, sagt Kim, die hereinkommt, sich neben mich an das andere Waschbecken stellt und ihre Handtasche öffnet, um sich die Lippen nachzuziehen.

»Ich war kurz draußen mit Aiden«, gebe ich zurück.

»Alles in Ordnung?«, fragt sie mich durch den Spiegel musternd.

War klar, dass sie mir ansieht, dass ich ein wenig von der Rolle bin. Aber ich will mit ihr nicht darüber reden, abgesehen davon bin ich immer noch sauer auf sie.

»Was ist eigentlich aus deinem Modeljob geworden?«, lenke ich sie auf ein interessantes Thema.

Sie hält einen Moment inne und weicht meinem Blick aus. »Das … hat sich erledigt. Ich habe abgesagt. Keine große Sache.«

Wieder eine Lüge, weil es definitiv eine große Sache ist. Nervös kramt sie in ihrer Handtasche, dabei ist sie so ungeschickt, dass sie herunterfällt und Lippenstift, Kugelschreiber und anderes Zeug herauskullern. Geistesabwesend bücke ich mich.

»Lass, ich mach das schon«, beeilt sie sich, beugt sich

schnell herunter und will mir die Tasche aus der Hand reißen, doch da entdecke ich den Grund, warum sie so hektisch geworden ist, und begreife, dass sie etwas vor mir zu verbergen versucht hat. Erschrocken hebe ich meinen Blick und sehe sie an.

»Was ist das?«, frage ich, obwohl wir beide genau wissen, was sich in ihrer Tasche befindet.

Kim wird rot und schluckt schuldbewusst. »Ich habe mich nur vorbereitet.«

»Was meinst du damit?«

»Die habe ich mir zusammen mit Sarah besorgt.« Sie holt die Pistole aus ihrer Handtasche und nimmt sie in die Hand.

»Bist du wahnsinnig so ein Ding mit dir herumzuschleppen?«

Sofort steckt sie sie wieder in ihre Tasche, als wir Geräusche von draußen hören, aber wir bleiben allein.

Sie hebt den Kopf und sieht mir fest in die Augen. »Ich muss uns schützen, Em. Wir sind alle in Gefahr, solange der Kerl nicht gefasst ist.«

Sie sagt das gewohnt selbstsicher und bestimmt.

Ich bin völlig perplex. »Weißt du überhaupt, wie man mit sowas umgeht?«

»Der Verkäufer gab Sarah und mir eine Einweisung. Falls mir jemand an die Wäsche will, werde ich mich damit verteidigen.«

Sie hört sich wild entschlossen an, und in gewisser Weise kann ich sie verstehen.

Wir erheben uns, und sie presst ihre Tasche fest an ihren Körper.

»Traust du dir zu, auf jemanden zu schießen? Du hast das noch nie gemacht.«

»Im Notfall werde ich sie benutzen. Und am liebsten würde ich sie an Hurleys Killer ausprobieren.« Die Art, wie sie davon spricht und wie hasserfüllt ihre Augen aussehen, als sie den Mörder erwähnt, löst Unbehagen in mir aus.

»Es fühlt sich gut an, so ein Ding bei sich zu tragen, ich fühle mich sicherer«, rechtfertigt sie ihren Besitz.

»Und ist sie geladen?«

»Natürlich, aber keine Sorge, man muss sie erst entsichern«, wiegelt sie meine Bedenken ab.

»Weiß es Teach?«

»Nein, und du sagst ihr bitte nichts.«

Was soll ich davon halten? Viele Leute haben eine oder gleich mehrere Pistolen. Auch Dad hatte ein Gewehr, aber ohne Munition und nicht, um sich zu schützen, sondern als Sammlerstück. Kims Waffe sieht aus wie ein Requisit aus den James-Bond-Filmen, nur echt und gefährlich.

»Emily«, sagt sie mit einem warnenden Unterton und reißt mich aus meinen Gedanken. »Du sagst Teach doch nichts, oder?«

Sie weiß genau, wie ihre Schwester im Allgemeinen darüber denkt. »Nein, aber nur damit du es weißt, ich finde es nicht gut.«

Eine Frau betritt den Waschraum, und wir werden bei unserer Unterhaltung gestört. Jetzt bin ich noch beunruhigter, und die Frage nach dem Modeljob hat sie mir auch nicht wahrheitsgemäß beantwortet. Was für Geheimnisse hat Kim? Es ist offensichtlich, dass sie etwas verschweigt. Ich werde ihr später noch mal auf den Zahn fühlen.

Mad und Silent tauchen auch beim Dinner nicht auf. Ständig kontrolliere ich mein Handy auf eine Nachricht. Selbst als das Fünfgängemenü vorüber ist, sind sie immer noch wie vom Erdboden verschluckt. Teach stochert genauso appetitlos in ihrem Essen wie ich. Aiden zieht es an die Bar. Vermutlich um seine Enttäuschung zu ertränken, doch es freut mich, dass er sich statt Alkohol mit Apfelsaft abschießt.

Unruhig rutsche ich auf dem Stuhl herum und halte es schließlich nicht länger auf meinem Platz aus.

»Ich rufe Detective Runley an. Vielleicht weiß er was«, sage ich zu Teach, erhebe mich und laufe hinaus. Gerade als ich das Vorzelt erreiche, kommt mir Judy entgegen.

»Judy!« Wir umarmen uns. »Schön, dass es so schnell geklappt hat.«

»Ich bin erst vor zwei Stunden angekommen? Wow! Du siehst toll aus, Schwägerin.«

»Danke, du aber auch.«

Sie trägt ein violettes Kleid, das ihre Kurven betont. In ihrem mittellangen blonden Haar steckt eine hübsche Spange. »Und? Weiß er, dass ich komme?«

»Nein, ich sagte doch, dass ich ihm das nicht verrate. Ich denke, du kommst genau im richtigen Augenblick.«

Fragend sieht sie mich an. Bevor sie auf Aiden trifft, sollte ich sie über unsere Lage informieren. »Lass uns kurz irgendwo reden, wo wir ungestört sind.«

Wir verlassen das Vorzelt und treten ins Freie. Dort schildere ich ihr die Kurzversion unseres familiären Dramas.

»Das ist ja schrecklich. Es tut mir so leid, Em.«

»Ja, mir auch. Deshalb ist er in einer ziemlich düsteren Stimmung.« Wir laufen wieder hinein, bleiben aber an der Schwelle zum Hauptzelt stehen, wo wir Aiden beobachten können. »Er braucht jetzt unbedingt –«

»Einen Freund«, fällt sie mir ins Wort, und als ihr Blick auf ihrem Ehemann ruht, sehe ich die Sehnsucht und die Sorgen in ihren Augen. »Ich versteh schon. Ich gehe gleich zu ihm. Danke, Em.«

Sie küsst mich auf die Wange, und ich schaue ihr nach, wie sie zur Bar läuft. Sie setzt sich neben ihn auf einen Hocker, und als er sie bemerkt, starren sie sich einige Augenblicke an. Gott! Hoffentlich flippt er nicht aus. Nervös verknote ich meine Finger ineinander, doch sie fallen sich in die Arme, und mir rollt ein Stein vom Herzen.

Zufrieden wende ich mich von ihnen ab, gehe wieder hinaus und suche schlendernd in meinem Telefon nach Detective Runleys Kontakt. Plötzlich werde ich am Arm in eine dunkle Nische gezogen. Jemand drückt mir eine Hand auf den Mund und sorgt dafür, dass mein Aufschrei erstirbt. Erschrocken und ängstlich blicke ich in tiefblaue Augen.

»Mad!«, zische ich und schlage ihm empört gegen seine Brust, nachdem er meinen Mund freigegeben hat. »Was soll das? Willst du mich zu Tode erschrecken?«

Er grinst verwegen, zieht mich an sich und tritt noch tiefer in die Nische, damit uns niemand entdecken kann.

»Niemals, Emily-Schatz. Weißt du eigentlich, wie wunderschön du aussiehst?«, flüstert er. Mit den Fingern nimmt er eine meiner Haarsträhnen und spielt damit.

»Sag mal, spinnst du? Hast du eine Ahnung, welche Sorgen deine Mutter und ich uns gemacht haben? Wo warst du, verdammt? Wieso meldest du dich nicht?«

»Ich weiß, tut mir leid, aber es ging nicht anders.«

Misstrauisch funkle ich ihn an. »Eine kurze Nachricht, dass alles in Ordnung ist, war nicht möglich?«

»Ich erkläre es dir später. Hör zu, alles deutet darauf hin, dass wir Hurleys Mörder gefunden haben.«

»Oh Gott! Wer ist es?«

Mad verzieht bedrückt das Gesicht, presst die Lippen zu einem schmalen Schlitz zusammen. »Mein Bruder.«

Mein Herz setzt aus, und ich sehe ihm an, wie weh ihm das tun muss. »Scheiße. Bist du dir sicher?«

Er nickt. »Ja, daran besteht kein Zweifel mehr. Ein Einsatzteam der Polizei wird die Gala stürmen. Er darf auf keinen Fall Wind von der Sache bekommen. Deshalb bin ich hier. Du und deine Familie müsst euch in Sicherheit bringen. Unauffällig. Wir wissen nicht, wer auf Alecs Gehaltsliste steht und heute Abend hier sein wird.«

Erst jetzt bemerke ich, dass Mad keinen Smoking trägt. »Aber warum hat er das alles getan?«

»Er wollte mich loswerden, um an die Anteile der Firma zu kommen.«

»Und darum tötet er Hurley?«

»Wie das alles zusammenhängt, wissen wir noch nicht genau, das werden wir herausfinden.«

Ein Schauer fährt mir den Rücken hinunter, wenn ich daran denke, wie Alec mich geschlagen und bedroht hat. An jenem Tag habe ich ihm alles zugetraut, es aber auf den Alkohol geschoben, den er getrunken hat. Er ist für das Feuer im *Angels Share* und die anderen Dinge verantwortlich. Das schockt mich, und ich hätte es nie vermutet.

Mad spielt immer noch mit einer meiner Locken. »Es könnte ein paar unschöne Szenen geben, und wenn Alec merkt, was los ist, solltest du nicht in seiner Nähe sein. Er ist zu allem fähig, Em. Deshalb müsst ihr so unauffällig wie möglich verschwinden, am besten, wenn die Männer sich ins Herrenzelt zurückziehen. Mit ein wenig Glück bekommt das dann niemand mit.« Er schaut auf seine Armbanduhr. »Popcorn steht mit einem Wagen in zehn Minuten bereit und bringt euch in Sicherheit. Kriegst du das hin?«

Vor mir habe ich Alecs hasserfüllte Augen, als er mich vor unserem Haus angriff. Er wäre im Stande gewesen, mich zu töten, wenn Aiden mich nicht gerettet hätte.

»Ich denke schon. Was ist mit dir? Er hasst dich ebenso wie mich.«

»Mach dir keine Sorgen. Ich muss sicherstellen, dass Alec ahnungslos bleibt, bis Runley eintrifft, und meine Mutter … Das alles wird sie hart treffen.«

Arme Tessa. Ich weiß, wie sehr sie ihre Söhne liebt. Es wird sie schockieren, zu erfahren, dass ihr eigener Sohn hinter allem steckt. »Na gut, aber bitte pass auf dich auf, Mad. Und melde dich, sobald es vorbei ist.«

»Natürlich.«

Ich merke, wie angespannt er ist, und am liebsten würde ich mit ihm gemeinsam weggehen. Er sieht mich eindringlich an. »Wenn das alles ein Ende hat, dann …«

»Ja?«

»Dann reden wir, wie es weitergeht. Mit uns«, raunt er und befreit einen Schwarm Schmetterlinge, die vermischt mit Vorfreude durch meinen Magen flattern. Er spricht von einem *Wir.*

»Ja, sehr gern.«

Er schenkt mir ein letztes Mal sein schiefes Grinsen und senkt seine Lippen auf meine. Als eine innere Unruhe in mir aufbrodelt, will ich ihn nicht gehen lassen und intensiviere meinen Kuss. Ein tiefes Knurren kommt aus seiner Kehle, während seine Zunge in meinen Mund dringt. Mit seinen Händen presst er mich fest an sich. Abrupt zieht er sich zurück.

»Geh jetzt, Babe, bevor es zu spät ist. Ich komme, wenn alles vorbei ist, zu dir.«

Schweren Herzens löse ich mich von ihm, brauche einige Sekunden, um wieder klar zu werden, und trete zögernd aus der Nische. Mir ist bestimmt anzusehen, womit ich gerade beschäftigt war. Mich umschauend, zupfe ich mein Kleid und mein Haar zurecht und straffe die Schultern.

* * *

Ich lasse meinen Blick durch das Zelt gleiten, wo die Gäste ausgelassen feiern, tanzen und keine Ahnung haben, was in wenigen Minuten geschehen wird. Wut und Abscheu steigen in mir auf, als ich zu Alec schaue, der am

McKinley-Tisch sitzt und sich unterhält. Es fällt mir schwer, mich zurückzuhalten. Aber was kann ich schon tun? Dort drüben ist ein skrupelloser Mörder, ein Verbrecher, ein abgrundtief schlechter Mensch, der vor nichts zurückschreckt. Arme Tessa. Ob sie ahnt, wie dunkel es in ihrem Sohn ist?

Als hätte Alec meine Gedanken gehört, dreht er den Kopf in meine Richtung. Mein Herzschlag setzt aus, ich wende mich sofort von ihm ab und laufe zu meinen Cousinen.

»Wo ist Aiden? Und Mom«, frage ich, da ich ihn und Judy an der Bar nicht mehr sehe.

»Sie sind gegangen. Ich soll dir ausrichten, dass deine Mom sie nach Hause fährt und bald zurück ist«, verkündet Teach. »Sie werden das wieder hinbekommen.« Sie mustert mich genau und merkt mir an, wie unruhig ich bin. »Was ist los?«

»Wir müssen gehen, sofort«, flüstere ich, sodass nur sie es hören kann. An meiner Miene erkennt sie, wie ernst es mir ist, und begreift die Dringlichkeit, ohne zu fragen. Sie nickt besorgt.

»Genug für einen Abend, Kim. Wir gehen«, bestimmt Teach, was so überraschend kommt, dass Kim ihre Schwester verwundert anstarrt.

Ganz typisch für sie zickt sie aufgebracht. »Was? Ich habe doch nicht Stunden damit verbracht, mich nur für das blöde Dinner aufzubrezeln. Was ist denn los?«

Sie schaut zwischen uns hin und her, und ich komme zu dem Entschluss, dass ich ihr mindestens eine Erklärung geben muss. Ich beuge mich zu ihr herunter und flüstere ihr ins Ohr. Sie braucht einige Sekunden, um zu begreifen, aber dann steht sie unvermittelt auf.

»Wer?« Jegliche Farbe ist aus ihrem Gesicht gewichen, und nur zu gern hätte ich sie auf Alec gehetzt.

»Das sage ich euch, wenn wir zu Hause sind, okay?«

Kims Augen wandern hasserfüllt über die feiernden Leute. Sie beißt fest auf die Zähne, gibt aber letztlich nach. »Gehen wir.«

Am Zelteingang begegne ich Mads Blick. Mit einem eindringlichen Gesichtsausdruck gibt er mir zu verstehen, dass es Zeit wird, zu verschwinden. Am liebsten würde ich seine Hand nehmen und ihn mit mir ziehen. Ich will ihn nicht zurücklassen. Ich habe Angst um ihn.

Schweren Herzens verlassen wir ohne ihn die Gala und laufen ins Freie, wo ich Popcorn entdecke. Er hat den Wagen wenige Meter vor dem Eingang geparkt, trägt einen Hoody und hat die Kapuze aufgezogen, was ihn vor Alecs Komplizen schützen soll. Er gibt uns ein Handzeichen, und wir beeilen uns. Ein seltsames Gefühl befällt mich, als ich zurück zum Zelt blicke.

»Was machst du denn hier?«, will Kim wissen.

»Er fährt uns nach Hause«, antworte ich und lächle ihm dankbar zu.

Als wir in Mads SUV sitzen, lässt Popcorn den Motor aufheulen und gibt Gas. Im Grunde bin ich froh, dass der Abend vorüber ist. Erst der Bankrott und dann zu erfahren, dass Alec der Mörder ist, ist eindeutig zu viel. Hoffentlich geht bei dem Polizeieinsatz alles gut, und niemand wird verletzt. Ich kann nur hoffen, dass Mom noch zu Hause ist und nicht wieder auf dem Rückweg. Ich schreibe ihr eine Nachricht.

»Sag schon, Em. Wer ist es? Wer hat Hurley auf dem Gewissen?« Ich hätte wissen müssen, dass Kim nicht bis zu Hause mit dieser Frage warten wird. Ich schaue auf und bemerke, dass Popcorn auf die falsche Landstraße abbiegt.

»Wir müssen hier lang.« Ich deute auf die verpasste Abzweigung.

»Shit! Verzeiht.« Popcorn presst die Lippen aufeinander und hält rechts an. Ich glaube, dass er den Wagen umdrehen will, doch er beugt sich vor und zieht eine Waffe aus seinem hinteren Hosenbund. Den Lauf der Pistole drückt er mir an die Schläfe. »Überraschung, Mädels! Tut, was ich sage, dann wird euch nichts geschehen. Aussteigen.«

Augenblicklich sind wir mucksmäuschenstill.

»Das ist ein Scherz, oder?«, fragt Kim zweifelnd, und ihr entfährt ein unsicheres Kichern.

»Ich sagte, raus aus dem Auto«, brüllt Popcorn los, worauf wir erschrocken zusammenzucken und gehorchen. Mein Herz klopft wie verrückt, als ich blind, weil ich ihn nur fassungslos anstarren kann, nach dem Türgriff taste. Mit zitternden Fingern öffne ich und stolpere aus dem Wagen.

Popcorn. Nein. Ich habe ihm vertraut, Mad hat ihm vertraut. Weit und breit sind keine Autos und niemand, der uns helfen kann. Meine Cousinen stellen sich neben mich. Popcorn zielt mit der Waffe auf uns und umrundet das Auto. Dabei öffnet er den Kofferraum, und dann spüre ich wieder die kalte Mündung der Pistole an meiner Schläfe.

»Popcorn, was hat das zu bedeuten?«, frage ich vorsichtig, während sich meine Cousinen ängstlich aneinander festhalten.

»Das wirst du noch früh genug erfahren. Los, ihr zwei, rein da«, antwortet er und befiehlt Teach und Kim in den Kofferraum zu klettern.

»Aber da passen wir doch nicht beide hinein«, begehrt Kim mutig auf.

»Halts Maul, Kim, und tu, was ich sage. Ihr seid zierlich, das geht schon«, erwidert er barsch. »Wird's bald?«

Nacheinander kauern sie sich hinein und quetschen sich zusammen, er knallt den Kofferraum zu und weist mich an, einzusteigen.

Ich unterdrücke meine Panik und tue, was er verlangt. Von hinten höre ich Kim und Teach, wie sie klopfen und nach Hilfe rufen. Länger kann ich meine Tränen nicht zurückhalten. Die Angst schnürt mir die Kehle zu, und ich bete, dass Mad oder die Polizei bemerkt, dass Popcorn uns entführt hat. »Bitte, tu uns nichts. Du …«

Plötzlich drückt er mir etwas auf Nase und Mund. Ich wehre mich, strample und schlage wild um mich, aber gegen ihn habe ich keine Chance. Beim ersten Atemzug wird mir schwindlig, beim zweiten verliere ich sämtliche Muskelkraft und kann mich kaum mehr rühren, und beim dritten empfängt mich dunkelste Schwärze.

Kapitel 18

Emily

Regen benetzt mein Gesicht. Ich höre schweres Atmen und Schritte, die über einen weichen Untergrund laufen. Nur langsam fällt die Benommenheit von mir ab, und ich merke, dass ich getragen werde. Mein Kopf lehnt an einer Brust, deren Herzschlag schnell gegen die Rippen pocht.

»Mad?« Meine Stimme klingt verwaschen, und ich schaffe es kaum, die Augen offen zu halten, aber ich erkenne Bäume, Dunkelheit und …

»Gleich sind wir da, Liebling.« Er läuft mit mir über einen Steg, und von Weitem sind da Umrisse eines Gebäudes. Es kommt mir bekannt vor. Mein Gefühl sagt mir, dass ich noch ein Kind war, als ich es das letzte Mal gesehen habe. Ich strenge mich an, aber da ist nur Nebel in meinem Kopf, und diese hartnäckige Müdigkeit, die in all meinen Gliedern steckt.

Plötzlich erleuchten Blitze den Himmel, erhellen die Umgebung, der Donner ist ohrenbetäubend, und augenblicklich weiß ich, wo wir sind. Mir fällt alles wieder ein. Mads Bitte, die Gala zu verlassen, und Popcorn, der uns entführt und Teach und Kim in den Kofferraum gesperrt hat.

Ich blinzle, erkenne den Umriss des abgebrochenen Mühlenrads und erinnere mich an den Fluss. Popcorn bringt mich zur Bluegrass-Mühle. Schlagartig fällt jede Benommenheit von mir ab. *Atme, Emily! Atme …*

Angst krabbelt durch meinen Körper, zerrt an meinem Verstand, ich will schreien, doch ich bringe keinen Ton heraus. Erinnerungen an Toms Verschwinden sickern in mein Bewusstsein, und ich spüre die Gefahr, in der ich mich befinde. Ich weiß, dass ich hier wegmuss. Wo sind Kim und Teach? Panik greift nach mir.

»Nein! Lass mich los.« Ich winde mich, strample wie wild in seinen Armen, bis er das Gleichgewicht verliert und taumelt. Popcorn stolpert, und wir landen beide auf der Wiese.

»Emily! Verdammt!«, brüllt er wütend.

So schnell ich kann, rapple ich mich auf, bemerke, dass ich barfuß bin und das verflixte Kleid mich in meinen Bewegungen einschränkt. Ich greife nach dem Rock und stürme los. Die Erde ist aufgeweicht vom Regen, meine Füße sinken in den Matsch, und es ist anstrengend. Meine Beine fühlen sich wie Pudding an, doch die Panik zwingt mich, nicht darüber nachzudenken. Mit jedem Schritt gewinne ich Sicherheit, und ich kenne nur ein Ziel: Nicht nach hinten sehen und atmen.

Atme, Emily! Atme …

Keuchend zucke ich zusammen, als Popcorn meinen Namen brüllt, aber ich traue mich nicht zurückzublicken. Vor mir ist der Wald, und ich versuche die Angst zu verdrängen, die immer mehr von mir Besitz ergreift.

Er kommt näher. Ich höre sein Schnaufen. Seine dumpfen Schritte sind direkt hinter mir. Verzweifelt dränge ich die Tränen zurück, die mir die Sicht nehmen. Ich muss schneller laufen, doch meine Gedanken sind so verworren, dass ich ins Schlingern gerate und stolpere. Noch bevor ich auf der Wiese aufpralle, weiß ich, dass ich verloren habe.

Mit aller Kraft ziehe ich meinen Körper durch den Matsch,

keuchend will ich ihm entwischen, aber da greifen Finger nach mir, und er hat mich.

»Puh! Das war knapp.« Er schnauft schwer und hält mich fest.

Ein weiterer Blitz zuckt am Himmel und zeigt mir sein Gesicht. Seine sonst weichen Züge haben jetzt etwas Grauenhaftes, ich wehre mich verzweifelt, trete, beiße, kratze ihn. Popcorn hat Mühe, meine Arme einzufangen, doch mit einem Faustschlag bringt er mich zur Ruhe. Der Schmerz lähmt mich. Er hebt mich hoch, legt mich über seine Schulter und trägt mich zur Mühle zurück.

»Bitte, Popcorn, lass mich gehen«, flehe ich ihn an.

»Aber Liebling, du brauchst doch keine Angst vor mir zu haben. Außerdem wartet noch eine Überraschung auf dich. Die willst du nicht verpassen.« Er klingt freundlich, beinahe euphorisch.

Er tritt die Tür zum Mühlengebäude auf, knipst ein Licht an und setzt mich auf einen Stuhl. Ich bin durchnässt, mein Kleid ist mit Matsch getränkt, und ich zittere am ganzen Körper. Ängstlich sehe ich mich um. Ich hatte erwartet, dass im Inneren alles zerfallen und heruntergekommen ist, aber es ist sauber und sogar eingerichtet. Im hinteren Teil steht eine Destille, daneben ein großer Brennkessel, auf einem aufgebockten Tisch sind ein Etikettendrucker und leere Flaschen. An einer Wand kleben ordentlich Etiketten von verschiedenen Whiskey-Marken, selbst von unserer. Es sieht wie eine Etikettensammlung aus. Während er meine Hände und Füße mit Kabelbinder festmacht, bin ich mir sicher, dass Mad hier seinen Moonshiner herstellt. Das war also sein geheimer Ort. Ich erkenne die Glasflaschen, die unfertigen Etiketten mit dem Moonshiner-Logo auf dem Tisch. Tränen rinnen über mein Gesicht, als ich an Mad denke, und in dem Augenblick, als ich zum hinteren Teil des Raumes schaue, betäubt mich Popcorn ein weiteres Mal.

Nur langsam tauche ich aus dem lähmenden Tunnel wieder auf. Mein Nacken schmerzt, und das Licht brennt mir in den Augen. Ich sitze auf einem Stuhl und kann meine Hände und Füße nicht bewegen.

»Mad«, flüstere ich leise. Sein Gesicht taucht vor mir auf und tröstet mich einen Moment.

Popcorn kniet auf der gegenüberliegenden Seite vor etwas, was ich durch den Schatten des Brennkessels nicht genau erkennen kann. Dann erhebt er sich und kommt auf mich zu. Er knebelt meinen Mund und bleibt lächelnd vor mir stehen. Er legt einen Zeigefinger auf seine Lippen.

»Ich verspreche, das ist nur vorübergehend«, sagt er liebevoll. »Jetzt bekommst du die Überraschung, die ich dir versprochen habe. Wir müssen uns nur ein wenig beeilen. Mein Ablenkungsmanöver beim Festival hält nicht ewig.« Popcorn geht in den hinteren Bereich, beugt sich herunter und zerrt etwas Schweres ins Licht.

Ich wimmere, als ich langes, blondes Haar und ein Abendkleid erkenne.

»Nein! Nein! Was hast du getan?« Ich schreie und starre auf meine Cousine, die entweder ohnmächtig oder tot vor mir liegt. Ich bin vollkommen außer mir. »Kim!«, rufe ich undeutlich, aber sie hört mich nicht.

»Keine Sorge, sie ist nur bewusstlos«, versichert er, aber das beruhigt mich nicht. Sie hat eine Verletzung an ihrer linken Wange. Er hat sie geschlagen. Verzweifelt will ich mich von den Fesseln losreißen, doch sie schneiden brennend in mein Fleisch.

»Wo ist Teach? Was hast du mit ihr gemacht?«, schreie ich durch den Knebel, aber es kommen nur chaotische Laute aus mir.

Popcorn runzelt die Stirn. »Du willst wissen, wo Teach ist?«, erkennt er die Frage. »Das Miststück ist entwischt und in den Wald gelaufen.«

Erleichterung überschwemmt mich, und ich kann nur hoffen, dass er die Wahrheit sagt, aber ich kann den Blick nicht von der bewusstlosen Kim wenden.

Popcorn verschwindet wieder in den Schatten des Brennkessels und zieht einen weiteren, deutlich schwereren Körper ins Licht, der eine breite dunkle Spur auf dem Holzboden hinterlässt. Mir stockt der Atem. Meine Muskeln erstarren. Das ist Blut. Ich erkenne, wen er über den Boden schleift, und habe das Gefühl, keine Luft mehr zu bekommen.

»Mad!«

Wie um alles in der Welt kommt er hierher? Wie viel Zeit ist inzwischen vergangen?

In Mads Hemd klafft ein Einschussloch, aus dem Blut strömt. Auch er ist gefesselt, stöhnt schmerzerfüllt durch den Knebel, als Popcorn ihn an einen Holzbalken festmacht. Mad öffnet seine Augen. Sein Gesicht ist übersät mit Verletzungen und Schwellungen.

»Was hast du getan?«, schreie ich gedämpft.

Mads und mein Blick treffen sich. Wut und Machtlosigkeit flackern in seinen Augen.

Popcorn zuckt mit den Schultern. »Halb so wild, sein Herz schlägt – noch. Also beruhige dich.« Die Stressfalte auf Popcorns Stirn verschwindet, und er lächelt sanft. »Ich mag einseitige Konversationen nicht besonders, deshalb sei brav, Emily.«

Er zieht das Stoffband von meinem Mund herunter. Mein Hals ist staubtrocken, und ich muss husten.

Er tritt Mad in die Seiten. »Sieh genau zu, Arschloch«, brüllt er ihn an, geht plötzlich vor mir auf die Knie und blickt mich feierlich an. Seine grauen Wolfsaugen funkeln in freudiger Erwartung.

»Emily, meine schöne Emily«, sagt er in singendem Ton und glänzender Laune. »Ich verspreche dir, später werde ich dir alles erklären, aber jetzt kommen wir zu den Rahmenbedingungen meiner Überraschung.« Er senkt schüchtern die Lider, wieder lese ich so viel Vertrautes in seinem Gesicht, und doch ist er mir fremd. »Es ist jetzt alles ein wenig überstürzt, aber du hast bestimmt bemerkt, dass du mein Herz im Sturm erobert hast.« Er ist ganz ruhig und so lieb, wie ich ihn kenne, aber dann friert sein Lächeln ein, und ein eisiger Zug legt sich um seine Augen. »Du hast mir sehr wehgetan, als du dich dem Arschloch im Keller des *Angels Share* hingegeben hast.« Er nickt zu Mad, und augenblicklich rasen meine Gedanken. Er weiß davon?

»Dann warst du das? Du hast uns im *Angels Share* eingesperrt?«

»Du hast mit ihm gefickt. Ich gebe zu, da bin ich ein wenig durchgedreht. Zuerst wollte ich nur Mad endlich aus dem Weg räumen, aber ich war so wütend, dass ich dich als Kollateralschaden in Kauf genommen habe.«

Keuchend und voller Entsetzen starre ich ihn an.

»Es war eine Art Kurzschlussreaktion, weil ich sauer war«, gibt er belanglos zu.

»Du wolltest uns umbringen«, zische ich. »Hast du Hurley auch umgelegt?«

Schuldbewusst senkt Popcorn den Kopf und blickt zur Seite. »Das mit Hurley war nicht geplant, aber leider notwendig. Es musste sein. Er hat mich mit den Macallan-Flaschen erwischt und hätte mich verraten.«

»Du steckst hinter allem. Warum?«

Ein schelmisches Lächeln umspielt seine Lippen. »Weil das Teil meines Plans war. Genau wie das kleine Ablenkungsmanöver auf der Gala heute Abend. Ich muss schon sagen, ich bin ein wenig stolz auf mich. Gerade wird Alec verhaftet und sich für vieles verantworten müssen. Alle sind sie darauf reingefallen, selbst Runley, der Idiot. Also, wenn die Polizei sich so verarschen lässt, dann wundert mich die Kriminalitätsrate in diesem Land nicht mehr.«

»Alec, er ist unschuldig«, murmle ich geschockt.

Popcorn lacht. »Ja, genial, oder? Damit ist der erste McKinley ausgeschaltet. Aber genug der Erklärungen. Zurück zu uns«, sagt er so zärtlich, dass mir beinahe übel wird. »Schon als ich dich das erste Mal sah, wusste ich, dass du mir gehörst. Du hast mich mit deinem Mut und deiner Entschlossenheit beeindruckt. Du bist mir in so vielen Dingen so ähnlich, Liebling. Meine Mutter hätte dich geliebt.« Alles Freundliche verschwindet aus seinem Gesicht. »Doch du hast immer nur Augen für *ihn* gehabt.« Er nickt mit abfälliger Miene zu Mad. »Ich war so wütend, dass ich dachte, du hast den Tod genauso verdient wie er. Ich wollte, dass ihr beide dafür büßt, aber das Schicksal hat andere Pläne, deshalb beschloss ich, dir zu verzeihen und noch eine Chance zu geben.« Er nimmt eine kleine Schachtel aus seiner Hosentasche und öffnet sie. Er freut sich über das Glitzern des Diamanten, der in der Fassung eines Ringes funkelt. »Heirate mich, Emily, und ich verspreche dir, wir lassen all das hinter uns, werden irgendwo von vorne anfangen und nie wieder zurückblicken. Ich weiß, dass ich der Mann bin, der dich glücklich machen kann.«

Triumphierend lacht er Mad ins Gesicht.

* * *

Jetzt verstehe ich seine früheren Blicke, seine zufälligen Berührungen und den Wunsch, mit mir auszugehen. Voller Erwartung sieht er mich an, aber ich begreife, wie krank er ist. Wie kommt er nur darauf, dass ich mich auf seinen Wahnsinn einlasse? Nicht nach allem, was ich erfahren habe. Ein Wir kann und wird es niemals geben, das muss ihm doch klar sein. Lieber sterbe ich. Dennoch frage ich mich, was er tun wird, wenn ich Nein sage? Tränen laufen über meine Wangen, und ich brauche eine Weile, bis ich meinen ganzen Mut aufraffen kann. »Popcorn ...«

»Norman«, brüllt er plötzlich so laut, dass ich zusammenzucke. »Ich heiße Norman«, wiederholt er seinen wahren Namen vollkommen sanft, als hätte es keinen Wutausbruch gegeben.

Kurz erfasse ich seine Waffe, die er sich in den Hosenbund gesteckt hat.

»Norman. Okay«, gehe ich auf ihn ein. »Warum? Wieso tust du das alles?«

Popcorn hält in seiner Bewegung inne und schaut zu Mad. »Weil die McKinleys es verdient haben.«

»Die McKinleys? Was ...«

Ich schiele zu Kim. Sie stöhnt leise und bewegt sich.

»Kim«, flüstere ich ihr zu. Sie hört mich, dreht ihren Kopf, beginnt zu weinen, und ihr Körper bebt, als sie Popcorn vor mir sieht. Sie gerät in Panik, bekommt kaum Luft durch die Nase.

»Nimm ihr den Knebel ab«, fordere ich schluchzend von ihm.

Popcorn rollt mit den Augen, aber schließlich zieht er ihn herunter. »Wenn du schreist, schicke ich dich wieder schlafen. Verstanden?«

Kim hat Mühe, sich zu beruhigen, aber sie nickt.

»Es wird alles gut werden, Kim«, verspreche ich flüsternd, auch wenn ich keine Ahnung habe, wie unsere Situation enden wird.

»Oh Em, es tut mir so leid«, bricht es aus ihr hervor, kaum dass sie sprechen kann. »Ich wollte das alles nicht.« Umständlich versucht sie sich in eine bequemere Haltung zu setzen.

»Es ist nicht deine Schuld.«

Unsicher blickt sie zu Popcorn, der grinsend auf uns herabsieht. »Na gut, erzähl es ihr schon, Kim.«

Sie schluckt sichtlich aufgewühlt. »Die Sache mit Mad. Ich wurde erpresst. Ich sollte mit ihm schlafen, euch auseinanderbringen, sonst ...« Sie bricht erneut in Tränen aus. »Sonst hätte er die Fotos von Teach öffentlich gemacht. Ich hatte keine andere Wahl.«

»Welche Fotos?«, will ich entgeistert wissen.

»Ich übernehme an der Stelle mal«, mischt sich Popcorn ein, weil Kim zu aufgelöst ist. »Ich habe vor einigen Monaten von meinem lieben Freund Oliver ein paar höchst skandalöse Fotos gekauft. Zugegeben, eine scharfe Lehrerin beim Sex hätte mir online eine nette Summe eingebracht, aber ich brauche kein Geld. Davon habe ich selbst genug. Für meine Absichten, eine kleine familiäre Intrige zu spinnen, waren sie perfekt. Darüber müssen wir uns noch unterhalten, Kim. Du hast auf ganzer Linie versagt. Ich hatte mehr erwartet«, beschwert Popcorn sich.

Jetzt begreife ich. Oliver, Teachs Ex-Freund. Ich erinnere mich an das Bild auf der Leinwand auf dem Festival, und mir wird klar, warum Kim an dem Abend kurz nach der Einblendung so bleich war. Auch ihr eigenartiges Verhalten ergibt endlich Sinn.

»Ich wollte mich nie zwischen Mad und dich drängen. Das mit der Agentur war auch gelogen, weil ich überlegt habe zu fliehen. Aber das konnte ich dann nicht. Ich konnte Teach nicht im Stich lassen. Du musst mir verzeihen, Em. Ich konnte doch nicht zulassen, dass solche Fotos von Teach in Umlauf geraten. Sie hat mit Oliver genug durchgemacht und hätte dadurch ihren Job verlieren können.«

Ich nicke, und mein schlechtes Gewissen wird immer größer. Verdammt! Teach und ich dachten, dass sie ernsthaft Hilfe benötigt, und nun stellt sich heraus, dass sie von diesem Schwein erpresst wurde. Kim weint bitterlich, und am liebsten hätte ich sie umarmt.

»Sch … Es wird alles gut werden«, verspreche ich, um sie irgendwie zu trösten.

»Verzeihst du mir?«

»Natürlich.«

»Wie rührend. Genug jetzt mit den Sentimentalitäten. Ich habe nicht die ganze Nacht Zeit. Ich habe eine Überraschung«, verkündet er.

Ich sehe in sein vertrautes Gesicht, aber ich erkenne ihn nicht wieder. Will ich wissen, was er sich in seinem kranken Hirn noch ausgedacht hat?

»Wenn du zusagst meine Frau zu werden, darf Kim mit uns kommen. Du siehst, ich tue alles, um dich glücklich zu machen. Ich bin nicht das Monster, für das du mich hältst.«

Kim soll mit uns kommen? Hasserfüllt starre ich ihn an. »Und falls ich Nein sage?«

Ich habe Angst vor seiner Antwort.

»Dann ereilt Kim leider das gleiche Schicksal wie Mad. Sie werden brennen.« Grinsend breitet er seine Arme aus und deutet in den Raum. »Alles wird brennen.«

Mir wird klar, was er vorhat. Er will die Mühle abfackeln. Verzweifelt schließe ich die Augen. Er ist wahnsinnig, völlig irre.

»Wir werden von hier fortgehen. Es wird ein schönes Leben sein, und damit du kein Heimweh bekommst, darf Kim uns begleiten.«

Übelkeit schwappt über mich hinweg.

»Natürlich nur, wenn du das willst. Ansonsten muss ich euch zurücklassen, und das wäre schade, weil ich Kim wirklich mag«, beteuert er mit bedauernder Miene.

»Du wirst ihr nichts tun, verdammt«, zische ich wimmernd und flehe, dass irgendjemand uns hier endlich rausholt.

»Das hängt ganz von dir ab, Liebling. Feuer oder Liebe?«

Ich sehe zu Kim, wie sie am Boden kauert. Was bleibt

mir? Wenn ich mit ihm gehe, wird Mad sterben, und ich kann wenigstens Kim retten. Wenn ich Nein sage, tötet er uns alle. Egal, wie ich es drehe und wende, ein Opfer muss ich bringen. Ich bin voller Zweifel und weiß nicht, ob ich stark genug bin und es ertragen kann.

»Und? Wie entscheidest du dich?«, drängt er ungeduldig und summt die Melodie einer Quizsendung, die ich aus dem Fernsehen kenne.

Ich schaue zu Mad, Tränen verschleiern mir die Sicht, und ich versuche mich durchzuringen. Verdammt! Ich atme mehrmals und schicke in Gedanken all meine Liebe zu Mad. Ich schlucke. »Okay … Ich tu es.«

Ein zufriedenes Lächeln breitet sich auf seinem Gesicht aus. »Gut. Dann werde ich dich jetzt losbinden und stecke dir den Klunker an den Finger. Wie es sich gehört.« Er dreht sich zu Mad und verpasst ihm einen Tritt. »Und du, Arschloch, schaust genau zu.«

In Mads Augen stehen Zorn und Hass, aber als sich unsere Blicke begegnen, während Popcorn uns losmacht, signalisiert er mir mit einem Nicken, dass ich tun soll, was mein Peiniger von mir verlangt.

Ich warte, bis er mich befreit hat, und komme wacklig auf die Beine. Er nimmt den Ring aus der Schachtel und kostet seinen Sieg über mich vollkommen aus, indem er ihn mir an den Ringfinger steckt und mich wie ein verliebter Gockel anglotzt.

»Sehr schön. Ein Kuss würde dein Versprechen besiegeln, Liebling.«

Galle will meine Kehle emporsteigen, doch ich schlucke sie tapfer hinunter und küsse ihn flüchtig.

»Nicht so«, beschwert er sich. »Bei Mad hat das ganz anders ausgesehen. Etwas mehr Leidenschaft und Hingabe, wenn ich bitten darf.«

Es kostet mich Überwindung. Ich überlege, ihm die Lippe

durchzubeißen, den Moment zu nutzen, um an seine Waffe zu kommen, doch dann denke ich an Kim und Mad und verwerfe alles, aus Angst, zu versagen. Ich habe keine Wahl und lasse zu, dass er mich in seine Arme nimmt und langsam seinen Mund auf meinen senkt. Noch nie in meinem Leben habe ich so viel Ekel empfunden. Ich zwinge mich stillzuhalten, bis es vorbei ist. Ich versuche mir Mad vorzustellen, aber egal, wie sehr ich sein Gesicht in meinen Geist zerre, bleibt es Popcorn, und meine innere Diva kotzt im Strahl.

Endlich lässt er von mir ab, und ich unterdrücke den Drang, mir über den Mund zu wischen und zu spucken.

»Das müssen wir aber noch üben, Liebling.«

Trotzdem scheint er nicht mehr von mir zu fordern. Er beugt sich zu Kim hinunter und tätschelt ihre Wange. »Hey Kimi, du bist bald meine Schwägerin. Du darfst mit uns kommen. Kann ich mich darauf verlassen, dass du keine Dummheiten machst?«

Sie nickt weinend. Er bindet sie los, und Kim steht auf, um in meine Arme zu fliegen. Sie schluchzt hemmungslos, während Popcorn uns nicht aus den Augen lässt und rückwärts zur Nebentür läuft.

»Sch … Sei ganz ruhig«, flüstere ich. »Es wird alles gut werden. Wir machen, was er sagt, okay? Versprich mir das.« Ich wische ihre Tränen aus dem Gesicht.

»Er hat einfach auf Mad geschossen«, flüstert sie und sieht zu ihm. »Mad war bewusstlos, als er ihn so zugerichtet hat. Es war so schrecklich.«

Ich schließe die Augen und versuche mir das nicht vorzustellen.

Popcorn kommt zurück. »So, wir sollten dann los. Seid ihr so weit?« Diesmal hat er eine Waffe in der Hand und etwas, das aussieht wie eine Fernbedienung.

»Was ist mit Mad?«, will ich wissen.

»Was soll mit ihm sein?« Er fuchtelt triumphierend mit dem seltsamen Ding in seiner Hand und strahlt plötzlich voller Vorfreude, wie ein kleines Kind. »Wenn wir am Auto sind, drücke ich dieses Knöpfchen und … boom.«

Kapitel 19

Emily

Mir wird schlecht, als ich begreife, was das zu bedeuten hat. Er will die Mühle in die Luft sprengen. Ist er wahnsinnig geworden?

»Das kannst du nicht tun«, entfährt es mir geschockt.

»Doch, ich kann und ich werde. Das ist der Plan.« Er sieht sich um. »Das ist alles alter Plunder, der keinen Menschen mehr interessiert.« Ein diabolisches Grinsen stiehlt sich auf seine Lippen, als er zu Mad blickt, der mitten im Raum an einem Pfeiler gefesselt sitzt und ihn hasserfüllt anstarrt. »Ich hatte nicht gedacht, dass ich mit dir den Anfang mache, aber endlich ist es so weit. Du wirst dem gleichen Schicksal folgen wie dein Vater«, sagt er zufrieden an Mad gewandt.

Mir wird schwindlig, und ich muss mich an Kim festhalten. Alles in mir weigert sich, Mad zurückzulassen. »Nein! Das kannst du nicht tun.«

Er zieht die Waffe aus seinem Hosenbund und zielt mit eiskaltem Blick auf mich. »Du gehörst jetzt mir, Emily, und du wirst tun, was ich sage. Es sei denn, du und Kim wollt ihm folgen. Es liegt in deiner Hand.«

Weinend schaue ich zu Mad, der mich stumm anfleht, Popcorn nicht länger zu reizen und die Mühle mit Kim zu verlassen. Alles in mir sträubt sich, weigert sich, und ich klammere mich an die Hoffnung, dass Teach es durch den Wald geschafft hat und Hilfe holen kann. Doch Mad dringt mit dem Blau seiner Augen tief in mich. Mit seinem Blick berührt er meine gepeinigte Seele und versucht, mir die Angst und den Schmerz zu nehmen. Er besänftigt meinen inneren Aufruhr und beruhigt mein rasendes Herz. Wie einen Schutzmantel spüre ich seinen Trost. Es fühlt sich an wie damals, als ich glaubte, wegen Tom verloren zu sein. Es ist, als wollte er mir sagen, dass es okay ist, zu gehen. Ich bemerke die kleinen Fältchen an seinen Augen, als würde er lächeln. Wärme steigt in mir auf, und er schenkt mir Zuversicht, dass ich das Richtige tue.

Ein letztes Mal bäumt sich mein Wille auf. Ich darf ihn nicht verlieren, ich kann ihn nicht verlieren, weil ich ihn liebe und ihm das noch nicht gesagt habe. Doch als Popcorn die kalte Mündung der Pistole an Kims Schläfe setzt und mich anschreit, reißt er Mad und mich aus unserer Verbindung, und ich weiß, dass der Abschied gekommen ist. Kaum merklich nickt er mir zu. Ich schlucke schwer und präge mir Mads schönes Gesicht ein. Schluchzend intensiviere ich meinen Blick, lege all meine Liebe hinein, zwinge mich von ihm los und trete ins Freie.

Der Regen hat aufgehört, das Gewitter hat sich verzogen. Jegliches Zeitgefühl habe ich verloren, aber ich kann nur an Mad denken, den ich zurückgelassen habe. Es muss inzwischen tiefe Nacht sein, als wir über die Wiese laufen. Ängstlich hat Kim sich an mich gedrängt. Sie zittert, und ich wünschte, ich wäre jetzt stark, um sie zu beruhigen. Vor uns liegt der dunkle Bluegrass Forest, und ich versuche zu lauschen. Autos, Sirenen, Schritte, irgendetwas, das den Wahnsinnigen aufhalten könnte, aber wir hören nur den Wind in den Bäumen. Kim sieht sich um und begreift, wo wir sind. Sie erschauert, denn auch sie kennt die Geschichten um diesen Wald. Popcorn geht nur wenige Meter hinter uns, die Pistole auf uns gerichtet.

Ich bleibe stehen und drehe mich zu ihm um. »Bitte,

Norman, du hast doch erreicht, was du wolltest, wir kommen mit dir. Ich werde dich sogar heiraten. Lass Mad leben. Wenn wir fort sind, kann er dir nichts anhaben. Niemand kann das.«

»Du solltest keinen Gedanken mehr an ihn verschwenden. Du bist jetzt verlobt, und zwar mit mir. Er muss dir egal sein, Emily.«

Innerlich schreie ich ihn an, dass Mad mir niemals egal sein wird. Aber ich erkenne, dass ich nicht an sein Gewissen zu appellieren brauche, so etwas scheint er gar nicht zu besitzen. Er fuchtelt mit der Waffe, dass wir weiterlaufen sollen.

Wir erreichen den Steg, und vor uns liegt der dunkle Wald. Kurz denke ich über eine Flucht nach, doch die Angst sitzt mir zu sehr im Nacken. Wenn es schiefgeht, wird er uns töten. In dem Moment der Erkenntnis, dass wir mit ihm mitmüssen, entdecke ich im Augenwinkel einen Schatten mit einer Beanie-Mütze, der sich im Gebüsch versteckt. Beinahe entfährt mir ein Schrei der Erleichterung, und mein Herz rast, aber ich lasse mir nichts anmerken. Meine Sinne sind geschärft, und jede Sekunde erwarte ich, dass Silent ihn angreift, überwältigt und dieser Albtraum ein Ende haben wird. Mein Atem kommt stoßweise vor Anspannung. Ich verlangsame den Schritt, als ich Popcorns Wagen sehe. Vielleicht ist Silent nicht allein gekommen, und die Polizei ist auch hier. Hinter jedem Baum und Busch vermute ich Polizisten bei einer geplanten Rettungsaktion. Ich werde nervös.

»Steigt ein. Du sitzt bei mir, Emily«, bestimmt Popcorn, sieht sich um und öffnet den Kofferraum. Er hält die Pistole auf uns gerichtet, wird aber nachlässiger, weil er mit irgendwas beschäftigt ist.

Ich öffne die Wagentür, damit Kim einsteigen kann, und unser Blick fällt auf ihre zurückgelassene Handtasche. Wir sehen uns an und haben sofort den gleichen Gedanken. Mein Puls beschleunigt sich, als Kim sich zu ihrer Tasche beugt, die Waffe herausholt und eilig hinter ihrem Rücken verbirgt.

Im selben Augenblick löst sich Silent aus dem Schatten und kommt mit gezogener Pistole aus dem Gebüsch hervor. Ich will Kim ins Auto schieben, um sie zu schützen, doch die nasse Erde und die kleinen knirschenden Steine unter Silents Füßen verraten ihn, und dann geht alles rasend schnell.

Bevor Silent schießen kann, dreht sich Popcorn blitzschnell um, und Schüsse knallen durch die Nacht. Kim und ich schreien, ein Körper fällt, und mein Herz bleibt stehen.

Silent liegt getroffen am Boden, und ich höre Popcorn hecheln.

»Fuck!«, flucht er wütend und stützt sich am Kofferraum ab.

Mich hält nichts mehr, ich renne zu Silent hinüber. Blut sickert aus seiner Brust. Schluchzend hebe ich seinen Kopf in meinen Schoß, und er öffnet die Augen. Traurig sieht er mich an. Kim schaut mit panischem Gesicht zu uns.

»Es tut mir so leid, Silent.« Ich schluchze und weiß nicht, was ich tun soll. »Du musst irgendwie durchhalten.« Ich versuche meine Hände auf die Wunde zu drücken, weiß aber, dass ich die Blutung so nicht stoppen kann.

Popcorn lacht höhnisch. »Niemand traut sich in den Bluegrass Forest, Emily. Er ist erledigt. Ich habe ihn sowieso nicht leiden können, also was solls.«

»Du Monster«, schreit Kim. »Damit wirst du nicht durchkommen. Sie kriegen dich, und dann landest du auf dem elektrischen Stuhl.« Sie hält die Pistole mit beiden Händen und zielt auf ihn.

Angst drängt meine Kehle hinauf, weil ich Kim kenne, wenn sie wütend ist. *Gott, Kim! Was tust du?*

»Nimm die Waffe runter, sonst wirst du es bereuen«, knurrt Popcorn zurück, aber Kim kommt richtig in Fahrt.

»Du hast Hurley getötet. Du hast ihn mir weggenommen und kaltblütig ermordet«, brüllt sie weinend. »Du hast Emily und Mad ermorden wollen und mich mit den Bildern von Teach erpresst. Der Teufel soll dich holen.«

Popcorn seufzt gelangweilt. »Ich kann verstehen, dass du dich deshalb aufregst, aber das wird vergehen.«

»Nein, es wird erst vorbei sein, wenn Gerechtigkeit herrscht.«

»Gerechtigkeit?« Er lacht laut. »Das ist ein großes Wort, Kleine, und du hast keine Ahnung, was das bedeutet. Manchmal muss man sein Schicksal eben selbst in die Hand nehmen, damit einem Genüge getan wird«, sagt er grimmig. »Und jetzt lass das Ding fallen, halt den Mund und steig wieder ein. Die Ballerei hat man bestimmt gehört.«

»Nein, das werde ich nicht tun«, widerspricht sie ihm trotzig.

Ich kenne sie, wenn sie sich in Rage redet, kann sie aus der Spirale nicht so schnell heraus.

»Kim, hör auf!«, rufe ich beunruhigt und bitte sie eindringlich ihn nicht noch mehr zu reizen.

»Du bist der letzte Dreck, ein Versager, ein Niemand. Hörst du?«, schreit sie ihm entgegen.

Popcorn fletscht die Zähne und sieht sie kalt und hasserfüllt an. »Halt. Die. Klappe! Du weißt gar nichts von mir.«

»Das gefällt dir wohl nicht, was?« Sie lacht böse und tritt einen Schritt in seine Richtung. »Aber ich sage dir noch etwas. Emily wird dich niemals lieben, sie liebt Mad, und es gibt nichts, was du dagegen tun kannst. Du wirst sie nicht dazu bringen, denn du bist es nicht wert, und du bist –«

»Fuck!«, brüllt Popcorn genervt, hebt die Waffe und drückt ab. Ein Schuss knallt durch die Nacht.

* * *

Alles läuft wie in Zeitlupe, als der Schuss sich löst. Das Echo des Knalls hallt in meinen Ohren, und augenblicklich verstummt Kim mitten im Satz. Entsetzt kreische ich auf, als sie langsam zu Boden sackt und tobender Schmerz in mir aufbricht, den ich mit aller Kraft aus mir herausschreie. Ich will zu ihr, aber Popcorn hält die Pistole auf mich gerichtet, sodass ich es nicht wage, zu ihr zu springen.

»Nein! Nein!«, kreische ich außer mir. »Steh auf, Kim«, brülle ich. »Bitte. Steh auf, verdammt!« Ihr Körper rührt sich nicht. Regungslos liegt sie da. Eine Blutspur dringt aus dem Einschussloch ihrer Stirn, ihr Blick ist seltsam entrückt und ruht in der Dunkelheit.

Popcorn bewegt den Kopf hin und her, bis es knackt.

»Tut mir leid, aber sie ging mir auf die Nerven. Und jetzt ist Schluss mit dem Gezeter. Ich kann flennende Weiber nicht ausstehen«, erklärt er ungerührt und holt den Fernzünder aus seiner Hosentasche.

Fassungslos starre ich zu Kims Leiche. Er hat sie eiskalt ermordet. *Atme, Emily, atme!* Schluchzend sitze ich mit dem verletzten Silent im Schoß auf der Erde. In mir verkrampfen sich die Muskeln. Wie soll ich das Teach erklären? Kim war ihr Zwilling, ihre zweite Hälfte. Sie rührt sich nicht, und mit jeder Sekunde, die vergeht, wird mein Herz von so viel Schmerz erfasst, dass ich fast keine Luft bekomme.

Während ich zu begreifen versuche, was geschehen ist, spüre ich, wie Silent mir unauffällig etwas in meine Hand schiebt.

»Entsichern«, flüstert er kaum hörbar. Ich brauche eine Weile, schaue zu ihm hinab und verstehe augenblicklich, dass ich die Einzige bin, die ihn ausschalten kann. Jetzt. Sofort. Plötzlich überkommt mich eine innere Ruhe, als ich die Pistole nehme und sie langsam hebe. Zitternd, aber entschlossen, dem Ganzen ein Ende zu bereiten, stehe ich auf, verdränge die Angst und richte sie auf den Teufel vor mir. Das Geräusch, als ich die Sicherung löse, lässt Popcorn aufschauen.

Er lächelt selbstbewusst. »Das traust du dich nicht, Liebling. Nimm sie runter.«

»Nein«, sage ich mit fester Stimme. »Wirf deine Waffe und den Fernzünder ins Gebüsch«, fordere ich ihn auf. »Los!«

Popcorn taxiert mich, und zum ersten Mal erkenne ich Unsicherheit in seinem Blick. »Komm schon, Emily. Das willst du nicht. Dazu bist du doch nicht fähig.«

»Jetzt.« Um ihm zu zeigen, wie ernst es mir ist, schieße ich einmal in die Luft, ziele aber sofort wieder auf ihn.

Das zeigt Wirkung. »Na gut«, sagt er einlenkend. »Du weißt nicht, warum ich das alles gemacht habe. Du hast keine Ahnung, was die McKinleys mir angetan haben. Sie alle. Es ging dabei nicht nur um Mad.«

»Es interessiert mich nicht, was du dir in deinem kranken Hirn ausgedacht hast. Los, wirf sie endlich da rüber.« Ich lasse ihn nicht aus den Augen. Mir ist klar, dass ein winziger Moment Unachtsamkeit ausreicht, um ihm eine Möglichkeit zu geben, weiterzumorden.

»Du weißt nicht, was du tust, Emily.«

Wie aus dem Nichts taucht ein Pistolenlauf auf und drückt sich von hinten an seinen Hinterkopf.

»Fallen lassen, Arschloch«, sagt eine männliche Stimme.

Irritiert halte ich inne und versuche zu erkenne, wer da ist. Um mich herum höre ich Geraschel und Schritte. Drei grün leuchtende Punkte tauchen plötzlich auf Popcorns Brust auf. Und mit einem Mal begreife ich. Scharfschützen. Unendliche Erleichterung überkommt mich. Sie zielen auf Popcorns Herz, und jeder ihrer Schüsse kann tödlich sein. Ich vernehme das Gerede aus Funkgeräten, über mir

Rotorblätter eines Hubschraubers und Motoren von Autos, die durch den Wald fahren. Es kommt mir wie ein bittersüßes Wunder vor.

Und trotzdem ist Kim tot. Er hat sie mir genommen.

»Geben Sie mir die Waffe, Ms«, sagt eine männliche Stimme hinter mir. Sie ist weich, voller Mitleid, und doch bestimmt.

»Ich kann nicht«, wimmere ich und schaue zu Kim. Ihr Anblick schmerzt mich so sehr, dass ich ihn dafür büßen lassen will. »Warum hast du nicht auf mich gehört?«, schimpfe ich in ihre Richtung. Vorsichtig legt der Mann hinter mir seine Hand auf meine, und langsam senken wir gemeinsam die Pistole, dann wird sie mir abgenommen.

Popcorn steht immer noch da. Zielsicher kreisen die Laserpunkte auf seinem Oberkörper, und er hebt sich ergebend die Arme in die Luft. Unentwegt sieht er mich an.

»Sorry, Liebling«, sagt er und drückt den Knopf des Fernzünders.

Es knallt laut, und gleißendes Licht erhellt die Wiese, wo die Mühle gestanden hat. Gleichzeitig fallen Schüsse, und Popcorn sackt getroffen zusammen.

Riesige Flammenzungen lodern in den Nachthimmel.

»Mad«, brülle ich verzweifelt. Der Schmerz trifft mich erneut mitten ins Herz. Diesmal versagen meine Beine, und ich schreie die Qual aus mir hinaus, bis ich vollkommen erschöpft bin.

Die Zeit steht still. Ich sehe Lichter, überall Polizisten und Sanitäter, die sich um Silent kümmern. Jemand legt eine Decke über meine Schultern und trägt mich fort. Ich lasse alles geschehen, ich bin nicht fähig zu sprechen oder mich zu bewegen. In mir herrschen Leere, Trauer und endloses Leid. Sie reden von einem Schock, erwähnen Beruhigungsmittel, und als Nächstes spüre ich, wie meine Glieder sich entspannen. Eine tiefe Müdigkeit erfasst mich.

Ich weigere mich, die Augen zu öffnen, denn die Bilder will ich vergessen. Ich weiß genau, dass mich der Schmerz ungefiltert treffen wird, sobald ich in die schreckliche Welt zurückkehre. Ich will weiter in der friedlichen Dunkelheit treiben, nichts fühlen.

»Ich glaube, sie wacht auf«, höre ich Aidens ruhige Stimme. »Hey Em.« Er hört sich traurig und besorgt an.

Etwas zieht mich in die Wirklichkeit, wogegen ich mich nicht wehren kann. Ich liege in einem Krankenbett. Schemenhaft erkenne ich Mom, Aiden und Teach. Sie weinen und schluchzen. Jemand hält meine Hand. Mein Blick klärt sich, und dann bin ich zurück. Sofort kehrt die Erinnerung mit den schrecklichen Bildern in mein Bewusstsein. In meinem Kopf pocht es dumpf, und ich weiß nicht, ob ich vor Verzweiflung heulen oder vor Wut schreien soll. Mit der Realität erfasst mich eine Schmerzwelle, die alles von mir fordert, und ich bin zu erschöpft, um sie aufzuhalten. Tränen schießen in meine Augen, und ich schaue in Teachs rotgeweintes Gesicht.

»Sie ist fort, ich konnte nichts dagegen tun. Es tut mir so leid, Teach«, flüstere ich.

»Oh Em.« Teach schluchzt auf und nimmt mich in ihren Arm. Ich spüre Moms und Aidens tröstende Hände, und lange Zeit umarmen wir uns, weinen. Zurück bleibt die tiefe Trauer. Wir haben so viel verloren.

Erst eine Ewigkeit später lösen wir uns, schwach und ausgezehrt von unserem Verlust. Ich entdecke Judy im Hintergrund, die sich die Tränen aus den Augen wischt und sich zu einem gequälten Lächeln zwingt.

»Hey Em«, flüstert sie.

Ich schaffe es nur, zu nicken, und schaue zu Teach. »Silent?«

»Es geht ihm den Umständen entsprechend gut. Er kommt durch«, klärt sie mich auf. Erleichtert lehne ich mich in die Kissen zurück und sehe Mad, wie er blutüberströmt auf dem Boden in der Mühle lag und mir mit seinem Blick noch so viel sagte, bevor ich ihn alleinließ. Die Explosion und das Feuer … Ich zucke zusammen, als der Schuss, der Kim tötete, in mir widerhallt …

Es wird eng in meiner Brust und der Schmerz unerträglich. Wie von selbst greife ich zu meinem Notfallarmband, zupfe daran, bis die Bilder sich auflösen und ich wieder klar bin. Erschöpft sinke ich in die Kissen.

Mom streicht eine Haarsträhne aus meinem Gesicht. »Du bist in Sicherheit, Em. Er kann dir nichts mehr tun.«

Popcorns graue Wolfsaugen sehe ich vor mir, und purer Hass steigt mir die Kehle hoch. So viel Hass. »Was ist mit Popcorn?«

»Er ist verletzt, aber nicht lebensgefährlich. Er wird seine gerechte Strafe bekommen«, sagt sie leise.

»Das bringt uns die Menschen, die er getötet hat, aber nicht zurück«, antworte ich tonlos. Es ist still im Zimmer, niemand erwidert etwas, weil sie wissen, dass ich recht habe.

»Popcorn hat Kim erpresst, Teach. Er hat verlangt, dass sie Mad verführen soll. Sie sollte dafür sorgen, dass ich mich gegen Mad stelle, damit ich mich von ihm trenne. Ansonsten würde er Sexbilder von dir öffentlich machen, die er deinem Ex Oliver abgekauft hat. Sie tat das alles, um dich zu schützen«, flüstere ich. »Sie war nicht verrückt. Sie tat es aus Liebe zu dir. Wir haben ihr Unrecht getan.«

Sprachlos wandern ihre Augen über mein Gesicht, und Aiden muss ihr helfen, sich auf einen Stuhl zu setzen. Ihr Atem geht schnell, und ich merke, wie ihre Hände kalt werden. Ihre Brust hebt und senkt sich, als sie versucht, meine Worte zu begreifen.

»Wir lagen so falsch. Mit ihr war alles in Ordnung. Sie

tat es, weil sie dich geliebt hat und dich schützen wollte. Sie hat es so sehr bedauert.«

Lange liegen wir uns in den Armen, wir weinen erneut, und es scheint, als würde unser Tränenfluss nicht enden wollen.

Stunden später träume ich von Mad, von unserem Abschied in der Mühle, von seinem Blick, der mich dazu brachte, zu gehen, und von dem tödlichen Schuss, der Kim fortgerissen hat.

Schweißgebadet wache ich auf. Eine Schwester muss bei mir gewesen sein. Aiden, Teach und Judy sind nicht mehr da, dafür aber steht ein Essenstablett auf dem Rollwagen. Ausgelaugt erhebe ich vom Bett und schleiche in das angrenzende Badezimmer. Dort finde ich alles, was ich benötige, um mich vom Schmutz der Nacht zu befreien. Ich greife zur Einmalzahnbürste und starre in den Spiegel. Ich hatte Silents Waffe in der Hand, ich hätte Kim rächen und Mad retten können.

Du hättest schießen sollen, schnauzt mich meine innere Diva an. *Du hättest Mads Tod verhindern können.* Schuldgefühle und Schmerz rasen durch mich hindurch und legen sich auf meine Schultern, begleitet von einer Übelkeitswelle. Heiße Galle steigt meine Kehle empor, und ich muss mich übergeben.

Wie soll ich meinem Herzen beibringen, dass Mad nicht mehr da ist? Wie soll ich weitermachen ohne sein schiefes Lächeln, seine Sprüche, und wie sollen Teach und ich ohne Kim jemals wieder lachen? Ich weiß es nicht. Darüber kann ich jetzt nicht nachdenken. Ich wasche die Spuren der letzten Nacht gründlich ab, putze ausgiebig meine Zähne und binde mein Haar zu einem Dutt. Im Schrank finde ich Kleidung, die Mom mitgebracht haben muss. Ich verlasse das Zimmer.

Es ist viel los auf dem Krankenhausflur. Pfleger schieben

ein Bett mit einem Patienten in ein Zimmer, Besucher laufen den Gang entlang, und eine Ärztin spricht mit einer Frau …

Erst beim zweiten Blick erkenne ich Tessa, die sich mit einem Taschentuch Tränen aus dem Gesicht wischt.

In meinem Kopf höre ich Popcorns Stimme. *›Du weißt nicht, warum ich das getan habe. Du hast keine Ahnung, was die McKinleys mir angetan haben. Sie alle. Es ging dabei nicht nur um Mad.‹*

Ich gehe auf sie zu und werde sie damit konfrontieren. Ich muss wissen, was Popcorn damit gemeint hat.

Die Ärztin legt Tessa mitfühlend eine Hand auf ihre Schulter, spricht irgendwelche Abschiedsworte und eilt dann schnellen Schrittes weiter. Ich komme vor Tessa zum Stehen und beobachte, wie sie sich über die verweinten Augen wischt. »Emily!«, entfährt es ihr, und es ist ihr unangenehm, dass ich sie in einem schwachen Moment treffe, aber darüber sieht sie sofort hinweg und umarmt mich wortlos. Ihr Körper bebt vor Trauer, und wir weinen gemeinsam. Wir schluchzen, dann ist sie es, die sich als Erste aus unserer Umarmung löst. »Ich weiß nicht, was ich sagen soll. Das alles tut mir so leid. Mad … Er …« Erneut wird sie von ihrer Trauer übermannt, schließt die Augen, und ihr Kinn zittert, während Tränen über ihre Wangen laufen. »Ich …« Ihre Stimme bricht. »Ich bin fassungslos.«

Es gibt keine Worte, die ausdrücken können, wie tief unser Schmerz sitzt, nichts, was uns trösten kann.

»Tessa, ich muss Sie etwas fragen. Popcorn erwähnte, dass er Ihre Familie hasst, dabei ging es nicht nur um Mad allein. Was meinte er damit? Irgendetwas muss in der Vergangenheit geschehen sein.«

»Das …« Sie schluckt und senkt den Blick. »Ich weiß es nicht«, flüstert sie, doch ich glaube ihr nicht. »Bitte, wenn du irgendwas brauchst, lass es mich wissen. Ich … muss jetzt gehen.« Sie versucht zu lächeln, aber es gelingt ihr nicht.

Sie flüchtet mit schnellen Schritten den Gang hinunter. Ich sehe ihr nach und bin mir sicher, dass Tessa mir etwas verschwiegen hat.

Kapitel 20

Emily

Ich werde von einem Arzt untersucht. Körperlich habe ich nur ein paar Schrammen abbekommen, weshalb ich morgen entlassen werde, aber er empfiehlt mir eine Therapie, damit ich das Erlebte verarbeiten kann. Mit dieser Sache werde ich nie abschließen können, solange ich nicht genau weiß, warum ich Mad und Kim verloren habe. Dass ich jemals mit dieser Schuld werde leben können, bezweifle ich. Die Last ist drückend und schwer. Um mich von meinen dunklen Gedanken abzulenken, schalte ich den Fernseher ein. Auf mehreren Kanälen wird vom Chaos beim Festival sowie vom Brand der alten Bluegrass-Mühle und der Opfer berichtet. Die Bilder lösen so viel Schmerz aus, dass ich die Flimmerkiste ausschalte, bevor der Bericht zu Ende ist. Ich kauere mich seitlich in das Krankenhausbett und starre gedankenverloren aus dem Fenster. Es ist später Abend, und nur die quietschenden Schuhe auf dem Linoleumboden im Gang unterbrechen die Stille.

Ich bin müde, seelisch erschöpft, und sobald ich die Augen schließe, sehe ich Mad vor mir. Ich höre sein Lachen, seine samtweiche Stimme, die mir tröstend etwas ins Ohr flüstert, und kann beinahe die Zärtlichkeit fühlen.

Eine Schwester unterbricht meine Träumereien. Ich stelle mich schlafend, will niemanden sprechen und bin froh, als sie wieder verschwindet. Noch in der Tür gibt sie einem

Pfleger Anweisungen, worauf jemand in den Raum kommt und ein Gerät oder etwas Ähnliches hereinschiebt. Wahrscheinlich kriege ich eine Zimmernachbarin. Ich halte die Augen geschlossen und warte, bis sie gegangen ist. Nur gut, dass ich morgen nach Hause darf.

Es ist still, als die Tür leise zugezogen wird und ich endlich mit meinen Gedanken allein bin. Ich erinnere mich daran, wie Mad mir voller Spott mitteilte, dass ich seine neue Putzfrau sein werde, an unseren ersten Kuss auf der Gala, oder wie er mich zu Enna mitgenommen und mir erzählt hat, warum er die teuren Macallan-Flaschen seines Großvaters stiehlt. Es gab so viele besondere Momente, in denen ich seinen wahren Charakter erkannt habe, und ich bereue zutiefst, ihm nie gesagt zu haben, was ich für ihn empfinde. Jetzt ist es zu spät, und ich weiß nicht, wie ich die Leere in mir füllen kann. Wie soll ich jemals wieder lachen können? Ich sehe in sein schönes Gesicht. Das Blau seiner Augen strahlt, und selbst im Traum verliere ich mich darin. Mit einem schiefen Lächeln legt er eine Hand an meine Wange. Mit dem Daumen streichelt er mich. Die Berührung fühlt sich so echt an, dass mich die tiefe Sehnsucht nach ihm überwältigt. Tränen steigen auf, die ich nicht zurückhalte, als sein Bild verschwimmt. Ängstlich presse ich fest die Augen zusammen, damit ich ihn eine Weile behalten kann.

»Geh nicht fort, Mad. Lass mich nicht allein«, flüstere ich in die Stille.

»Ich bleibe immer bei dir, Em. Wenn du mich willst.«

Wie könnte ich ihn nicht wollen?

»Ich will dich … immer. So sehr«, raune ich leise und fühle es.

Er schenkt mir sein schönstes schiefes Lächeln, das ich so an ihm liebe. »Mach die Augen auf, Prinzessin, und sieh mich an.«

Ich kann nicht glauben, dass ich die Unterhaltung wirklich mit ihm führe, obwohl sein Gesicht sich immer mehr auflöst. Verneinend schüttle ich den Kopf.

»Wenn ich sie öffne, bist du fort und lässt mich allein«, wende ich ein.

»Ich bin hier. Mach sie auf, Em.«

»Nein, ich kann nicht. Noch nicht.«

Mein Notfallarmband schnippt gegen meine Haut. Einmal. Ein zweites Mal. Beim dritten Mal fahre ich irritiert über die Stelle und halte inne. Ich fühle etwas. Es ist eine Hand, sie ist warm und echt.

»Mach die Augen auf, Em.«

Mein Herz kommt ins Stolpern. Vielleicht bin ich verrückt. Das ist eindeutig mehr als eine Einbildung. Eine Wahnvorstellung?

»Ich bin real, Babe. Versprochen.«

Soll ich das glauben? Er nimmt meine Hand und legt sie auf seine Wange. Ich fühle die Stoppeln seines Bartes und spüre, wie er sich in meine Handfläche schmiegt. Mein Atem geht schnell, und ich traue mich zu blinzeln. Ich erkenne sein markantes Gesicht, seine blauen Augen und etwas, das in meinem Traum nicht vorhanden war: Verletzungen.

Er lächelt mich an, und ich muss mir die Tränen abwischen, um ihn klar und deutlich zu sehen. Ungläubig setze ich mich auf, berühre seine Schultern, seine Brust, seine Wangen, nur um mich davon zu überzeugen, dass er echt ist. Mit weit aufgerissenen Augen starre ich ihn an. Ein Pflaster klebt oberhalb einer Braue, und überall sind seine Wangen mit blauen und lila Flecken übersät. Er sitzt im Rollstuhl, und unter seinem Krankenhaushemdchen kann ich einen dicken Verband an seinem Bauch erkennen. Auf seiner linken Handfläche liegt der intravenöse Zugang.

Diese Version Mad ist absolut real!

Ich kann ihn nur sprachlos anstarren, zu mehr ist mein

Hirn im Augenblick nicht fähig. Grinsend nimmt er meine Hände und zieht mich langsam zu sich. Vorsichtig klettere ich auf seinen Schoß, was wegen des Rollstuhls sehr unbequem ist. Aber das ist mir ziemlich egal.

»Ich bin hier, Babe.«

Ich spüre ihn, kann sein schwaches Aroma wahrnehmen, aber das Blau seiner Augen sickert so tief in mich und weckt meine Lebensgeister.

»Heilige Scheiße, wie ist das möglich?« Ich werfe mich in seine Arme, drücke ihn an mich und will ihn nie wieder loslassen.

»Vorsicht! Nicht so fest, bitte«, meint er lachend.

Ich löse mich von ihm, um ihn anzusehen. »Ich dachte, du ... Aber du lebst, du bist es wirklich«, sage ich mehr zu mir selbst, weil ich es immer noch nicht fassen kann.

»So schnell wirst du mich nicht los, Em. Ein wenig gehe ich dir noch auf die Nerven.«

Ich schluchze auf. Irgendwann muss der Vorrat an Flüssigkeit doch aufgebraucht sein.

Er küsst mich, ich schmecke seine Lippen und das Salz meiner Tränen. Nie hat sich etwas besser angefühlt.

»Wiederhole, was du vorhin gesagt hast«, verlangt er, als er unseren Kuss unterbricht. »Ich will in deine Augen schauen.«

Mein Herz strömt über vor Liebe und Erleichterung, noch nie habe ich ihm so gern diesen Wunsch erfüllt. »Ich liebe dich, Mad.«

Erleichtert atmet er aus und lehnt seine Stirn an meine. »Dass ich das aus deinem Mund hören darf, grenzt an ein Wunder. Du bist mein Wunder, Em.«

Eine Weile sitzen wir so da und halten uns. Tief atme ich seinen Duft ein und will ihn nie wieder gehen lassen. Aber irgendwann werden die Fragen in meinem Kopf so laut, dass ich wissen muss, wie das alles zusammenhängt.

»Wie ist das möglich, Mad? Ich habe selbst gesehen, wie die Mühle in die Luft geflogen ist.«

»Als ihr gegangen seid, hat die Polizei mich noch rechtzeitig aus der Mühle retten können, sozusagen in letzter Minute. Wenn es stimmt, was Runley sagt, dann haben Kim und Silent mir das Leben gerettet.«

»Wie?«

»Laut ihm haben die beiden mit ihren Aktionen der Einheit genügend Zeit verschafft.«

»Silent wollte ihn erschießen und wurde verletzt, worauf Kim ausrastete. Ich habe versucht, sie zu beruhigen, aber sie war zu wütend. Gott, Mad! Popcorn hat Kim die ganze Zeit erpresst. Er hatte Bilder von Teach und ...«

»Sch ... Ich weiß.« Mit dem Daumen wischt er meine Tränen fort. »Arme Kim«, murmelt Mad traurig. »Es tut mir so leid.«

»Wieso hat er das getan? Popcorn erwähnte, dass die McKinleys ihm Schreckliches angetan haben und ihr alle verantwortlich dafür seid.«

Mad runzelt die Stirn. »Davon weiß ich nichts.«

»Er hat auch Hurley ermordet.«

»Wir sind alle auf seine Spielchen hereingefallen. Die plötzlichen Schwierigkeiten der McKinley-Destillerie, die Probleme mit dem Personal im *Angels Share*, die Razzien, meine Verhaftung, das Feuer und sogar die Schlägerei beim Festival. Das hat alles er arrangiert.«

»Was habt ihr getan, dass er so wütend auf euch ist?«

»Das weiß ich noch nicht. Fakt ist, dass er alles sehr lange und gründlich geplant hat. Und ich bin mir sicher, dass er dabei Hilfe hatte. Am Ende hat er dafür gesorgt, dass Alec als Täter dastand. Das hat ihm Zeit verschafft, uns alle reinzulegen.«

»Das ist doch Wahnsinn!«

»Wenn ich das vor zwei Jahren schon gewusst hätte. Die

ganze Zeit hat er an seinem Plan gearbeitet, und ich habe nichts gemerkt. Nur Silent hat ihm von Anfang an nicht vertraut und warnte mich. Ich Idiot! Popcorn wusste über alles genau Bescheid. Das Einzige, was mich stutzig machte, war seine Zurückhaltung, was Veranstaltungen betraf, aber ich dachte, dass er solche Anlässe eben nicht mag. Er begleitete mich nie zu Galas oder Partys, schon gar nicht zu meiner Familie.«

»Weil er ihnen nicht begegnen wollte«, spreche ich meine Gedanken aus.

»Wie kommst du darauf?«

»Weil er davon redete, dass sie die Schuld an allem tragen. Außerdem bin ich mir sicher, dass deine Mom etwas weiß. Zumindest hatte sie es plötzlich eilig, als ich sie wegen seiner Aussage angesprochen habe. Es war ihr ziemlich unangenehm. Dabei fällt mir ein, dass sie keinen Ton gesagt hat, dass du am Leben bist. Wieso hat sie mir das verschwiegen?«

»Bist du sicher? Sie stand unter Schock, aber sie war die ganze Zeit bei mir, seit ich operiert worden war, und verließ das Zimmer nur einmal, um mit der Ärztin zu sprechen, wegen Silent.«

»Wie kam es überhaupt, dass Popcorn dich in seine Gewalt bekam?«

Mad blickt ins Leere. »Als du und deine Cousinen fort wart, habe ich mich auf meinen Bruder konzentriert. Zu dem Zeitpunkt glaubten wir ja noch, dass er der Täter ist. Kurze Zeit später rief Popcorn an und war völlig außer sich. Er faselte etwas von einem Unfall, und ich sollte schnell kommen. Ich fuhr sofort los und gab Runley von unterwegs aus Bescheid. Als ich an der Unfallstelle eintraf, fand ich nur Popcorn vor. Er fiel mich an, betäubte mich und brachte mich zur Mühle.«

»So ein Scheißkerl. Der ist wirklich verrückt.« Ich bin so

froh, Mad wiederzuhaben, und lege vorsichtig meine Arme um seine Schultern. Sanft küsse ich ihn.

»Es ist vorbei, Em. Er wird lange Zeit im Gefängnis dafür schmoren.«

»Trotzdem kommt Kim deshalb nicht zurück.«

»Nein«, sagt er traurig.

Ich erkunde seine Wunden, muss ihn ständig berühren, aus Angst, dass ich doch träume und er mich verlässt. Ich küsse ihn, drücke ihn behutsam an mich, um meinen Schmerz erträglicher zu machen.

Wir sind so mit uns beschäftigt, dass wir nicht mitkriegen, wie die Nachtschwester hereinkommt. Erst als sie sich lautstark räuspert und ihre Arme mürrisch verschränkt, lösen wir uns voneinander.

»Mr. McKinley, ich habe Ihnen zehn Minuten Besuchszeit gestattet. Die sind längst vorüber.«

Mad setzt ein erstauntes Gesicht auf. »Wirklich? Ist mir gar nicht aufgefallen.«

»Sie brauchen dringend Erholung und dürfen sich nicht anstrengen«, sagt sie.

Vorsichtig klettere ich von Mads Schoß und schlüpfe in mein Bett zurück.

»Glauben Sie mir, Schwester Augusta, ich genese viel schneller, wenn ich dieses Mädchen hier küssen darf. Das ist die beste Therapie, da können Sie jedes Medikament vergessen. Sollten Sie auch mal versuchen.«

»Mr. McKinley!« Entsetzt reißt sie die Augen auf.

»Doch nicht mein Mädchen, die küsse nur ich. Es findet sich bestimmt ein Kerl für Sie, der das auch gut kann«, scherzt er, und die arme Krankenschwester errötet. Sie löst die Bremsen des Rollstuhls, und bevor sie ihn hinausschiebt, zwinkert er mir zu. »Bis später, Babe.«

Kapitel 21

Mad

»Alles wurde in dem Feuer zerstört. Unsere Destille, der Brennkessel, die Erinnerungen, einfach alles«, meint Silent geschwächt. Die Medikamente lassen ihn zwischenzeitlich immer wieder einnicken. Er ist ein Kämpfer und wird es schaffen.

»Zerbrich dir darüber nicht den Kopf. Erst mal müssen wir dich auf die Beine bekommen.«

»Wir haben Kim verloren«, flüstert er.

»Ich weiß«, antworte ich niedergeschlagen. »Ich bin trotzdem mächtig stolz auf dich, Bro.«

Er schüttelt den Kopf.

»Doch, du hast getan, was du konntest, um die Mädels zu retten.« Ich kenne ihn, egal, was ich sage, er fühlt sich schuldig, das sehe ich ihm an.

»Teach wird mich hassen. Ich werde auch sie verlieren.«

»Nein, sag sowas nicht. Teach ist eine vernünftige Frau, sie wird nur Zeit brauchen, um zu verdauen. Hör mal …« Ich senke den Blick. »Es tut mir leid, dass ich dir nicht geglaubt habe. Du hattest von Anfang an den richtigen Riecher, was Popcorn betrifft. Ich hätte dir vertrauen sollen.«

»Wir sind alle auf seine Masche hereingefallen, Boss«, erwidert er.

»Das stimmt. Ich bin lange einem Phantom nachgerannt, ohne zu merken, dass es die ganze Zeit direkt vor meiner

Nase herumgetanzt ist. Er hat uns alle zum Narren gehalten.«

»Ich hätte ihn erschießen sollen, dann würde Kim noch leben.«

»Du siehst das falsch, mein Freund«, versuche ich ihm das auszureden, aber da ist er schon wieder eingeschlafen. »Du bist ein Held, Silent. Ich verdanke dir und Kim mein Leben«, flüstere ich und lasse ihn sich ausruhen.

Es ist spät, als ich den Kopf aus meinem Zimmer strecke und mich nach dem Drachen Augusta umsehe. Brav hat sie mich bei ihrer letzten Runde in meinem Bett vorgefunden und mir eine gute Nacht gewünscht. Kaum war die Tür zu, hielt ich es nicht länger aus. Ich muss zu Emily. Ich will bei ihr sein, denn ich weiß, dass der Verlust ihrer Cousine sie hart getroffen hat.

Unbemerkt schaffe ich es in ihr Zimmer. Die Nachtlampe taucht den Raum in sanftes Licht, und als ich sie in ihrem Bett liegen sehe, spüre ich die Wärme, die langsam in mir aufsteigt. Vorsichtig, um sie nicht zu wecken, ziehe ich die Decke über ihre Schulter. Sie sieht wie ein Engel aus, wenn sie schläft.

Sie dreht sich um. »Mad? Was machst du hier?« Das kleine Lächeln auf ihren Lippen zeigt mir, dass sie sich freut. »Wenn die Nachtschwester dich erwischt, hast du mächtig Ärger an der Backe.«

»Nicht, wenn du dichthältst, Prinzessin.«

Sie rutscht ein Stück und macht mir Platz.

»Ist nicht so gemütlich wie in meinem Bett, aber …« Scharf ziehe ich vor Schmerz die Luft ein.

»Du solltest dir Ruhe gönnen.«

»Meinst du, ich kann entspannen, wenn ich weiß, dass du nur einige Zimmer von mir entfernt bist?« Ich lege einen Arm um sie. Sofort kuschelt sie sich an mich, und es fühlt sich perfekt an. »Ich hatte solche Angst um euch.«

Die Traurigkeit in ihrem Gesicht trifft mich, und ich wünschte, ich könnte etwas tun, um ihr den Schmerz zu nehmen.

»Ich darf morgen nach Hause«, sagt sie.

»Das ist gut. Du musst dich um Teach kümmern. Ich glaube, sie braucht dich jetzt.«

»Das mache ich.« Ernst sieht sie mich an. »Du solltest deiner Familie auf den Zahn fühlen, Mad. Ich werde das Gefühl nicht los, dass sie Geheimnisse haben. Wenn du keine Erklärung für Popcorns Taten hast, bin ich mir sicher, dass deine Mutter oder sogar dein Großvater mehr darüber sagen können.«

»Das werde ich«, erwidere ich entschlossen. »Versprochen.« Ich küsse sie leicht.

»Ich glaube, Popcorns Bombe ist noch nicht ganz geplatzt.«

»Darum kümmere ich mich, Sherlock.«

»Ich meine es ernst, Mad. Popcorn hat zwar schon jetzt viel Schaden angerichtet, aber er tat das alles aus einem Grund. Ich habe Angst, Mad.«

Ich schaue auf sie hinab. »Du bist Emily Westham und brauchst vor nichts Angst zu haben. Ich finde heraus, was dahintersteckt. Versprochen.«

»Wir werden die Firma verlieren, und ich weiß nicht, wie es weitergehen wird.«

Ich küsse ihre Schläfe und wünschte, für dieses Problem eine Lösung zu haben, doch da muss ich passen. Es ist still im Zimmer, und irgendwann höre ich, wie Emilys Atem gleichmäßig wird. Sie ist eingeschlafen, und ich sehne mich danach, dass sie jede Nacht bei mir sein kann. Sie kommt mir so verloren vor, und ich will derjenige sein, der sie auffängt. Ich entspanne mich, meine Lider werden schwer, und ich schlafe mit Emily im Arm ein.

»Mr. McKinley! Das ist doch wohl die Höhe!« Schwester Augustas schrille Stimme weckt uns, und einen kurzen Moment bin ich orientierungslos. Erst als Emily mir ihren Ellenbogen versehentlich in die Seite boxt und der vertraute Schmerz durch meinen Bauch dröhnt, bin ich schlagartig wach.

»Was machen Sie in diesem Bett?«

Ich gähne laut und blinzle verschlafen zur Nachtschwester. »Schlafen, was sonst.«

»Ich meine, in diesem Zimmer. Waren Sie etwa die ganze Nacht hier?«

»Jup, aber wir waren anständig. Ehrenwort«, versichere ich unschuldig.

Schwester Augusta schnappt nach Luft, und solange sie sich so herrlich aufregt und von mir ärgern lässt, kann ich nicht widerstehen.

»Das muss ich melden. Das ist nicht erlaubt. Das steht in den Krankenhausbestimmungen«, droht sie mit erhobenem Zeigefinger, was mich wenig beeindruckt.

»Wir haben wirklich nicht gepimpert, falls Sie das meinen. Vielleicht hätten wir das tun sollen, aber das verstößt bestimmt auch gegen die Richtlinien, oder?«

»Mad!« Emily ist mal wieder errötet und weiß nicht, wo sie hinsehen soll, was so früh am Morgen ziemlich heiß ist. »Geben Sie uns zwei Minuten, dann ist er verschwunden«, bittet sie die Schwester, worauf diese mit mürrischem Gesicht auf ihren orthopädischen Halbschuhen kehrtmacht und schimpfend das Zimmer verlässt.

»Du bist unmöglich«, rügt mich Emily grinsend, als wir allein sind.

Wir verlassen das Bett. Die Wunde tut noch weh, aber ich fühle mich deutlich besser. »Du kennst mich, ich kann nicht anders.« Ich ziehe sie an mich. »Ich werde jetzt gehen, und sobald ich mehr weiß, melde ich mich.«

»Okay, sei vorsichtig.«

Ich lege einen Finger unter ihr Kinn und hebe es an. »Em, Babe, wir werden das überstehen, gemeinsam. Diesmal lasse ich dich nicht allein.«

»Versprichst du das?«

»Ich verspreche es.« Ich senke meine Lippen auf ihre und verliere mich in der Wärme dieser Berührung. Es ist verrückt, wie gut sich ihr Mund auf meinem anfühlt. Als ich ihre Finger in meinen Haaren spüre, würde ich mich am liebsten sofort in ihr versenken. Augenblicklich regt sich mein Freund, und ich bin mir sicher, dass sie das merkt. Süchtig wie ein Junkie kann ich nicht genug von ihr bekommen. Ich sehne mich nach meinem großen Bett, wo ich mich mit ihr verkriechen und die Welt ausschalten kann. Jeden grauenvollen Gedanken will ich aus ihrem Kopf verbannen. Dabei ist sie es, die die schrecklichen Stunden mit ihrer Nähe und ihrem Geschmack so mühelos aus mir vertreibt, dass ich alles um uns herum vergesse.

»Wir sollten aufhören«, sagt sie keuchend. »Dein kleines Problem da unten ist sonst für jeden sichtbar, wenn du den Krankenhausflur entlangläufst.« Grinsend schaut sie auf meinen Schritt, der nur von dem dünnen Krankenhaushemdchen verdeckt wird. Dabei beißt sie sich verführerisch auf die Lippen.

Ich kann nicht beschreiben, wie sehr mich ihr freches Grinsen anmacht, aber ich präge es mir ein und werde zu einem späteren Zeitpunkt darauf zurückkommen.

Ein Taxi bringt mich in die Villa, dort setze ich mich in meinen Sportwagen und fahre zur abgebrannten Mühle. Es ist ungewohnt, Einsatzfahrzeuge der Polizei und der Feuerwehr am Steg zu sehen. Der Bereich ist mit gelbem Absperrband weiträumig abgegrenzt. Die Stelle, an der Kim gelegen hat, wird von Männern in weißen Schutzanzügen untersucht. Betroffen senke ich den Blick und erinnere mich an das fröhliche und partylustige Mädchen. Sie und Hurley haben gut zusammengepasst. Ich werde sie vermissen.

»Hey, Sie da! Sie stören eine polizeiliche Untersuchung. Verschwinden Sie«, fordert mich ein Polizist auf.

»Ich bin Maddox McKinley und möchte mit Detective Runley sprechen.« Ich deute zur Wiese, wo ich ihn vermute.

Der Typ murmelt etwas ins Funkgerät, und ich bekomme mit, wie der Detective mir die Erlaubnis erteilt, hinter das Absperrband zu kommen. Ich laufe über den Steg und bleibe vor dem Haufen verkohlter Asche stehen, der einmal mein Zufluchtsort war. Fuck! Der Anblick trifft mich, geht mir durch Mark und Bein. Alles, woran Silent und ich die letzten Jahre gearbeitet haben, ist vernichtet. Selbst auf den Schuppen nebenan ist das Feuer übergesprungen und hat alles zerstört. Der Geruch von Verbranntem beißt in der Nase, und die Erinnerung, als die Mühle in die Luft ging, habe ich plötzlich wieder vor Augen. Ich hatte verdammtes Glück, balle die Fäuste vor Wut und verfluche Popcorn.

»Wie ich sehe, sind Sie wieder auf den Beinen.« Runley tritt neben mich, aber ich antworte nicht. »War ein hübsches Feuerchen.«

Schweigend betrachten wir die Überreste, und ich kann immer noch nicht fassen, dass die Mühle verloren ist.

»Die Jungs von der Spurensuche sind gerade dabei, seine Wohnung zu durchleuchten«, beginnt er. »Er heißt Norman Newmann, wurde in Louisville geboren. Er besuchte kein College, war aber ein guter Schüler. Er arbeitete als Kellner, zeitweise schlug er sich als Vertreter für Haushaltsgeräte durch, im Grunde nichts Besonderes. Er kümmerte sich um seine schwerkranke Mutter. Sie starb vor fünf Jahren, und von da an hielt er sich mit kleinen Jobs über Wasser. Keine Vorstrafen, nicht mal ein Strafzettel. Motiv: Fehlanzeige. Zumindest auf den ersten Blick.«

»Und auf den zweiten?«

Runley grinst wissend. »Mr. Newmann scheint ein Goldjunge zu sein. Er hat ein gutes Händchen für Spekulationen an der Börse bewiesen und verfügt über eine erhebliches Vermögen. Geld als Tatmotiv können wir definitiv ausschließen.«

Ich runzle die Stirn. Mir war nie bewusst, dass Popcorn Kohle hat. »Was ist mit seiner Wohnung?«

»Eine Mietwohnung, unscheinbar und seltsam für jemanden, der sich etwas anderes leisten kann. Unsere Leute sind wie gesagt gerade dran, sie zu durchleuchten.«

»Gut. Und was ist mit meinem Bruder?«

»Bis auf das eigenartige Telefonat haben wir keine Spuren gefunden, aber das wird nicht reichen, Mr. McKinley. Wir brauchen die Stimme der anderen Person.«

»Laut Popcorns Aussage in der Mühle hat er alles so fingiert, dass jeder denken muss, mein Bruder wäre der Täter.« Das bedeutet, ich muss Stan ein wenig in den Hintern treten, um an den Mitschnitt zu kommen. Dann wissen wir, ob Alec wirklich unschuldig ist oder nicht. »Okay, ich kümmere mich darum. Informieren Sie mich, wenn es neue Erkenntnisse gibt.«

»Wir arbeiten daran.«

Ich klopfe ihm zum Abschied auf die Schulter, wende mich ab und gehe zurück zu meinem Wagen. Während ich über die Wiese laufe, wird mir bewusst, dass es das letzte Mal sein wird, dass ich hier bin. Am Steg drehe ich mich noch einmal um und blicke wehmütig auf den Haufen Nichts, in dem ich die schönste Zeit meiner Kindheit und Jugend verbracht habe. Mein Handy klingelt, und als ich Almas Namen lese, ziehen sich meine Eingeweide zusammen.

»Alma. Ist alles in Ordnung?«

»Mr. McKinley …« Aus ihrem Tonfall höre ich Traurigkeit heraus. »Ich denke, es ist so weit. Enna will gehen.«

* * *

Scheiße! Ausgerechnet jetzt. »Ich mache mich sofort auf den Weg.«

Während ich eilig zu meinem Wagen zurücklaufe, muss ich alle Kraft aufbringen, innerlich nicht in Panik zu verfallen. Ich ermahne mich ruhig zu bleiben und hoffe, dass ich nicht zu spät komme.

Erleichtert sinke ich wenige Minuten später auf den Stuhl vor ihrem Bett und bin dankbar für jeden ihrer Atemzüge. Ich bin nicht sicher, ob sie mich hört oder meine Stimme wahrnimmt, doch das ist mir egal. Sie hat mich immer gedrängt, ihr alles zu erzählen, was in meinem Leben gerade geschieht, weshalb ich ihr von Emily, der neuen Flüsterbar und nur vage von den Umständen berichte, die uns in den letzten Wochen beschäftigt haben.

Ihr langes graues Haar habe ich gekämmt und Stunden damit verbracht, sie anzusehen. Sie hat sich nicht gerührt. In Almas traurigen Augen lese ich, dass Enna nicht mehr viel Zeit bleibt. Bald wird sie mich verlassen. Oft hat sie mir versichert, dass ihr Tod nicht das Ende sein wird und wir uns wiedersehen werden. Ich präge mir ihr Gesicht ein, aus Angst, ich könnte es vergessen.

»Nach meinem Vater sind jetzt zwei weitere Menschen gestorben. Ich hätte auf Silent hören sollen, er hat von Anfang an geahnt, dass mit Popcorn etwas nicht stimmt. Aber du brauchst dir keine Sorgen zu machen, Popcorn wird bekommen, was er verdient, und Silent rappelt sich wieder auf. Das Schlimmste ist, das Mädchen, das ich liebe, hat ein enges Familienmitglied verloren, und ich weiß nicht, wie ich ihr den Schmerz nehmen kann. Ach, Enna, ich wünschte, du könntest mir einen Rat geben.«

Müde und erschöpft vergrabe ich mein Gesicht in der Armbeuge auf ihrem Bettrand und verharre. Sie wusste immer die passenden Worte, damit ich mich besser fühle.

Einige Zeit liege ich bei ihr und lausche ihren Atemzügen, als sie plötzlich ihre Hand hebt und auf mein Haar niederlässt. Ich wache aus meinem Tagtraum auf und schaue in ihr lächelndes und gütiges Gesicht.

»Enna? Hast du Schmerzen? Soll ich Alma rufen?«

Sie schüttelt bedächtig mit dem Kopf und braucht eine Weile, bis sie leise flüstern kann. »Lass die Vergangenheit hinter dir und sieh nach vorn«, sagt sie mit brüchiger, schwacher Stimme und macht erschöpft eine Pause. »Blicke nur zurück, um zu sehen, was du erreicht hast. Du hast jetzt Emily.«

»Das werde ich.«

Ich küsse ihre Finger, und sie streichelt meine Wange.

»Ich habe dich wie einen Sohn geliebt, und du hast mich sehr stolz gemacht.« Sie verstummt angestrengt und schließt die Augen.

»Enna! Ich …«

Sie lächelt sanft. »Ich weiß, mein Junge. Es wird alles gut werden, aber du musst mich jetzt gehen lassen.« Es ist, als bäte sie mich um Erlaubnis, sterben zu dürfen. Mein Puls rast, ich halte ihre Hand und spüre, wie sie wieder in den Schlaf hinabgleitet. Lange sehe ich sie an, beobachte, ob ihr Herz weiterschlägt. Sie war meine Beschützerin, meine Kindheitsheldin, mein Fels, und das wird sie auch weiterhin sein. Sie wird mich nie verlassen, ein Teil von ihr bleibt bei mir – so wie sie es immer gesagt hat.

* * *

Es regnet, als die Trauernden zusammenstehen und sich von Kim verabschieden. Aus Respekt halten Silent und ich Abstand von der Trauergemeinde, weil wir keinen Ärger mit den Westhams riskieren wollen. Emily hat mir geschrieben, dass die Eltern von Kim und Teach da sind und mich für den Tod ihrer Tochter verantwortlich machen. Die verdammten Regenschirme versperren die Sicht auf Emily, die ihre Cousine Teach stützt. Aber es genügt mir, etwas von ihrem Ärmel und ihre Hand zu sehen. Wie ein elender Junkie begnüge ich mich mit einer Lightversion von ihr. Sie fehlt mir.

Die Presse hat sich in den letzten Tagen mit den Schlagzeilen überboten. Die Zeitungen nutzen jeden Schnipsel Information, um mir zu schaden. Die Eltern der Zwillinge gaben ein Interview, in dem sie verkündeten, so lange gegen mich zu klagen, bis sie mich hinter Gitter gebracht haben.

Mehrmals wollte ich Emily sehen, habe gehofft, dass sie sich heimlich davonschleichen kann, doch sie hat mich entweder vertröstet oder mir absagen müssen. Sie fehlt mir, gerade jetzt, wo Enna gestorben ist, fühle ich mich einsam.

Erst nach der Zeremonie begegnen sich kurz unsere Blicke. Sofort vergewissert sie sich und schaut sich nach ihrer Familie um, die zum Glück damit beschäftigt ist, Beileidsbekundungen entgegenzunehmen. Ich gebe ihr ein Zeichen, sie nickt und bringt Teach zum Wagen, bevor sie mir unauffällig nachläuft. Ich warte hinter dem Friedhofsgebäude.

»Mad?«, höre ich sie flüstern.

»Ich bin hier.«

Sie folgt meiner Stimme, schaut sich noch einmal um, und in der Sekunde, als sie vor mir steht, zerreißt uns die Sehnsucht. Ihre Augen sind gerötet vom Weinen, und sie hat tiefe Schatten, die von Schlafmangel zeugen. Obwohl es nur wenige Tage waren, in denen wir uns nicht gesehen haben, kommt es mir wie eine Ewigkeit vor.

»Du hast mir so gefehlt.« Sie wirft sich in meine Arme. Ich halte sie fest, nehme ihren unverwechselbaren Sonnenscheinduft in mich auf und küsse sie.

»Alles okay?«, frage ich, nachdem ich mich gezwungen habe, mich von ihr zu lösen.

Sie zuckt mit den Schultern. »Nicht wirklich, aber wir kommen schon klar. Meine Tante Amanda und Onkel Harry sind da. Sie machen einen ziemlichen Aufstand. Es ist nicht gerade leicht für sie, was nachvollziehbar ist. Aiden hat viel um die Ohren, weil jetzt einiges auch wegen der Insolvenz auf uns zukommt.«

»Ich weiß.« In allen Zeitungen war von der Pleite zu lesen, was sie zusätzlich belastet.

Sie kneift die Augen zusammen und mustert mich. Inzwischen kennt sie mich ganz gut und spürt, wenn ich ihr etwas verschweige. »Was ist los? Was macht deine Wunde? Heilt sie?«

»Ja, die ist okay ... Enna ist gestorben«, platzt es aus mir heraus. Es fühlt sich immer noch unwirklich an, es auszusprechen.

Ehrliche Betroffenheit erfüllt ihr Gesicht, und sie legt eine Hand auf meine Wange. Ihre Berührung brennt auf meiner Haut, und ich ringe um Fassung, sie nicht auf den Knien anzubetteln, heute Nacht bei mir zu bleiben. Seit Enna fort ist, kann ich kaum schlafen.

»Oh Mad, das tut mir so leid. Wann?«

»Vor drei Tagen.«

»Du hast mir nichts gesagt?«

»Ich wollte es dir nicht am Telefon sagen, und es gab keine Möglichkeit, dass wir uns sehen.«

»Warst du bei ihr?«, will sie wissen.

»Ja. Sie ist friedlich eingeschlafen. Sie wird in ihrem Heimatort St. Louis beerdigt. Silent und ich kümmern uns um die Überführung.«

»Oh Mad. Wie geht es dir damit?«

Ich senke den Blick, aber ich kann nicht darüber sprechen.

»Emily? … Em? Wo steckst du? Wir müssen los?«, hören wir ihre Mutter vom Parkplatz aus rufen.

»Ich komme gleich, Mom«, antwortet sie ihr. »Ich muss los.«

Ich nicke. »Geh nur.«

Mitleidig sieht sie mich an. »Ich …«

Sie ist hin- und hergerissen zwischen Trauer und Frust über unsere Situation.

»Mach schon, Prinzessin, bevor deine Mutter dich hier findet«, erwidere ich.

Sie tritt auf die Zehenspitzen und küsst mich. Einen Moment verlieren wir uns, aber bevor ich zu gierig nach ihr werde, unterbricht sie unsere Verbindung und rennt los. Ein Scheißgefühl breitet sich in meinem Magen aus, je länger ich ihr nachblicke.

Zurück in meiner Villa kümmere ich mich um den Papierkram meiner Clubs, während Silent Alma hilft, Ennas Hinterlassenschaften zu packen. Das *Angels Share* und die Mühle sind in Flammen aufgegangen, und obwohl Popcorn hinter Gittern sitzt, fühlt es sich an, als hätte der Mistkerl gewonnen. Ich ermahne mich geduldig zu sein, ich finde schon einen neuen Ort, an dem ich Whiskey brennen kann.

Am Abend regnet es noch immer. Nachdenklich starre ich auf den Mikrochip, den Stan endlich aufbereiten konnte, und streichle dabei Mr. Wick über sein Köpfchen. Behutsam setze ich ihn auf dem Boden ab und mache es mir auf meinem Bett gemütlich. Ich lege den Chip in den Laptop ein und spiele die Kameraaufzeichnung ab. Das Bild ist verwackelt, zu Beginn kann ich meine eigene Stimme hören und Finger sehen. Wick läuft los. Minutenlang harrt er vor dem geöffneten Fenster vor Alecs Arbeitszimmer aus. Der Teufelskerl hat wirklich Ausdauer bewiesen. Ich spule vor, verliere beinahe die Hoffnung, auf etwas Interessantes zu stoßen, weil sich niemand darin befindet, stoppe aber sofort, als die Kamera meinen Bruder einfängt, der gerade den Raum betritt. Blätternd in irgendwelchen Papieren geht er zu seinem Schreibtisch und greift nach seinem Handy. Er wartet, dass am anderen Ende jemand abnimmt, und schaltet den Lautsprecher ein. Das Klingelzeichen tönt durchs Büro.

»Ich bins«, sagt er rau.

»Bist du verrückt, Alec?«, faucht Popcorn ihn an.

Ich halte das Video an, in mir zieht sich alles zusammen. Das ist der Beweis. Alec steckt mit Popcorn, den man jetzt eindeutig an seiner Stimme erkennen kann, unter einer Decke. Fuck! Mein eigener Bruder! Als ich den ersten Schock verdaut habe, spiele ich das Video weiter ab.

»Ja, ich weiß, ich soll dich nicht auf dieser Nummer anrufen … Aber es ist wichtig …«

»Verdammt! Was gibt es denn?«

»Hör zu, Mad hat heute Emily Westham zur Gala mitgebracht, und ich bin mir sicher, dass sie gemeinsam irgendetwas vorhaben.« Er nimmt einen Schluck aus seinem Whiskeyglas.

»Du bist wirklich dämlicher, als ich dachte. Mad hat das Mädchen nur mitgenommen, um euch zu provozieren. Sie ist unschuldig und hat rein gar nichts damit zu tun. Also setz ein freundliches Gesicht auf und halte dich verdammt noch mal an unseren Plan.«

»Und wie lange wird es noch dauern? Wann wirst du ihn aus dem Weg räumen? Ich muss so schnell wie möglich an seine Aktienanteile kommen.«

»Das wirst du noch früh genug sehen. Geh zu den Gästen und ruf mich gefälligst nie wieder an.«

»Eines noch …«, unterbricht er Popcorn, bevor er auflegt, aber der Rest des Gesprächs wird vom Wind verschluckt, weil Wick abgelenkt wird und seine Position verlässt. Er läuft über die Wiese hinterm Haus und versteckt sich in einem Gebüsch.

Mein Bruder! Die Erkenntnis trifft mich hart. Die ganze Zeit war die Lösung so nahe. In mir brodelt es, und aufgebracht laufe ich im Zimmer umher. Mein Blick wandert aus dem Fenster hinaus in die Nacht. Es regnet in Strömen, und irgendwo ist ein Donner zu hören. Fuck! Ich stehe auf, schenke mir einen Whiskey ein, trinke einen großen Schluck und entlade meine Wut, indem ich das Glas mit voller Wucht gegen die Wand werfe und einen brüllenden Laut von mir gebe.

Es dauert, bis ich mich beruhige und wieder klar denken kann. Ich bin mir ziemlich sicher, dass selbst der Anwalt meiner Familie es schwer haben wird, Alec nach dieser Aufnahme aus dem Knast zu befreien. Ich muss jetzt das Richtige tun.

Ich will mir den zweiten Film ansehen, den Wick im Keller meines Bruders aufgenommen hat. Aber da ist, außer altem Zeugs und Fitnessgeräten, nichts zu entdecken. Ich spule vor und stoppe, als es an der Tür klingelt.

Es ist spät, das kann nur Silent sein, der wahrscheinlich mal wieder seinen Schlüssel vergessen hat. Nur in Jeans bekleidet laufe ich hinunter, öffne die Tür und werde von einem Engel überrascht, der vollkommen durchnässt vor mir steht.

Emilys Haar hängt strähnig tropfend herunter, ihr T-Shirt liegt eng und beinahe durchsichtig an ihrem Körper.

»Hi«, sagt sie mit einem Lächeln. Sofort schlüpft sie herein.

»Em, du bist klitschnass. Komm mit rauf, ich gebe dir ein Handtuch.«

Sie zieht ihre Schuhe aus und läuft mir nach. Im Badezimmer nehme ich ein großes Badehandtuch, das Conchita erst gewaschen hat, und reiche es ihr.

»Was treibst du?«, fragt sie, während sie sich die Haare trocknet und den aufgeklappten Laptop auf meinem Bett entdeckt.

»Ich habe mir die Aufnahmen von Mr. Wick angesehen.«

»Und?«

»Ich weiß, von wem Popcorn Hilfe hatte.«

Sie runzelt die Stirn. »Von wem?«

»Von Alec.«

»Doch dein Bruder?« Sie schließt verbissen ihren Mund und nickt. »Oh mein Gott.«

Ich spiele ihr das Telefonat ab.

»Alec wollte dich umbringen?«

Ich nicke bedächtig. »Ich werde das Video Runley übergeben.« Ich wende mich von ihr ab, um mir einen Whiskey einzuschenken.

Emily kommt mir nach, nimmt mir das Glas aus der Hand und sieht mich abwartend an. »Mad, Alec läuft frei herum. Was, wenn er einen neuen Plan hat, dich zu ermorden?«

Sie hat recht. Ich gehe zu meiner Kommode und hole trockene Kleidung für sie heraus. »Zieh das an, Babe. Ich habe eine Idee.«

Kapitel 22

Emily

Mitten in der Nacht hält Mad den Wagen vor einem Mietshaus. Er schaltet den Motor aus und sieht sich auf den Straßen um. Niemand ist zu entdecken, woraufhin er aussteigt und ich ihm zum Gebäude folge. Die Tür ist offen, und wir gehen hinein. Gleich im Hausflur befinden sich mehrere Wohnungen, aber als ich vor einer das Absperrband bemerke, weiß ich, dass es Popcorns ist. Mad macht sich leise an der Tür zu schaffen, während ich nervös zu den anderen Eingängen schaue.

»Beeil dich, bevor man uns hört«, flüstere ich, als er ein Eisen aus seiner Jackentasche holt.

Mit wenigen Griffen hebelt er die Tür auf und tritt ein. »Jetzt statten wir dem Arschloch einen Besuch ab.«

Ich folge ihm und schließe sofort die Tür hinter uns. Mad schaltet das Flurlicht ein, und wir laufen uns umschauend durch die Räume. Ein kleines Wohnzimmer mit angrenzender Küche, ein Schlaf- und Badezimmer. Alles ist einfach eingerichtet und sauber. Aus den Schubladen und Schrankfächern wurde alles herausgerissen und liegt unordentlich auf dem Boden verstreut. Ich werfe einen Blick ins Schlafzimmer. Auf einem Nachttisch steht ein Bilderrahmen mit dem Foto einer Frau. Die Aufnahme muss schon älter sein, da sie gelbe Ränder aufweist.

»Kennst du sie?«, frage ich Mad, der mir gefolgt ist und über die Schulter blickt.

»Nein, noch nie gesehen.«

»Sie könnte seine Mutter sein«, grüble ich.

Der Kleiderschrank ist offen, und ein Karton mit Fotoalben, Briefen und einer Spielzeugfigur steht davor. Auch hier haben die Beamten sich umgeschaut. Ich nehme ein Album und blättere darin. Tatsächlich erkenne ich die Frau vom Bilderrahmen wieder. Auf fast allen Fotos ist sie mit anderen Frauen, vielleicht ihren Freundinnen, und einem Kind, das Popcorn sein muss. Er lächelt nie.

»Ich glaube, ich habe etwas gefunden«, sagt Mad, der die Briefe durchgeschaut hat. Er ist ganz bleich im Gesicht und muss sich ermattet auf das Bett setzen.

»Was ist los?«

Stumm reicht er mir das vergilbte Schriftstück.

Mein geliebter Sohn,

ich weiß, es war niemals leicht mit mir als Mutter. Du bist ein Teenager und solltest Freunde haben, Baseball spielen und dich verlieben. Da ich erfahren habe, dass ich sterben werde, mache ich mir Sorgen, wie es für dich weitergeht.

Ich gab mein Bestes, versuchte Mutter und Vater für dich zu sein, doch jetzt, da ich weiß, dass ich bald nicht mehr da sein kann, wünsche ich mir, ich hätte einiges anders gemacht.

Du bist so ein guter Junge, Norman, niemand weiß das besser als ich. Es tut mir sehr leid, dass mein Job nicht ausreicht, um dir all das zu ermöglichen, was du verdienst. Aber als alternde Stripperin hat man nicht viele Chancen. Stattdessen arbeitest du beinahe rund um die Uhr für mich, um unsere Rechnungen, meine Medikamente und die teure Therapie zu bezahlen. Aber das ist vergeudete Zeit.

Du hast dich immer nach einem Vater gesehnt, mich oft nach seinem Namen gefragt, aber ich habe dir aus Stolz und Verbitterung nie eine Antwort darauf gegeben. Er war die Liebe meines Lebens, das ist er bis heute.

Meine Hoffnung ist, dass du ihn nach meinem Ableben kennenlernst, dich mit ihm aussprichst und ihr vielleicht zueinanderfindet. Er hat ein gutes Herz, sonst hätte ich mich niemals in ihn verliebt. Deshalb habe ich beschlossen, dir endlich zu sagen, wer dein Vater ist.

Sein Name ist Richard McKinley. Er kommt aus einer alten Whiskey-Dynastie, die in Kentucky lebt. Ich wünsche mir, dass ihr eine Möglichkeit findet, euch kennenzulernen.

In ewiger Liebe
Deine Mom

»Falls mein Vater wirklich mein Vater war, dann ist Popcorn mein Halbbruder«, sagt Mad tonlos. »Und ich habe nichts davon geahnt.«

Ich senke das Papier, während ich ihn anstarre. Wow! Ich erinnere mich, wie viel Hass in Popcorns Augen stand, als er in der Mühle von den McKinleys geredet hat. Mad ist völlig durcheinander, was ich angesichts dieser Erkenntnisse absolut verstehen kann.

»Jetzt wird mir einiges klar.« Er stößt den Atem aus. »Sie war die Tänzerin. Mein Großvater hat damals, als ich das Gespräch zwischen ihm und meinem Vater belauschte, nicht von mir, sondern von Popcorn gesprochen. Er ist der Sohn der Stripperin. Fuck! Und ich habe all die Jahre geglaubt …« Mad steht vom Bett auf und läuft unruhig im Zimmer umher. »Ich habe es einfach falsch verstanden.«

»Das bedeutet, du bist ein McKinley«, ergänze ich.

»Ja. Ich muss mehr wissen.« Mad kniet sich vor den Karton und zieht einen weiteren Brief heraus.

Geliebter Norman,

wenn du diese Zeilen liest, hat der Tod gesiegt und mich von den unerträglichen Schmerzen befreit. Dank dir blicke ich auf ein schönes Leben zurück, das du mit jeder Sekunde gefüllt hast. Du warst ein so wundervoller Sohn. Ich kann mich sehr glücklich schätzen, dich geboren und aufgezogen zu haben. In all den Monaten, als meine Krankheit unaufhaltsam mehr und mehr von mir einnahm, warst du aufopferungsvoll an meiner Seite. Nicht jede Mutter hat so einen Sohn.

Ich sehe die Enttäuschung in dir, weil dein Vater dich ablehnt und nicht bereit ist, dich anzuerkennen. Das hast du nicht verdient.

Leider hinterlasse ich dir nicht viel, denn mein wertvollster Besitz warst immer du.

Weine nicht um mich, Norman. Ich bin sicher, dass das Leben etwas Schönes für dich bereithält. Mach das Beste daraus.

Danke für alles, was du für mich getan hast.

Ich warte im Himmel auf dich, eines Tages …

Ich liebe dich

Deine Mom

Stephenie Newmann

»Das ist ... verrückt. Dann war das alles eine Racheaktion? Unser Vater hat ihn abgelehnt, was ihn, laut seiner Mutter, schwer enttäuscht hat.«

»Ja, das erklärt einiges. Seine Mutter ist sterbenskrank, teilt ihm mit, wer sein Vater ist, und der stößt ihn von sich. Das ist hart. Gibt es ein Datum auf den Briefen?«

Wir sehen gleichzeitig nach.

»Hier steht Mai 2009. Das war das Jahr, in dem Tom verschwand ...«

»Und in dem mein Vater starb«, fügt Mad vollkommen in Gedanken hinzu. »Emily, pack die Briefe ein. Ich bin mir ziemlich sicher, dass mein Großvater mehr weiß.«

Auf dem Rückweg halten wir bei Mads Villa, er springt schnell hinein, holt den Laptop mit den Mikrochips und ruft Detective Runley an, der jedoch nicht ans Telefon geht. Er spricht ihm alles Wichtige aufs Band, informiert seine Männer, bevor wir zum Anwesen der McKinleys fahren.

Nervös reibe ich meine Hände, weil ich nicht weiß, was uns erwartet. Diese Unterhaltung wird das Leben der McKinleys für immer verändern.

* * *

Es ist inzwischen zwei Uhr morgens, als wir auf dem Anwesen ankommen. Mad hat seine Mutter angerufen und sie gebeten, dass sich alle in der Bibliothek einfinden sollen. Es gäbe wichtige Neuigkeiten. Am prunkvollen Haus ist die Nachtbeleuchtung eingeschaltet, als wir die Stufen hinauflaufen. Vor der Türschwelle strafft Mad die Schultern und streckt mir seine Hand entgegen.

»Bereit?«

»Wenn du es bist«, antworte ich, und obwohl ich kein gutes Gefühl bei der Sache habe, werde ich ihm nicht von der Seite weichen. Wir gehen hinein, Mad steuert direkt die

Bibliothek an, und wir werden von den McKinleys, die im Morgenmantel auf uns warten, empfangen.

»Was zum Teufel fällt dir ein, uns aus dem Schlaf zu reißen?«, fährt Alec uns zur Begrüßung an. Er wirft mir einen misstrauischen Blick zu, den ich aber geflissentlich ignoriere.

»Gedulde dich, liebster Bruder. Das wirst du noch früh genug erfahren«, sagt Mad und läuft ruhig zu einem Tisch, wo er den Laptop und die Briefe ablegt.

»Was hat das zu bedeuten?«

Mads Großvater hat in einem ledernen Ohrensessel Platz genommen, Tessa steht neben einem Buchregal und hat ihren seidenen Morgenmantel zugezogen. Erwartungsvoll beobachtet sie ihn. »Mad? Was ist denn los?«

»Tja, ich hoffe, dass ihr mir das sagen könnt.« Er baut sich vor ihnen auf und verschränkt die Arme. »Wer ist Stephenie Newmann?« Abwartend sieht Mad seinen Großvater an.

»Noch nie von ihr gehört. Wer soll das sein?« Mr. McKinley Senior verzieht keine Miene.

»Kein Grund, ein Pokerface aufzusetzen, Großvater. Ich weiß, dass du sie kennst.«

»Dann weißt du mehr als ich, Junge.« Der alte Mann hebt seinen Stock. »Ich warne dich, Mad. Treib es nicht zu bunt.«

»Stephenie Newmann war die große Liebe deines Vaters, bevor er mich geheiratet hat«, antwortet Tessa plötzlich. Alle Köpfe drehen sich zu ihr. Sie ist sichtlich aufgeregt, knetet nervös ihre Finger. »Sie war die wahre Liebe seines Lebens.« Trauer und Verbitterung schwingen in ihrer Stimme mit. »Ich bin nicht dumm, ich wusste es schon an dem Tag, als man unsere Verlobung bekannt gab.«

»Was? Und du hast ihn trotzdem geheiratet? Warum?«, will Alec aufgebracht wissen.

»Ja, das habe ich, weil ich ihn liebte. Ich habe geglaubt,

dass er mich eines Tages ebenfalls lieben könnte, und das ist dann auch geschehen.«

»Wusstest du, dass sie von ihm schwanger war und ein Kind erwartete?« Mad lehnt sich an einen Tisch.

»Ja, auch das wusste ich. Noch vor der Geburt wurde euer Vater gezwungen, die Beziehung zu beenden.«

»Tessa, ich warne dich.« Mr. McKinley Senior sieht über den Brillenrand zu ihr hinüber.

»Was willst du tun, Charles? Es wird endlich Zeit für die Wahrheit, nach allem, was passiert ist.«

»Das hast nicht du zu entscheiden«, brüllt er plötzlich los.

»Und du auch nicht, verdammt!«, bricht es erbost aus Tessa hervor. »Es reicht! Was muss noch alles geschehen? Du bist nicht Gott.«

»Ich habe deine Verlobung veranlasst, Tessa. Weil ich dich für eine gute Ehefrau gehalten habe. Richard war mein Sohn, er sollte die McKinley-Destillerie zu Weltruhm führen. Da war die Stripperin ihm nur im Weg. Außerdem konnte man ja nicht wissen, ob sie uns das Kind nur unterjubeln wollte. Heutzutage ist den geldgierigen Weibern alles zuzutrauen.«

Mad lacht höhnisch. »Wir können von Glück reden, dass wir den Racheakt seines Bastards überlebt haben, den du verstoßen hast. Ich habe euch damals im Wintergarten belauscht. In der Nacht als Dad mir sagte, dass er mich an dieser Militärschule angemeldet hat. Erinnerst du dich? In der Nacht, als das Feuer ausbrach.«

Charles McKinley schweigt und senkt den Blick. »Wie könnte ich diese Nacht je vergessen? Norman Newmann tauchte unmittelbar auf, nachdem du wütend das Haus verlassen hast«, erzählt er. »Er bat deinen Vater um Geld. Er schilderte uns eine Geschichte von seiner schwerkranken Mutter, die bald sterben würde, wenn er nicht das Geld für eine Therapie auftreiben könnte.« Der alte Mann lacht zynisch. »Ich habe ihm die Story nicht abgenommen. Ich erkenne Erbschleicher und Schmarotzer sofort.«

Ich schließe die Augen, weil mir klar wird, wie sehr diese Ablehnung Popcorn damals getroffen haben muss. In seiner Verzweiflung suchte er seinen Vater auf und bat ihn um Hilfe, damit er die einzige Person, die er wahrscheinlich in seinem Leben hatte, nicht verlieren würde.

Schweigsam nimmt Mad die Briefe vom Tisch und liest sie vor. Tessa weint, und Alec ist zum ersten Mal sprachlos. Als Mad fertig ist, gibt er die Schriftstücke seinem Großvater.

»Du hast wirklich ein begnadetes Talent, Menschen einzuschätzen«, sagt Mad sarkastisch.

Mr. McKinley Senior zieht seine Lesebrille heraus, womit sein scharfes Gesicht etwas milder wirkt. Er überfliegt die Zeilen und schweigt.

»In dieser Nacht habe ich euch reden hören. Ich erinnere mich genau, dass Dad Zweifel hatte, er wollte ihm helfen, aber du hast es ihm sofort ausgeredet. Dummerweise habe ich das alles auf mich bezogen und jahrelang geglaubt, dass ich adoptiert wäre. Seit heute weiß ich, dass das falsch ist. Norman Newmann ist unser Halbbruder. Er hat nicht nur mein Leben zerstören wollen, sondern auch das vieler anderer Leute, die mit dieser Geschichte nichts zu tun haben«, sagt Mad verbissen. »Er hat mehrmals versucht, mich zu ermorden. Zwei Menschen hat er kaltblütig erschossen, und beinahe wären Emily und Silent auch durch ihn ums Leben gekommen. Zudem hat er meine Geschäfte und auch die der McKinley-Destillerie manipuliert, und wir wissen, dass er dabei Hilfe hatte. Ich weiß sogar, von wem.«

Unsere Aufmerksamkeit wird durch das Blaulicht von draußen abgelenkt. Tessa läuft zum Fenster. »Die Polizei?« Sie dreht sich zu uns. »Was hat das zu bedeuten, Mad?«

»Ich habe den Detective benachrichtigt. Schalt den Laptop ein, Babe.«

Ich tue, was Mad verlangt, fahre den Computer hoch und schiebe den Mikrochip hinein. Pünktlich zum Start betritt Runley die Bibliothek. Nickend grüßt er die nächtliche Runde.

»Gut, dass Sie gekommen sind«, sagt Mad und gibt mir ein Zeichen, dass ich das Video abspielen kann. »Wir haben einen weiteren Komplizen von Popcorn gefunden.«

»Was hat das zu bedeuten, Mad?«

»Das wirst du gleich sehen, Großvater.«

Der Film beginnt. Mr. Wick wuselt durch einen Keller. Kartons, Fitnessgeräte, ein altes Sofa und jede Menge leere Flaschen werden darin gelagert. Alle starren gebannt auf das Display.

»Was hast du in meinem Keller verloren, Mad«, knurrt Alec.

»Das ist das falsche Video, Babe.« Gerade als Mad den Film unterbrechen will, entdecke ich etwas, was mir den Atem verschlägt.

Mr. Wick läuft direkt darauf zu, und je näher er kommt, desto mehr erstarre ich. Mein Blickfeld verengt sich und rückt weit in die Vergangenheit. Die Erinnerungsfetzen, die so lange im Dunkeln lagen, glimmen hell und klar auf, als ich das gleiche Paar Schuhe im Regal stehen sehe, das bei Mad auf dem Bett lag. Scharf ziehe ich den Atem ein und wende den Kopf langsam zu Alec. Genau in diesem Moment schleicht sich die Erkenntnis in mein Bewusstsein – es war seine Stimme. Ich erkenne sie jetzt wieder. Mein Herz droht zu zerspringen. »Du …«, ich keuche, »du warst es … Du hast Tom ermordet.«

Wie ein gehetztes Tier schaut Alec vom Laptop auf und zuckt zusammen, als ich ihn direkt damit konfrontiere. Gleichzeitig kämpfe ich gegen die Panik an, die mich zu überrollen versucht, und zupfe an meinem Gummiband.

»Was hast du gesagt?« Mad hält mich, als er erkennt, was mit mir los ist. »Sieh mich an? Sieh mich an, Babe«, fordert er. Ich höre seine Stimme und schaffe es, in das Blau seiner Augen einzutauchen.

Atme, Emily, atme. Ich versuche mich auf Mad zu konzentrieren, aus ihm Kraft zu schöpfen.

»Es wird alles gut, Em.«

»Alec war es. Er hat Tom ermordet. Ich weiß es jetzt wieder. Ich erkenne seine Stimme. Er war es, der telefoniert hat.«

Ich nehme aufgebrachtes Gemurmel wahr.

Aber Mad kümmert sich um mich. »Sch ... Es wird alles gut. Ich bin bei dir und lasse dich nicht allein«, raunt er mir ins Ohr. Mein Herzschlag normalisiert sich, mein Atem geht gleichmäßig. Der immer wiederkehrende Schmerz auf meiner Haut sendet die richtigen Impulse. Ich bin im Hier und Jetzt, niemand wird mir wehtun. Ich will dem Scheißkerl, der meinen kleinen Bruder auf dem Gewissen hat, ins Gesicht schauen.

Aufregung herrscht in der Bibliothek, und ich finde zu mir zurück, mache mich von Mad los und gehe auf den Kindsmörder zu.

»Brauchen Sie einen Krankenwagen, Ms. Westham?«, höre ich jemanden fragen, doch ich kann nur Alec anstarren, der verunsichert einige Schritte vor mir zurückweicht.

»Ich ... Ich wollte das nicht. Es war ein Unfall. Ehrlich, das musst du mir glauben«, schreit er.

Im Augenwinkel bekomme ich mit, wie Tessa fassungslos mitten im Raum steht. Sie weint und hat ihre Hand vor Schock auf den Mund gelegt. Mr. McKinley Senior erhebt sich aus dem Ohrensessel und läuft zu Detective Runley. »Was hat das alles zu bedeuten?«

Alecs Gesicht ist rot, verzerrt, und auf eine Art wirkt er wie ein verzogener Junge. Er kniet vor mir und senkt den Kopf. »Es war ein Versehen, Emily. Ich schwöre es.«

»Worum geht es, wenn ich fragen darf?« Interessiert schaut Runley in die Runde.

»Um meinen jüngeren Bruder, Tom Westham«, sage ich mit fester Stimme.

Alec weint. »Ich wollte mir nur einen Spaß erlauben, dich erschrecken und ...«

»Was hast du mit ihm gemacht?«

Alec verzieht das Gesicht und heult wie ein kleiner Junge. Er fühlt sich in die Enge getrieben, und ich bemerke die gleiche Wut in ihm aufsteigen, die er in den Augen hatte, als er mich schlug.

Blitzschnell greift er an seinen Rücken, packt mich um den Hals und zieht mich an sich. Sofort spüre ich die kalte Mündung einer Pistole an meiner Schläfe.

»Niemand nähert sich, sonst erschieße ich die Schlampe«, presst er aufgeregt und erhöht den Druck mit seinem Arm. Erschrocken will ich mich losmachen, aber Alecs Griff ist fest wie ein Schraubstock. Die Beamten wollen schon nach ihren Waffen greifen, doch als sie erkennen, dass Alec es ernst meint, gibt Runley seinen Leuten ein Zeichen, Ruhe zu bewahren.

»Lass Emily los! Mach es nicht noch schlimmer, als es ohnehin schon ist, Alec«, versucht Mad auf seinen Bruder einzureden. »Wir wissen, dass du auch mit Popcorn gemeinsame Sache gemacht hast, weil du mich aus dem Weg haben wolltest.«

Dieser lacht höhnisch. »Ja, nur hat das leider nicht geklappt.«

»Was?« Tessa ist geschockt und läuft in Alecs Richtung. »Du hast bei diesen abscheulichen Dingen geholfen?«

»Bleib, wo du bist, Mom. Ja, verdammt. Ich wollte seine

Anteile. Er behält sie nur, weil es ihm Spaß macht, uns damit zu verhöhnen.«

»Du irrst dich, Bruderherz. Ich habe sie längst verkauft.«

Mr. McKinley Senior erhebt sich erbost und donnert mit dem Stock auf den Boden. »Du hast was?«

»An wen?«

»An die Meistbietenden. Also, lass Emily frei, und ich sorge dafür, dass ihr sie zurückerhaltet.«

Alec erhöht den Druck und läuft mit mir Richtung Tür. »Ist jetzt auch egal. Ich schwöre, ich lege sie um, wenn ich nur eine Person sehe, die sich uns nähert.«

Mit der Waffe an der Schläfe zerrt mich Alec rückwärts aus der Bibliothek. Mads Großvater brüllt seinem Enkel nach, er soll augenblicklich zurückkommen, aber das interessiert Alec wenig. Immer auf der Hut, nicht unachtsam zu sein, verlassen wir das Haus, er zieht mich zu den Parkplätzen, wo sein Auto steht.

»Du fährst, und keine Mätzchen«, droht er mir, bevor er mich in den Wagen schubst und blitzschnell selbst einsteigt.

Ich zittere, und Angst drängt sich mir die Kehle hoch, doch ich reiße mich zusammen, atme tief durch und tue, was er verlangt.

Kapitel 23

Emily

Mit hoher Geschwindigkeit rauschen wir durch die Nacht. Alec bedroht mich mit der Waffe und telefoniert. »Ja, in zwanzig Minuten komme ich an. Bis dahin ist der Flieger startklar.«

Er legt auf.

»Wo fahren wir hin?« Ich erlaube mir einen kurzen Blick in seine Richtung.

»Zum Skydive Flugplatz«, antwortet er kalt. »Los, die Straßen sind frei, fahr schneller.«

Ich wische mir die Tränen aus dem Gesicht und drücke das Gaspedal durch. Ich kenne den Flugplatz. Was wird er tun, wenn wir ankommen? Wird er mich erschießen? Darüber darf ich jetzt nicht nachdenken.

»Bitte, Alec. Seit Jahren quälen meine Familie und mich Fragen. Was ist damals im Wald geschehen?«

Eine Weile ist nur das Motorengeräusch des Wagens zu hören, und ich befürchte, dass er mir keine Antwort geben wird.

»Es war ein Unfall, wie ich schon sagte«, erwidert er knapp. Er schweigt, doch dann sieht er mich mit hasserfüllten Augen an. »Du bist selbst schuld, Emily. Du hast meine Sportkarriere zerstört, und ich wollte es dir heimzahlen.«

»Du hast meinen Bruder ermordet, wegen der Sache von damals?«

»Für mich war das keine kleine Sache, verdammt!«, brüllt er. »Durch deinen dummen Streich habe ich mich so schwer verletzt, dass ich meine Profikarriere nicht antreten konnte. Es war alles, was ich wollte. Du hast mich gedemütigt, meinen Traum beendet. Ich wollte dir nur einen Schrecken einjagen, als ich euch im Wald gesehen habe. Du warst genervt, da schnappte ich den Jungen, hielt ihm den Mund mit meiner Hand zu, damit er nicht schreit, und schleifte ihn mit mir, um uns zu verstecken. Er wehrte sich natürlich, strampelte, und irgendwann ... Ich dachte, er wäre ohnmächtig, aber dann ... Er atmete nicht mehr.«

Tränen laufen über meine Wangen, als ich das erfahre.

»Hör auf zu flennen, im Grunde bist du schuld an seinem Tod.«

»Und mit wem hast du damals telefoniert?«

Er wirft mir einen Blick zu. »Du weißt davon?«

Ich schlucke, spreche aber nicht weiter.

»Das spielt keine Rolle.«

»Wo ist er? Was hast du mit ihm gemacht?«

»Vergraben, was sonst?« Er sagt es, als redete er von irgendeiner belanglosen Gartenarbeit.

»All die Jahre wussten wir nicht, was mit ihm geschehen war. Kannst du dir nicht vorstellen, wie sich das angefühlt hat?«

Er rollt mit den Augen. »Mein Gott, jetzt mach kein Drama daraus. Es ist nun mal passiert, es war ja auch keine Absicht. Ich wollte dich mit seinem Verschwinden nur erschrecken, als kleine Rache. Mehr nicht. Es war ein Unfall.«

Ich kann nicht glauben, wie er die Tötung meines Bruders abtut, als hätte er eine Ameise zertreten. Tom war ein zarter Junge. Mit seiner großen Hand hat Alec ihm Mund und Nase zugehalten und nicht mitbekommen, dass er ihn erstickt.

Gott! Wieso habe ich nicht besser auf ihn geachtet? Wieso bin ich ihm nicht gleich nachgerannt, als er in den Wald lief.

»Da vorne«, ruft Alec. Vor uns taucht der Flughafen auf, und von Weitem blinken Lichter. Er nimmt sein Handy und telefoniert erneut. »Wir sind da. Schmeiß die Motoren an.«

Als wir auf das Flugzeug zufahren, werde ich unruhig. Ich muss ihn irgendwie aufhalten. Dieses Schwein darf nicht einfach abhauen.

»Halte hier?«, befiehlt er, wirft einen Blick in den Rück- und Außenspiegel und lacht. »Endlich mal etwas, das funktioniert.« Er wendet sich an mich, als ich auf dem Rollfeld mit einigen Metern Abstand zum Flugzeug parke. Er sieht mich an, und langsam heben sich seine Mundwinkel. »Leider, Emily, ist für dich hier Schluss.«

Panik peitscht in mir auf, und ich ahne, dass er mich töten wird. Vielleicht habe ich keine Chance, aber ich muss es versuchen. Ohne darüber nachzudenken, umfasse ich seine Hand mit der Waffe und will das Überraschungsmoment nutzen, um sie wegzuschlagen. Es kommt zu einem Kampf. Er schlägt mir ins Gesicht, doch egal wie groß der Schmerz ist, ich lasse nicht locker. Alles geht rasend schnell. Ein Schuss löst sich, Alec schreit auf, und die Knarre fällt in den Fußraum.

»Fuck! Du Schlampe hast mir in den Fuß geschossen«, brüllt er, und keuchend tasten wir den Wagenboden ab. Wie bei einer Kinderkeilerei drängt er mich von sich, zieht mir an den Haaren, aber wir beide finden die verdammte Pistole einfach nicht. Wo ist sie hingerutscht? Als wir Sirenen hören, schaut er auf. »So eine Scheiße!« Eilig öffnet er die Wagentür, klettert hinaus und humpelt zum Flugzeug.

Ich fummele immer noch nach der Waffe, bekomme sie endlich zu fassen und steige blitzschnell aus.

»Stehen bleiben!«, brülle ich und schieße einmal in die Luft. Alec hält tatsächlich inne und dreht sich zu mir um.

»Das traust du dich ja doch nicht.«

Ich zögere, und für einen Moment fühle ich mich entlarvt. Meine Hände zittern, und ich habe die Szene vor Augen, als ich die Möglichkeit hatte, Popcorn zu erschießen.

Alec lacht spöttisch. »Ihr Westhams seid doch alle erbärmlich.«

Schuldgefühle wallen über mich hinweg, und als Alec sich einfach umdreht und zum Flugzeug humpelt, die Sirenen uns beinahe erreichen, reiße ich mich zusammen, beiße auf die Zähne und schieße. Einmal, zweimal …

Alec brüllt auf und fällt auf den Asphalt wenige Meter vor der Maschine.

Ich schluchze auf, bin geschockt von mir selbst und lasse langsam die Waffe sinken.

»Gott sei Dank, Em.« Erleichtert, dass nun endlich alles vorüber ist, ich diese irre Fahrt überlebt habe und Alec nicht abhauen konnte, falle ich in Mads Arme.

»Ich habe ihn nicht richtig getroffen, Mad.«

Er lacht. »Oh doch, du Teufelsweib, das hast du. In seine Beine. Einfach genial, würde ich sagen.«

Es dauert eine Weile, bis ich alle Fragen der Detectives beantwortet habe und wir gehen dürfen. Alec wurde mit drei Schussverletzungen in den Beinen in ein Krankenhaus gebracht, von wo er anschließend direkt in ein Gefängnis muss. Ich bin unendlich erschöpft, als Mad mich in den frühen Morgenstunden in seine Villa bringt.

Eine seltsame Ruhe überkommt mich, als ich über Tom nachdenke. Wir haben Gewissheit, was geschehen ist, aber ob wir ihn endlich beerdigen können und Frieden finden, hängt davon ab, ob Alec uns verraten wird, wo er ihn vergraben hat und wer der geheimnisvolle Mittäter war, mit dem er damals telefoniert hat. Ich weine um Tom, Kim und Hurley, aber diesmal bin ich nicht allein. Mad ist da, er tröstet mich. Er hält mich, wie er es versprochen hat, und trocknet meine Tränen.

»Was werden wir jetzt tun? Wir Westhams sind pleite, und du hast fast alles im Feuer verloren, was du dir aufgebaut hast. Ich schätze, du bist keine gute Partie mehr.«

Er grinst. »Ich möchte dir etwas zeigen.«

Er führt mich in den Keller, wo er mit einem Schlüssel eine Tür aufschließt. Er öffnet sie und schaltet das Licht ein. »Darf ich vorstellen, unsere Zukunft.«

Langsam trete ich ein und traue meinen Augen nicht. »Aber ...«

Vor mir stehen unzählige Whiskeyfässer, die alle die gleiche Aufschrift eingebrannt haben. ›Moonshiner‹.

»Ich war schlau, habe einmal auf Silent gehört und den Vorrat, den er und ich jahrelang angelegt haben, in Sicherheit gebracht. Es war ein ganzes Stück Arbeit, aber es hat sich gelohnt.« Mit verschränkten Armen lehnt er im Türrahmen, während ich mit aufgerissenen Augen durch den Raum laufe. »Aber ... Sind das deine Moonshiner-Fässer aus der Mühle?«

»Ganz genau.« Abwehrend hebt er die Hände. »Frag mich nicht, warum, es war Silents Eingebung, oder aber vielleicht Schicksal. Egal, es war definitiv das Intelligenteste, was ich jemals getan habe.«

»Mad! Das ist ja ...«

»Ja, manchmal sollte man auf gute Freunde hören.« Er nimmt mich hoch und setzt mich auf ein Fass. »Also, ich finde, wir sollten dringend überprüfen, ob das Holz den Transport, der wirklich schweißtreibend war, gut überstanden hat«, meint er und beginnt mein Hemd aufzuknöpfen.

»Schon wieder? Du bist ein Lustmolch, McKinley.«

»Alles, was du willst, Prinzessin, Hauptsache, du gehörst

mir«, raunt er, bevor er sich meinen Brüsten zuwendet und ich unter seinen Liebkosungen verglühe.

* * *

Es ist Vormittag, als Mad und ich nach nur wenigen Stunden Schlaf von den Düften aus Conchitas Küche geweckt werden. Sie freut sich sichtlich, dass ich da bin, auch wenn mein knappes Outfit sie zuerst verwundert. Milow, der draußen an einem Rasenmäher bastelt, wird genauso vom Frühstücksduft angezogen und bringt die Zeitung mit, die Mad sofort in den Abfall wirft.

»Stehen sowieso nur Lügen drin«, meint er achselzuckend.

Es klingelt an der Tür. Chonchita öffnet und führt Tessa zu uns.

»Hi, ich weiß, Mad, du hast am Telefon gesagt, dass ich nicht zu kommen brauche, aber nach allem, was geschehen ist, wollte ich euch sehen und mich davon überzeugen, dass es euch wirklich gutgeht. Und ich muss mit dir sprechen.«

»Wie du siehst, geht es uns gut«, meint Mad gleichgültig mit einer ausladenden Handbewegung und deutet auf unser Frühstück. Ich weiß, warum er sich ihr gegenüber so unterkühlt verhält, aber mit einem vielsagenden Blick gebe ich ihm zu verstehen, dass er sie anhören soll. Sie hat gerade erst erfahren, was ihr ältester Sohn alles auf dem Kerbholz hat. Kindsmord und versuchter Mord an seinem Bruder. Alec wird wahrscheinlich nie wieder das Gefängnis verlassen. Das ist für eine Mutter alles andere als leicht. Dementsprechend mitgenommen sieht Tessa aus. Überhaupt ist es das erste Mal, dass ich sie ungeschminkt und in legerer Kleidung sehe.

Er seufzt und bietet ihr einen Platz an der Küchentheke

an, aber sie lehnt ab. Sie schaut zu Conchita, Milow und mir, und ich spüre, dass sie allein mit ihm reden möchte. Ich erhebe mich, aber Mad hindert mich. »Bleib, Em.« Er wendet sich an seine Mutter. »Das ist meine Familie. Was du mir zu sagen hast, geht sie genauso etwas an.«

Mein Herz wummert bei seinen Worten, und Tränen brennen hinter meinen Augen.

Mrs. McKinley senkt den Blick, und ich bemerke, wie unangenehm es ihr ist. »Mad, ich bin gekommen, weil ich mich bei dir entschuldigen will.«

Interessiert hebt er die Brauen.

»Ich habe über vieles nachgedacht, und mir sind einige Dinge klargeworden.«

Ich bin froh, dass Mad seinen Sarkasmus jetzt zurückhält.

»Nach dem Tod deines Vaters hätte ich niemals zulassen dürfen, dass dein Großvater und Alec dich so behandeln. Anfangs war ich wütend auf dich, als klar war, was ...« Sie schluckt und unterbricht ihren Satz. »Es war ein Unfall, Mad. Ich habe dir nie die Schuld daran gegeben, egal was später im Polizeibericht stand. Irgendwann kam ich gegen Alec und Großvater nicht mehr an. Du kennst deinen Großvater. Er hat gern die Kontrolle, und ich war schwach und habe alles in seine Hände gelegt. So war es einfacher für mich, mit dem Verlust deines Vaters klarzukommen. Nur einmal habe ich es geschafft, mich gegen die Entscheidungen aufzulehnen. Ich wollte dich nicht auch noch verlieren und habe nicht zugelassen, dass er dich in die Militärschule gesteckt hat. Ich weiß, ich habe trotzdem als Mutter versagt, aber ich habe dich immer geliebt. Lange konnte ich nicht sehen, was du gesehen hast, und spielte die Kälte, die Ungerechtigkeit und den Hass, den sie dir gegenüber aufbrachten, herunter. Du hast viel ertragen müssen, und nach allem, was geschehen ist, könnte ich sogar verstehen, wenn du ganz mit uns, mit mir, brichst. Ich wollte dich nur wissen lassen, dass ich dich liebe und hoffe, du kannst mir irgendwann verzeihen.«

Es rührt mich, es rührt mich sogar sehr, weil ich weiß, wie viel Mad das bedeutet. Er nickt kaum merklich, und schließlich umarmen sie sich.

»Danke, Mom. Das … ist mehr, als ich erwartet habe.«

Tessa tupft sich die Tränen trocken und küsst ihn auf die Wange. »Emily, dir wollte ich ebenfalls danken.«

»Wofür?«

»Dafür, dass du mir die Augen gestern geöffnet hast. Es tut mir leid, dass es ein McKinley war, der deiner Familie so viel Leid zugefügt hat. So etwas kann man nie wiedergutmachen, und wir stehen für immer in eurer Schuld.«

»Danke, Mrs. McKinley. Das ist sehr nett.«

»Nenn mich bitte Tessa. Ich bin froh, wenn ich diesen Nachnamen nicht auch noch von dir hören muss.«

Ich erhebe mich und umarme sie. Sie war stets freundlich zu mir, und das Wichtigste ist, sie sieht ihren Fehler ein, und das freut mich für Mad. Nur darauf kommt es an.

»Wir haben natürlich viel zu besprechen, aber das hat Zeit. Ich denke, wir alle können eine Pause ganz gut vertragen«, meint sie sichtlich erleichtert.

»Wie geht es jetzt weiter?«, will Mad wissen und bietet seiner Mutter nochmals an, Platz zu nehmen.

»Vielleicht mache ich einen langen Urlaub, komme mal raus. Ich war seit Jahren nirgendwo, und ich glaube, das wird mir guttun. Ich werde darüber nachdenken.« Erneut laufen Tränen über ihre Wangen. »Gott, ich muss das alles erst verarbeiten.«

»Ja, das müssen wir wohl.«

»Ine diese Fall iste eine Frühstück die Beste«, mischt sich Conchita mit einem breiten Lächeln und einem Teller gebratener Eier und Speck ein.

»Oh, danke, sehr freundlich.« Tessa wischt die Tränen

fort und nimmt Conchita dankbar schmunzelnd das Essen ab.

»Wirst du ... Wirst du Alec besuchen?«, fragt Mad und setzt sich zu ihr.

Tessa denkt darüber nach, und Schmerz flammt in ihren Augen auf. »Das ist schwierig. Er hat nicht nur das Kind getötet, sondern war daran beteiligt, dich zu töten, um an die Mehrheitsaktien zu kommen. Ich weiß nicht, ob ich ihm das je verzeihen kann. Das ist nicht der Alec, den ich geboren und großgezogen habe. Er ist mir fremd. Nein, ehrlich gesagt will ich ihn nicht sehen.«

Mad nickt.

»Lieber würde ich Zeit mit dir verbringen. Ich habe einiges wiedergutzumachen.«

»Wir sollten nichts überstürzen. Es gibt vieles, was wir aufarbeiten müssen. Denk jetzt erst mal an dich, spann mal aus oder mach den Urlaub. Die Medien zerreißen sich gerade das Maul über uns, und je mehr publik wird, desto schwieriger wird es.«

»Du hast recht. Vielleicht mache ich eine Kreuzfahrt oder eine Reise nach Europa. Da wollte ich schon immer mal hin.« Sie lächelt, und man sieht ihr an, wie sehr sie es genießt, sich mit Mad zu unterhalten.

»Was ist mit Großvater?«

Sie zuckt mit den Achseln. »Ehrlich gesagt, das ist mir egal. Ich bin nicht länger bereit sein Babysitter zu sein.«

Noch eine Weile sitzen wir zusammen, versuchen nicht mehr von den Ereignissen zu sprechen, die unsere beiden Familien haben durchmachen müssen. Trotzdem hängen uns die Geschehnisse nach. Ich denke, es braucht Zeit, um die Wunden zu heilen – viel Zeit.

Am Mittag fahren Mad und ich zu mir. Kaum steigen wir aus, fliegt die Tür auf, und Teach stürzt mir entgegen. Wir liegen uns in den Armen.

»Oh mein Gott, Em! Gott sei Dank, geht es dir gut. Wir wissen über alles Bescheid. Der Detective war gerade da und hat uns alles erzählt. Ich kann dir gar nicht sagen, wie schrecklich ich das finde. Das hätte ich niemals von Alec gedacht.«

»Ich auch nicht. Er kommt ins Gefängnis, genau wie Popcorn. Die beiden werden lange Zeit zum Nachdenken haben.«

Sie nickt und sieht zu Mad. »Es tut mir leid, Mad. Das alles muss schlimm für dich sein.«

Auch sie umarmen sich kurz.

»Ich komme schon klar, Teach. Wie geht es dir?«

Sie zuckt mit den Schultern. »Es ist alles noch so frisch.«

»Emily!«

»Mom!« Liebevoll hält sie mein Gesicht zwischen ihren Händen und weint. Dann küsst sie mich und wendet sich an Mad. »Ich bin froh, dass du für sie da warst, Mad. Danke.«

Die Situation ist ein wenig seltsam, weil sie nicht weiß, wie sie mit alldem umgehen soll, aber dann wirft Mom all ihre Hemmungen über Bord und umarmt ihn.

»Kommt doch erst mal rein. Es gibt bestimmt einiges zu besprechen.«

Wir betreten den Salon, wo Tante Amanda und Onkel Harry auf dem großen Sofa sitzen. Das Gespräch wird unterbrochen, und Aiden steht sofort auf, als wir hereinkommen. Onkel Harry, Teachs Vater, erhebt sich und blickt finster zu Mad.

Mad räuspert sich. »Ich weiß, unsere Familien waren nie Freunde, trotzdem möchte ich Ihnen mein Beileid aussprechen. Kim war eine tolle und sehr liebenswürdige junge Frau. Ihr Tod ist ein Verlust für uns alle.«

Um Mad beizustehen, schiebe ich meine Hand in seine, und wir verflechten unsere Finger. Tante Amanda beobachtet das und hebt abschätzig eine Braue, während Onkel

Harry seinen finsteren Blick auf mich legt. »Ich denke, wir haben uns nichts zu sagen, junger Mann. Verlassen Sie dieses Haus. Augenblicklich.«

»Moment! Das ist immer noch mein Haus, Onkel Harry, und ich entscheide, wer uns besucht. Und falls euch das nicht passt, wisst ihr, wo die Tür ist«, sagt Aiden drohend.

Mom und ich sehen uns erstaunt an. Habe ich gerade richtig verstanden?

Tante Amanda fallen beinahe die Augen aus bei Aidens Worten. »Kendra, würdest du deinem Sohn mitteilen, dass er so mit uns nicht zu reden hat.«

Mom zuckt mit den Schultern. »Du hast ihn gehört. Entweder ihr wisst euch zu benehmen vor unserem Gast, oder ihr haltet die Klappe.«

Ich platze gleich vor Stolz und grinse, während meine Tante mehrmals Luft holen muss.

»In den letzten Wochen gab es genug böses Blut«, bricht es plötzlich aus Teach heraus. »Herrgott noch mal, wir machen alle eine Menge durch. Wir haben Tom, Hurley und Kim verloren, der Mann, den ich liebe, liegt im Krankenhaus. Und warum? Weil ein Verrückter Rache nahm und viele Menschen mit hineingezogen hat, obwohl sie völlig unschuldig an seinem Schicksal sind. Ich bin zu müde für den Mist und sehne mich nach Frieden.«

»Pamela!«, echauffiert sich Tante Amanda.

»Was? Ihr seid das ganze Jahr unterwegs, habt euch kaum um uns gekümmert. Ihr wusstest noch nicht mal, dass ich Lehrerin geworden bin, und Kim …« Ihre Stimme bricht. »Geht einfach.«

Schweigend und innerlich brodelnd schauen sie uns an.

»Dann haben wir hier wohl nichts mehr zu suchen«, meint Onkel Harry. »Das hat ein Nachspiel, junge Dame.«

»Schon klar, Dad, tu, was du willst, aber ich bin kein Kind mehr.«

Mit verachtenden Blicken verlassen sie den Salon.

»Leute, ich bin stolz auf euch«, verkünde ich lächelnd. »Ihr wisst, ich liebe euch, und was geschehen ist, ist wirklich traumatisch, für uns alle. Ich brauche eine Pause.«

Irritiert schaut Aiden zu Mad. »Was soll das heißen? Gehst du etwa nach New York zurück?«

»Nein, New York habe ich abgeschrieben.«

»Und wohin dann?«, will Mom wissen und schielt zu Mad.

Mein Herz wummert, als ich zu ihm aufschaue. »Ich ziehe zu Mad. Das heißt, wenn er mich aufnimmt.«

Er sieht auf mich herab.

»Jederzeit und immer, Babe. Du hast schließlich noch eine Restschuld bei mir offen«, raunt er mir leise zu, schenkt mir sein schiefes Lächeln, und ich vergesse zu atmen.

Epilog

Maddox

Einige Monate später …

Ich stehe mit dem ehemaligen Westham Master Distiller Barron Woodward vor dem großen Kessel und überprüfe die Temperatur. Es ist sein Job, aber seit Emily, Silent und ich beschlossen haben, einen neuen Moonshiner 2.0 auf den Markt zu bringen, will ich vom besten Brennmeister der Welt lernen. Ich habe ihn eingestellt, nachdem die Westham-Destillerie pleitegegangen ist.

Mein Handy klingelt. Ich entschuldige mich, trete vor die Halle und nehme ab. »Hallo?«

»Mad? Hier ist Gregory.«

»Ah, der Familienanwalt der McKinleys. Hör zu, Greg, wie oft soll ich dir noch sagen, dass ich mit dem Unternehmen nichts mehr am Hut habe. Ich habe die Anteile verkauft.«

»Es geht um etwas anderes, und ich möchte dich bitten, mir erst zuzuhören, bevor du ablehnst.«

Schnaubend rolle ich mit den Augen. Blöde Angewohnheit meiner Prinzessin, die im Laufe der Zeit auf mich abgefärbt hat. »Was willst du diesmal?«

»Dein Großvater liegt im Sterben, und er bat mich dich anzurufen, weil er dich dringend sprechen will.«

»Kein Interesse. Ich bin mit ihm fertig, das weißt du doch.«

»Mad! Verdammt noch mal, Junge. Ich verstehe ja deine Haltung nach allem, was passiert ist, aber er sagte, die Angelegenheit ist wichtig … Es geht dabei um deinen Vater.«

Was könnte der Mistkerl mir mitteilen wollen? Emily und ich sind glücklich, die Wunden heilen, und es geht uns besser denn je. Warum sollte ich dorthin zurück, wo ich nie willkommen war?

»Bitte, Mad.«

»Ist das ein Trick? Ich meine, seit Alec lebenslang bekommen hat, die McKinley-Destillerie den Bach runtergeht, weil die Kunden abspringen, und meine Mutter endlich ihr Leben genießt, scheint der alte Mann immer noch nicht Ruhe geben zu wollen. Er ist einsam, ja, aber das hat er sich selbst zuzuschreiben. Jetzt, da Alec weg ist, bin ich nicht sein verdammter Lückenbüßer.«

»Da hast du recht, und ich verspreche dir, das wirst du auch nicht sein. Ich weiß, dass sein Angebot, dich zum Geschäftsführer zu machen, ein verzweifelter Versuch war, irgendwas zu retten. Jeder weiß das, und du hast meinen vollen Respekt, dass du abgelehnt hast. Diesmal geht es um etwas anderes.«

Ich überlege und gebe mir schließlich einen Ruck. »Na gut, aber falls er wieder davon anfängt, bin ich weg.«

»Natürlich. Danke.«

»Wann soll ich kommen?«

»Am besten sofort. Ich weiß nicht, wie lange er durchhält.«

»Okay.« Ich lege auf und laufe ins Bürogebäude, wo Silent und Em in die Anbaupläne vertieft sind. »Em? Hast du kurz Zeit?«

Beide heben synchron die Köpfe. »Klar, was gibts?«

»Würdest du mich begleiten?«

»Natürlich, wohin?«

»Das, Mäuschen, erzähle ich dir auf dem Hinweg.«

Der weiße Kasten kommt mir ziemlich trostlos vor. Mein Elternhaus hat seine Glanzzeiten längst hinter sich. Keine Blumen, keine Pflanzen, kein warmes Licht und überhaupt kein Vergleich zu dem, was Emily mit ihren Zauberhänden aus meiner Villa und dem Appartement im *Whisper in a bottle* gemacht hat. Ich greife nach ihrer Hand, als wir die Allee entlangfahren. Wir steigen aus und gehen Gregory entgegen.

»Äh … Ich weiß nicht, ob er …«

Ich weiß, was der Anwalt sagen will. »Emily gehört zu mir. Entweder sie kann mit, oder wir vergessen das Ganze gleich.«

»Schon gut, schon gut. Er ist in seinem Schlafzimmer«, erwidert Greg. »Du kennst ja den Weg.«

Hand in Hand gehen wir hinauf, laufen den Flur entlang, und ich stelle fest, dass auch im Inneren des Hauses nichts mehr so aussieht wie früher. Seit Mom fort ist, fehlt hier alles. Selbst der Staub hängt an dem blassen Kronleuchter, der schon bessere Tage gesehen hat. Vor Großvaters Tür bleiben wir stehen, und ich klopfe an.

Emily drückt meine Hand. Sie ist genauso angespannt wie ich. Es ist lange her, dass wir dem alten Mann begegnet sind.

»Ja?«, ruft eine krächzende Stimme.

Wir treten in ein großes Schlafzimmer mit dicken Teppichen und schweren Vorhängen, die zugezogen sind und wenig Licht hereinlassen. Möbel im Kolonialstil nehmen den Raum ein, und es riecht muffig. Eine Krankenschwester schaltet eine Lampe ein und geht grüßend hinaus. Wir wenden uns dem Greis zu, der in dem breiten Bett liegt. Sein Anblick schockiert mich. Er ist mager geworden. Seine Haut ist alabasterweiß, und sein ehemals volles Haar wirkt dünner und schütterer. Seine Augen liegen in dunklen Höhlen.

»Was haben sie dir geboten, dass du endlich herkommst? Und was hat sie hier verloren?«, fragt er und erleidet einen Hustenanfall.

Ich schließe die Tür und warte, bis er sich beruhigt hat. Sichtlich erschöpft lehnt er sich in die Kissen zurück und atmet schwer.

»Du wolltest mit mir über meinen Vater sprechen. Wenn du was zu sagen hast, dann tu es. Emily und ich haben nicht den ganzen Tag Zeit«, gebe ich knapp von mir.

Er kichert. »Gleich zum Hauptthema kommen, was? Aber bitte, setz dich. Was ich dir mitzuteilen habe, wird einige Minuten deiner kostbaren Zeit in Anspruch nehmen.«

Ich bin jetzt schon froh, wenn ich hier wieder raus bin, genau wie Em, aber ich tue ihm den Gefallen, hole noch einen weiteren Stuhl, und wir setzen uns.

»Also?«

»Als Erstes habe ich ein Geschenk für dich.«

»Spar dir das. Ich will nichts von dir.«

»Oh, aber jahrelang hat es dir mein Macallan-Whiskey angetan. Ich schenke dir den Rest, den du mir übrig gelassen hast.«

Ich hebe die Brauen. »Du wusstest davon?«

»Natürlich, schon seit dem ersten Mal. Da warst du, wenn ich mich nicht irre, fünfzehn Jahre alt. Hast du wirklich geglaubt, du könntest mich all die Jahre bestehlen, ohne dass ich davon weiß?«

Ich kneife die Augen zusammen. »Warum hast du nie ein Wort gesagt?«

Er schiebt den Unterkiefer vor und hält den Blick gesenkt. »Weil ich damals im Unrecht war mit Enna und es irgendwie wiedergutmachen wollte, ohne schwach zu wirken.«

Ich bin verwirrt. Noch nie im Leben habe ich mitbekommen oder gehört, dass mein Großvater eine Schwäche oder einen Fehler zugegeben hätte. Also geht es ihm entweder wirklich schlecht, oder er treibt Scherze mit mir.

»Glaub ja nicht, dass ich das vor anderen wiederhole. Ich habe es gesagt, und jetzt weißt du es.«

Ich schmunzle. Immerhin hat er es mir gegenüber eingestanden. Das ist doch mal was.

»Du wolltest über meinen Vater reden«, fordere ich ihn auf zum Punkt zu kommen.

»Nun ...« Er faltet seine Hände und seufzt. »Ich weiß, dass ich nicht mehr viel Zeit habe. Und wenn man allein ist, kreisen einem schon mal die Gedanken. Du kannst mir glauben, ich habe viel über dich, Alec und auch über deinen Vater nachgedacht.«

»Und zu welchem Ergebnis bist du gekommen?«

Lange sieht er mich an, bevor er weiterspricht. »Dass es Zeit wird, dich um Verzeihung zu bitten, damit ich ...« Es fällt ihm schwer, es auszusprechen, und ich kann kaum fassen, dieses Gespräch mit ihm zu führen. »Damit ich in Frieden gehen kann.«

Kann es sein, dass er in den letzten Monaten so etwas wie ein Gewissen entwickelt hat? Kaum vorstellbar. Misstrauisch sehe ich ihn an. »Du willst mich verarschen«, sage ich ungläubig. »Du und Frieden? Das ist schon ein Widerspruch in sich. Du hast immer nur gekämpft, gegen alles und jeden. Hast du überhaupt jemals geliebt? Ich meine, außer deine Firma und dich selbst?«

»Ja, das habe ich und tue es noch. Ich habe mich mit Liebe immer schwergetan. Du wirst mir das nicht abnehmen, aber du warst immer mein Lieblingsenkel.«

Ich lache laut auf. »Genau. Was für Medikamente nimmst du?«

Ich werfe einen Blick auf seinen Nachttisch, wo Unmengen Dosen und Schachteln stehen.

Plötzlich packt er mich an meinem Arm. »Mad, es ist mir egal, ob du mir glaubst oder nicht. Das ist die Wahrheit. Ich konnte es dir nur nie zeigen. Das durfte ich nicht, wegen dem Außenbild. Ich mochte deine Art, wie du mit den Dingen umgegangen bist. Wenn du einen Raum voller Leute betreten hast, hast du alle Augen auf dich gezogen. Ich habe mich oft selbst in jungen Jahren in dir gesehen – rücksichtslos, gerissen, und du tust, was du willst.«

»Mit einem Unterschied. Ich habe ein Herz, und ich liebe.«

»Das ist wohl wahr«, sagt er andächtig und schielt zu Emily. »Wollen Sie immer noch wissen, was damals zwischen Ihrem Großvater und mir vorgefallen ist?«

Ich weiß, dass Emily diese Frage unter den Nägeln brennt, aber meine Prinzessin lässt sich nichts anmerken. Sie bleibt cool, und mein Großvater macht ein etwas verdutztes Gesicht.

»Was ist los mit euch jungen Leuten? Habt ihr kein Interesse mehr an der Vergangenheit?«

»Ich will die Wahrheit, Mr. McKinley«, antwortet sie und gibt ihm zu verstehen, dass sie ihm nicht traut. Gutes Mädchen.

Er senkt den Blick. »Wir waren jung, hatten eine Menge Flausen im Kopf«, erzählt er lächelnd. »Dein Großvater Leonard war mein bester Freund, und ich habe ihm blind vertraut. Wir gründeten damals eine Destillerie. Er war ein Verkaufsgenie, während ich den Whiskey brannte. Wir ergänzten uns perfekt und waren dabei, das Land zu erobern.

Aber irgendwann stand nur noch er im Mittelpunkt. Sein Gesicht zierte die Magazine und Zeitungsartikel. Er wurde zu den Gartenpartys mit wichtigen Geschäftsleuten eingeladen. Er war überall beliebt. Ich wurde mit keinem Wort erwähnt, obwohl es den Whiskey ohne mich nicht gegeben hätte. Ich war eifersüchtig, weil alle Welt ihn bejubelte. Wir stritten uns deshalb, aber auch weil er mit meinem Lebensstil nicht einverstanden war. Meine Frauengeschichten und Alkoholexzesse würden unserem Ansehen schaden, meinte er. Man redete bereits über mich. Ich sagte ihm, dass er ohne meine Brennkünste ein Niemand sei, aber das wollte er nicht hören. Unser Verhältnis wurde immer schlechter, und eines Tages teilte er mir mit, dass er nicht mehr länger mit mir zusammenarbeiten wollte. Er schmiss mich einfach raus, der Schweinehund. Von heute auf morgen. Er hat mich aufs Kreuz gelegt, und alles, woran ich gearbeitet hatte, verlor ich. Er brannte weiterhin Whiskey mit meinem Rezept. Die folgenden Jahre versuchte ich meinen Anteil zurückzubekommen, aber da ich nichts Vertragliches in der Hand hatte, biss ich auf Granit.«

»Dann hat mein Großvater Sie betrogen?«

Er schmunzelt. »Mit allen ihm zur Verfügung stehenden Mitteln. Erst Jahre später schaffte ich es, meine eigene Destillerie zu gründen, mit beachtlichem Erfolg. Das ist die Wahrheit, warum wir uns jahrzehntelang gehasst haben.«

* * *

Emily wirft mir einen Blick zu, und ich ahne, was in ihr vorgeht.

»Jetzt kennen Sie den wahren Grund.«

»Also, ganz ehrlich, wegen sowas führen unsere Familien über Jahrzehnte einen Krieg? Das ist total überzogen«, meint Emily augenrollend.

»Es ging um Ehre und um Stolz. Diese Firma war mein Leben, und er hat mich hintergangen.« Er will sich zu seinem Nachttisch beugen, schafft es aber nicht. Emily kommt ihm zu Hilfe. »Geben Sie mir den Umschlag da.« Sie reicht ihn ihm, doch er schüttelt den Kopf. »Das ist für Sie. Aber erst öffnen, wenn Sie nachher gegangen sind.«

Em nimmt das Kuvert an sich. »Danke, dass Sie mir das erzählt haben. Ich finde es dennoch völlig bescheuert, einen solchen Streit, auch wenn mein Großvater nicht fair Ihnen gegenüber war, über Generationen hinweg weiterzuführen.«

»Tja, im Nachhinein gebe ich zu, dass man vieles anders hätte lösen können, aber Leo war ein Schweinehund und ich ein Mann mit verletztem Stolz und Ehre.«

»Das bedeutet, Sie haben mitgeholfen die Westham-Destillerie aufzubauen?«

»Ja, das ist korrekt.«

Eine Weile schweigen wir, aber ich werde ungeduldig. Ich hatte nicht vor, mich so lange bei ihm aufzuhalten. »Was wolltest du mir über meinen Vater sagen?«

»Richtig. Das ist das Schwerste.« Er räuspert sich, was in einen heftigen Hustenanfall ausartet. Er greift zu einem Taschentuch, und als es sich beim Husten rot färbt, tauschen Em und ich Blicke aus. Erschöpft sinkt er in die Kissen. »Auch wenn du mich gleich noch mehr hassen wirst, will ich es loswerden. Ich habe es viel zu lange mit mir herumgetragen. Ich habe all die Jahre geschwiegen, weil … ich ein Feigling war und immer nur die Destillerie und unseren guten Namen im Sinn hatte. Da ihr alle fort seid, weiß ich, dass das ein Fehler war. Es ist zu spät für mich, aber vielleicht finde ich im Tod endlich Frieden. Du erinnerst dich nicht an alles, was in der Nacht, als dein Vater starb, geschehen ist. Du hast Drogen genommen und warst high.«

Ich senke die Lider.

»Es war nicht deine Schuld, Mad. Der Brand wurde nicht durch deine Zigarette ausgelöst, sondern durch meine Zigarre«, verkündet er.

Mein Herz bleibt beinahe stehen.

»Was? Was redest du da? Ich habe das Gutachten selbst gesehen.«

»Mit Geld kann man vieles kaufen, Mad. Es war meine Zigarre, die deinen Vater tötete. Ich habe es verheimlicht, weil das der Firma geschadet hätte. Ich habe geschwiegen, weil ich wusste, dass dieser Skandal das Todesurteil für unsere Destillerie gewesen wäre. Dich trifft keine Schuld, Mad. Sein Tod geht auf mein Konto.«

Schnaubend halte ich es nicht länger auf dem Stuhl aus und fahre aufgebracht durch mein Haar. Ich versuche abzuwägen, ob ich dem alten Mann das glauben kann. »Du lügst, das kann nicht sein.«

Emily schaut mir betroffen nach, aber sie weiß nicht, was sie davon halten soll.

»Es ist die Wahrheit, mein Junge.«

Er ist schwach und krank, hat nicht mehr lange, warum sollte er mich belügen? »Ist das wirklich wahr?«

Er nickt.

»Dann soll dich der Teufel holen, Großvater.«

»Er ist schon dabei, Mad.«

Aufgebracht gehe ich in seinem Schlafzimmer auf und ab und bleibe misstrauisch stehen. Wenn er früher sein Gift verspritzte, dann mit dramatischen Auftritten, großen Gesten und Reden, aber jetzt sehe ich etwas in seinem Gesicht, was mir völlig fremd ist – er wünscht sich Vergebung. Ich denke an die Zeit zurück. Es war damals so verdammt schmerzhaft, damit klarzukommen, und eine Herausforderung, das Bild meines verkohlten Vaters aus meinem Kopf zu verbannen. Ich bin jahrelang durch die Hölle gegangen.

»Es tut mir aufrichtig und von Herzen leid. Ich hoffe, du kannst mir verzeihen.«

»Es war deine Zigarre?«

Er nickt.

»Du hast das Gutachten gefälscht?«

Erneut nickt er.

»Und hast dein eigen Fleisch und Blut so mies behandelt, obwohl du wusstest, dass ich unschuldig bin?«

»Du warst der Löwe von euch Brüdern, Mad. Du warst stark genug, das auszuhalten. Alec dagegen nicht.« Er schüttelt den Kopf. »Er ist ein Dummkopf, aber du warst schon immer dazu bestimmt, die Zügel in der Hand zu halten. Du hast schon immer gewusst, was du wolltest, dafür wie ein Löwe gekämpft. Durch mein Handeln bist du zu dem Mann geworden, der du heute bist.« Erneut wird er von einem Hustenkrampf heimgesucht, der ihn diesmal noch schwächer in die Kissen sinken lässt. »Ich will in Frieden gehen, Mad. Du musst mir verzeihen«, sagt er krächzend und verfolgt mich, während ich durch sein Zimmer tigere.

Ich bleibe stehen. »Ich muss?«

Er nickt und sieht mich hoffnungsvoll an.

All der Schmerz, die vielen Schuldgefühle und die düsteren Gedanken, das alles habe ich jahrelang mit mir herumgetragen für den falschen Stolz eines Mannes, dessen Herz zu Eis erstarrt ist. Ich bin gutmütig, kann über vieles hinwegsehen. Ich schaue ihm in die Augen.

»Einen Scheiß muss ich. Fahr zur Hölle, Großvater«, sage ich gleichgültig, strecke meine Hand nach Em aus, und wir verlassen ohne ein Wort des Abschiedes das Schlafzimmer. Ich höre ihn meinen Namen brüllen, dicht gefolgt von einem Hustenanfall, der weitere Rufe nach mir nicht zulässt. Damit lasse ich den alten Mann allein und beschließe, dieses Haus nie wieder zu betreten.

Als wir auf dem Vorplatz der Villa stehen, greift Emily mitfühlend nach meinen Fingern. Sie spürt, was in mir vorgeht. »Alles okay?«

Ich lächle. »Ich fühle mich frei, Em«, sage ich zufrieden. »Was ist das für ein Umschlag?«

»Ich weiß nicht.« Sie öffnet ihn. Geschockt legt sie eine Hand auf ihren Mund, und Tränen steigen auf.

»Em … Babe, was ist?«

Wortlos reicht sie mir das Papier. Es ist eine kleine Landkarte des Bluegrass Forest mit einem eingezeichneten roten Kreuz. Ich weiß sofort, was das bedeutet. Ich ziehe mein Mädchen in die Arme, halte sie fest, ganz fest, bis das Zittern aufhört.

»Mein Gott, Mad. Dein Großvater hat all die Jahre alles gewusst. Er hat Alec geholfen.«

Ich nicke betroffen. »Meine Entscheidung, ihm nicht zu verzeihen, fühlt sich jetzt noch besser an. Dieser Mann hat alles getan, dass man ihn nur hassen kann. Ich hoffe, er schmort dafür in der Hölle.« Ich sehe sie an. »Wir geben das der Polizei, und wenn sie fündig werden, können deine Familie und du endlich abschließen und Tom beerdigen.«

»Ich wünsche mir das so sehr.«

»Ich weiß. Komm, hauen wir hier ab.«

Schweigend steuere ich den Wagen die Allee entlang. Als wir das Eisentor hinter uns lassen, beobachte ich im Rückspiegel, wie sich die automatischen Tore der Villa zuschieben. Es fühlt sich an wie das Kapitel eines Buches, das zu Ende geht und für immer abgeschlossen bleibt.

* * *

Das *Whisper in a bottle* ist ein voller Erfolg, und ich hoffe, dass sich auch der Whiskey, an dem wir monatelang gearbeitet haben, auf dem Markt etablieren kann. Heute Abend werde ich ihn ganz offiziell mit seinem Namen bei der Party einführen. Conchita ist seit Stunden in der Küche mit Kochen beschäftigt, Silent baut mit der Band, die wir engagiert haben, das Equipment auf, und Emily hilft Teach, Tonja und Vera, unter Missys Anleitung, mit der Dekoration. Ich kann den Blick nicht von der Frau abwenden, die mein Leben wie ein Wirbelsturm verändert hat. Sie ist das Beste, was mir passieren konnte.

Meine Gedanken werden von einem Baby unterbrochen, das ohne Pause schreit. Ich schaue zu Aiden, der seine Tochter Isabell im Arm wiegt und irgendwie überfordert wirkt. Unser Verhältnis ist nicht mehr so angespannt wie früher, dennoch ist da manchmal der misstrauische Blick, eine bleibende Grundskepsis und die schüchterne Zurückhaltung, die er hoffentlich noch ablegen wird. Seitdem die Westham-Destillerie Geschichte ist, sind Judy und er in eine kleine Mietwohnung gezogen. Es ist eng, aber er hat sich nie beschwert. Er arbeitet jetzt als Autoverkäufer, und Judy hat einen Teilzeitjob in einem Supermarkt angenommen. Damit halten sie sich über Wasser.

»Hey Aiden, ich möchte dich etwas fragen«, sage ich und schiebe ihn mit der Zwergin in eine ruhige Ecke. Wippend versucht er seine Tochter zu beruhigen, aber ihr Geschrei wird immer lauter.

»Gib mir mal den Winzling.« Ich nehme ihm das schreiende Baby aus dem Arm. Die Kleine ist erst vier Wochen alt und neben Em das süßeste Ding überhaupt. »Isabell, meine Hübsche, hör mal, du brauchst nicht zu weinen. Ich rede kurz mit deinem Dad, und dann bist du wieder dran. Okay?« Sogleich verstummt sie und sieht mich mit ihren braunen Knopfaugen neugierig an. »Es geht um deine Zukunft, Süße.« Ich lächle, weil sie tatsächlich auf meine Stimme reagiert. »Wenn du wieder bei deinem Dad bist, kannst du gern weiterschreien«, flüstere ich ihr zu. »Deal?« Ich nehme ihre winzige Hand und tue so, als schlüge sie mit mir ein.

»Wie hast du das gemacht? Wieso hat sie sich jetzt beruhigt?« Aiden betrachtet angestrengt seine friedliche Tochter in meinem Arm.

»Tja, Aiden. Man muss nur das Richtige zu einer Frau sagen.«

»Haha, also, was wolltest du mich fragen? Wenn du meinen Segen für eine Hochzeit mit Emily haben willst, vergiss es. Nur über meine Leiche.«

»Den brauch ich nicht. Emily wird mich heiraten, ob es dir passt oder nicht. Aber darum geht es jetzt nicht. Hör zu, was hältst du von einem Bürojob in meinem Unternehmen?«

»Was für ein Job?«, fragt er interessiert.

»Einer, der dir gerecht wird, mit nicht ganz so viel Verantwortung, aber doch schon so, dass du gut für deine Familie sorgen kannst.«

Ehrliche Verwunderung legt sich in sein Gesicht.

»Sozusagen als Friedensangebot zwischen uns. Als zukünftiger Schwager«, erkläre ich und deute auf uns beide. »Es ist eine Chance für dich, für Judy und für meine Freundin Isabell.« Die Kleine ist friedlich in meinen Armen eingeschlafen, was für ihren Vater frustrierend sein muss. Mir gefällt es.

»Na gut, anhören kann ich es mir ja, aber mit deinen krummen Geschäften will ich nichts zu tun haben.«

Ich lache und schüttle den Kopf, erwidere nichts und übergebe ihm seine Tochter, die aufwacht und wie vereinbart zu weinen beginnt. Braves Mädchen! »Gut, dann reden wir demnächst mal darüber.«

Eine Stunde später ist die Party im Gange, alle Gäste sind da, und es herrscht eine ausgelassene Stimmung. Kendra ist mit ihrem Mann Owen angereist und unterhält sich mit meiner Mutter. Es ist schön, zu sehen, dass die zwei Frauen die Vergangenheit hinter sich gelassen haben und sich blendend verstehen. Das freut mich vor allem für Em. Nur um Teach machen wir uns Sorgen. Seit Kims Ermordung hat sie sich zurückgezogen, und Em versucht alles, um sie auf andere Gedanken zu bringen.

Silent tritt an meine Seite und wirft einen Blick zu Teach. Anfangs glaubte ich, sie würden ein Paar werden, doch Silent ist seit der Nacht an der Mühle noch stiller geworden. Er hat starke Schuldgefühle wegen Kims Tod und weiß nicht, wie er sich Teach gegenüber verhalten soll. Das ist für beide eine beschissene Situation. Silent leidet, so wie er sie ansieht.

»Sie anzuschauen genügt nicht. Wenn du sie haben willst, musst du um sie kämpfen, mein Freund.« Ich klopfe ihm auf die Schulter.

Mal wieder übergeht er meine Anspielung und ignoriert mich und seine Gefühle. Verdammt! Sein Schweigen und seine Zurückhaltung werden irgendwann Teachs Liebe zu ihm zerstören.

Er hat sich extra für sie herausgeputzt. Nur seine Beanie-Mütze, auf die wollte er nicht verzichten.

»Kann es losgehen?«, fragt er.

»Ja, ich denke, es wird Zeit.«

»Hast du es bei dir?«

Grinsend klopfe ich auf die Innentasche meines Jacketts.

»Gut.«

Aber ich will noch nicht aufgeben. »Hör mal, Silent. Ich weiß, heute ist vielleicht nicht der richtige Zeitpunkt, aber wie wäre es, wenn du versuchst mit Teach zu reden?« Kaum erwähne ich sie, verengen sich seine Augen, und er senkt wie ein schuldbewusster Junge den Blick. »Gib dir einen Ruck. Ich glaube, das könnte euch beiden helfen.«

Wie erwartet nickt er nur. Dieser verdammte Hund!

Ich laufe durch die Menge zur Band, die die letzten Akkorde des Songs spielt und mächtig Applaus erhält. Ich steige auf die Bühne und nehme das Mikrofon. Es knackst einmal in den Lautsprechern, aber dann scheint meiner kleinen Rede nichts mehr im Wege zu stehen.

»Guten Abend, Lieblingsmenschen.« Lachend blicke ich zu meinen Gästen, und jetzt werde ich doch ein wenig nervös, als sie ihre Gespräche einstellen und zu mir schauen. »Schön, dass ihr alle da seid. Manche von euch sind extra angereist. Kendra, Owen und meine Mom Tessa. Es bedeutet uns viel, dass ihr da seid. Hey, da sehe ich sogar die Carter-Geschwister. Cool, dass ihr gekommen seid. Hey Tim und Fernando, wir trinken nachher einen.«

Sie prosten mir zu.

»Also, ich habe zwei Kleinigkeiten, die ich sagen möchte, dann dürft ihr weiterfeiern.«

»Du weißt ja, guter Whiskey braucht Zeit zum Reifen, Mad«, ruft Teddybär amüsiert, worauf die Gäste lachen.

»Schon gut, mein Freund. Ich beeile mich.« Ich werde ernster. »Ihr wisst alle, wie schwer die letzten Monate waren, was es uns gekostet hat, heute hier zusammen zu sein.« Ich blicke in traurige und betroffene Gesichter. »Lasst uns auf die anstoßen, die heute nicht bei uns sind, aber stolz auf uns herabblicken.« Jemand reicht mir ein Glas, und meine Gäste tun es mir nach. »Hurley, Kim und Tom.« Wir trinken, und ich begegne Emilys Blick. Sie zwinkert mir liebevoll zu und sieht umwerfend in ihrem neuen Kleid aus. Sie steht in der ersten Reihe der Menge und schenkt mir ihr süßes Lächeln.

»Doch jetzt ist der Zeitpunkt gekommen, wir schauen nach vorn und wissen, dass wir stärker sind, als wir geglaubt haben.« Jubel brandet auf. »Heute ist es endlich so weit. Monatelang haben wir mit dem besten Brennmeister der Welt, Barron Woodward«, Barron prostet mir zu, »und mit einer ganz besonderen Frau daran gearbeitet. Ladies and Gentlemen, ich präsentiere euch den neuen Whiskey *Mad*

& Em Blend.« Silent reicht mir eine Flasche, und ich zeige sie den Leuten.

Begeistert jubeln die Gäste, klatschen, aber Emily sieht mit großen Augen zu mir. Die Überraschung steht ihr ins Gesicht geschrieben. Ich lache. »Babe, komm hoch zu mir.«

Ich strecke ihr meine Hand entgegen. Sie ergreift sie und umarmt mich.

»Du bist verrückt, Mad. Das ist ... Das Logo ist ... Wunderschön.«

»Genau wie du.«

»Was ist aus den anderen Namensvorschlägen geworden?«

»Die dienten nur zu deiner Beschäftigung. Gefällt es dir?«

»Soll das ein Witz sein? Ich liebe es.« Sie küsst mich, und ich spüre, wie aufgeregt ihr Herz gegen meine Brust klopft.

Ich löse mich von ihr, und die Leute beruhigen sich wieder. »Bist du einverstanden mit dem Namen, Emily?«

»Ja«, sagt sie ins Mikrofon und hüpft vor Freude.

»Warte, nicht so eilig«, unterbreche ich ihre Euphorie und den Applaus. »Ich sollte dir vielleicht noch mitteilen, dass das alles an eine Bedingung geknüpft ist.«

Gelächter ist zu hören, worauf Emily misstrauisch eine Braue hebt. »Welche?«

Abwartend starrt sie mich an, und das ist der Moment, der mein Leben wahrscheinlich für immer verändert, aber ich bin bereit dafür. Mein Herz rast, als ich vor ihr auf die Knie gehe. Scharf zieht Emily die Luft ein und blickt zu unseren Gästen, die kreischen, jubeln und applaudieren. Teach, Tonja, Anna und Vera quieken und pfeifen und kriegen sich nicht mehr ein.

»Heirate mich, Em. Das ist der Deal deines Lebens, Babe. Was sagst du?«

Mit Tränen in den Augen nimmt sie mir das Mikrofon ab.

»Deal«, flüstert sie ergriffen.

Ich erhebe mich, und sie stürzt sich in meine Arme. Sie schluchzt leise, und dann küsse ich sie. Es ist perfekt. Sie ist perfekt. Ihr Sonnenscheinduft, ihre Wärme und ihre Lippen lassen mich für einen Moment vergessen, dass wir nicht allein sind. Ich werde eine Westham heiraten, *die* Westham, von der ich schon immer geträumt habe.

Erst als wir mitbekommen, dass die Leute ihre Köpfe drehen, die Menge sich teilt und Mr. Wick auf uns zuläuft, unterbreche ich unseren Kuss.

»Was ist denn das?« Sie beugt sich zu Mr. Wick herunter, und er tapst auf ihre Hand. Er hat auf dem Rücken eine Schachtel geschnallt. Zärtlich streichelt sie über sein weiches Fell, bevor ich ihn von dem Päckchen befreie. Behutsam setzt sie Mr. Wick auf Silents Hand.

Vor den Augen der Gäste greife ich nach ihrem Handgelenk und streife das Notfallgummiband ab. Achtlos werfe ich es beiseite und sehe ihr tief in die Augen. »Das wirst du nicht mehr brauchen, Babe«, sage ich ernst. »Kein Gummiband soll jemals wieder gegen deine zarte Haut schnippen.« Ich hauche Küsse auf die Stelle, nehme das neue Schmuckstück heraus, das mit kleinen Diamanten besetzt ist, und lege es ihr an. »Jetzt beginnt unsere neue Vergangenheit, Em, und wir füllen sie nur mit schönen, fantastischen Erinnerungen, die dich jeden Tag daran erinnern, wie sehr ich dich liebe.«

– Ende –

Nachwort

Meine Lieben,

findet ihr nicht, dass Silent in »Whisper In A Bottle« zu kurz kam? Seid ihr nicht auch der Meinung, dass Teach zu viel durchgemacht hat, um mit diesem letzten finalen Buchband aus eurem Gedächtnis zu verschwinden?

Dann habe ich tolle Nachrichten. Während der Schreibarbeiten haben sich die beiden in mein Herz geschlichen, und ich muss euch ihre Geschichte erzählen.

Wenn ihr mehr über den Schreibprozess und mich erfahren wollt, dann folgt mir auf Instagram, Facebook oder meiner Homepage.

Bis bald, eure Any

Über die Autorin

Bereits als Jugendliche sparte sich Any Cherubim ihr Taschengeld, kaufte eine Schreibmaschine und träumte davon, Autorin zu werden. Wie das mit den Kindheitsträumen oft ist, verloren sie sich im Laufe der Jahre. Any machte eine Ausbildung, heiratete und widmete sich der Erziehung ihrer Söhne.

2010 entdeckte sie die Plattform BookRix, auf der sie ihre Geschichten teilte. Any Cherubim zählte ab 2013 zu den erfolgreichsten BookRix-Autorinnen und hat über die Plattform bisher mehr als 300.000 eBooks verkauft. Ihr erster Verlagstitel *Beautiful Danger – Vertrau mir nicht* erschien 2019 bei LYX.digital. Seit dem dramatischen Zweiteiler *Broken Feelings* veröffentlicht Any Cherubim beim Zeilenfluss-Verlag.

Wenn sie gerade nicht an einer neuen Romanidee arbeitet, zeichnet Any Cherubim gerne. Zusammen mit ihrem Mann und ihren drei Söhnen lebt sie am Stadtrand von Freiburg.

Printed in Poland
by Amazon Fulfillment
Poland Sp. z o.o., Wrocław

86497466R00200